PATRICK DUNNE

Gottesgericht

Buch

Als es in der Hagia Sophia in Istanbul zu einer Geiselnahme kommt, deutet zunächst alles darauf hin, dass es sich bei den Terroristen um politische Rebellen handelt. Die Journalistin Jane Wade verfolgt das grausame Ereignis für ihren Radiosender in Dublin – und ahnt schon bald, dass der Anschlag Teil eines viel größeren Plans ist, der die gesamte Menschheit bedroht. Denn er trägt die Handschrift einer gefährlichen Bruderschaft, die Jane nur allzu gut bekannt ist: Sie hat ihren Mann auf dem Gewissen. Und Jane weiß, dass sie schnell handeln muss. Denn schon breitet sich die Gefahr aus, und auch Irland ist nicht mehr sicher …

Autor

Patrick Dunne, geboren in Dublin, studierte zwar Literatur, wollte jedoch ursprünglich Musiker werden. Heute blickt er auf über zwanzig Jahre als renommierter Regisseur und Produzent beim irischen Rundfunk und Fernsehen zurück. Außerdem gehört er zu den erfolgreichsten Autoren Irlands, und auch in Deutschland war bislang jeder seiner Romane – z. B. »Die Keltennadel«, »Keltengrab«, »Die Pestglocke« – auf den Bestsellerlisten vertreten.

Bei Blanvalet von Patrick Dunne außerdem lieferbar:

Totenbild (37359)
Die Opferstätte (37360)
Die Pestglocke (37506)
Keltengrab (36635)

Patrick Dunne

Gottesgericht

Thriller

Aus dem Englischen
von Fred Kinzel

blanvalet

MIX
Papier aus verantwortungsvollen Quellen
FSC® C014496

Verlagsgruppe Random House FSC-DEU-0100
Das FSC®-zertifizierte Papier *Holmen Book Cream*
für dieses Buch liefert Holmen Paper, Hallstavik, Schweden.

1. Auflage
Deutsche Erstveröffentlichung Mai 2013
bei Blanvalet, einem Unternehmen der
Verlagsgruppe Random House GmbH, München.

Published by Arrangement with Patrick Dunne.
Dieses Werk wurde vermittelt durch die Literarische
Agentur Thomas Schlück GmbH, 30827 Garbsen.
Originaltitel des Romans: »Byzantium«

Umschlaggestaltung und -motiv:
© Johannes Wiebel | punchdesign, unter Verwendung
von Motiven von Shutterstock.com
Redaktion: Gerd Seidl
ES · Herstellung: sam
Satz: DTP Service Apel, Hannover
Druck und Einband: GGP Media GmbH, Pößneck
Printed in Germany
ISBN: 978-3-442-37789-3

www.blanvalet.de

1

Mit zweiundzwanzig war Nazim das jüngste Mitglied des Sicherheitspersonals. Seinen Dienst im Museum versah er erst seit drei Monaten. Er hatte sich darauf gefreut, die schwarze Jacke mit dem Schriftzug ÖZEL GÜVENLIK auf dem Rücken tragen zu dürfen, war aber enttäuscht gewesen, als er von allen Stätten Istanbuls ausgerechnet für dieses Museum eingeteilt wurde. Es war früher eine christliche Kirche gewesen – sogar die größte der Christenheit, wie es hieß –, und jeder Tag, den er dort verbrachte, bedrückte ihn.

Es gab sichtbare Zeichen ihrer muslimischen Vergangenheit – sie war zu ihrer Zeit eine Moschee gewesen –, aber eben auch christliche, und zwar welche von der Art, die jeder wahre Moslem beleidigend finden musste. Wie das Mosaik von Maria mit Jesus auf dem Schoß hoch oben in der Halbkuppel am Ende des geräumigen Museumsinneren. Er konnte es jetzt sehen, da er durch das Kaiserportal kam, das von der Vorhalle zum Hauptschiff führte.

Aus Nazims Blickwinkel wurde das Mosaik von zwei riesigen, grün-goldenen Schilden flankiert, die in arabischer Kalligrafie die Namen Allahs und des Propheten trugen. Für ihn glichen sie das christliche Bildnis jedoch weder aus noch dominierten sie es gar, vielmehr ließ das Bild die islamischen Symbole geringer erscheinen.

Er betrat den weiten Raum unter der gewaltigen Kuppel und machte sich daran, ihn zu durchqueren. Eigentlich sollte er oben in den Galerien Dienst tun, und er machte sich Sorgen, dass ihn jemand zur Rede stellen könnte. In der Ferne hörte er eine Frauenstimme in der betont deutlichen Redeweise einer Führung. Die Frau sprach Englisch, und Nazim wusste, dass sie eine Gruppe von Reiseveranstaltern auf einer privaten Tour durch das Museum führte. Für die Öffentlichkeit hatten sich die Türen bereits zwei Stunden zuvor geschlossen. Ein paar Kollegen Nazims sollten sich um die Besucher kümmern; sie würden noch eine halbe Stunde damit beschäftigt sein, ehe sie die Gruppe aus dem Museum geleiteten und überprüften, ob niemand absichtlich zurückgeblieben war.

Aber dies bedeutete, dass alle Kronleuchter brannten, die über der großen Halle hingen, und daran hatte er nicht gedacht. So war er leicht zu sehen.

»Nazim?« Wie zum Beweis hallte sein Name durch den leeren Raum. Er konnte niemanden ausmachen, aber er erkannte die Stimme. Mehmet war an diesem Abend der ranghöchste Museumswärter. Und er würde sich bestimmt fragen, was Nazim unten im Parterre verloren hatte, statt oben auf der Empore seine Runden zu drehen.

»Tuvalet«, rief Nazim zurück und fuchtelte so beiläufig wie möglich in Richtung Toilette.

»Bira çikmak istiyor«, sagte Mehmet. *Das Bier muss raus.*

Es war etwas, das Nazim ziemlich sicher nicht gesagt hätte, da er keinen Alkohol trank. »Evet«, stimmte er dennoch zu und lachte. Denn im Augenblick durfte er nicht auffallen, sondern musste einer der Jungs sein wie alle andern. Der Jungs, die ihn immer wegen seiner strengen religiösen Überzeugungen hänselten. Und die es nach dieser Nacht nie wieder tun würden.

Mehmet setzte seinen Weg fort, um vielleicht einen Blick auf die Besuchergruppe werfen zu können. Ob Frauen darunter waren, die zu beäugen sich lohnte.

Nazim machte einen kleinen Umweg, um glaubhaft zu machen, dass er in Richtung Toilette strebte. Doch als er das Halbdunkel der Säulen erreichte, vergewisserte er sich, dass ihm niemand folgte, und kehrte auf seinen ursprünglichen Kurs zurück. Für alle Fälle war es sicherlich klug, noch einige Augenblicke zu warten. Er sah zur Kuppel hinauf. Die Scheinwerfer auf der Außenseite beleuchteten die Fenster, die rings um die Kuppel verliefen, und ließen sie wie eine mit Edelsteinen besetzte Krone aussehen. Für einen Moment stellte er sie sich spielerisch als fliegende Untertasse vor, die jeden Moment zu rotieren anfangen und sich in den Himmel erheben konnte. Dann fiel sein Blick auf das Mosaik eines Engels auf einem der Stützpfeiler, und er wurde wieder ernst. Nachdem es jahrelang bedeckt gewesen war, hatte man das Gesicht des sechsflügeligen Engels freigelegt, damit die Touristen es betrachten konnten, und Nazim musste Tag für Tag mit ansehen, wie die Ungläubigen es aufgeregt fotografierten.

Er hätte keinen solchen Groll auf Christen und Juden, wenn sie ihre Religionen tatsächlich praktizieren würden. Stattdessen ließen sie zu, dass der Westen zu einer moralischen Jauchegrube verkam, wo Männer keine Autorität, Frauen keinen Anstand und Kinder keinen Respekt hatten.

Und jetzt war sein Land im Begriff, der Europäischen

Union beizutreten. Alle Dämme würden brechen, und das türkische Volk, in dem viele bereits vom Islam abfielen, würde von einer Flut des Bösen überspült werden.

Es war Zeit für ihn, seine Pflicht zu tun. Seine kleine Rolle in der Geschichte zu spielen. Und er musste nicht zum Märtyrer werden dafür. Man würde ihn vielleicht sogar als Helden feiern.

Nachdem er sich überzeugt hatte, dass ihm niemand folgte, ging Nazim zu einem Bereich, der für Besucher gesperrt war. Auf dem Weg dorthin kam er an einigen Holztüren in der Außenwand vorbei. Er fand es erstaunlich, dass Ayasofya nicht besser geschützt war. Es gab viele von diesen windigen Türen im Gebäude, und mehrere von ihnen gingen zu den Außenanlagen des Museums hinaus. Sie waren mit Vorhängeschlössern gesichert, und jedes Schloss hatte ein Drahtsiegel, das brach, wenn man sich darunter zu schaffen machte, aber damit hatte es sich auch schon in puncto Sicherheit. Nur vier Wachen patrouillierten auf dem Gelände, und zwei weitere waren in dem Wachhäuschen innerhalb des Eingangstors postiert, wenn jemand also Schaden anrichten wollte, konnte er mühelos die Mauer übersteigen, die das Gelände umgab, und durch eine der Türen einbrechen. Doch die Leute, mit denen er zu tun hatte, hegten ernstere Absichten.

Er durchquerte die Seilabsperrung und ging eine steinerne Rampe hinunter. Treppen gab es nur wenige in dem alten Gebäude, da es wohl schwierig gewesen war, Material über sie hinauf- und hinunterzuschleppen. Wie man erst kürzlich entdeckt hatte, war diese spezielle Rampe hier dazu benutzt worden, Wasser zu transportieren.

Am Ende der Rampe kam er zu einer stählernen Sicherheitstür – der einzigen im ganzen Gebäude. Er sah zu einer Kamera hinauf, die auf die Tür gerichtet war, und lächelte. Im Überwachungsraum würde der Bildschirm leer bleiben. Dafür hatte er gesorgt. Wahrscheinlich war ohnehin niemand dort. Nazim tippte einen Code in ein Tastenfeld neben der Tür, ging hindurch, als sie aufgeglitten war, und schloss sie hinter sich wieder. Dann lehnte er sich im Dunkeln an die Tür und atmete tief durch. Geschafft. »Allahu Akbar«, flüsterte er auf Arabisch. Es bewirkte, dass er sich stark fühlte, nicht weil es ein aufmunterndes Gebet war, sondern weil er es einsetzte wie ein echter Gotteskrieger: wie einen Kampfschrei.

Nazim schwitzte, als er die Hand ausstreckte, einen Lichtschalter an der Wand ertastete und drückte. Das Licht erhellte einen kreisförmigen, weiß getünchten Raum mit einem Boden aus brüchigen Steinfliesen. Er befand sich in einem der ältesten Teile des Gebäudes, und auf dem Boden verstreut lagen Marmor- und Mosaikhaufen, altes Mobiliar und kalligrafische Tafeln – der Bauschutt früherer Restaurierungen. Und auf der gegenüberliegenden Seite zeigte ein Erdhügel an, wo Archäologen eine weitere Rampe freigelegt hatten, die zu einer aufgegebenen Zisterne unter dem Museum führte.

Nazim löste seine Taschenlampe vom Gürtel und ging die zweite Rampe hinunter. Nach etwa zehn Metern kam er zu einem ebenen Abschnitt, seines Wissens früher eine Art Kai, der in die Zisterne hineingeragt hatte, damit man mithilfe einer flaschenzugähnlichen Vorrichtung Wasser heraufholen konnte. Er stellte sich an den Rand und leuchtete mit der Taschenlampe in die Dunkelheit unter ihm. Der Strahl erfasste Bruchstücke von Säulen und eingestürztes

Mauerwerk – Wasser gab es keines mehr in der geräumigen Kammer. Er pfiff laut, und sein Pfiff hallte zurück. Aber dann hörte er eine andere Person pfeifen und rief einen Gruß. Der Mann antwortete ihm umgehend.

Nazim wusste sofort, dass es Hakan war, weil dieser Türkisch mit einem amerikanischen Akzent sprach. Seine Familie war in die Vereinigten Staaten ausgewandert, aber er hatte ihre Lebensweise abgelehnt und war in die Türkei zurückgekehrt, um in einem islamischen Land leben zu können. Die beiden hatten sich in den letzten Wochen näher kennengelernt. Wochen, in denen Hakan den Entschluss in ihm geweckt hatte, etwas für seinen Glauben zu tun. Und im Verlauf ihrer Gespräche war ihnen die Idee, das Museum wieder in eine Moschee zu verwandeln, immer verlockender erschienen.

Und jetzt kamen Hakan und die Männer, die er rekrutiert hatte, durch den Schutt auf ihn zu. Als Hakan den Kai erreichte, streckte er die Hand aus, damit ihm Nazim nach oben half. Dann holten sie einen nach dem anderen herauf – sechs Leute insgesamt, alle mit schwarzen Jacken und Sturmhauben und abgesehen von dem unbewaffneten Hakan jeweils mit einer AK-47 in den Händen.

Zu Nazims Überraschung waren zwei Frauen unter ihnen. Hakan hatte ihm nicht gesagt, dass welche im Team sein würden, andererseits hatte er auch nicht danach gefragt.

Außer Hakan sprach keiner von ihnen. Er befahl ihnen, die Rampe hinaufzulaufen und an der Sicherheitstür zu warten.

Dann lächelte Hakan Nazim an. Seine schiefen Zähne wurden von dem Loch in der Sturmhaube eingerahmt. »Du hast deine Sache gut gemacht«, sagte er und holte ein Handy aus der Jacke. »Die Besucher sind da wie erwartet?«

Nazim nickte. »Ja. Eine Gruppe internationaler Reiseveranstalter, wie ich sagte.«

»Gut. Der Code ist der, wie er in deiner SMS stand?«

»Ja. Der heutige Sicherheitscode.«

»Bitte wiederhole ihn, Nazim.«

Hakan ging kein Risiko ein.

Nazim wiederholte den Code, und Hakan verglich ihn mit dem in seinem Handy gespeicherten.

»Ich begleite euch für alle Fälle«, sagte Nazim.

»Nein«, erwiderte Hakan, steckte sein Handy weg und nahm etwas aus einem Beutel an seinem Gürtel. »Besser, du wirst nicht weiter in die Sache verstrickt. Deshalb musst du fürs Erste hierbleiben.«

Nazim war enttäuscht.

»Allahu Akbar«, sagte Hakan und legte Nazim beruhigend eine Hand auf die Schulter. Dann beugte er sich vor und machte mit dem Gegenstand in seiner Hand ein Zeichen unter Nazims Kinn.

Nazim fuhr ein stechender Schmerz in den Hals. Was hatte Hakan gerade an ihm vollführt? Eine Art Initiationsritus? »Allahu Ak…« Nazim begann, an etwas zu würgen. Als er auf die Knie sank und sich mit den Händen an die Kehle griff, erkannte er, dass es sein eigenes Blut war.

2

Als die Bewohner von Sant'Elia an diesem Morgen erwachten, stellten sie fest, dass ihr kleiner Bergort nach Wochen mit klarem Himmel in einem Meer von Wolken trieb.

Kurz nach dem Frühstück gingen Jane Wade und ihr Freund Giuseppe Rinaldi zum befestigten höchsten Punkt des Orts hinauf, vorbei an der Kirche und hinüber zur Brüstung am Rand der Piazza. Von dort konnten sie den Nebel direkt unterhalb von ihnen wabern sehen.

Seit ihrer Ankunft hatte sich Jane jeden Tag auf Zehenspitzen an die Brüstung gestellt und über die nahen Hügel geblickt, deren Hänge in der Hitze schimmerten. Dahinter erhoben sich zwei höhere Gipfel, der eine kahl, der andere von einem Dorf gekrönt, dessen weiß getünchte Mauern und rote Dächer wie winzige Kacheln in der Ferne aussahen. Es war ein Dorf ohne Namen, oder zumindest mit einem Namen, den die Bewohner der anderen Dörfer in der Gegend nicht gern aussprachen. Sie sagten einfach *das Dorf* oder sogar *das Dorf der Hexen.*

Wie ein Anhänger in das Dekolleté zwischen den beiden Gipfeln geschmiegt lag noch ein anderes Dorf: Collalba, die Heimat einer Gemeinde von Arbëresh – Albaner, deren Vorfahren im 15. Jahrhundert vom Balkan geflohen waren.

In der Ferne hinter diesen nahen Gipfeln erhoben sich die mächtigen grauen Kolosse der südlichen Apenninen.

Wenn sie sich weit genug streckte, wurde der Fuß der massiven Mauer normalerweise sichtbar, die schräg auf die Straße unten traf, dann folgte ihr Blick immer dem Verlauf der Straße, vorbei an dem alten Pferdetrog, der den Eingang zum Dorf markierte, am Friedhof links, der zum Teil hinter dunklen Zypressen versteckt lag, und dahinter rechts zu dem Fußweg, der in den Wald führte und auf dem sie immer ihren Morgenspaziergang gemacht hatte. Zumindest bis gestern. Da war sie einem wilden Eber begegnet, der den Weg entlangschnüffelte. Er war genauso erschrocken wie sie, und beide hatten in entgegengesetzte Richtung eilig die Flucht ergriffen.

Dem berühmtesten Bewohner des Hügellands war sie bisher jedoch nicht begegnet: der Loricato-Kiefer, so benannt wegen ihrer dunklen Rinde, die an die metallenen Schuppenpanzer der römischen Zenturionen erinnerte. Außerhalb des Balkans wuchs dieser Baum nur hier in der Basilikata, mit bis zu tausend Jahre alten knorrigen und verkrüppelten Exemplaren an den windgepeitschten Hängen. Jane hatte gehofft, ein paar Bilder dieser eindrucksvollen Bäume schießen zu können, aber bislang hatte sie kein Glück gehabt.

Schließlich verlor man die Straße im Wald aus dem Blick, wo sie sich nicht einsehbar ins Tal hinunterschlängelte.

Doch nichts von alldem war heute sichtbar, es wurde verhüllt von dem Nebel, der sich, wie Giuseppe erklärt hatte, gelegentlich über einem großen Reservoir in einem benachbarten Tal bildete und von dort die Hänge heraufkroch.

»Schau«, sagte er jetzt und berührte sie am Arm.

Sie wandte den Kopf und sah, dass der Nebel die Kirche auf der tieferen Seite des abfallenden Platzes eingehüllt hatte.

»Wird er sich lange halten?«

»Möglicherweise den ganzen Tag. Und es wird auch Regen geben. Den ganzen Tag.« Er lächelte, seine sanften braunen Augen blitzten trotz seiner siebzig Jahre noch immer schalkhaft. Jane erkannte sein Alter nur daran, dass die ordentlich geschnittenen Haare und der Bart jetzt weiß waren wie der Nebel, der über die Brüstung quoll.

»Regen?« Jane fröstelte, da die kühle Luft durch ihre leichte Kleidung drang. »Ich hatte gehofft, noch ein paar Fotos machen zu können.«

»Und endlich eine Loricato zu erwischen?«

»Das dürfte jetzt ziemlich aussichtslos sein. Vielleicht vom Friedhof, habe ich mir überlegt.«

Giuseppe nickte. »Der scheint dich aus irgendeinem Grund zu faszinieren.«

»Er ist anders.«

»Vielleicht morgen früh, bevor du fährst? Wir könnten unterwegs anhalten.«

Das wäre gegen 6.00 Uhr morgens. Sie musste früh aufbrechen, um nach Neapel zu kommen und einen Flug nach Dublin zu erwischen.

»Wir werden sehen«, sagte sie und bemerkte, dass der Nebel am Glockenturm nach oben kroch. Wie um auf dieses Ereignis aufmerksam zu machen, läutete die Glocke neun Mal und ertönte dann noch zwei Mal in einem anderen Ton. Es war 9.30 Uhr. Jane spürte die ersten Regentropfen auf ihrem T-Shirt. Zeit, ins Haus zu gehen.

Der Regen hörte den ganzen Tag nicht auf, und zu Janes Überraschung hielt sich der Nebel ebenfalls – offenbar eine Besonderheit des Bergwetters und der Grund für Giuseppes verschmitztes Lächeln. Sie unternahm mehrere Anläufe, sich mit der Kamera hinauszuwagen, wurde aber jedes Mal zurückgeschlagen, da es immer dann noch heftiger goss, wenn sie das Haus verließ. Sie hätte Giuseppes Auto nehmen können, wollte bei dem Nebel aber nicht in der Gegend herumfahren. Auch wenn weniger Verkehr herrschte, konnte man leicht von der Straße abkommen und in die Tiefe stürzen.

Gegen Abend ließ der Regen schließlich nach, und sie beschloss, es auszunutzen. Mit der Kamera in ihrem Gehäuse und geschützt von der wasserdichten Jacke war sie eben an der Kirche vorbeigeschlüpft, um die erste von fünf Kopfsteinpflastertreppen hinunterzugehen, als sie sah, dass neben ihr ein kleiner Bach floss.

Als sie den Fuß der ersten Treppe erreichte, hatte sich ein zweiter Bach, der aus einer der Dorfgassen strömte, zu dem ersten gesellt. Ehe sie sich's versah, hatte das Wasser ihre leichten Turnschuhe erfasst. Sie trat an die Wand zurück und schaute um die Ecke. Die tiefer gelegenen Treppen waren fast vollständig von dem Sturzbach überspült. Von allen Seiten strömte das Wasser aus dem Gassengewirr des Dorfs zusammen. Sollte sie weitergehen? Sie sah sich um. Gebäude ragten aus dem Nebel, der sich endlich lichtete. Und der Regen ließ nach. Dann bemerkte sie ein paar Plastikflaschen voll Wasser auf manchen Türschwellen. In Sant'Elia glaubte man, dass sie Katzen abhielten, die hier fast wild zu leben schienen.

War es Aberglaube, oder dachten die Leute wirklich, die Abneigung von Katzen gegen Wasser würde auch dann wirken, wenn sie es in einer Flasche sahen? Erst jetzt fiel ihr auf, dass sie seit Verlassen des Hauses keinen anderen

Menschen gesehen hatte. Vielleicht waren sie selbst ein wenig abergläubisch in Bezug auf Wasser. Es hätte sie nicht im Geringsten überrascht.

Sie bog um die Ecke und lief in ihren durchnässten Turnschuhen am Rand der Treppe weiter abwärts, wo das Wasser nicht so hoch war. Und da sah sie das tote Kätzchen. Ein winziges, schwarz-weißes Ding, das auf dem Rücken in einem Torweg lag, in das es die Strömung gespült hatte. Das Fell war verfilzt, und eine zierliche Pfote ragte steif in die Luft. Jane bückte sich und erkannte, dass es keine Anzeichen für eine Verletzung gab. Das Kätzchen war offenkundig ertrunken. Wasser war also doch zu seinem Schicksal geworden.

Während sie die Treppen hinunterstieg, hörte der Regen gänzlich auf, aber inzwischen war es nach sechs, und es wurde dunkler. Sie trat vorsichtig auf die Straße unterhalb der Mauern des Orts und sah, dass sich der Sturzbach, der die Treppen herunterkam, in einen tiefen Graben neben der Straße ergoss und darin talwärts rauschte.

Und noch immer war kein Mensch unterwegs.

Während sie in der zunehmenden Dämmerung die nebelverhangene Straße entlangging, fragte sich Jane, warum sie sich so für den Friedhof begeisterte. Wie bei Begräbnisstätten in diesem Teil der Welt üblich, bestand er aus mehreren hausartigen Gebilden, in die Reihen von Nischengräbern eingelassen waren, sogenannten *loculi*. Das Ganze wirkte wie ein Wohnblock mit fünf Stockwerken aus Loculi auf allen Seiten einschließlich der Giebelseite. Jedes Grab war mit einer quadratischen schwarzen Marmorplatte verkleidet, die Name, Daten und ein Foto des Grabinsassen trug. Vor jeder dieser Platten stand auf einem kleinen Sims eine

Vase mit Blumen – frisch, welk oder verdorrt – und daneben ein elektrisches Andachtslicht.

Die Pflege und Aufmerksamkeit, mit denen die Gräber bedacht wurden, zeugte von einem Ort, an dem die Vorfahren weiter Teil der Gemeinschaft waren. Ihre Körper mochten verfallen, aber ihr Andenken wurde bewahrt, solange noch jemand lebte, der sich an sie erinnerte. War es das, was Jane anzog?

Sie fand die Fotos allerdings ein wenig unheimlich, speziell die der älteren Leute. Auf den meisten Bildern sahen sie krank und gebrechlich aus, in manchen Fällen ähnelten sie praktisch Leichen. Es erschien ihr unfair, wenn man sich an jemanden, der lange gelebt hatte, nur als alten Menschen erinnerte. Es gab ihr einen Stich bei dem Gedanken, dass ihren verstorbenen Mann Ben dieses Schicksal nicht treffen würde. Aber der Augenblick ging vorüber – es schien mit den Monaten immer schneller zu gehen –, dann lächelte sie, als sie sich vorstellte, wie er neben ihr ging, den Arm um sie legte und etwas sagte wie: »Jung sterben hat auch seine Vorzüge, weißt du.«

Der Friedhof lag fast einen Kilometer vom Ort entfernt, auf einer Anhöhe links der Straße. Ein aus Ästen geflochtener Zaun auf einer Seite und eine Reihe dunkler Zypressen auf der anderen flankierten die Zufahrt zum Tor. Sie hatte sie zur Hälfte zurückgelegt, als die Giebelseite eines der Gebäude aus dem Nebel auftauchte. Unter dem Teerdach des Grabgebäudes waren alle Loculi elektrisch beleuchtet – ein schleierartiger, heller Ring um jedes Votivlicht. Erst jetzt bemerkte Jane einen roten Lieferwagen unter den Zypressen, der mit dem Heck zum Eingang geparkt war. Sie warf einen Blick in den Wagen, als sie ihn passierte, aber niemand saß darin. Dann sah sie, dass die Hecktüren offen standen. Sie blieb einen Moment stehen und lauschte, da sie nicht weitergehen wollte, ehe sie sich überzeugt hatte, dass sich niemand hier draußen herumtrieb. Aber alles, was sie hörte, waren Wassertropfen, die von den Zypressen auf das Dach des Fahrzeugs fielen. Hier war niemand. Der Wagen gehörte wohl dem Friedhofsverwalter. Vielleicht musste man die elektrische Beleuchtung von Hand einschalten.

Wie um ihre Vermutung zu bestätigen, stand das schmiedeeiserne Tor des Friedhofs offen. Sie ging hinein, und im selben Moment wurde die Stille von einer Reihe hallender Schläge durchbrochen, gefolgt vom Geräusch einstürzenden Mauerwerks.

Bei ihrem vorhergehenden Besuch hatte sie einen kürzlich errichteten Block mit Reihen noch offener Loculi bemerkt. Wenn also genügend Platz verfügbar war, warum sollte jemand ein verschlossenes Grab aufbrechen? Dann kam ihr der Gedanke, dass die Friedhofsarbeiter vielleicht aus irgendeinem Grund eine Leiche exhumierten oder verlegten. Sie hatte eine Anzahl größerer Gruften in einem der Gebäude gesehen, die mit *Ossario Famiglia* beschriftet waren, gefolgt vom Namen der Familie. Vermutlich sammelten sie die Knochen in manchen Fällen also nach einer bestimmten Zeit wieder ein und bestatteten sie neu in einer Gemeinschaftsgruft.

Eine weitere Folge schwerer Schläge hallte in den Durchgängen zwischen den Gebäuden. Jane blieb stehen und überlegte unter dem Vorwand, ihre Kamera auszupacken, was sie nun tun sollte. Sie konnte nicht sagen, woher die Abbruchgeräusche kamen oder wie weit entfernt das Ganze von ihrem Standort war. Aber sie hatte kein Verlangen, es näher zu untersuchen. Ein paar Aufnahmen von der nächstgelegenen Giebelseite, dann würde sie den Friedhof verlassen. Sie richtete die Kamera auf die Wand aus Loculi und suchte einige für Einzelaufnahmen heraus, aber sie war zu nahe dran, um ein Gesamtbild der Wand mit den durch den Nebel leuchtenden Lampen zu erhalten. Deshalb ging sie zurück und nach rechts, wodurch die Längsseite des Gebäudes ins Blickfeld kam. Direkt um die Ecke sah sie einen Pickel und einen kurzstieligen schweren Hammer auf dem Boden liegen und dahinter eine Lampe, die von einem Grabsims entfernt worden war.

Sie hörte den Mann, bevor sie ihn sah. Er ächzte mühsam und brabbelte in einem unverständlichen Dialekt heiser vor sich hin. Der Nebel lichtete sich weiter, und sie sah, dass er umgeben von Marmor- und Betonbrocken auf der Erde kniete. Er hatte einen bestimmten Typus von Filzhut auf, wie ihn ältere Männer in der Gegend gern trugen. Sein sonnengebräuntes, von grauen Stoppeln bedecktes Gesicht war schmal und gefurcht wie eine alte Holzschnitzerei. Und er zog einen Sarg aus einer Nische in der untersten Gräberreihe.

Jane wandte sich zum Gehen, aber der Mann hatte sie gesehen und begann, auf sie einzureden, als versuchte er zu erklären, was er da machte. Dabei zeigte er auf einen flachen, hölzernen Karren neben sich. Er unternahm einen letzten Versuch, den einst weißen Holzsarg herauszuziehen, der jetzt grün verfärbt und vor Feuchtigkeit aufgequollen und verformt war. Da er ihn nicht herausbekam, stand der Mann auf, nahm kurz den Hut ab und wischte sich mit dem Ärmel über die Stirn. Er sah sie aus wässrigen, blutunterlaufenen Augen an, und in seinem Mund waren ein paar braune Zahnstummel zu erkennen, als er in seiner merkwürdigen Sprache erneut etwas zu ihr sagte. Danach wiederholte er es offenbar auf Italienisch, aber er sprach so schnell, dass Jane nichts weiter verstand als *del mondo*.

Sie schüttelte den Kopf. »*Non capisco*«, erwiderte sie und merkte, dass ihre Stimme zitterte.

Er setzte seinen Hut wieder auf, der wirkte, als wäre er ihm zu klein. »*E la fine del mondo*«, sagte er müde.

Jetzt hatte ihn Jane verstanden. *Es ist das Ende der Welt.*

Dann bückte er sich, zog noch einmal an dem Sarg, und es gelang ihm, ihn ein Stück weiter herauszuziehen. Jane wich langsam zurück und bereitete sich darauf vor loszurennen.

In diesem Moment landete der Sarg krachend auf dem Boden. Der Aufprall genügte, damit das verfaulte Holz auseinanderfiel und der Deckel ins Innere des Sargs sackte.

Unter gequältem Stöhnen warf der alte Mann den Deckel beiseite und nahm in Augenschein, was darunterlag. Aus Janes Blickwinkel sah es aus wie die Leiche einer Frau, die man offenbar in ihrem Hochzeitskleid beerdigt hatte. Das Material war feucht und verfärbt und klebte an ihr. Ihr Kopf war zum Glück von vielen Lagen Tüllschleier bedeckt.

»*È mia figlia*«, sagte der alte Mann in schlichtem Italienisch, während Tränen in seine Augen traten. »*Mia piccola figlia.*« Dann bekreuzigte er sich, und ehe Jane etwas tun oder sagen konnte, zog er die Leiche seiner Tochter an die Brust.

»*Succede tutto come predetto*«, flüsterte er und lüftete

vorsichtig den Schleier von ihrem Gesicht. Der größte Teil des Schädels war noch von einer Maske aus schwarzem Gewebe bedeckt, aber der Stirnknochen lag frei, mit einigen Hautfetzen, die sich davon lösten. Und doch hatte sie noch immer einen vollen schwarzen Haarschopf.

Ihr Vater blickte auf sie hinab und begann dann, leise summend, wie er es in der Kindheit des Mädchens getan haben mochte, über ihr Haar zu streichen. Im selben Moment löste es sich mit dem daran befestigten Schleier vom Schädel, wie eine Perücke, die verrutscht ist. Nur dass Jane wusste, es war keine Perücke.

»*Succede tutto come predetto*«, lauteten die Worte des heiseren Schlaflieds, das ihr Vater summte, während er über den Schädel seiner Tochter strich. »*Succede tutto come predetto.*«

Es trifft alles ein wie vorhergesagt.

3

»Er heißt Enzo Bua. Ein Zimmermann aus Collalba«, erklärte Giuseppe.

»Das Arbëresh-Dorf auf der andern Seite des Tals«, ergänzte seine Frau Lucia.

Jane nickte. »Ja. Ich war letzten Sonntag mit Giuseppe dort zur Messe.«

»Ach ja, richtig. Das hatte ich vergessen«, sagte Lucia. Sie war eine zierliche Frau mit modisch kurz geschnittenem grauem Haar. Und sie hatte sich eben eine Strickjacke über die Schulter gelegt, da sie draußen auf dem Balkon ihres Hauses hoch über der Landschaft saßen. Nicht dass es etwas zu sehen gab. Die Landschaft unter ihnen hätte ebenso gut das Innere einer Höhle sein können. Nur wenn stecknadelgroße Lichter in der Ferne anzeigten, dass sich ein Auto die Bergstraßen von Senise heraufschlängelte, nahm man eine Welt jenseits des Balkons wahr. Der Sitzbereich wurde nur vom matten gelben Licht einer normalen Lampe im Wohnzimmer erhellt, das durch die offene Tür hinter ihnen fiel. Giuseppe und Lucia saßen in mondlosen Nächten oft hier und betrachteten den spektakulären Anblick der Sterne am klaren Himmel über ihnen. Heute Abend waren jedoch weder Mond noch Sterne sichtbar – die Wolke, die den Ort tagsüber eingehüllt hatte, war lediglich höher gestiegen.

»Signor Bua ist Witwer, und Shpresa war sein einziges überlebendes Kind«, fuhr Giuseppe fort. »Seine beiden Söhne kamen als Teenager bei einem Autounfall ums Leben. Vor etwa drei Jahren dann heiratete Shpresa einen Mann aus Sant'Elia – gegen den ausdrücklichen Wunsch ihres Vaters. Sie starb Ende letzten Jahres an einem Hirnaneurysma, ohne Kinder gehabt zu haben. Ihr Ehemann ließ sie hier auf dem Friedhof begraben, obwohl Enzo ihn anflehte, sie im Familiengrab der Buas in der Krypta der Kirche von Collalba beisetzen zu lassen. Das brachte das Fass zum Überlaufen, was Enzo Bua anging.«

»Aber warum …« Jane verlor kurz den Faden. Der dritte Grappa des Abends machte sich bemerkbar.

»Woher weißt du das alles, Giuseppe?«, fragte Lucia. »Über Enzo Bua, meine ich.«

»Nachdem ich Vittorio und die Polizei verständigt hatte, rief ich Mitri Kamarda an. Er hat mir alles erzählt.«

Lucia nickte und wandte sich dann an Jane. »Pfarrer Kamarda ist der Gemeindegeistliche von Collalba«, erklärte sie. »Und stammt selbst von den Arbëresh ab«, fügte sie an.

Jane wusste nicht, warum das von Belang war, aber sie fasste es als Bemerkung darüber auf, wie wichtig es für eine Gemeinde mit solch ausgeprägter religiöser Kultur war, ihre eigenen Priester zu haben. Bevor sie es auf dem Flug nach Neapel in einem Reiseführer gelesen hatte, hatte sie nicht gewusst, dass es in diesem Teil Italiens albanische Gemeinden gab, von denen einige fünfhundert Jahre zurückreichten.

Am vergangenen Sonntag hatte Giuseppe vorgeschlagen, sie könnten die Messe in Collalba besuchen, und Jane versprochen, dies würde ihr eine Ahnung von der Kultur der

Arbëresh vermitteln. Nachdem sie in das sonnenbeschienene Tal hinuntergefahren waren und auf der anderen Seite über eine Serpentinenstraße wieder hinauf, waren sie in ein schmuckes Dorf gekommen, das um eine kleine Kirche herumgruppiert war. Die Kirche war von außen unscheinbar, aber innen unerwartet hell und luftig, mit vergoldeten Ikonen, die von gelb getünchten Wänden und Säulen leuchteten. Giuseppe hatte erklärt, dass die Arbëresh in gewisser Weise wie griechisch-orthodoxe Christen waren, aber dem lateinischen Ritus folgten. Nichtsdestoweniger fand es Jane schwer, der Liturgie zu folgen – was vielleicht damit zu tun hatte, dass sie selbst Protestantin war.

Wie in der orthodoxen Tradition war der Altar von einer Ikonostase verborgen, einem Wandschirm aus Ikonen, hinter dem der Priester von Zeit zu Zeit für verschiedene Lesungen und Gesänge hervorkam. Und doch war es erkennbar eine römisch-katholische Messe. Die Gemeinde, die hauptsächlich aus Frauen mittleren Alters aufwärts in traditionellen roten Röcken, weißen Halstüchern und bestickten weißen Blusen bestand, sang dazwischen Kirchenlieder in einem beinahe nahöstlichen Stil, der keine Ähnlichkeit mit den griechisch oder russisch-orthodoxen Chorälen hatte, die Jane kannte. Das Heftchen für die Messe war in Griechisch, Italienisch und Arbëresh gedruckt – der alten Form des Albanischen, die Enzo Bua auf dem Friedhof benutzt hatte, wie Jane inzwischen wusste.

»Jedenfalls«, nahm Giuseppe seinen Gedankengang wieder auf, »versetz dich mal in Buas Lage. Er hat keinen überlebenden Sohn, und seine Tochter ist kinderlos gestorben. Um das Maß vollzumachen, gestattet man ihm nicht, sie in Collalba zu beerdigen. Vittorio – Dr. Carlucci – glaubt, das hat ihn überschnappen lassen.« Er sah Jane an. »Der Umstand, dass er bereit war, ihre Gebeine zu rauben, bevor sie trocken waren, zeigt seinen Geisteszustand.«

»Allerdings war er gerissen genug, die Gelegenheit zu ergreifen, die ihm der Nebel bot«, sagte Lucia.

Der Zustand der Gebeine der toten Frau kam Jane ziemlich nebensächlich vor. Sie schauderte innerlich, wenn sie an die Szene auf dem Friedhof dachte – der Anblick der toten Frau und, ja, auch der Verwesungsgeruch in der feuchten Luft, wie sie sich jetzt eingestehen konnte. Es war zwei Stunden her, seit sie völlig aufgelöst zum Haus zurückgekehrt war und von ihrem Erlebnis berichtet hatte. Während Lucia ihr ein Glas Grappa aufnötigte, hatte Giuseppe einige Anrufe gemacht, ehe er selbst zum Friedhof gefahren war. Dort traf er den Vater in wirrem Zustand an, wie er immer noch versuchte, die sterblichen Überreste seiner Tochter in den Lieferwagen zu bekommen.

»Jetzt weiß ich wieder, was ich fragen wollte«, sagte Jane. »Diese Sache, dass er sie unbedingt im Familiengrab beisetzen wollte – das begreife ich nicht. Wenn ein Mann im ländlichen Irland einem Mädchen einen Heiratsantrag macht, fragt er: ›Möchtest du bei meinen Leuten beerdigt werden?‹ Das soll natürlich ein Witz sein, aber es trifft den Nagel auf den Kopf. Heirat bedeutet in traditionellen Gesellschaften, dass die Frau dem Mann auf den Friedhof folgt. Ist das hier nicht auch die übliche Praxis?«

Giuseppe lächelte. »Doch, sicher. Aber die Familie Bua ist ein Sonderfall. Selbst diejenigen von uns, die sie nicht persönlich kennen, wissen von …« Seine Aufmerksamkeit wurde vom Kopfschütteln seiner Frau abgelenkt. »Ja, meine Liebe?«

»Es ist grotesk, wenn du mich fragst. Ich weiß nicht, ob Jane unbedingt von diesen merkwürdigen Gebräuchen erfahren muss.«

»Vielleicht sollten wir sie einfach selbst entscheiden lassen, Lucia.«

»Meinetwegen. Aber du kennst meine Ansicht dazu.«

Jane war neugierig geworden.

»Die Familie Bua hütet seit Generationen ein religiöses Artefakt, das ihre Gemeinschaft im 15. Jahrhundert aus Albanien mitgebracht hat. Und Pfarrer Kamarda zufolge – mit dem ich mich einmal darüber unterhalten habe – haben sie es schon lange Zeit vorher bewacht. Wie es dazu kam, weiß heute niemand mehr, aber wenn ich sage, sie sind die Hüter, dann meine ich damit, dass sie es selbst im Tod noch sind.«

Jane sah ihn nachdenklich an. »Was genau soll das heißen?«

»Das soll heißen, dass das Artefakt – es handelt sich übrigens um eine Ikone – in der Krypta von ihren sterblichen Überresten umgeben ist. Und sie sind die einzige Familie, die dort begraben wird.«

»Ach so.« Jane begann zu verstehen.

»Deshalb sah sich Enzo Bua als Letzter seiner Linie einem schrecklichen Problem gegenüber: Wer sollte die Tradition fortführen?«

»Aber wenn schon Generationen von Knochen dort liegen, welche Rolle spielt das dann?«

»Nun ja … ganz so funktioniert es nicht. Die Tradition schreibt vor, dass eine gewisse Anzahl von Grabstätten in der Krypta von Familienangehörigen besetzt werden muss, bis ihre Gebeine so weit sind, dass man sie ins Beinhaus verlegen kann. Signor Bua wollte die Leiche seiner Tochter holen, damit sie sozusagen einen der freien Plätze belegen konnte.«

»Du erklärst das nicht sehr gut, Giuseppe. Wenn du es Jane schon erzählen musst, dann mach es richtig.« Lucia sah Jane an und schürzte die Lippen. »Die betreffende Familie begräbt ihre Toten meines Wissens nicht so wie andere.«

»Ich weiß nur, was ich im Lauf der Jahre so aufgeschnappt habe«, sagte Giuseppe und lächelte gezwungen. »Nach dem Begräbnis wird der Tote sofort in der Krypta bestattet, die sich unter der Kirche von Collalba befindet. Ich glaube, der Eingang ist rechts vom Hauptaltar. Und anders als Lucia sagt, findet man diese Tradition auch hier in unserer Gegend, nicht nur in der Gemeinde der Arbëresh. Unter Mönchen und Nonnen im Wesentlichen, aber auch bei Laienbruderschaften, die sich bestimmten religiösen Zwecken widmen.«

»Ich finde es abstoßend«, sagte Lucia und verzog das Gesicht. »Was sie mit den Leichen machen. Igitt.«

»Lucia!« Giuseppe verlor die Geduld mit ihren ständigen Einwürfen. Er wandte sich an Jane und bemühte sich zu lächeln. »Es ist nur Hörensagen. Wir wissen es nicht genau.«

»Ihr wisst was nicht?«

»Wie die Leichen konserviert werden«, ließ Lucia nicht locker.

»Sie konservieren die Leichen?« Jane sah Giuseppe fragend an.

Giuseppe schüttelte den Kopf, er verzweifelte inzwischen an Lucia. »Nicht wirklich. Nicht wie Mumien. Es ist nur so, dass man sie freiliegend langsam verwesen lässt. Bis das Skelett allmählich zerfällt.«

»Igitt.«

»Ich denke, wir verkennen, worum es geht«, sagte Giuseppe ernst. »Wie gesagt, war diese Praxis außerhalb der Geistlichkeit und der Klöster auf die Angehörigen von Bruderschaften beschränkt, die sich wohltätigen Zwecken widmeten oder vielleicht einen Schrein verehrten. In diesem Fall handelt es sich um eine einzelne Familie. Und wie es aussieht, erleben wir gerade das Ende dieser Tradition.«

»Also, was mich angeht …« Lucia unterbrach sich und lauschte.

Dann hörte es Jane ebenfalls. Im Haus läutete das Telefon.

Giuseppe sah Lucia mit einem Blick an, der besagte: »Bitte geh ran und lass mich zu Ende erzählen.«

Lucia entschuldigte sich und ging hinein.

»Lucia ist aus dem Norden«, erklärte er, als sie im Haus verschwunden war. »Sie hält uns hier in mancher Beziehung für primitiv.«

»Ich kann sie verstehen. Ein Mann, der die Knochen seiner Tochter ausgräbt, eine Familie aus Kadavern, die eine Krypta bewacht …« Jane fing zu lachen an. »Mein Gott, es ist der reinste Horrorfilm.«

Giuseppe klatschte erfreut in die Hände. »Ich wusste, es würde dir irgendwie gefallen. Und dass du heute noch über diese Geschichte gestolpert bist – was für ein überraschendes Ende für deinen Aufenthalt hier.«

»Das kann man wohl sagen. Eins noch: Diese Ikone – hat sie etwas Besonderes an sich? Hast du sie einmal gesehen?«

»Ja, sie wird an jedem ersten Adventssonntag herausgeholt, und einmal war ich bei dieser Gelegenheit in der Kirche. Sie sieht nach nichts Besonderem aus. Eine typische Ikone eben. Auf eine kleine Holztafel gemalt. Ihr Gegenstand ist im Griechischen als die Parusie bekannt.«

»Und das bedeutet?«

»Die Erscheinung des auferstandenen Christus in Herrlichkeit bei der Wiederkunft des Herrn. Man könnte auch kurz ›das Jüngste Gericht‹ sagen.«

»Hm.« Jane dachte daran, wie Enzo Bua sich ihr gegenüber geäußert hatte. »Oder vielleicht *la fine del mondo*?«

»*Si*, Jane. *La fine del mondo*.«

»Genau das hat Signor Bua auf dem Friedhof zu mir gesagt. Es ist das Ende der Welt.«

»Vielleicht hat er die Ikone gemeint. Aber wahrscheinlich eher seine verzweifelte Lage.«

»Wenn es sich also um kein großartiges Kunstwerk handelt, wieso wurde diese Ikone dann über Generationen hinweg von einer Familie bewacht?« Jane trank noch einen Schluck von ihrem Grappa.

Giuseppe kratzte sich am Kopf. »Wie gesagt, das weiß heute niemand mehr genau. Sie wird nicht einmal an Feiertagen bei Prozessionen durch das Dorf getragen, wie man es sonst mit volkstümlichen Bildnissen hier in der Gegend macht. Laut Mitri Kamarda werden ihr allerdings ein paar wundersame Begebenheiten zugeschrieben. Eine fand in der Zeit statt, als Neapel die Hauptstadt dieser Region war. Die Malaria grassierte – es war so schlimm, dass Süditalien das Königreich des Todes genannt wurde. Doch das Dorf Collalba blieb von der Krankheit verschont, angeblich weil die Ikone die Malariasümpfe ausgetrocknet hatte. Kamarda glaubt, dass die Leute es gedanklich mit ihrem Heimatort in Albanien in Verbindung brachten: *Liqeni i Thate* – was übersetzt ›trockener See‹ bedeutet.« Giuseppe lächelte. »Viel wahrscheinlicher hat allerdings einfach die Höhenlage des Dorfs den Moskitos nicht behagt.«

»Wenn ich kurz zynisch sein darf, Giuseppe, bist du dir sicher, dass die Familie Bua das Ganze nicht irgendwie ausbeutet? Wunderheilung gegen eine Spende – etwas in der Art?«

»Nicht dass ich wüsste. Ich glaube, alles, was für sie dabei herausschaut, ist, dass sie am Jüngsten Tag auferstehen werden, wenn sie ihr Versprechen gehalten und die Ikone bewacht haben.«

»Was wird jetzt mit Signor Bua geschehen?«

»Ich glaube nicht, dass ihn die Polizei irgendwie belangen wird. Sie haben versucht, mit Shpresas Mann Kontakt aufzunehmen. Er wohnt jetzt in Potenza. Enzo hat sich bereit erklärt, mit Dr. Carlucci im Polizeiauto zum Krankenhaus in Senise zu fahren. Dort gibt es eine psychiatrische Station. Das Letzte, was der arme Mann zu mir sagte, als sie ihn in den Wagen verfrachtet haben, war: ›Shpresa … das bedeutet Hoffnung, wissen Sie.‹«

Vom Eingang fiel ein Schatten auf die Terrasse. »Damit war es nicht weit her«, sagte Lucia mit zittriger Stimme. Sie lehnte sich an die Wand neben dem Eingang.

»Das war Vittorio. Signor Bua … Er ist aus dem Wagen entkommen, als sie über die Brücke beim Reservoir fuhren. Die Polizisten liefen ihm nach, aber er ist über das Geländer geklettert und gesprungen.« Sie bekreuzigte sich. »Armer Mann. Er war eine gepeinigte Seele. Möge Gott ihm gnädig sein.«

4

Während Chaim Elon in der Schlange stand, überlegte er, was sein Schwager noch über sein Erlebnis in Entebbe erzählt haben könnte. 1976 war Shlomo als Passagier in einer in Tel Aviv gestarteten Air-France-Maschine gewesen, die von palästinensischen und deutschen Terroristen nach Uganda entführt wurde. Nach der Ankunft in Entebbe trennten die Entführer über hundert israelische Staatsangehörige und Juden von den übrigen Passagieren und drohten damit, einen nach dem anderen hinzurichten, falls in Gefängnissen in Deutschland und Israel einsitzende Gesinnungsgenossen nicht freigelassen würden. Die Geiseln verbrachten eine Woche eingepfercht in einem alten Flughafengebäude, ehe ein israelisches Kommando nach einem fast achtstündigen Flug über viertausend Kilometer aus dem Nachthimmel stieß und sie befreite.

Nicht dass Chaim etwas Ähnliches erwartet hätte. Zunächst einmal waren die fünf Männer und zwei Frauen, die ihn und die anderen Reiseunternehmer festhielten, keine Palästinenser. Ihr Anführer Hakan – sie benutzten nur Vornamen – war türkischer Herkunft. Chaim hatte ihn mit ihrer Führerin fließend türkisch reden hören, aber er sprach ein amerikanisches Englisch, das erkennbar seine erste Sprache war. Dasselbe galt für eine der asiatisch aussehenden jungen Frauen – sie hieß Eden, wie er glaubte.

Die Übrigen sprachen wenig und behielten meist ihre Masken auf, aber sie schienen ihm Europäer oder Nordamerikaner zu sein. Was sie alle gemeinsam hatten, war etwas, das Chaim an ultraorthodoxe Juden erinnerte – sie schienen durch eine Überzeugung miteinander verbunden zu sein, die sie über alle anderen erhob.

Wie war er in den Händen dieser Fanatiker gelandet? Chaim dachte wehmütig über die Kette der Ereignisse nach, die ihn nach Istanbul geführt hatte. Seine Frau Golda war im vergangenen Jahr gestorben, und seither versuchten ihn seine beiden Töchter zu überreden, sich aus dem Geschäft zurückzuziehen. Er hatte sich schließlich dazu bereit erklärt, aber unter der Bedingung, dass er eine letzte Werbereise unternehmen würde, ehe er sich zurückzog, um sich für den Rest seiner Jahre seinem Garten und den Enkelkindern zu widmen.

Angenommen, es handelte sich bei der Bande tatsächlich um so etwas wie religiöse oder politische Eiferer, dann stellte sich die Frage, was der Inhalt ihres Fanatismus war. Am Abend zuvor hatten sie die Geiseln genau wie jetzt in einer Reihe aufgestellt und nach ihrem Namen, ihrem Herkunftsland und ihrer *Religion* gefragt. Bis dahin hatte Chaim angenommen, sie seien einfach eine zufällige Ansammlung von Geiseln, Leute, die am falschen Ort waren, als die Terroristen zuschlugen und deren Hintergrund sie wenig interessierte. Doch von diesem Augenblick an bereiteten ihm die Motive ihrer Entführer größere Sorgen.

Diese hatten die Zeit seitdem damit verbracht, das Gebäude zu sichern und ihre Gefangenen zu bewachen. Alles, was sie von der Außenwelt mitbekamen, war das Geräusch eines gelegentlich über das Gebäude fliegenden Polizei- oder Militärhubschraubers. Aber falls türkische Kräfte es zu stürmen versuchten, würden sie eine unangenehme Überraschung erleben – die Bande hatte Türen und Fenster mit Sprengstofffallen bestückt. Außerdem wurden die Geiseln in der Mitte des großen Bereichs unter der Kuppel festgehalten. Falls sie wegzulaufen versuchten oder falls jemand durch die Eingänge oder durch Abseilen von der Kuppel herab zu ihnen vorzustoßen versuchte, wäre es ein Leichtes, sie niederzumähen.

In der Zwischenzeit mussten die Gefangenen auf dem Marmorboden stehen, sitzen oder kauern oder abwechselnd auf einer Handvoll Stühle mit geraden Lehnen Platz nehmen. Sie schliefen auf Teppichen und Matten, die ihre Entführer aus verschiedenen Teilen des Gebäudes zusammengetragen hatten, und benutzten Handtaschen und zusammengerollte Jacken als Kopfkissen. Essen gab es so gut wie keins – nur Schokoriegel und Kartoffelchips sowie Wasser und Limonaden aus ein paar Automaten. Jeweils nur eine Geisel durfte zur Toilette, immer in Begleitung eines der Terroristen.

Die Schlange bewegte sich weiter, und Chaims Gedanken gingen zu Shlomo zurück. Die Entebbe-Entführung war etwa zu der Zeit passiert, als Chaims Reiseunternehmen gerade in Fahrt kam. Er hatte damals viel fliegen müssen, weshalb er genau zugehört hatte, wenn Shlomo von seinen Erlebnissen berichtete – Flugzeugentführung war zu jener Zeit eine bevorzugte Terroristentaktik, und man konnte nie wissen, wann man vielleicht selbst an der Reihe war. Aber sosehr er sich auch bemühte, jetzt, viele Jahre später, fiel ihm nicht viel mehr ein, als dass Shlomo gesagt hatte, wer mit den Terroristen ins Gespräch zu kommen versuchte, wurde zum Dank verprügelt. Es war besser, nichts zu sagen oder zu tun. Und mit ihnen zu kooperieren. Chaim gab dieses Wenige an Information an seine Mitgefangenen weiter.

Shlomo hätte er so oder so nicht mehr fragen können – er war vor zehn Jahren gestorben. »Das war eine Möglichkeit, ihn zum Schweigen zu bringen«, hatte er gegenüber Golda gescherzt, als sie hörten, dass der Bruder seiner Frau an einem Herzinfarkt gestorben war, während er gerade eine Rede vor den Mitgliedern seines Toastmaster Clubs hielt. Sie hatte es gut aufgenommen. Shlomo hatte tatsächlich pausenlos geredet. Wie Golda im Übrigen auch. Bis der Tod auch sie zum Schweigen brachte. In Wahrheit vermisste Chaim ihr ständiges Geplapper, aber er war froh, dass sie diese Tortur nicht mit ihm durchstehen musste.

Ein weiterer Hubschrauber, der über die Kuppel knatterte, ließ ihn aufblicken. Er konnte die Ikone von Maria und Jesus über seinem Kopf sehen, die Goldtäfelchen des Mosaiks glitzerten im Licht der Morgensonne, das durch die Fenster strömte. Die Führerin hatte ihnen erzählt, das Mosaik sei von einem begabten Künstler geschaffen worden, der in Ungnade fiel, als ein Kaiser auf den Thron kam, der die Herstellung von Ikonen verbieten wollte. Der Künstler weigerte sich, das Verdikt zu befolgen, weshalb der Kaiser seine Hände unbrauchbar machte, indem er sie auf glühend heiße Eisenplatten drückte. Es war eine Tat, die Hakan gefallen hätte.

Sie hatten gesehen, wie er einen der Wachleute misshandelte. Der Mann war angeschossen und schwer verwundet worden, doch es war ihm gelungen, unbemerkt unter eine Marmorkanzel am Rand des Kirchenschiffs zu kriechen. In den frühen Morgenstunden hatte ihn sein Stöhnen jedoch verraten, und er wurde von zwei der Terroristen aus seinem Versteck geschleift. Der Blutspur nach, die er dabei auf dem Boden hinterließ, war klar, dass er ohne ärztliche Hilfe verbluten würde. Da es diese wahrscheinlich nicht geben würde, wäre es human und anständig gewesen, es ihm einigermaßen bequem zu machen. Stattdessen hatte ihn Hakan an den Füßen an einem der Kronleuchter aufgehängt, sodass er ausblutete wie ein Schlachttier, bis er starb. Ihre Reiseleiterin Irem Selçuk und ein paar muslimische Männer murmelten Gebete, und unter den übrigen Geiseln wurde entsetztes Flüstern laut. Aber niemand trat offen für den Mann ein – sie wussten, Hakan wartete nur auf einen Vorwand, sie zu bestrafen.

»Nichts würde mir mehr Vergnügen machen, als euch alle hier hängen zu lassen«, sagte Hakan, als sie die Leiche endlich abnahmen. »Also lasst euch das eine Warnung sein – versucht keine Dummheiten.«

Es war ohnehin nicht so, dass sie viel versuchen konnten. Gleich zu Beginn der Entführung hatte die Bande sie nach allem durchsucht, was sich möglicherweise als Waffe verwenden ließ, und ihnen die Handys abgenommen. Chaim sah, dass die Telefone jetzt auf einem Tisch ausgelegt waren, und jede Geisel schien ihres zu identifizieren und ein paar Fragen zu beantworten. Das asiatische Mädchen saß an dem Tisch und schrieb alles auf, während Hakan neben ihr stand.

»Ah, Mr. Elon …«, sagte Hakan mit gespielter Wärme in der Stimme.

»Eins der restlichen Handys hier gehört Ihnen – identifizieren Sie es«, sagte Eden.

Chaim erkannte Hakans Freundlichkeit als ebenso falsch wie die Schroffheit der jungen Frau. Da er sein Leben lang immer mit Menschen zu tun gehabt hatte, konnte er sie gut lesen. Vielleicht wollte sie Hakan beeindrucken.

Chaim ließ den Blick über die Telefone auf dem Tisch wandern. Zwei lagen nebeneinander, die beide seines sein konnten. Warum musste die Sache so kompliziert sein?

»Ich … ich weiß nicht genau«, sagte er, und seine Hand schwebte zitternd über den Geräten. Auf diese Weise fiel er ungewollt auf.

»Heben Sie es auf und schauen Sie auf das Display«, sagte die junge Frau.

Chaim nahm ein Handy und drückte auf eine Taste. »Das ist meins«, sagte er.

»Sie sind uns sehr wichtig, Mr. Elon«, sagte Hakan. »Deshalb müssen wir unbedingt genau wissen, welches Handy Ihnen gehört.«

Chaim verkniff sich die Frage, warum. Je weniger Interaktion, desto besser. Doch die ganze Prozedur war lächerlich. Würde irgendwer ein Handy nehmen, das ihm nicht gehörte? Wenn sie andererseits glaubten, er könnte versucht sein, es zu tun, dann gab es vielleicht einen Grund, sich über andere Dinge Sorgen zu machen.

Die Frau namens Eden hatte seinen Namen auf ein selbstklebendes Etikett geschrieben, das sie nun abzog und auf die Rückseite des Handys klebte. Sie bedeutete ihm mit einem Nicken weiterzugehen.

Chaims Display-Hintergrund war das Foto eines Kleinkinds – seines jüngsten Enkels. Aber das würde er diesen Verbrechern sicher nicht auf die Nase binden.

»Hey!« Hakan rief hinter ihm her.

Er erstarrte.

»Schau mich an, wenn ich mir dir rede.«

Kooperieren, hatte Shlomo gesagt.

Er drehte sich um.

»Willst du nicht wissen, was wir mit den Handys machen?« Hakan lächelte – wenn man dieses höhnische Lippenkräuseln als Lächeln bezeichnen wollte.

Glaub nichts von dem, was sie sagen. Das hatte Shlomo immer wieder betont.

»Wir arrangieren Anrufe von euren Familien für jeden von euch. Das kleine Kind hier«, sagte er und tippte auf den Schirm, »mit dem würdest du doch bestimmt gern reden, oder?«

Chaim sagte nichts. Es konnte alles nur Täuschung sein.

»Spiel mit – vor allem, wenn wir live vor der Kamera sind. Dann wirst du nicht nur mit dem Kleinen reden können, sondern ich garantiere dir, dass du ihn wiedersiehst, okay?«

Chaim Elon nickte. Er hatte keine Ahnung, wovon der Mann sprach. Doch entgegen Shlomos Rat fühlte er einen schwachen Funken Hoffnung in seinem Herzen glimmen. Er ging leichteren Schritts weiter.

5

Jane und Giuseppe sprachen kaum etwas auf dem Weg nach Senise, wo Jane den Bus nach Neapel nehmen würde. Sie fühlte sich nicht ganz wohl und hätte eine ruhigere Zugfahrt vorgezogen, aber es gab keine Eisenbahnverbindung in der Gegend. Verkatert zu sein war eine Erfahrung, die sie seit Bens Tod häufig gemacht hatte, und sie wusste, sie musste ihren Alkoholkonsum in den Griff bekommen – aber noch nicht sofort.

Zumindest musste sie nicht selbst nach oder, noch schlimmer, *durch* Neapel fahren. Der grelle Sonnenschein war jedoch ein Ärgernis, selbst durch ihre Sonnenbrille. Sie beabsichtigte, sich einen Fensterplatz im Bus zu suchen, den Vorhang zuzuziehen und die ganze Fahrt zu schlafen. Sie würde fast vier Stunden dauern. Giuseppe hätte sie jederzeit hingebracht, aber sie hatte bereits die ganze Woche sein Auto benutzt und wollte seine Gastfreundschaft nicht überstrapazieren.

Sie schloss die Augen und dachte über ihre Beziehung zu Giuseppe nach. Er war ihr Lehrer gewesen, als sie in den 1990er-Jahren beschloss, Italienisch zu lernen. Dann entdeckte sie, dass er umfangreiche Kenntnisse über eine Reihe von Themen wie italienische Geschichte oder Literatur und Filme besaß, und sie interviewte ihn in den folgenden Jahren hin und wieder in ihren Radiosendungen.

Und dann hatte er sich bei ihr gemeldet und ihr mitgeteilt, er und Lucia würden für immer nach Hause zurückkehren. Man hatte ihn zu einer Teilzeitarbeit bei der Tourismusbehörde der Basilikata überredet. Seine Pensionierung als Lehrer stand ohnehin bevor, deshalb zogen er und Lucia wieder nach Sant'Elia, um in dem Haus zu wohnen, das seit Generationen im Besitz seiner Familie war. Das Bergdorf selbst lag im Herzen des größten Naturparks des Landes, was zu der Attraktivität der Gegend beitrug. Aber da sehr viele Ortschaften aufgrund der geografischen Gegebenheiten nur schwer erreichbar waren, bestand wenig Gefahr, dass die Region vom Massentourismus überrannt wurde. Nach Giuseppes fester Überzeugung würden ihnen Geschichte und Natur jedoch eine weitsichtigere Form von Tourismus einbringen. Und sein erstes Projekt war es gewesen, ein kleines Museum aufzubauen, das sich der Geschichte des *brigantaggio* in der Gegend widmete. Diese Form des Banditentums hatte Süditalien im 19. Jahrhundert befallen und wurde von manchen als eine Art Widerstandsbewegung im Sinne der Armen angesehen, von anderen als eine Terrorherrschaft, die der Bevölkerung von skrupellosen Verbrechern aufgezwungen wurde.

»Oh«, rief Giuseppe plötzlich aus.

Jane öffnete die Augen und sah, dass sie zu der Brücke über das Reservoir kamen. Ein allradgetriebenes Polizeifahrzeug stand an einem Ende der Brücke, daneben zogen zwei Taucher ihre Anzüge an.

»Sie suchen nach Enzo Buas Leiche«, sagte Giuseppe.

Ein Stück weiter begegneten sie einem Pick-up des Zivilschutzes mit einem Schlauchboot auf einem Anhänger.

»Gehört wohl ebenfalls zur Suche.«

»Hm«, murmelte Jane und schloss wieder die Augen.

»Hast du dir schon einmal überlegt, Jane ... Wenn wir wüssten, auf welche Weise wir sterben werden, würden wir uns dann anders verhalten?«

Es war nicht nötig, dass sie etwas antwortete. Giuseppe hatte die Angewohnheit, laut nachzudenken.

»Und wenn es uns jemand sagte, würden wir es ihm überhaupt glauben?«, fuhr er fort.

Jetzt war sie erst recht entschlossen, nichts zu sagen. Auf eine Diskussion, ob es möglich war, die Zukunft zu kennen, war sie gewiss nicht scharf.

»Auch absurde Zufälle können sich im Zusammenhang mit unserem Schicksal ereignen«, redete Giuseppe immer weiter. »Nimm Worte, zum Beispiel. Meine Großmutter ging eines Tages in den Wald, um Pilze zu sammeln, und wurde von einem wilden Eber angegriffen. Sie hätte ihre Verletzungen wahrscheinlich überlebt, nur dass sie sich nicht mehr bewegen konnte und erst am nächsten Tag gefunden wurde – an Unterkühlung gestorben. Hätte sie überlebt, sie wäre die Erste gewesen, die über das absurde Zusammenspiel gelacht hätte, dass sie von einem Schwein attackiert wurde, während sie *porcini* sammelte, wie die Steinpilze bei uns heißen – Schweinchen also.«

Wäre sie nicht so verkatert gewesen, hätte Jane ebenfalls gelacht. So aber brachte sie nur ein emotionsloses »erstaunlich« zuwege.

»Jetzt haben wir hier das Beispiel eines Manns, der in einem Speichersee in Italien ertrinkt. Einem künstlichen See, der Millionen von Menschen mit Wasser versorgen soll. Und der Ort in Albanien, von dem seine Vorfahren vor über fünfhundert Jahren kamen, hieß ›Trockensee‹. Glaubst du, das ist mehr als reiner Zufall?« Diesmal schien er eine Reaktion zu erwarten. »Eine Art kosmischer Witz«, ließ er nicht locker. »Der uns vielleicht sagen will, dass das Leben im Grunde ein lachhaftes Spiel ist. Dass unser aller Leben absurd ist und unser Tod erst recht.«

Giuseppe schien in diesem Moment vergessen zu haben, dass Janes Mann Ben erst vor einem halben Jahr getötet worden war. Aber es störte sie nicht. Es passierte ziemlich oft. Die Leute konnten sich nicht an die Vorstellung gewöhnen, dass sie Witwe war – sie konnte es ja selbst nicht. Erleichtert stellte sie fest, dass sie in die Stadt kamen. Bis zum Busbahnhof war es nur noch ein kurzes Stück.

»Komischerweise habe ich heute Morgen beim Aufstehen etwas über die Türkei in den Nachrichten gehört«, sagte er, als gehörte es zu ihrer Unterhaltung.

»Wirklich?« War sie eingenickt und hatte etwas überhört? Dann wurde ihr klar, dass es mit den ottomanischen Türken und den Albanern zu tun hatte, die vor ihnen nach Süditalien geflohen waren.

»Ich glaube, sie haben die Kirche der heiligen Weisheit in Istanbul besetzt. Die Hagia Sophia, du weißt schon.«

Jane setzte sich abrupt auf. »*Wer* hat sie besetzt?«

»Terroristen. Militante Islamisten vielleicht. Das ist nicht klar.«

Janes Herz setzte einen Schlag aus. Die Türkei war im Begriff, ein Beitrittsabkommen mit der EU zu unterzeichnen. Und da Irland aktuell die EU-Ratspräsidentschaft innehatte, würde die Zeremonie, an der alle Staatsoberhäupter teilnahmen, in ein paar Tagen in Dublin stattfinden. Und nicht nur das – am nächsten Morgen würde sie in Wade's

World, ihrer täglichen Radiosendung, auf das zweitägige Ereignis vorausblicken.

»Haben sie Forderungen gestellt?«, fragte sie und sah auf die Uhr ihres iPhones. Es war kurz vor sieben in Irland. Sinnlos, jetzt jemanden vom Team der Sendung anzurufen.

»Das wurde nicht gesagt. Aber sie haben Geiseln genommen.« Giuseppe hielt an der Bushaltestelle.

Dann fiel Jane ein, dass Sonntag war. Die Sendung wurde am Wochenende nicht ausgestrahlt. Sie stieg aus und ging nach hinten, um ihr Gepäck zu holen, aber Giuseppe kam ihr zuvor und lächelte wie immer. Es tat ihr leid, dass sie so wortkarg gewesen war, und sie hoffte, er hatte es nicht bemerkt. Er stellte ihren Rollkoffer auf den Gehsteig, und sie nahm ihren Rucksack ab und packte ihn obendrauf, um Giuseppe richtig umarmen zu können.

»*Arrivederci*, mein Lieber. Und danke für alles. Sag Lucia auch noch mal meinen Dank.«

»*Cara* Jane. Es war sehr schön, dich zu sehen. Und wenn du das nächste Mal beschließt, dein Italienisch aufzufrischen, musst du länger bleiben.«

»Natürlich.«

»Nicht dass es viel Verbesserung nötig hätte.« Er lächelte, dann bückte er sich in den Wagen und holte eine in weißes Seidenpapier gewickelte Flasche heraus. »Aglianico del Vulture«, sagte er und überreichte ihr die Flasche. »Ich denke, wir haben dich von seinen … Vorzügen überzeugt, oder?«

»*Si. Grazie*, Giuseppe.« Der ausgezeichnete Rotwein von den Hängen des Monte Vulture war einer der wenig bekannten Schätze der Basilikata.

»Wie alle guten Dinge muss er langsam genossen werden.« Er küsste sie sanft auf die Stirn. »Pass auf dich auf.«

Den Tränen nahe umarmte sie ihn noch einmal, und in diesem Moment fuhr auch schon der Bus vor. Jemand zog die Tür der Ladebucht im Bauch des Busses auf, und Giuseppe hob ihren Koffer hinein. Dann winkte er noch einmal, ging zu seinem Wagen zurück und war weg.

Jane bestieg den Bus und suchte sich einen Fensterplatz im hinteren Teil. Es sah ganz bequem aus, und sie konnte wie gewünscht über den Vorhang verfügen. Sie setzte sich und lehnte sich an die Scheibe.

Der Motor tuckerte im Leerlauf vor sich hin. Der Fahrer hatte den Bus verlassen und trank einen Espresso in einer nahen Bar, während er sich angeregt mit jemandem in dem Lokal unterhielt.

Jane würde keine Ruhe finden, bis der Bus fuhr. Sie kramte ihr Smartphone wieder hervor und klickte sich in die Online-Ausgabe der *Irish Times*, um zu sehen, wie sie diese Geschichte in Istanbul behandelten. Es war nicht die Hauptschlagzeile, aber sie fand es in der Rubrik *Weltnachrichten.*

BESETZUNG DER HAGIA SOPHIA MIT GEISELNAHME
Eine bewaffnete Bande hat Berichten zufolge Istanbuls bekanntestes historisches Gebäude besetzt und bis zu zwanzig Geiseln genommen. Die Hagia Sophia (*Ayasofya* auf Türkisch), die frühere Kirche der heiligen Weisheit, wurde im 6. Jahrhundert erbaut und war nacheinander eine Basilika, eine Moschee und zuletzt ein Museum. Kurz nach Schließung für die Öffentlichkeit verschaffte sich gestern Abend eine unbekannte

Anzahl von Eindringlingen Zugang und überwältigte das Sicherheitspersonal. Rund zwanzig Personen, die sich auf einer privaten Führung durch das Gebäude befanden, wurden als Geiseln genommen.

Die Besetzung der Hagia Sophia fällt zeitlich mit dem Beitritt der Türkei zur Europäischen Union diese Woche in Dublin zusammen. Proteste gegen die Mitgliedschaft des Landes in der EU gab es in einer Reihe von Mitgliedsstaaten sowie in der Türkei selbst, wo die Regierung einräumte, sie habe angesichts des offenkundigen Widerwillens, dem Land die Tür zu öffnen, gelegentlich überlegt, die Bewerbung zurückzuziehen – ein Verweis auf diverse Verzögerungstaktiken, die seit dem Mitgliedsantrag der Türkei 1987 von der EU angewandt worden waren.

Die Regierung in Ankara ließ verlauten, sie betrachte diesen jüngsten Zwischenfall als einen weiteren Versuch, das Vorhaben zu sabotieren, und hat die Bande als »Terroristen, die sich dem demokratischen Willen des Volks widersetzen« bezeichnet. Nach der Unterzeichnung des Beitrittsabkommens muss dieses von den übrigen Mitgliedsstaaten ratifiziert werden, ehe die Mitgliedschaft der Türkei dann am 1. September dieses Jahres in Kraft treten kann.

Für ihren geschulten Journalistenblick sah es nach Insiderinformation aus, wenn Geiseln genommen wurden, die sich auf einer Privatführung durch das Museum befunden hatten. Es war kein Einbruch, der versehentlich zu einer Geiselsituation geführt hatte, sondern eine sorgfältig geplante Unternehmung. Aber zu welchem Zweck?

Es herrschte kein Mangel an radikalen Organisationen innerhalb der Türkei, die gegen die EU waren, genau wie es antitürkische Gruppen über ganz Europa verteilt gab.

Tatsächlich war es noch nicht lange her, dass es erheblichen Widerstand auf offizieller Ebene in der EU selbst gegeben hatte, vor allem von Deutschland und Frankreich. Er kam in verschiedener Weise zum Ausdruck, etwa als Sorge über die schlechte Menschenrechtssituation in der Türkei oder die Einstellung des Landes zur Pressefreiheit. Doch es gab wenig Zweifel darüber, dass die Angst vor der Öffnung der EU für einen Staat mit siebzig Millionen Moslems eine erhebliche Rolle spielte.

Was all das fast über Nacht änderte, waren Aufstände in der islamischen Welt von Nordafrika bis Pakistan. Die Türkei stand plötzlich als das scheinbar stabilste islamische Land in der Region da – ein entscheidender Verbündeter, dem die Rolle eines Energie-Drehkreuzes zwischen Europa und den ölreichen Ländern Zentralasiens zufallen konnte. Außerdem hatte der Aufstieg des Iran zur Nuklearmacht die politische Dynamik der gesamten Region verändert. Und es gab die Aussicht, dass sich ein riesiger Markt für die Länder auftat, die sich noch immer nicht vom Euro-Debakel erholt hatten. Die EU hatte also beschlossen, die Türkei an ihre Brust zu drücken und nach Westen blicken zu lassen, nicht nach Osten. Statt als untauglicher Kandidat behandelt zu werden, wie es in dem Bericht geheißen hatte, sah die Regierung in Ankara ihren Aufnahmeantrag plötzlich im Schnellverfahren durchgepeitscht.

Und jetzt das.

Der Fahrer kam wieder an Bord, und der Bus fuhr los. Jane steckte ihr Handy weg. Die türkischen Behörden waren besser in der Lage, die Motive der Terroristen zu beurteilen, aber es war merkwürdig, dass die Bande ihre Forderungen nicht sofort bekannt gegeben hatte. Und das von ihnen gewählte Ziel: ein säkularisiertes Baudenkmal, das nichtsdestoweniger das Christentum *und* den Islam symbolisierte. Was hatte das zu bedeuten? Ohne Frage würde das bis zu ihrer Ankunft zu Hause klar geworden sein.

6

Ihre Schwägerin Debbie Young holte sie am Flughafen ab und hatte Janes Kinder Scott und Bethann mitgebracht. Der fünfjährige Scott rannte schnurstracks auf sie zu, und Jane musste ihren Koffer abrupt stehen lassen, um ihren Sohn in ihren Armen auffangen zu können. Debbie kam mit Bethann über der Schulter hinter ihm her.

»Sie schläft«, formte sie lautlos mit den Lippen, deutete auf das Mädchen und lächelte.

Jane löste Scott von ihren Beinen und umarmte Debbie. Dann küsste sie Bethann auf den Kopf. Bei dem schlafwarmen Geruch, der von dem roten Haarschopf ihrer Tochter ausging, wurde sie von Gefühlen übermannt. »Gott, wie ich sie vermisst habe«, sagte sie. Abgesehen von ihrem kurzen Krankenhausaufenthalt nach der Explosion, die Ben getötet hatte, war sie zum ersten Mal seit dem letzten Sommer von ihnen getrennt gewesen.

»Sie haben dich natürlich auch vermisst, aber ich muss sagen, sie waren wirklich brave Kinder. Bethann hat nicht verstanden, warum sie nicht in ihrem eigenen Bett schlafen durfte, aber das war das einzige Problem, mit dem ich zu tun hatte.«

»Anscheinend holt sie jetzt versäumten Schlaf nach.«

»Ich habe sie zum Trost lange mit Karen aufbleiben lassen. Wie sich herausstellte, hat die Siebenjährige vor der

Dreijährigen geschlafen. Aber heute waren wir schon in aller Frühe bei einer Schatzsuche in der Kirche. Sie ist auf dem Weg hierher eingeschlafen.«

Jane nahm ihren Rollkoffer, und sie gingen in Richtung Ausgang. Scott durfte einen der ausgefahrenen Griffe halten. »Wie geht es Karen und Joshua?«, fragte sie.

»Gut. Karl ist mit ihnen zum Schwimmen gegangen. Bis wir zu Hause sind, müssten sie auch zurück sein.«

Jane und die Kinder wohnten in einem voll eingerichteten Anbau, den Debbie und ihr Mann Karl für Karls verwitwete Mutter an das Haus gesetzt hatten. Nach einem Schlaganfall war sie jedoch inzwischen in einem Pflegeheim untergebracht. Debbie, die nicht nur Bens Schwester, sondern auch Janes lebenslange Freundin war, hatte sie eingeladen, hier zu wohnen, bis ihr eigenes Haus in Barnacullia in den Bergen Dublins wieder bewohnbar war. Und da Debbie als Mutter ohnehin zu Hause war, hatte Jane nach Weihnachten wieder arbeiten gehen können, ohne sich Gedanken darüber machen zu müssen, wie sie ihre Kinder am Morgen in die Schule oder die Krippe brachte. Denn das war Bens Aufgabe gewesen.

Als Jane die Kinder in ihren Sitzen auf der Rückbank des Autos verstaute, hob Bethann kurz den Kopf und rieb sich die Augen.

»Will nach Hause«, greinte sie. Es war eine ihrer Standardforderungen.

Jane fiel auf, dass es wie »na Haue« klang. Bethanns Taubheit begann sich auf ihr Sprechvermögen auszuwirken. »Wir fahren sofort nach Hause, Schätzchen.«

»Mommy!« Bethann hatte plötzlich realisiert, dass Jane da war, und streckte die Arme nach ihr aus.

Jane drückte sie erst einmal, bevor sie sie anschnallte.

»Nein, Mommy«, wimmerte Bethann.

»Schon gut, wir sind gleich zu Hause, dann gibt es eine Menge Umarmungen.«

»Will nach Hause!« Bethann trat mit den Füßen gegen den Sitz.

»Wir fahren ja nach Hause«, sagte Jane geduldig.

»Das richtige Zuhause. Will zu richtigen Zuhause.«

Debbie drehte sich im Fahrersitz um und fing Janes Blick auf.

»Sie vermisst Dad«, sagte Scott mit ernster Stimme von seinem Kindersitz aus.

Die Wunde in Janes Herz riss wieder auf. Sie schluckte schwer und sagte: »Wir alle vermissen Dad. Und wir kehren sehr bald nach Hause zurück.« Beide Sätze waren wahr, aber zusammen erzählten sie eine Lüge. Scott ließ sich jedoch nichts vormachen.

Auf dem Weg nach Rathgar sprachen sie über Janes Urlaub, und dann brachte Debbie sie über verschiedene Ereignisse auf den neuesten Stand. »Ich habe auch deinen Ersatzmann gehört, Mike O'Malley«, war ihre letzte Neuigkeit.

»Und?«

»Ach, ich habe nur ein paar Fetzen von der Sendung aufgeschnappt …«

»Und? Und?« Jane wusste, dass Debbie es absichtlich spannend machte, aber sie musste es unbedingt erfahren. Sie hatte die Sendung erst drei Monate lang präsentiert und war sich ihrer Sache noch nicht so sicher. Vielleicht hinterließ jemand anderer ja einen besseren Eindruck.

»Kein Grund zur Besorgnis. Der nimmt dir den Job so schnell nicht weg.«

»Puh. Hoffentlich bist du auch ehrlich zu mir.« Nach kurzem Schweigen sagte Jane. »Irgendwas Neues über die Geiselsache in Istanbul?«

»Ich wusste nicht einmal, dass es eine gibt.«

Jane sah auf die Uhr. Es ging auf 18.00 Uhr zu.

»Was dagegen, wenn wir Nachrichten hören?«

»Nein, gern.« Debbie schaltete das Radio ein, das auf TalkNation eingestellt war.

Die Besetzung der Hagia Sophia kam an dritter Stelle der Nachrichten: »Die bewaffnete Gruppe, die das Museum Hagia Sophia in Istanbul besetzt hält, hat angekündigt, sich morgen zu identifizieren und eine Liste von Forderungen zu veröffentlichen. Dies teilte eine Fremdenführerin mit, die gestern Abend zusammen mit bis zu zwanzig Besuchern als Geisel genommen wurde.«

Der Nachrichtensprecher stellte den Journalisten Paddy Wright vor, der aus Istanbul berichtete. »Dem merkwürdig formulierten Statement zufolge, das eine nervöse Geisel im türkischen Landesradio TRT vorlas, würde die Gruppe bis morgen Mittag warten, um ihre Ziele und ihre Identität zu erklären. Das, so hieß es, geschehe aus Respekt dafür, dass der Sonntag ein Tag des Gebets für Christen sei. Sie fügten jedoch an, ab morgen gebe es keine Gnade mehr für die Geiseln, wenn ihre Forderungen nicht erfüllt würden. Mittlerweile wurde bekannt, dass es sich bei den Gefangenen um eine Gruppe internationaler Reiseveranstalter handelt, die sich auf einer vom türkischen Kultur- und Tourismusamt organisierten Werbetour befand. Die türkische Regierung hat wiederholt, die terroristische Tat werde keinen Einfluss auf den für Donnerstag in Dublin geplanten Beitritt zur EU haben.«

»Keine Gnade? Himmel, ich möchte nicht in der Haut der Geiseln stecken«, sagte Debbie.

Jane grübelte vor sich hin. »Das war kein Zufall«, sagte sie schließlich.

»Was war kein Zufall?«

»Tut mir leid, ich habe mit mir selbst geredet. Es ist kein Zufall, dass die Geiseln alle aus verschiedenen Ländern kommen. Die Bande hat sie absichtlich so kurz wie möglich vor dem großen Tag der Türkei gefangen genommen. Sie wollen die ganze Welt auf sich aufmerksam machen.«

»Bist du hungrig?«, wechselte Debbie abrupt das Thema.

Jane ging sofort darauf ein. »Kochst du?« Sie wusste, sie konnte sich darauf verlassen, dass ihre Freundin eine Mahlzeit vorbereitet hatte.

»Schon fertig. Gefüllte Auberginen. Okay?« Sie blinzelte Jane zu.

»Ähh, igitt«, meldete sich Scott vom Rücksitz. »Ich hasse Ober... Ober... diese Dinger.«

Debbie sah in den Rückspiegel. »Keine Angst, Scott. Es gibt Würstchen-Eintopf für euch alle.«

»Jaaa!«, krähten Scott und Bethann.

Als sie in Rathgar, einem der älteren Vororte Dublins, eintrafen, kamen Karl und seine beiden Kinder heraus, um sie zu begrüßen. Sie wechselten ein paar Worte, dann trug Jane ihr Gepäck um das Haus herum zu ihrem eigenen Eingang, begleitet von Joshua, Karen und ihren eigenen beiden Kindern. Dort öffnete sie den Reißverschluss ihres Koffers, in den sie einige kleine Geschenke gepackt hatte.

»Ein paar Süßigkeiten für euch«, sagte sie. »Karen ist für die Verteilung verantwortlich.« Während sich die drei Jüngeren um die Siebenjährige scharten, begann diese mit der ihr durch das höhere Lebensalter verliehenen sorgfältigen Ehrlichkeit, die Süßigkeiten in Häufchen zu trennen.

Inzwischen entnahm Jane dem Koffer einige andere Dinge und ging ins Haupthaus hinüber, wo Debbie und Karl in der Küche gerade das Abendessen auf den Tisch brachten.

»In Sant'Elia gibt es nur ein paar Lebensmittelläden und eine Bäckerei«, sagte sie. »Aber Giuseppes Frau Lucia macht einen wunderbaren Limoncello …« Sie stellte eine Flasche in Geschenkpapier auf die Arbeitsfläche. »Und richtig gute Konserven – besonders das *mandarino.*« Eine Auswahl kleinerer Gläser fand neben der Flasche Platz.

»Oh, danke«, sagte Debbie.

»Und – war es schön?«, fragte Karl.

»Wunderbar. Ein faszinierender Ort. Vielen Dank noch mal, ihr beiden.« Ihre Italienreise war ein Geburtstagsgeschenk von Debbie und Karl gewesen. »Lasst uns den hier jetzt trinken«, sagte sie und wickelte den Wein aus einem T-Shirt, in das sie ihn zum Schutz gesteckt hatte. »Es ist ein Rotwein von den Hängen des Monte Vulture. Soll angeblich zu den drei besten Weinen Italiens gehören.«

»Tatsächlich?« Debbie betrachtete die Flasche, als Jane sie aus dem Seidenpapier nahm. »Noch nie davon gehört.«

»Ich auch nicht«, sagte Karl, griff nach der Flasche und studierte das Etikett.

»Tja, die Basilikata birgt viele Geheimnisse«, zitierte Jane Giuseppe.

Nachdem Jane die Kinder in ihre Schlafanzüge gesteckt hatte, setzte sie sich an den Schreibtisch in einer Fensternische, die sie als Büro benutzte, und schaltete ihren Computer an. Bis sie an diesem Morgen die Istanbul-Geschichte aufgerufen hatte, hatte sie ihr iPhone ausschließlich dazu benutzt, SMS mit Debbie auszutauschen, während sie unterwegs war, deshalb musste sie sich auf den aktuellen Stand der Dinge bringen. Aber erst trank sie einen Schluck von dem Glas Wein, das sie sich zum Abendessen mit Debbie und Karl eingeschenkt und nicht ausgetrunken hatte.

Ein kurzer Überblick über ihre E-Mails brachte den Programmablauf für die Sendung am nächsten Tag zum Vorschein, aber sonst nichts Interessantes, bis sie auf eine mit dem Absender »Liam Lavelle« und der Betreffzeile »Rückkehr von den Philippinen« vom Anfang der Woche stieß. Vor ihrem geistigen Auge tauchten ein bärtiges Gesicht, zerzauste Haare und freundliche braune Augen auf. Die E-Mail, die er geschickt hatte, war so knapp wie ein altmodisches Telegramm.

Ankomme Dublin Freitag. Wohne bei Mary in Portmarnock. Hoffe, dich zu sehen. Liam

Pfarrer Liam Lavelle war fast zehn Jahre lang auf den Philippinen gewesen, wo er in einer armen Gemeinde in einer Hafenstadt gearbeitet hatte. Sie hatten sich im ersten Jahr seiner Abwesenheit ein paar E-Mails geschrieben. Dann wurde eine pro Jahr draus, meist zu Weihnachten. Schließlich gar keine mehr. Vor etwa drei Jahren war er dann in den Nachrichten, weil ihn militante Islamisten entführt und fast einen Monat lang festgehalten hatten, ehe er fliehen konnte. Sie hatte ihm kurz darauf eine E-Mail geschickt, aber keine Antwort bekommen.

Sie blickte auf ein paar Bücherregale im hinteren Teil der Nische. Auf dem obersten Brett lag eine einzelne Glaskugel, die in ihrem Innern aussah wie ein wirbelnder Sternennebel. Sie war alles, was von ihrer umfangreichen Sammlung von Briefbeschwerern nach der Explosion übrig geblieben war. Ihre Schwester Hazel hatte sie ihr vor vielen Jahren zum Geburtstag geschenkt. Sie würde sich immer an die kleine handschriftliche Notiz erinnern, die sie dazu geschrieben hatte und die für Jane zu ihrer Grabinschrift geworden war: »Auch wenn ich nur der Staub des Universums bin, bestehen aus ebendiesem Stoff die Sterne.«

Doch es erinnerte sie auch an Liam Lavelle. Und nicht, weil er versucht hatte, ihr bei der Suche nach Hazel zu helfen, als diese verschwunden war. Sondern wegen einer Nacht, die sie in seinen Armen verbracht hatte.

Sie trank einen Schluck von ihrem Wein. Er war so trocken, dass sie die Zunge gegen den Gaumen schnalzen ließ. Und er brachte sie von den Gedanken an die Vergangenheit ab.

Sie sah nach, wie spät es in Istanbul war, und stellte fest, dass sie der Dubliner Zeit dort zwei Stunden voraus waren. Dann ging sie zu ihren E-Mails zurück, öffnete eine mit der Überschrift WADE'S WORLD PROGRAMMABLAUF MONTAG und las sie durch. Anschließend lud sie einige der angehängten Kurzinfos zu den Interviews und Anmerkungen zu den Themen herunter, die in ihrer Abwesenheit ausgewählt worden waren. Sie hatte bei ihrem Vertrag darauf bestanden, die redaktionelle Hoheit über die Sendung zu haben, mit dem Recht, Themen zu akzeptieren, abzulehnen oder zu initiieren, wie sie es für richtig hielt. In der Praxis war der tägliche Produktionsprozess im Wesentlichen eine gemeinsame Anstrengung des Teams, und sie spielte selten ihre Verfügungsgewalt gegenüber dem Executive Producer aus. Aber da die Istanbul-Geschichte erst am Wochenende passiert war, tauchte sie im Sendeablauf nicht auf und würde wahrscheinlich mindestens eins der anderen Themen verdrängen, deshalb beschloss sie, auf der Stelle damit anzufangen.

Joe Brady, ein Rechercheur der Sendung, meldete sich nach dem ersten Läuten. Nach dem Austausch einiger Höflichkeiten sagte sie: »Joe, ich nehme an, du weißt über die Sache in Istanbul Bescheid. Wir brauchen jemanden, der morgen früh mit uns spricht.«

»Paddy Wright ist vor Ort.«

»Ich weiß. Ich habe ihn in unseren Sieben-Uhr-Nachrichten gehört. Sorg dafür, dass er dabei ist, wenn sie ihre Forderungen bekannt geben, was um 10.00 Uhr unserer Zeit sein wird. Wahrscheinlich dauert es eine Weile, bis das Statement veröffentlicht und übersetzt ist, auch wenn ich glaube, dass sich diese Leute um all das gekümmert haben. Aber damit haben wir etwas, um die Hörer zu fesseln, sobald die Sendung anfängt.«

»Okay. Dort ist es jetzt fast elf, aber ich werde versuchen, ihn zu erreichen. Sonst noch etwas?«

»Ich denke, wir sollten eine Reaktion der Botschaft hier bringen. Rede morgen früh mit Demir Orhun und sieh zu, ob er mit mir sprechen will.«

»In Ordnung. Und ich überlege gerade, Jane … Wie wäre es, wenn zu Beginn der Sendung jemand sozusagen den Boden bereiten würde.«

»Hm. In welcher Weise?«

»Spekulationen darüber, wer für eine solche Tat infrage

kommt. Und eine Vorstellung davon vermitteln, wer für und wer gegen den türkischen EU-Beitritt ist. Wäre eine gute Einleitung zu Paddys Bericht.«

»Sehr gute Idee. Fällt dir jemand dafür ein?«

»Ja. Ich.«

»Du?«

»Glaub mir, ich habe so viel an diesem EU-Zeug gearbeitet, dass ich die Türkei im Dublin Castle vertreten könnte, wenn sie mich darum bitten würden.«

Jane lachte. »Das werden sie kaum tun. Du wirst also damit vorliebnehmen müssen. Du bist dabei.«

»Jawohl!«, jubelte Brady.

Jane beendete das Gespräch und trank ihr Glas leer. Nach kurzem Nachdenken lächelte sie, zunehmend zuversichtlich gestimmt. Dann ging sie zu ihrem Rucksack und zog die Flasche zollfreien Wein heraus, den sie auf dem Flughafen von Neapel gekauft hatte.

7

Demir Orhun war vom Außenministerium in Ankara nach Dublin geschickt worden, damit er sich im Vorfeld des türkischen EU-Beitritts um die Beziehungen zu den Medien kümmerte. Bisher war seine Aufgabe leicht gewesen, aber jetzt war plötzlich alles anders.

Er trank eine Tasse süßen Tee in seiner Wohnung in Mount Merrion und wartete auf die Neun-Uhr-Nachrichten des staatlichen Fernsehsenders RTE. Sein Handy blinkte pausenlos, da Journalisten versuchten, einen Kommentar zur Lage in Istanbul für die Montagszeitungen von ihm zu bekommen.

Es bestand kein Zweifel, dass die Besetzung der Hagia Sophia mit der Beitrittszeremonie in Dublin in Zusammenhang stand. Bislang war es allerdings nicht möglich gewesen, die genauen Ziele und den Hintergrund der Terroristen in Erfahrung zu bringen. Und es waren Terroristen – nicht ein Haufen militanter Demonstranten, die nach Publicity für ihre Sache strebten. Das Erste, was sie nach der Ergreifung des ranghöchsten Wachbeamten im Museum getan hatten, war, ihn mit seinem Personal außerhalb des Gebäudes Kontakt aufnehmen zu lassen und es davor zu warnen, in das Museum zu kommen. Um ihren Standpunkt zu unterstreichen, hatten sie ihn daraufhin erschossen, während seine Kollegen am Funkgerät zuhörten.

Eine Theorie, die frühzeitig kursierte, war, dass die Eindringlinge nicht mit Besuchern im Museum gerechnet hatten und dass diese Komplikation möglicherweise zu Unstimmigkeiten unter ihnen führen und sie verwundbar machen würde. Doch Orhun wusste, dass dies Wunschdenken war. Es sah nach geplantem Vorgehen aus, wenn sie das Sicherheitspersonal ausschalteten und die Geiseln gleichzeitig am Leben ließen.

Den neuesten Informationen zufolge handelte es sich bei den Geiseln um vierzehn Männer und sechs Frauen – sieben, wenn man die türkische Fremdenführerin Irem Selçuk mitzählte. Von China, Japan, Russland und den Vereinigten Staaten gab es jeweils zwei Vertreter, dazu je einen aus Aserbaidschan, Ägypten, Bulgarien, Dänemark, Deutschland, Frankreich, Großbritannien, Israel, Jordanien, den Niederlanden, Schweden und der Schweiz. Auf den ersten Blick sah es aus, als hätten die Terroristen absichtlich ein breites Spektrum an Nationalitäten abdecken wollen. Es konnte aber auch sein, dass sie einen Vorschlaghammer benutzt hatten, um eine Nuss zu knacken, und manche Geiseln interessanter für sie waren als andere. Eine islamistische Gruppe beispielsweise würde vermutlich die beiden Amerikaner, den Israeli und den Briten einer besonderen – und für die betroffenen Unglücklichen – unerwünschten Aufmerksamkeit für wert befinden.

Doch wiederum stellte sich die Frage: Wer waren die Terroristen? Während Orhun seinen Tee trank, ging er im Geist die wahrscheinlichen Kandidaten durch. In der Türkei selbst reichten die Kritiker eines EU-Beitritts von säkularen Ultranationalisten bis zu einer bunten Fülle islamistischer Organisationen, welche die EU als einen beinahe so dämonischen und verkommenen Feind wie die Vereinigten Staaten ansahen. Dann gab es jene Bewegungen an den Rändern seines Landes, die den Beitrittsprozess nur zu gern ausschlachten würden, um auf ihren Groll aufmerksam zu machen: militante Kurden, die fest entschlossen waren, einen unabhängigen Kurdenstaat zu errichten, Armenier, die erreichen wollten, dass die Türkei die Behandlung ihres Volks während des Ersten Weltkriegs als Völkermord anerkannte, griechische Nationalisten, die den Abzug der türkischen Truppen auf Zypern forderten. Und quer durch Europa selbst gab es eine Koalition rechtsextremer Gruppen, die antiislamische Gefühle geschürt hatten, um dem türkischen Beitritt entgegenzuwirken.

Früheren Geheimdienstberichten zufolge würden all diese Splittergruppen jedoch am ehesten in der Zeit zwischen der Unterzeichnung des Beitrittsabkommens in Dublin und dem tatsächlichen Beginn der türkischen Mitgliedschaft im September in Aktion treten. Während dieses Zeitraums sollten die übrigen Mitgliedsstaaten über die Ratifizierung des Türkei-Beitritts abstimmen, und in der Türkei selbst würde ebenfalls ein Referendum stattfinden.

Und doch passte die Bande in der Hagia Sophia nach Orhuns Ansicht in keine der von ihm in Betracht gezogenen Kategorien. In einem früher am Abend veröffentlichten Statement hatten sie davon gesprochen, sie würden den Sonntag als Tag des Gebets für die Christen respektieren. In seinen fünfundzwanzig Jahren als Journalist und Presseattaché hatte er nie gehört, dass islamische Extremisten ein ähnliches Zugeständnis gemacht hätten. Andererseits fielen ihm – ungeachtet aller verrückten Einzelpersonen – keine radikalen christlichen Gruppen ein, die jemals mit solcher mörderischer Aktion für ihre Sache auf der Weltbühne erschienen wären. Es war zwar immer möglich, dass eine Gruppe griechisch-orthodoxer Fanatiker sich zum Handeln entschlossen hatte, um die Hagia Sophia zurückzufordern, aber für Orhun hörte sich diese Sache mit dem Sonntag eher nach der vorsätzlichen List einer weder christlichen noch islamistischen Gruppe an, um antichristliche Gefühle in der Türkei und darüber hinaus zu schüren.

Die Herausforderung in den kommenden Tagen würde für ihn sein, wie er die sich entwickelnde Krise den irischen und internationalen Medien in Dublin präsentieren sollte. Der Botschafter hatte ihn angewiesen, fürs Erste nicht von den Verlautbarungen aus Ankara abzuweichen. Es gab also praktisch nichts, was er sagen konnte.

Was bedeutete das für die Radio-Features, die er mit dem Team von Wade's World geplant hatte? Alles kam darauf an, ob die Beitrittszeremonie wie vorgesehen stattfand. Und das wiederum hing davon ab, wie sich die Lage in Istanbul entwickelte und von der Reaktion der EU auf den türkischen Umgang mit ihr. Ohne Frage würden sie ihn am Montagmorgen in der Sendung haben wollen. Doch solange er nichts zu sagen hatte, ergab das wenig Sinn.

Zufällig hatte er vorhin einen Anruf nicht von Jane Wade erhalten, sondern einen, der sie betraf. Der Anruf war an die Nummer in seiner Wohnung gegangen, die nur sehr wenige Leute kannten.

»Hier ist Maguire«, war eine mürrische Stimme zu vernehmen.

»Ich sagte, Sie sollen mich nur im äußersten Notfall unter dieser Nummer anrufen.«

»Ich kann Sie auf dem Handy nicht erreichen.«

Das stimmte.

»Also, warum rufen Sie an?«

»Ich habe weitere Informationen über JW für Sie.«

»Ich sagte, Sie sollen das Projekt herunterfahren.«

»Zufällig habe ich einen Blick auf ihre E-Mails erhascht, während sie weg war, und da ist ein interessanter Punkt aufgetaucht. Ein Freund von ihr, der für einige Jahre von Irland fort war, hat ihr geschrieben, dass er zurückkommt.«

»Und was ist daran so interessant?«

»Ich habe in ihren Dateien gewühlt und einen Presseartikel über ihn gefunden. Ich denke, das werden Sie interessant finden. Kostet übrigens nichts extra. Aber Ihre Aufträge sind stets willkommen.«

An diesem Punkt legte Orhun auf. Es gab einige verwirrende Fragen in Bezug auf Jane Wade, die Nachforschungen nötig gemacht hatten. Aus Gründen, die über seine offiziellen Pflichten hinausgingen.

8

Auf dem Weg zur Arbeit fiel Jane auf, dass sich die Bäume am Straßenrand und die Vorstadtgärten bemerkenswert verändert hatten, obwohl sie nur eine Woche fort gewesen war. Kirschblüten hingen reichlich an den Bäumen, Tulpen erfüllten die Blumenbeete mit Farbe, und an den nicht gemähten Straßenrändern blühte leuchtend gelber Löwenzahn. Die Morgensonne verstärkte das Gefühl der Hoffnung auf die Zukunft noch, das diese Pracht in ihr auslöste. Auf NewsTalk wurde ein früherer Bericht über die Situation in Istanbul wiederholt, deshalb wählte sie einen Musiksender, der ihre Stimmung widerspiegelte.

Der DJ spielte einen Song namens »The Dance of the Cherry Trees« des aus Cork stammenden Sängers John Spillane – genau das Richtige für den Tag. In ihrer Frühlingsträumerei bemerkte Jane zunächst gar nicht, dass das Lied zu Ende war und ein neues angefangen hatte. Doch langsam fiel sie aus ihrer Hochstimmung auf den Boden der Realität zurück. Sie erkannte die Musik jetzt – es stammte von einem Album von Becca de Lacy, einer irischen New-Age-Sängerin, die zur Jahrtausendwende populär gewesen war.

Jane wechselte sofort auf Lyric FM. Doch selbst die beruhigenden Töne des Andante aus Schostakowitschs zweitem Klavierkonzert konnten die verstörenden Erinnerungen nicht auslöschen, die der – wie es jetzt schien – ziemlich fade Titelsong aus de Lacys CD hervorrief. Die Karriere der Musikerin hatte nicht lange nach Veröffentlichung des Albums ein jähes Ende gefunden, hauptsächlich aufgrund ihrer Verbindung zu einer Weltuntergangssekte namens »Die Hüter des Siebten Siegels« – einer Organisation, der sich auch Janes Schwester Hazel angeschlossen hatte, jedoch mit weitaus tragischeren Folgen.

Der langsame Schostakowitsch-Satz ging zu Ende, es folgte ein aufwühlenderes Klavierstück von Philip Glass. Janes Musikgedächtnis identifizierte es schnell als die Musik des Films *The Hours*, und damit kehrten ihre Gedanken zur Gegenwart zurück.

Lavelle kam wieder nach Irland. Und erneut lag Gerede vom Ende der Welt in der Luft. Zufall natürlich. Und natürlich hatte das Stück von Becca de Lacy unerwünschte Assoziationen geweckt – das tat es immer. Doch heute gab es noch etwas an dem Stück, das sie beunruhigte. Die CD, von der es stammte, war ein Konzept-Album namens *Byzantium*, und es basierte auf Gedichten von W. B. Yeats, die byzantinische Kunst und Kultur feierten. Jane erinnerte sich auch, dass das Video zu dem Song mit einem digital erzeugten Vorbeiflug an dem architektonischen Wunder begann und endete, das die Kuppel der Hagia Sophia war.

»Guten Morgen, ich freue mich sehr, wieder hier zu sein«, begann Jane ihre Sendung. »Es hätte eine Woche des Feierns für die Türkei werden sollen, da sie das EU-Beitrittsabkommen hier in Dublin unterzeichnet, aber die Besetzung eines historischen Gebäudes in Istanbul scheint sich in ein Geiseldrama zu verwandeln, das einen Schatten über dieses Ereignis werfen könnte. – Man weiß inzwischen, dass zwanzig Personen verschiedener Nationalitäten bei einer privaten Führung durch das Museum Hagia Sophia am Samstagabend von einer bewaffneten Bande gefangen genommen wurden. Bislang hat die Bande nichts von ihren Zielen oder Forderungen verlauten lassen. Wir berichten in Kürze über die neuesten Entwicklungen in dieser Krise, aber in der Zwischenzeit hat sich unser Redakteur Joe Brady Gedanken darüber gemacht, wer dafür verantwortlich sein könnte …«

Joe, der Jane am Studiotisch gegenübersaß, blickte von seinem Netbook auf und begann, eine Liste extremistischer Gruppen sowohl säkularer als auch islamistischer Natur durchzugehen, von denen man wusste, dass sie in der Türkei operierten.

Während er sie aufzählte und ihre Ziele umriss, schaltete Jane ihr Mikrofon aus und trank einen kräftigen Schluck stilles Wasser. Sie bereute es, am Abend zuvor so viel getrunken zu haben. Auf dem Weg in die Arbeit hatte sie sich einzureden versucht, sie habe nur die Hälfte der Duty-Free-Flasche geleert – zusätzlich zu dem, was sie zum Abendessen getrunken hatte –, aber sie wusste, was noch in der Flasche war, würde kaum ein Glas füllen. So konnte das nicht weitergehen. Selbst Joe Brady, der ihr gegenübersaß, hatte es vor nicht langer Zeit fertiggebracht, seinen massiven Cannabis-Konsum zu beenden. Als Folge davon kam er nicht mehr jeden Tag mit trüben Augen ins Büro. Und seine Energie und seine Begeisterung für ihre Projekte waren bemerkenswert.

Joe ging von Terroristen zur Geschichte der Reibungen mit Griechenland und Armenien weiter, und Jane schaute unterdes auf ihrem Schirm nach, aber Paddy Wrights Name erschien noch nicht darauf. Sie sah durch die Glasscheibe zur Produzentin Ali McBride im Kontrollraum hinaus. Ali drehte eifrig eine ihrer dunklen Haarsträhnen in den Fingern, eine Angewohnheit von ihr, wenn sie unter Druck war. Jane drückte kurz den Sprechknopf, um auf sich aufmerksam zu machen. Ali reagierte, indem sie die Ziffer 5 in die Luft malte und gleichzeitig das Wort »fünf« mit den Lippen formte. Sie würden weitere fünf Minuten füllen müssen.

»Wie war die Haltung der *übrigen* türkischen Nachbarn zum EU-Beitritt?«, fragte sie, als Joe seine Zusammenfassung der türkisch-griechischen Beziehungen beendet hatte.

»Äh …« Joe musste einen Moment überlegen.

»Bulgarien und Georgien, beispielsweise …«

»Ah, ja. Sie unterstützten ihn größtenteils. Das Gleiche gilt für Russland, denn die Führung im Kreml weiß, dass die Türkei nicht darauf versessen ist, der NATO mehr Einfluss im Schwarzmeergebiet einzuräumen.«

Ali klickte die Studioleitung in Janes Kopfhörern an, und Jane sah wieder auf den Schirm. Eine Reihe von Anrufern wollte unbedingt in die Sendung.

»Und die muslimischen Staaten, die an die Türkei grenzen?« Sie las sich durch, was die Anrufer im Kern sagen wollten, und entschied sich für einen von ihnen – eine Frau und zufällig die letzte, die angerufen hatte. »Iran, Irak und … Syrien«, soufflierte sie.

»Ja, drei wichtige islamische Staaten«, sagte Joe, der jetzt ein bisschen schwamm. »Sie haben vorsichtige Unterstützung geäußert, auch wenn es der Iran vorziehen würde, wenn sie alle einen islamischen Block bildeten, der gegen den Westen und China antritt. Dann ist da noch …«

Jane machte ihm ein Zeichen, dass sie eine Anruferin in die Sendung nehmen würde.

Sie schob den Regler für Leitung drei hoch. »Martha, was wollen Sie uns sagen?«

»Es gibt ein wichtiges Land in der Region, das Sie bisher nicht erwähnt haben.« Martha klang wie eine Lehrerin, die einen Schüler tadelt.

»Ach ja? Und welches ist das?«, sagte Jane.

»Na, Israel natürlich.«

»Nun, hier ist Ihre Gelegenheit, das Versäumnis zu korrigieren, Martha. Wie ist die Haltung Israels zum EU-Beitritt der Türkei?«

»Der Türkei? Sie meinen *Gomer.*«

»Wie bitte?« Jane sah fragend zu Joe.

Joe runzelte die Stirn und tippte das Wort in sein Netbook.

»Hesekiel verrät uns, dass Persien sich mit Ägypten und Magog gegen Israel verbünden wird«, fuhr Martha fort. »Und dass Gomer sich dem Angriff ebenfalls anschließen wird.«

Jane rutschte unruhig auf ihrem Sitz umher. »Äh, ich weiß nicht recht, was Sie uns mit all dem sagen wollen, Martha.«

»Nun, Persien ist natürlich der Iran. Und die Bibelwissenschaft lehrt uns, dass Magog Russland ist und Gomer das, was wir als die Türkei kennen.«

»Hm, ich verstehe.« Jane schaute zu Ali hinaus und fing deren Blick auf. Dann machte sie ein X vor ihrer Kehle, um anzuzeigen, dass sie die Anruferin aus der Leitung schmeißen würde.

»Und wir wissen, eins der Zeichen vor der Endzeit ist, dass die scheinbare Freundschaft zwischen der Türkei und Israel sich in Feindseligkeit verwandeln wird«, fuhr Martha fort. »Was bereits geschehen ist …«

»Danke für diesen Einblick, Martha, und jetzt müssen wir …«

»Und was wird dann geschehen?«, warf Joe ein, bevor Jane die Telefonleitung unterbrechen konnte. Sie funkelte Joe böse an, ließ Martha aber auf Sendung, damit sie antworten konnte.

»Dann wird das Licht Israels mit der Hitze von tausend Sonnen brennen, Magog und Persien werden zerstört werden, und alle Feinde von Gottes auserwähltem Volk werden vom Angesicht der Erde getilgt!« Marthas Stimme war zu einem triumphalen Crescendo angestiegen.

»Verstehe«, sagte Joe leicht verlegen.

Jane fuhr den Regler herunter und sah auf die Studiouhr. »Es geht auf 10.15 Uhr zu, und ich denke, es wird Zeit, dass wir etwas aus Istanbul hören. Nach einer kurzen Pause geht es weiter.« Sie schob einen anderen Regler vor und spielte die Werbespots ab.

»Ich musste sie abwürgen, Joe«, sagte sie und nahm ihre Kopfhörer ab. »Sie hätte uns zugeschüttet mit Bibelzitaten. Oder jedenfalls mit ihrer Version davon.« Jane fuhr sich mit den Fingern durchs Haar, um ein bisschen Luft an ihre Kopfhaut zu lassen. Seit sie die tägliche Sendung übernommen hatte, trug sie das Haar kurz, damit es sich nicht ständig in den Kopfhörern verfing. Aber zu warm war es immer noch.

»Tut mir leid, ich hätte sie nicht ermutigen sollen.«

»Schon gut. Es ist nur so, dass ich ein bisschen Erfahrung mit Fanatikern wie ihr habe.« Sie ließ sich nicht näher darüber aus.

Alis Stimme ertönte über die Studioleitung. »Paddy steht bereit. Er ist auf Skype. Kann sein, dass er ein bisschen leise ist, besser du testest es mal.«

Jane zeigte Ali den erhobenen Daumen und sah auf dem Schirm nach, auf welcher Leitung Paddy war. »Du könntest eigentlich gleich hierbleiben für seinen Bericht, Joe.« Sie drückte einen mit PFL beschrifteten Knopf auf dem Telefonkanal. Der Ton der Werbespots wurde unterbrochen, und sie hörte über einen kleinen Lautsprecher im Mischpult, wie sich Paddy Wright räusperte. »Ein paar Worte zur Lautstärkeregelung, Paddy«, sagte sie. Wright las etwas von seinem Skript ab, während Jane die zuckenden Signale des Lautstärkereglers beobachtete und eine leichte Anpassung vornahm.

Da nicht mehr ganz eine Minute Zeit blieb, bis sie wieder live auf Sendung gingen, fragte sie Joe: »Nur interessehalber: Wo steht Israel denn nun wirklich?«

»Na ja, die Frau hatte recht damit, dass Israel und die Türkei bis vor Kurzem Verbündete waren. Aber das begann sich zu ändern, als sich die türkische Regierung weg von der säkularen Verfassung in Richtung islamistischer Staat zu bewegen schien. Deshalb glaubt Israel, dass die EU ein Gegengewicht zu diesem Trend bilden wird. Außerdem beunruhigt das iranische Streben nach Atomwaffen Israel seit einiger Zeit, deshalb will es die Türkei auf der richtigen Seite des Zauns haben. In der EU, anders ausgedrückt.«

»Aber Israel hat selbst Nuklearwaffen, oder?«

»Offiziell nicht, aber sicher, es hat welche. Es will jedoch nicht in eine Konfrontation mit dem Iran geraten, die zu einem Atomkrieg eskalieren könnte. Israel ist ein kleines Land, und es weiß, es würde von der Landkarte getilgt, während der Iran überleben würde.«

Als die Werbepause endete, setzte Jane ihre Kopfhörer wieder auf und schaltete ihr Mikro ein. »Sie hören Wade's World auf TalkNation mit Jane Wade. Und jetzt schalten wir zu unserem Reporter Paddy Wright nach Istanbul für das Neueste von dem Geiseldrama dort … Paddy, was tut sich?«

9

»Guten Morgen, Jane«, sagte Wright mit frischer, gebieterischer Stimme. »Tja, die Neuigkeit ist, dass sich die Geiselnehmer endlich zu erkennen gaben, aber ich weiß nicht, ob wir damit irgendwie klüger sind.«

»Nanu?«

»Nun, sie nennen sich die Belisarius Brigade, eine bislang unbekannte Organisation, soviel ich weiß.«

Jane warf Joe einen fragenden Blick zu. Der schürzte die Lippen und zuckte mit den Achseln. Dann begann er, leise in sein Netbook zu tippen.

»Und sie ist auch unserem hauseigenen Experten in puncto Türkei, Joe Brady, nicht bekannt, der bei mir im Studio ist«, überspielte sie Joes Unwissenheit. »Aber er macht sich schlau, während wir uns unterhalten. Fahren Sie fort, Paddy.«

»Da wird er viel Glück brauchen. Soviel ich weiß, war die Gruppe bis zu dem Statement heute nicht im Internet präsent. Was wahrscheinlich bedeutet, dass sie sich den Namen für diese Operation ausgedacht hat.«

»Haben sie schon Forderungen bekannt gegeben?«

»Ja, sie haben ihre Forderungen genannt, und wiederum sind alle Beobachter hier überrascht. Die meisten haben wohl erwartet, dass der Grund ...«

»Tut mir leid, wenn ich unterbreche«, sagte Joe, den

Blick starr auf den Bildschirm gerichtet. »Paddy hat recht, dass die Brigade im Internet nicht vorkommt. Aber es gibt eine Menge über einen byzantinischen Militärführer namens Belisarius. Er war für die gewaltige Ausdehnung des Reichs unter der Herrschaft von Kaiser Justinian verantwortlich – als die Hagia Sophia gebaut wurde, mit anderen Worten.«

»Und nur zur Klarstellung für unsere Hörer«, sagte Jane. »Istanbul hieß zu dieser Zeit Konstantinopel und war das Herz des Byzantinischen Reichs.«

»Nun, das passt zu den drei Forderungen der Brigade, wie Sie gleich hören werden«, fuhr Wright fort. »Wie die vorhergehenden Bekanntmachungen wurden sie im Namen der Gruppe von einer Frau vorgetragen, bei der es sich, wie wir inzwischen wissen, um die Vertreterin des türkischen Kultur- und Tourismusamts handelt. Sie führte die Reiseunternehmer gerade durch das Museum, als es zu der Geiselnahme kam. Und erneut übermittelte sie die Botschaft per Anruf bei TRT Radio … Zunächst einmal wollen die Entführer, dass das Museum Hagia Sophia geschlossen wird. Zweitens wollen sie, dass das Gebäude von allen Merkmalen islamischer Architektur darin gesäubert wird und die vier Minarette zerstört werden. Und drittens verlangen sie, dass die Hagia Sophia, ich zitiere, ›in ihrer vollen Pracht als Basilika des orthodoxen Christentums wiederhergestellt wird, so wie sie vor der Eroberung Konstantinopels durch die ottomanischen Türken war‹.«

»Das ist alles? Keine Forderung, die Türkei solle sich von der EU abwenden?«

»Nein.«

»Das ist allerdings eine Überraschung«, sagte Jane.

»Es gibt eine Reihe von Aktionsgruppen mit ähnlichen Zielen wie diese Belisarius Brigade«, warf Joe ein. »Das Ganze könnte ein Reklametrick von einer von ihnen sein, um allgemeine Aufmerksamkeit für das Thema zu erzielen.«

»Es ist mehr als ein Reklametrick, Joe«, entgegnete Paddy. »Wir wissen inzwischen, dass sie das gesamte diensthabende Wachpersonal im Museum getötet haben. Und jetzt sprechen sie hässliche Drohungen aus, was die Geiseln betrifft. Aber ich schlage vor, ich lasse Sie die Botschaft selbst hören, wie sie von dieser verständlicherweise nervösen Dame vor wenigen Minuten vorgetragen wurde ...«

»Aber bevor Sie das tun, Paddy«, sagte Jane. »Warum, glauben Sie, benutzen die Entführer *sie*?«

»Es ist sonderbar, dass wir noch keine Mitglieder der Bande selbst gehört oder gesehen haben«, sagte Wright. »Eine Theorie lautet, dass sie keinen Dialog mit der Polizei wünschen, weil das zu Verhandlungen führt, die unvermeidlich in einem Kompromiss enden.«

»Dann wollen wir uns die Aufzeichnung einmal anhören. Wissen wir, wie die Frau heißt?«

»Ja. Sie heißt Irem Selçuk. Sie hat die Forderungen der Brigade auf Türkisch und Englisch vorgelesen, und dann kam Folgendes ...«

»Der Kommandeur der Brigade hat mich angewiesen, folgende Erklärung abzugeben: Wenn ihre Forderungen nicht von der Regierung in Ankara gebilligt werden und ihre Erfüllung nicht in Anwesenheit von UN-Vertretern schriftlich zugesichert wird, werden die Geiseln leiden ... Einer alle sechs Stunden, vor den Augen der Welt, und die Türkei wird ... sie wird dafür verantwortlich sein ...« Von ihrem stockenden Vortrag abgesehen war die Stimme der Frau unbewegt und ausdruckslos wie die einer Simultanübersetzerin bei einer Konferenz. »Doch die Belisarius Brigade enthauptet niemanden und tötet keine Kinder ... wie die feigen Islamisten. Sie wird vielmehr das Mitgefühl walten lassen, für das die Byzantiner bekannt waren. Die Männer werden geblendet werden, und den Frauen wird das Gesicht verstümmelt ...« Ihre Stimme versagte, trotz ihrer mechanischen Sprechweise war sie erkennbar aufgewühlt. Es folgte ein gedämpfter Wortwechsel mit jemandem neben ihr.

»Sie war rund eine Minute lang nicht in der Lage fortzufahren«, sagte Wright, »aber ich konnte es noch nicht bearbeiten, deshalb müssen Sie mir kurz Zeit geben, bis ich so weit bin ...«

»Nur zu, Paddy«, sagte Jane und nahm ihn für die Zuhörer aus der Sendung, allerdings behielt sie ihn in einem ihrer Kopfhörer im Ohr. Gleichzeitig nickte sie Joe zu und sagte: »Hört sich nach einer scheußlichen Situation für diese Geiseln an ...«

»In der Tat. Und dieser Seitenhieb: ›Wir sind nicht so schlimm wie ihr‹, in Richtung Islamisten wäre schlicht lachhaft, wenn das Ganze nicht so ernst wäre.«

»Ja. Aber sie wissen, dass solche Verhöhnungen Moslems auf die Palme bringen. Sie versuchen offenkundig eine Reaktion zu provozieren.«

»Fertig«, hörte Jane Paddy Wrights Stimme in ihrem Ohr sagen und öffnete den Regler. »Okay, ich glaube, wir können jetzt nach Istanbul zurückgehen. Paddy, ich hätte Sie fragen sollen, ob sich auf dem Gelände dort etwas tut.«

»Ja. Ich bin per Skype in meinem Hotelzimmer unweit der Hagia Sophia mit Ihnen verbunden, und ich sehe eine

Kolonne Militärfahrzeuge in der Straße unterhalb von ihr vorbeifahren; es scheint also, als würde die Regierung ihre Kräfte verstärken – oder vielleicht ersetzen die Soldaten auch die Polizei, die das Gebiet gestern abgesperrt hat. Die Hagia Sophia ist montags normalerweise geschlossen, deshalb sind nicht so viele Touristen in der Gegend, was die Behörden möglicherweise ermutigen könnte, lieber rasch zu handeln, als abzuwarten. Allerdings hat die Belisarius Brigade das vorausgesehen, wie Sie hören werden. Hier ist Irem Selçuk wieder ...«

»Die Brigade war bereits gezwungen, eine Reihe von Sicherheitskräften bei dieser Operation zu töten, deshalb wissen wir, die Geiseln, dass sie es sehr ernst meinen mit der ... mit der Ausführung dieser Drohungen. Wenn ihre Forderungen im festgesetzten Zeitraum nicht erfüllt werden, wird eine Webcam gegen Ende der Frist ein Live-Video liefern. Alle Handys wurden inzwischen konfisziert ... es ist also sinnlos, wenn Verwandte, die Medien oder Behörden versuchen sollten, mit den Geiseln Kontakt aufzunehmen. – Schließlich noch eine Warnung an das türkische Militär. Bei einem Versuch, das Gebäude zu stürmen, wird dieses gesprengt werden. Die Brigade zieht es vor, wenn gar keine Kirche an dieser Stelle steht, als wenn die großartige Basilika der heiligen Weisheit Gottes ... als Museum oder Moschee stehen bleibt ...« Sie hielt wieder inne und deckte das Telefon ab, da jemand mit ihr sprach. »Und es wird keine Diskussion über diese Bedingungen geben«, fuhr sie fort. »Die Reaktion des Regimes in Ankara wird von den Medien weltweit verfolgt, und die Brigade wird wissen, ob ihre Forderungen erfüllt werden. Die Regierung muss zuerst bis heute Abend, 18.00 Uhr, ihre Zustimmung erklären. Danach hat sie bis morgen Mittag Zeit, die nötigen Gesetze abzufassen, um diese Maßnahmen umzusetzen ...« Die Aufzeichnung wurde ausgeblendet.

»Das war's«, sagte Wright.

»Gibt es schon eine Reaktion der Regierung in Ankara?«, fragte Jane. Sie bemerkte, dass Joe wieder in seine Tastatur tippte.

»Abgesehen davon, dass sie eine Liste mit den Namen und Nationalitäten der Reiseunternehmer herausgegeben hat, nein. Aber es ist schwer, sich etwas vorzustellen, was sie tun könnte. Gottesdienste jeglicher Art sind per Gesetz in der Hagia Sophia verboten. Wenn sie den Forderungen der Brigade nachgibt – oder auch nur auf Zeit spielt, indem sie so tut, als würde sie ihnen nachgeben –, wird sie sowohl die säkularen als auch die islamischen Kräfte in der türkischen Gesellschaft gegen sich aufbringen, was so ziemlich auf die gesamte Bevölkerung hinausläuft.«

»Doch sie können eine so grausame Behandlung der Geiseln natürlich nicht einfach zulassen«, sagte Jane.

»Aber bei einem Befreiungsversuch könnten andererseits einige oder alle Geiseln getötet werden.«

»Und einer der größten architektonischen Schätze der Welt wäre zerstört«, ergänzte Joe.

»Ja, ein bemerkenswertes Gebäude, das tausendfünfhundert Jahre lang allen Erdbeben widerstanden hat«, sagte Wright. »Und selbst wenn es stehen bliebe, würden die unschätzbaren Mosaike wahrscheinlich nicht überleben.«

»Nun, in einigen Stunden werden wir wissen, wie die türkische Antwort aussieht«, brachte Jane das Gespräch zum Abschluss. »In der Zwischenzeit hoffen wir, mit jemandem von der türkischen Botschaft in Dublin darüber sprechen zu können, wie sich diese Krise möglicherweise auf die Beitrittszeremonie in dieser Woche auswirken wird. Auf Wiederhören, Paddy.«

Jane ließ den Werbeblock vor den Elf-Uhr-Nachrichten abfahren, dann setzte sie ihre Kopfhörer ab und trank gierig noch mehr Wasser. »Ich schaue besser mal, ob Orhun schon was von sich hat hören lassen«, sagte sie, schraubte den Deckel wieder auf die leere Flasche und warf sie in den Papierkorb. »Was hat es mit dieser Drohung, die Geiseln zu blenden und zu verstümmeln, auf sich – das ist doch barbarisch«, sagte sie schaudernd.

»Ich habe ein bisschen nachgeforscht, während du mit Paddy gesprochen hast«, sagte Joe, den Blick auf den Monitor seines Netbooks gerichtet. »Verstümmelung war offenbar eine Strafe für bestimmte Verbrechen im Byzantinischen Reich. Das ging manchmal sogar bis zur Kastration. Jemanden zu entstellen oder zu blenden, wurde als barmherziger als die Todesstrafe angesehen. Und in Hofkreisen galt es als bevorzugte Methode, um Rivalen auszuschalten.«

»Sag bloß.«

»Überleg doch mal – ein Blinder war zum Führer in der Schlacht nicht geeignet. Und eine Frau, die vielleicht ihr Aussehen eingesetzt hätte, um ihren Willen zu bekommen, kam mit einem verstümmelten Gesicht nicht weit.«

»Darf ich fragen, wie die Verstümmelungen ausgeführt wurden?«

»Für die Blendung gab es verschiedene Methoden. Die Augen mit einer Art Werkzeug auszustechen war die roheste. Oder man zwang die Augen aus den Höhlen, indem man ein Seil um den Kopf des Opfers zuzog.«

»Entzückend.«

»Wenn die Augen dagegen an Ort und Stelle gelassen wurden, schüttete man etwa Säure oder kochende Flüssigkeit in sie. Oder sie erhitzten eine Eisenplatte, bis sie glühend heiß war, dann gossen sie Essig darauf und hielten das Gesicht des Delinquenten darüber, bis seine Augen durch die Essigdämpfe vernarbt und getrübt waren.«

»Sie genossen es offenbar, sich alle möglichen Methoden auszudenken.«

Joe schaltete seinen Monitor aus und stand auf, um zu gehen. »Ja. Aber bei der Gesichtsverstümmelung gingen sie sehr direkt vor. Sie schnitten den Frauen einfach Nase, Ohren oder Lippen ab – oder auch alle drei.« Er zog die erste der beiden schweren Studiotüren auf.

»Igitt.«

Joe grinste. »Aber ich würde dich trotzdem noch attraktiv finden«, sagte er, während er rückwärts in dem Raum zwischen den beiden Türen verschwand und die innere hinter sich zufallen ließ.

10

Eine halbe Stunde später fasste Jane eine Telefonrunde über den Vorschlag einer Lobbygruppe zusammen, die irische Wirtschaftskreise vertrat. Es ging darum, Ostern jedes Jahr auf den gleichen Sonntag im April fallen zu lassen. Die Debatte hatte sich ziemlich aufgeheizt, und sie hatte sich zurücklehnen und die Anrufer sich selbst überlassen können. Als schließlich aber vier Leute gleichzeitig redeten, wurde es schwierig, die vorgetragenen Argumente noch zu verstehen, deshalb griff sie ein, führte das Thema zu einem Abschluss und machte eine Pause. Das Studiotelefon auf dem Tisch neben ihr läutete sofort.

»Orhun wird nicht reden.« Es war Joe. »Nicht einmal inoffiziell. Ich habe den Eindruck, man will die Sache herunterspielen.«

»Werden sie wenigstens eine Erklärung abgeben?«

»Nein. Alles in diese Richtung wird direkt aus Ankara kommen. Das EU-Präsidentschaftsbüro hier hat allerdings eine Erklärung veröffentlicht. Ich bringe sie dir runter.«

»Und einen Kaffee, bitte, Joe, wenn es dir nichts ausmacht.«

Demir Orhun, Presseattaché bei der türkischen Botschaft, war im Januar in Dublin eingetroffen, etwa zu der Zeit, da Jane angefangen hatte, Wade's World zu präsentieren. Er hatte die Pressevorführung der Sendung besucht, sie hatten sich gut verstanden und seitdem ein paar Mal getroffen, um Ideen für die Sendung beim Lunch und einmal bei einem Abendessen zu besprechen. Deshalb machte die Art, wie er jetzt abtauchte, keinen Eindruck auf sie.

Joe traf kurz darauf ein, und während ein vor ihrem Urlaub aufgezeichnetes Interview mit dem Herausgeber einer neuen Essenszeitschrift abgespielt wurde, trank Jane ihren Kaffee und las die Verlautbarung der EU.

»Im Namen aller EU-Mitgliedstaaten, die sich in dieser Woche in Dublin versammeln, verurteilen wir die Geiselnahme in Istanbul und rufen zu ihrer sofortigen Beendigung auf. Die Drohung, den Geiseln Gewalt anzutun, hat in der internationalen Gemeinschaft Abscheu hervorgerufen. Kein Anliegen rechtfertigt die Gefangennahme oder Folter unschuldiger Menschen.

Die Hagia Sophia ist als Weltkulturerbe der UNESCO der Regierung und dem Volk der Türkei im Namen der gesamten Menschheit anvertraut. Sie für eine bestimmte Religion oder Nationalität zu reklamieren ist vollkommen inakzeptabel.«

Das Statement war im Namen der EU-Präsidentschaft von der Pressebeauftragten Maura Hendrick herausgegeben worden. Jane war schon im Begriff, das Dokument in den Papierkorb zu werfen, ohne es in der Sendung vorzulesen, aber stattdessen strich sie es wieder glatt und las es noch einmal.

»Hol mir Maura Hendrick ans Telefon«, sagte sie über die Studioleitung zu Ali und schwenkte das Papier. »Sag ihr, ich will vor Ende der Sendung mit ihr darüber reden.«

Zum Ende des aufgezeichneten Beitrags stand die Pressereferentin bereit. Nach einer weiteren Werbepause verkündete Jane, die EU habe eine Verlautbarung herausgegeben. Sie las sie vor und sagte dann: »Maura Hendrick vom Pressebüro der EU ist am Telefon. – Maura, auf den ersten Blick scheint es sich um eine Standardreaktion in einer Situation wie dieser zu handeln. Aber am Ende fällt eine merkwürdige Wortwahl auf: ›Sie für eine bestimmte Religion *oder Nationalität* zu reklamieren ist vollkommen inakzeptabel.‹ Nichts an den Informationen, die wir heute Morgen aus Istanbul erhalten haben, lässt darauf schließen, dass ›Nationalität‹ bei dem Ganzen ein Thema sein könnte. Deshalb hier meine Frage: Repräsentiert die Belisarius Brigade ein Land in der Region oder anderswo? Verfügen Sie über Informationen, die wir nicht bekommen haben?«

»Ich glaube nicht, dass irgendeine Absicht …«

»Gibt es solche Informationen, Maura?«

Hendrick hustete kurz. »Die Hagia Sophia ist ein sehr heikles Thema beim türkischen Volk, und wir müssen in unserer Herangehensweise äußerst vorsichtig sein. Es wäre unklug von mir, der offiziellen Verlautbarung noch etwas hinzuzufügen. Es sind Kräfte am Werk, die den türkischen EU-Beitritt zu untergraben versuchen, und ich möchte nichts sagen, was ihnen möglicherweise Munition liefert.«

»Sie reden um den heißen Brei herum, Maura. Es ist offenkundig, dass die Belisarius Brigade für den orthodoxen Glauben eintritt, oder zumindest *behauptet*, ihn zu vertreten. Aber sie könnten aus einem halben Dutzend Ländern oder mehr kommen. Wissen wir, aus welchem?«

»Die ehrliche Antwort ist, ich … wir wissen es nicht.

Was wir allerdings wissen, ist, dass eine Gemeinschaft von Mönchen, die auf der Halbinsel Athos in Griechenland lebt, wiederholt die Rückgabe der Hagia Sophia an die griechisch-orthodoxe Kirche verlangt hat. Deshalb glauben wir, es lohnt sich zu schauen, ob sie einen Einfluss auf die Belisarius Brigade geltend machen kann, damit diese die Geiseln freilässt. Allein an sie heranzutreten ist jedoch keine leichte Aufgabe für uns. Anscheinend sind die Mönche des Parusie-Klosters, wie es heißt, bösartig gegen die EU eingestellt. Sie beschuldigen uns, mit dem Vatikan gemeinsame Sache zu machen, um die christlichen Kirchen wieder zu vereinen. Und das ist in ihren Augen Ketzerei. Aber nicht irgendeine Ketzerei, sondern die *endgültige* Ketzerei, die das Ende der Welt ankündigt.«

»Hört sich an, als würde eine Menge Arbeit vor Ihnen liegen. Selbst wenn sich die Mönche bereit erklären zu helfen, bewirkt es möglicherweise nichts.«

»Richtig. Aber wir müssen es versuchen. Die Klöster auf Athos betrachten den Patriarchen von Konstantinopel als ihren Bischof, deshalb versuchen wir es über diesen Weg.«

»Und ich bin mir sicher, unsere Hörer wünschen Ihnen alles Gute bei Ihren Bemühungen.« Jane dankte Hendrick und schloss die Sendung ab.

Nachdem sie den Kopfhörer abgenommen hatte, lockerte sie ihr Haar wieder auf und dachte über Hendricks Worte nach. Das Ende der Welt … *La fine del mondo* – Enzo Buas Worte wieder. Diese Anruferin Martha und ihre Zeichen vor der Endzeit. Die Parusie. Das Jüngste Gericht. Die Wiederkunft Christi. Es war, als sei die Weltuntergangsterminologie, von der um die Jahrtausendwende so viel zu hören gewesen war, wieder in aller Munde.

Als sie ihre Unterlagen zusammengesucht hatte und im Begriff war, das Studio zu verlassen, liefen die Zwölf-Uhr-Nachrichten auf TalkNation bereits. Sie beinhalteten einen Ausschnitt ihres Gesprächs mit Hendrick. Diesem folgte ein aktueller Bericht des Reporters Paddy Wright, der mit einer Beschreibung der Lage vor Ort in Istanbul endete: »... wird das Museum mittlerweile von Sicherheitskräften massiv abgeriegelt, da sich Tausende von Demonstranten im Sultanhamet-Viertel Istanbuls nicht weit von der Hagia Sophia versammelt haben und antichristliche Parolen skandieren. Beobachter sprechen davon, dass sich ihre Zahl durch konservative Moslems laufend erhöht, die mit der Fähre aus dem asiatischen Teil der Stadt auf der anderen Seite des Bosporus kommen ...«

Jane stieß einen leisen Pfiff aus. Die Sache lief heiß. Und sie hatte den Verdacht, dass die Belisarius Brigade genau darauf gesetzt hatte.

Als sie an ihren Schreibtisch im Büro kam, sah sie, dass Ali telefonierte und schon wieder eine Haarsträhne zwischen den Fingern drehte. Sie hätte gern kurz mit ihr gesprochen, aber es konnte warten. Fünf Minuten später telefonierte Ali immer noch, sie hatte ihre Brille abgenommen und die Augen geschlossen und kniff sich mit zwei Fingern in den Nasenrücken. Ihrer Körpersprache nach und aufgrund der Tatsache, dass sie sehr wenig sagte, lauschte sie vermutlich der Beschwerde eines erzürnten Hörers.

Da noch ein paar Minuten bis zur Programmbesprechung blieben, beschloss Jane, ihre E-Mails durchzugehen. Unter den zuletzt eingetroffenen war eine von Giuseppe Rinaldi.

Ich dachte, du würdest gern wissen, dass man die Leiche von Enzo Bua am Samstag gefunden hat, kurz nachdem ich dich nach Senise gefahren habe. Das Begräbnis findet morgen statt. Der Mann seiner Tochter Shpresa hat sich außerdem einverstanden erklärt, ihre Leiche ebenfalls in der Familiengruft der Buas in Collalba beisetzen zu lassen.

Die Geschichte des Mannes, der versucht hat, sich die Leiche seiner Tochter zurückzuholen, hat uns landesweit in die Medien gebracht. Sie beschreiben einen Ort, wo Aberglaube und okkulte Praktiken vorherrschen. Es ist natürlich Publicity für uns, allerdings keine von der Art, die ich mir gewünscht hätte. Es hat mich aber auf eine Idee gebracht …

Viele Grüße von Lucia,

Giuseppe

Jane lächelte. Der Vorwurf »okkulter Praktiken« war übertrieben, doch Aberglaube gehörte zu der Gegend genauso wie die Loricato-Kiefer, die an den Berghängen wuchs.

In diesem Moment legte Ali das Telefon beiseite, und Jane winkte sie zu sich. Ali hatte die Rolle des Executive Producers für den täglichen Programmplatz von zehn bis zwölf von Jane übernommen, aber Jane hatte redaktionell weiter das letzte Wort, und das war eine der Gelegenheiten, bei der sie Gebrauch davon machen wollte.

»Du musst mit Weltuntergangsfanatikern vorsichtig sein«, sagte sie. »Sie hören nicht auf zu reden, und sie sind schlicht todlangweilig.« Jane war von dem Argument selbst nicht unbedingt überzeugt, aber sie nutzte die Angst aller Radioschaffenden davor aus, dass ein Thema »langweilig«

war, damit Ali es sich in Zukunft zweimal überlegte, ob sie einen fanatischen Propheten des Armageddon zu ihr durchstellte. Sie hätte ihr auch einfach mitteilen können, dass es ihr bei diesen Leuten kalt über den Rücken lief, aber das hätte irrational geklungen.

Ali biss sich auf die Unterlippe und nickte. »Du hast ja so recht. Sie hat mir gerade die Ohren vollgequatscht. Sie rief an, um sich zu beschweren, dass sie nicht lange genug auf Sendung war. Und dann hat sie mich in einem fort mit diesen Prophezeiungen bombardiert.«

Jane lachte. »Und jetzt kriegst du es auch noch von mir ab. Du Arme.«

Ali lächelte. »Schon gut. Zeit für die Besprechung?«

Das Team der Sendung war geschrumpft, seit Jane nicht mehr Executive Producer war. Das lag zum Teil an Kürzungen beim Sender, zum Teil daran, dass Jane ihre Fähigkeiten als Produzentin weiter einbrachte. Außer Ali und Joe gehörte nur noch die Sendeassistentin Laura Moore fest zum Team. Sie kamen gerade aus der Besprechung, als Joe ihnen mitteilte, in den Dreizehn-Uhr-Nachrichten gebe es eine Eilmeldung zum Geiseldrama aus Istanbul. Er stellte es laut, und sie standen da und lauschten.

»... hat die Regierung in Ankara soeben ihre Antwort auf die Forderungen der Belisarius Brigade bekannt gegeben, drei Stunden vor Ablauf der von den Terroristen gesetzten Frist. Ihr Statement lautet: ›Als NATO-Mitglied und im Einklang mit der international üblichen Praxis verhandeln wir nicht mit Terroristen und geben ihren Forderungen nicht nach. Nicht nur verurteilen wir das Vorgehen der sogenannten Belisarius Brigade, sondern wir werden uns ihrem Versuch nicht beugen, die Regierung und das Volk der Türkei zu erpressen, denen es bisher gelungen ist, religiöse Zwistigkeiten über die vielen historischen Stätten unseres kulturellen Erbes zu vermeiden.‹ – Es hat in der Vergangenheit Vorschläge gegeben, die Hagia Sophia für religiöse Zwecke zu öffnen, und nach dem EU-Beitritt der Türkei wird das Direktorium für religiöse Angelegenheiten Vertreter von Christen und Moslems zu einem Gespräch über das Thema einladen, aber nur auf der Grundlage, dass das Museum, sollte es jemals entsäkularisiert werden, von beiden Glaubensgemeinschaften geteilt wird.«

Joe schaltete das Radio aus. »Das wird nicht funktionieren«, sagte er und schüttelte den Kopf.

Jane dachte kurz darüber nach. »Es ist aber eine Veränderung ihrer Haltung. Vielleicht wird es die Terroristen ein wenig milder stimmen.«

»So weit, dass sie sich überreden lassen, einige Geiseln freizulassen?«, fragte Ali.

»Das werden wir abwarten müssen«, sagte Jane und sah zu der Uhr, die von der Decke hing. »Um vier werde ich mit den Kindern zu Hause sein, falls ich also gerade irgendwie mit ihnen beschäftigt bin«, sie sah Joe an, »kannst du mir vielleicht Bescheid sagen, was sich tut.«

Sie kehrte an ihren Schreibtisch zurück und ging den Rest ihrer E-Mails durch, druckte einige aus und behielt eine Handvoll, die beantwortet werden mussten. Unter ihnen war die knappe Mitteilung von Liam Lavelle, die sie am Abend zuvor gelesen hatte. Doch anstatt zu antworten, beschloss sie, mit Lavelles Schwester Mary Kontakt aufzunehmen, bei der er wohnte, wie er schrieb. Sie hatte keine Nummer, wusste aber, dass sie und ihr Mann in Portmarnock ein Pub namens Silver Dolphin geführt hatten. Sie sah die Nummer nach und rief an. Ein Barkeeper meldete sich und stellte sie zum Wohnhaus durch, wo eine Frau an den Apparat kam.

»Hallo, ist dort Mary?«

»Die ist nicht da. Mit wem spreche ich bitte?«

Jane wurde bewusst, dass es wahrscheinlich eine von Lavelles inzwischen erwachsenen Nichten war.

»Mein Name ist Jane Wade. Ich suche eigentlich nach Liam. Meines Wissens wohnt er dort, oder?«

»Einen Moment, bitte«, sagte die junge Frau, dann hielt sie den Hörer zur Seite und trällerte: »Onkel Li-am ...«

Eine Stimme, die aus einem anderen Raum zu kommen schien, war zu vernehmen, und die Frau legte das Telefon irgendwo ab. Nach einer scheinbaren Ewigkeit hob es Lavelle wieder auf. »Hallo?«, sagte er zögernd.

»Hallo, Liam. Hier ist Jane Wade.«

»Jane – du!« Es klang, als hätte er nicht erwartet, von ihr zu hören.

»Ja, ich habe beschlossen anzuklingeln, für den Fall, dass du nur zu einem Kurzbesuch da bist.«

»Äh, nein ... Ich werde eine Weile hier sein.« Seine Stimme hatte den Schwung und die Begeisterung verloren.

»Du schreibst, du würdest mich gern treffen. Wann hattest du denn im Sinn?« Mit der freien Hand klickte sie im Computer ihren Kalender an.

»Jederzeit. Ich habe keine Verpflichtungen. Wie sieht es bei dir aus?«

»Diese Woche ist ziemlich viel los, arbeitsmäßig. Vor allem am Donnerstag. Aber vielleicht könnten wir uns vorher zum Lunch treffen?«

»Morgen?«

»Ähm ... okay. Ich arbeite jetzt auf der Nordseite der Liffey – nicht weit vom Financial Services Center –, also braucht keiner von uns den Fluss zu überqueren. Hier in der Gegend gibt es eine Reihe netter Plätzchen für ein Lunch ...«

»Äh ... würde es dir etwas ausmachen hierherzukommen? Zum Pub, meine ich?«

»Nach Portmarnock?« Jane stöhnte innerlich. Das würde sie zur Mittagszeit mindestens eine halbe Stunde kosten. Und Pub-Essen war nicht gerade das, was sie sich vorgestellt hatte.

»Keine Angst – der Silver Dolphin wird inzwischen sehr gerühmt für sein Essen, sagen Paul und Mary.« Lavelle hatte ihre Gedanken gelesen und hörte sich langsam wieder an wie der Alte.

»Also gut, dann treffen wir uns dort. Ich komme um halb eins von hier weg, also sagen wir ... gegen eins?«

Nachdem sie sich den Weg von Lavelle hatte beschreiben lassen – das Pub befand sich nicht in dem am Meer gelegenen Dorf Portmarnock selbst, sondern weiter nördlich –, fragte ihn Jane, ob das am Telefon seine Nichte gewesen war.

»Ja, das war Cliona. Zehn Jahre alt, als ich auf die Philippinen gegangen bin, und stell dir vor, nächsten Monat feiert sie ihren einundzwanzigsten Geburtstag. *Tempus fugit*, was?«

»Du hast ja nicht lange gebraucht, um in Latein zu verfallen«, zog sie ihn auf.

»In Asien hatte ich nicht viel Verwendung dafür. Also mach dich auf einiges gefasst.«

»Seit deiner Abreise hat sich viel verändert, wie du sicherlich weißt. Vor allem, was deine Kirche angeht. Missbrauchsskandale und all das.«

»Schrecklich. Und wirklich schlimm für die Anständigen.«

»Schreckt auch potenziellen Nachwuchs ab, soviel ich höre.«

»Ja. Hätte nie gedacht, dass ich den Tag erlebe, da in Irland die Priester knapp werden.«

»Haben sie dich also zurückgeholt, um eine Lücke in ihren Reihen zu füllen?«

»Eine Lücke füllen? So redet man nicht mit einem Bischof.«

»Bischof? Du? Wirklich?«

»Da müsste schon ein Wunder geschehen«, sagte er trocken.

»Himmel, jetzt bin ich dir für einen Moment auf den Leim gegangen.«

»Freut mich, dass ich eine so erfahrene Journalistin drangekriegt habe. Vielleicht lasse ich verbreiten, dass man mich für ein Bischofsamt in Betracht zieht. Wenn ich darüber nachdenke – warum zieht man mich eigentlich nicht in Betracht? Jetzt bin richtig sauer. Bis morgen dann.«

Jane legte das Telefon beiseite und stellte fest, dass sie lächelte. Lavelles Humor war immer noch intakt. Und er hatte ihn benutzt, um ihre Frage zu umgehen, was er zu Hause machte.

11

Orhun seufzte, als er das Kommuniqué las. Die Regierung in Ankara ging mit der Situation um, als seien die Terroristen tatsächlich religiöse Extremisten, die echte Forderungen stellten. Aber er blieb skeptisch. Um sich für eine Weile abzulenken, griff er nach seinem Handy, lehnte sich im Sessel zurück und legte die Füße auf den Schreibtisch. Nachdem er am Abend zuvor auf eine endlose Reihe von Journalistenanfragen nur mit »Kein Kommentar« geantwortet hatte, war er zu müde gewesen, um sich anzusehen, was ihm Maguire geschickt hatte.

Er hatte eine Sicherheitsüberprüfung von Jane Wade kurz nach ihrem gemeinsamen Abendessen genehmigt. Es war kein Rendezvous gewesen, sondern eine Gelegenheit, außerhalb der Geschäftszeiten zu besprechen, wie sie in ihrer Sendung über den türkischen Beitritt im Vorfeld und über das Ereignis selbst berichten würde. Aber natürlich hatten sie im Lauf des Abends auch persönliche Dinge berührt, und dabei hatte sie ihm enthüllt, dass ihr Mann einige Monate zuvor bei einer Explosion in ihrem Haus getötet worden war. Sie hatte erklärt, es habe sich um eine Verwechslung gehandelt, eine Drogenbande habe einen Verbrecher ausschalten wollen, der in ihrer Gegend wohnte.

Orhuns Ausbildung ließ ihn spüren, wann Menschen die Wahrheit zu verbergen versuchten, und sein Instinkt hatte sich in diesem Fall sofort gemeldet. Unter dem Aspekt der Sicherheit musste er extrem vorsichtig sein – er war neu im Land, und man durfte nicht von ihm erwarten, dass er den Referenzen aller Leute traute, mit denen er zu tun hatte.

Seine eigenen Bemühungen erbrachten wenig. Abgesehen von einem kurzen Karriereprofil auf der Website von TalkNation schien sie wenig oder gar nichts mit sozialen Medien am Hut zu haben. Es gab jede Menge Internetberichte über Rundfunkbeiträge von ihr oder Interviews, die sie geführt hatte, aber ihr Privatleben war – untypisch für jemanden in ihrer Position – nicht Gegenstand genauer Erforschung durch die Medien. Zum Zeitpunkt der Explosion war sie als Programm-Produzentin nicht wirklich im Blickfeld der Öffentlichkeit gewesen, und ihre relative Anonymität hatte ihr geholfen, der allgemeinen Aufmerksamkeit zu entgehen.

Orhun musste die Sache anders angehen. Maguire wurde ihm von einem Beamten bei einem Abendessen in der amerikanischen Botschaft empfohlen. Offenbar hatte er im Vorfeld eines Präsidentenbesuchs für sie gearbeitet. Maguire erklärte, er werde sich in Jane Wades private Dateien und Korrespondenz hacken müssen. Orhun gab ihm grünes Licht dafür. Jane wäre empört gewesen, wenn sie gewusst hätte, was er hinter ihrem Rücken trieb, aber die Botschaft war ein Außenposten der Türkei, und dort ging man die Dinge eben anders an.

Maguires Bericht über die Explosion, die Jane Wades Mann getötet hatte, bestätigte Orhuns Verdacht, dass die Geschichte mit der Personenverwechslung ebendies war – eine Geschichte. Zwar wurde die Polizei in den Medien als ihre Quelle genannt, aber der Polizeireporter einer landesweiten Zeitung, der sich mit Bandenfehden auskannte, erzählte Maguire, dass nichts von einem Auftragsmord bekannt war – insbesondere nicht von einem mit Sprengstoff. Die Polizei hatte die Wahrheit unter Janes Mitwirkung vertuscht. Wer also hatte die Bombe gelegt, die ihren Mann getötet hatte?

Er bat den Privatdetektiv, tiefer in ihrer Vergangenheit zu wühlen. Rund eine Woche danach erhielt er einen Anruf von Maguire. »Zwei Geschwister, beide tot, beide Selbstmord. Der Bruder zuerst. War psychisch labil und starb vor ihren Augen. Mit einem Messer. Die Schwester brachte sich vor mehr als zehn Jahren um. Unter gänzlich anderen Umständen …« Als Maguire ihm erzählte, wie Jane Wades Schwester gestorben war, sagte Orhun, er solle seine Nachforschungen fortsetzen, aber ihm nicht mehr in die Botschaft berichten. Die Ermittlung war in einen Bereich abgedriftet, der mit seiner Tätigkeit im diplomatischen Dienst der Türkei nichts mehr zu tun hatte.

Und jetzt hatte Maguire einen drei Jahre alten Zeitungsbericht über einen Freund von Wade an Orhun weitergeleitet, dessen Name er schon gehört hatte, wie ihm jetzt bewusst wurde.

PRIESTER KANN NACH EINEM MONAT GEFANGENSCHAFT FLIEHEN

Ein irischer Priester, der letzten Monat auf den Philippinen entführt wurde, ist lebend aufgefunden worden, nachdem ihm die Flucht geglückt war. Der Polizei zufolge sei Pfarrer Liam Lavelle in ein Dorf an der Küste spaziert und habe die Leute dort gebeten, die Behörden zu verständigen.

Ein Sprecher des Auswärtigen Amts in Dublin bestätigte, dass Pfarrer Lavelle fast einen Monat lang von einer islamistischen Gruppe festgehalten wurde, die zwei Millionen US-Dollar für seine Freilassung forderte. Der Sprecher konnte keine Angaben über die Identität der Gruppe machen und bestritt, dass die irische Regierung ein Lösegeld gezahlt habe.

Pfarrer Lavelle gehörte keinem Missionsorden an, sondern diente in einer Gemeinde im südlichen Teil des Landes, wo der größte Teil der muslimischen Minderheit lebt. Er wurde am 2. August von bewaffneten Männern aus seinem Haus am Rand von General Santos City entführt, einer Hafenstadt auf der Insel South Cotabato, und per Boot auf eine der vielen anderen Inseln des Archipels gebracht.

Für seine Entführung hat keine Gruppe die Verantwortung übernommen, aber der Verdacht fiel auf islamistische Guerillas, die in diesem größtenteils römisch-katholischen Land für ein eigenes Autonomiegebiet kämpfen. Das philippinische Militär behauptete, Pfarrer Lavelle sei von abtrünnigen Elementen der separatistischen Moro Islamischen Befreiungsfront gekidnappt worden. In dem Gebiet gibt es auch Gruppen mit Verbindungen zu den in Indonesien beheimateten Terroristen der Jemaah Islamiyah.

Aus Maguires früheren Nachrichten wusste er, dass Jane Wades Schwester sich vor mehr als einem Jahrzehnt einer Weltuntergangssekte angeschlossen hatte und bei einem Selbstmordanschlag auf ein Friedenskonzert in Bethlehem im Westjordanland gestorben war. Jane hatte bei der Suche nach ihrer Schwester offenbar Liam Lavelles Hilfe in Anspruch genommen, doch zu spät, um sie zu retten. Nicht lange danach hatte er sich freiwillig zur Arbeit auf den Philippinen gemeldet.

Aber warum hatte ihn Maguire auf diesen Zeitungsausschnitt aufmerksam gemacht? Glaubte er, dass die Entführung des Priesters durch eine unbekannte Gruppe etwas mit den früheren Ereignissen zu tun hatte? Oder tat er es, weil Maguires Anweisungen, in diesem Fall sehr weit ausgelegt, besagten, er solle ein Auge auf Verbindungen zwischen Jane Wade und Extremisten jeglicher Couleur haben?

Eins stand fest – sie hatte gewaltige Traumata in ihrem Leben erlitten. Bruder, Schwester, Ehemann, alle unter gewaltsamen Umständen ums Leben gekommen. Ihr Freund von Terroristen entführt. Ein Zyniker hätte sogar sagen können, es sei gefährlich, sich in Jane Wades Nähe zu begeben. Aber Orhun war an Gefahr gewöhnt. Er blühte sogar auf in ihr, wenn er ehrlich war.

Er beschloss, Maguire eine SMS zu schicken. Sie lautete schlicht: Überwachung von Jane Wade fortsetzen.

Kurz nach vier, als sie Scott gerade bei einem Projekt über Wale half, erhielt Jane eine SMS von Joe: Kannst du reden?

Da sie Scotts Konzentration auf keinen Fall unterbrechen wollte, schrieb sie zurück: Nein. Was gibt's Neues?

Joes Antwort traf ein, als sie gerade die Illustration eines Blauwals ausschnitt, die sie von einer Website ausgedruckt hatte. Sie legte die Schere beiseite, hob das Handy auf und las die SMS: Bande droht mit massiverem Vorgehen. Frist um zwei Stunden verlängert.

»Leg bitte die Schere weg«, sagte sie mechanisch, während sie ihre Antwort tippte. Der Junge hatte sie in die Hand genommen und versuchte zu beenden, was sie angefangen hatte. Aber sie wusste, dass er noch nicht die Geschicklichkeit besaß, sie richtig zu benutzen. Ihre SMS lautete: Werde die Nachrichten im Auge behalten. Bitte versuch es weiter bei Orhun.

Sie schickte sie ab und stellte ihr Handy auf stumm. Dann bemerkte sie, dass Scott noch immer mit der Schere zugange war, die Zunge vor Konzentration herausgestreckt. Sie beobachtete, wie er an dem Umriss entlangschnitt und es ganz ordentlich hinbrachte. Es war einer jener Augenblicke, da ein Elternteil, ohne bewusst danach Ausschau zu halten, einen weiteren Schritt in der Entwicklung eines Kinds wahrnimmt.

»Gut gemacht«, sagte sie. »Möchtest du das nächste Bild von Anfang an ausschneiden?«

Scott nickte ernst.

Sie lächelte und zerzauste ihm das Haar.

»Ach, Mom«, protestierte er und wand sich unter ihrer ausgestreckten Hand. Die gelegentliche Benutzung einer kürzeren Version von »Mommy« in letzter Zeit war ein weiteres Zeichen dafür, dass er älter wurde.

Als die Sechs-Uhr-Nachrichten gesendet wurden, war Jane gerade dabei, alle Kinder im Haus zu füttern, was sie Debbie am Abend zuvor versprochen, aber wieder vergessen hatte, bis sie einen Zettel an ihrem Kühlschrank sah – *Debbie trifft Mädels zum Lunch.* Ihre Freundin war bereits zu Hause, aber in der richtigen Voraussicht, dass ihr Lunch eher flüssig als fest ausfallen würde, hatte sie Jane gebeten, die Kinder abends zu versorgen. Während sie an einem

Stück ihrer selbst gemachten Pizza kaute, hob sie das Handy vom Tisch auf und merkte jetzt erst, dass es immer noch auf stumm geschaltet war. Sie hatte mehrere Anrufe von Joe überhört. Inzwischen war es 18.40 Uhr, wahrscheinlich hatte sie also auch die Berichterstattung über das Geiseldrama im Fernsehen verpasst.

Sie ging in den Flur zwischen ihrer Wohnung und Debbies Haus und rief Joe an. »Tut mir leid, ich hatte auf stumm geschaltet. Und ich habe die Nachrichten verpasst. Was ist passiert?«

»Die Belisarius Brigade hat wirklich den Einsatz erhöht. Und sie haben die Geiselgeschichte in eine Art Realityshow verwandelt.«

»Wie meinst du das?«

»Sie fordern die türkische Regierung auf, das erste Opfer zu nominieren – so wie der Erste, der bei Big Brother das Haus verlassen muss, haha, nur nicht sehr witzig. Und sie haben weitere Fernsehshow-Elemente hinzugefügt, wie etwa, dass sie die Regierung mit den Handynummern aller Geiseln versorgt haben. Die erste Nummer, die sie anrufen, ist dann ihre Wahl. Die Frist ist Mitternacht in der Türkei, zehn Uhr abends hier. Und das Ganze wollen sie als Livestream im Internet zeigen.«

»Aber wie … wo?«

»Auf der Website des Türkischen Kultur- und Tourismusamts. Wie du weißt, ist die Frau, die die Führung durch die Hagia Sophia gemacht hat, eine Angestellte von ihnen, und sie haben gedroht, ihr etwas Scheußliches anzutun, wenn sie keinen Zugang zu der Seite erhalten.«

»Das ist ja krank.«

»Und es ist noch nicht alles. Sie haben nämlich auch

für den Fall vorgesorgt, dass jemand auf die schlaue Idee kommt, alle Telefone gleichzeitig läuten zu lassen – wenn das passiert, wird jeder Geisel eine Hand amputiert. Und wenn sich die türkische Regierung weigert, eine Wahl zu treffen, werden alle Geiseln dasselbe Schicksal erleiden, das sie für das nominierte Opfer auf Lager haben – alle zur gleichen Zeit. Und so oder so wird es live auf ihrer Website gezeigt.«

»Aber die türkischen Behörden werden die Website doch wohl dichtmachen, oder?«

»Wenn sie das tun, wird das Gleiche passieren. Alle Geiseln werden leiden. Die Frage für uns lautet also: Schauen wir es uns an?«

»Ich glaube nicht, dass *ich* es könnte. Könntest du es?«

»Erinnerst du dich daran, wie Daniel Pearl enthauptet wurde? 2002 war das, glaube ich. Ich war im College, und die meisten von uns – oder jedenfalls die Jungs – haben sich das Video im Netz herausgesucht und es angesehen.«

»Und die Mädchen?«

»Die Mädchen größtenteils nicht. Zu zimperlich.«

»Vielleicht hatten sie auch moralische Einwände, eine Hinrichtung anzusehen.«

»Manche ja. Aber wir haben Journalismus studiert, und man sagte uns, wir müssten bereit sein, uns solchen Dingen zu stellen. Selbst Zeuge werden. Sich nicht darauf verlassen, was einem andere erzählen.«

»Und wie hast du dich gefühlt, nachdem du das Video angeschaut hast?«

»Schrecklich. Bis heute.«

»Ich würde sagen, das ist ein gutes Zeichen.«

»Jedenfalls wird das hier keine Hinrichtung sein.«

»Nein, aber einem Haufen Sadisten dabei zuzusehen, wie sie einen unschuldigen Menschen quälen und erniedrigen, ist ebenfalls nicht nach meinem Geschmack.«

»Nach meinem auch nicht gerade. Aber du weißt, wo du es findest, wenn du es dir anders überlegst.«

12

Das Objektiv war auf ein Stück gemusterten Boden gerichtet, das wie ein steinerner Teppich in den hellen Marmor des restlichen Bodens gesetzt war. Der Schatten einer auf ein Stativ geschraubten Kamera wurde von einem Scheinwerferlicht in ihrem Rücken auf die runden Muster geworfen, durch die kreuz und quer ein paar Kabel liefen; wahrscheinlich Stromkabel und eine Verbindung zu einem Laptop, auf dem man jemanden tippen hörte. Gelegentlich war ein Brummen zu vernehmen, wenn ihm – es war ein Mann – bei seinem Tun etwas gelang oder misslang. Aber er befand sich außerhalb des Scheinwerferbereichs und warf keinen Schatten.

Jane war beinahe schlecht vor ängstlicher Vorahnung. Doch nach ihrem Gespräch mit Joe hatte sie über das Thema nachgedacht und war zu dem Schluss gekommen, dass sie ihre persönlichen Gefühle hinsichtlich der bevorstehenden Ereignisse hintanstellen musste. Selbst wenn es nur darum ging, Solidarität mit den unglücklichen Opfern zu fühlen, war dies immer noch eine geringfügig bessere Haltung, als sie zu ignorieren und ihrem Geschick einfach zu überlassen. Und wenn das persönliche Gefühle in die Gleichung brachte, dann war es eben so – Journalisten mussten in ihren Beobachtungen vielleicht leidenschaftslos sein, aber das hieß nicht, dass sie emotionale Zombies zu sein hatten.

Jane betrachtete den rechteckigen Bodenausschnitt. Darin umgaben Scheiben verschiedener Größe eine deutlich größere in der Mitte, wie Monde, die um einen Planeten kreisen. Sie sah, dass die Scheiben aus verschiedenfarbigem Marmor bestanden – rot, grün, rosa, grau. Und der Raum zwischen den Ringen wurde von ungleichmäßig geformten Mustern gefüllt – manche geädert, andere gefleckt oder getüpfelt. Der gesamte Ausschnitt war etwa vier Meter breit, und der graue Ring in der Mitte zwei, drei Meter im Durchmesser. Auf einer Seite sah sie eine Anzahl glänzender Metallständer, wahrscheinlich dazu benutzt, den gemusterten Teil des Bodens abzusperren, denn zwischen ihnen hing rotes Band mit dem Aufdruck AYASOFYA MUZESI beziehungsweise abwechselnd HAGIA SOPHIA MUSEUM. Zwischen den Pfosten konnte sie auf einer an einem Ständer befestigten grünen Tafel das Wort OMPHALION erkennen.

Sie hörte, wie der Mann am Laptop den Stuhl zurückschob und eine letzte Taste drückte, und damit wurde der Videoschirm dunkel.

Jane sah auf die Uhr in der oberen Ecke ihres Computermonitors. 21.52 Uhr. Zum Glück waren Scott und Bethann im Bett und schliefen fest. Sie dachte an das Glas Wein rechts von ihr auf dem Schreibtisch. Sie hatte es zu einem Viertel gefüllt und bisher nichts davon getrunken. Ihrer Theorie nach fing sie am besten erst gar nicht an, aber falls sie ihren Entschluss nicht durchhielt, würde sie weniger auf einmal hinunterschütten und sich erst auf den Weg zur Flasche machen müssen, um nachzufüllen. Und das würde ihr helfen, es einzuschränken. So weit jedenfalls die Theorie.

Ohne Vorwarnung sprang der Schirm wieder an; jetzt war die Kamera angehoben und weiter zurückgeschoben worden. Das gemusterte Quadrat im Boden war immer noch sichtbar, doch aus diesem Blickwinkel sahen die Kreise eher wie Ovale aus. Ein schlichter Holzstuhl stand in der Mitte der größten Scheibe. Dahinter wurde der weite Raum des Kirchenschiffs von Kronleuchtern erhellt, die nur wenige Meter über dem Boden hingen.

Eine Frau ging an der Kamera vorbei zur Mitte des Quadrats, wo sie sich umdrehte und neben den Stuhl stellte. Sie war klein, aber wohlgeformt und mit einer marineblauen taillierten Jacke und einer weißen Bluse bekleidet. Ihre großen braunen Augen wurden von den scharf gezeichneten Halbmonden ihrer Augenbrauen eingerahmt, und sie war stark geschminkt. Ihr hennarotes Haar klebte jedoch strähnig an Hals und Stirn. Auf ihrer Brust ruhte eine Lesebrille an einer funkelnden Kette. In einer Hand hielt sie ein Blatt Papier.

»Guten Abend. Mein Name ist Irem Selçuk, und das ist … das ist …« Die Stimme versagte ihr. Dann holte sie tief Luft. »Und nun kommen wir zum Omphalion«, sagte sie und hob die Stimme dabei, da sie in die vertraute Sprechweise der Museumsführerin verfiel. »Hier wurden die byzantinischen Kaiser gekrönt, und es war ihr Platz, wenn sie an einem Gottesdienst teilnahmen. Der Kaiserthron stand für diese Zeremonien auf dem größten der Ringe.« Sie zeigte auf die Scheibe, auf der sie stand.

»Omphalion ist griechisch und bedeutet ›Nabel der Welt‹. Es heißt, die Kreise in dem Quadrat würden die Erde umgeben von den zwölf Tierkreiszeichen symbolisieren und …« Irem hielt inne und nickte in Richtung Kamera. Jemand hinter dieser hatte einen Befehl gebrüllt. »Und jetzt«, setzte sie erneut an und hob das Blatt Papier, um davon abzulesen, während sie mit der anderen Hand versuchte, die Brille aufzusetzen. Doch beide Hände zitterten sichtbar, und die Seite flatterte vor ihrem Gesicht. »Und jetzt ... bitte ich Sie alle vorzutreten.«

Die Geiseln kamen an der Kamera vorbei ins Blickfeld geschlurft und stellten sich mit dem Gesicht zur Kamera entlang dreier Seiten des Quadrats auf. Die Männer waren alle hemdsärmelig, ihre Mienen waren grimmig, die Gesichter der Bartlosen ließen die Stoppeln mehrerer Tage sehen. Die Frauen waren blass, manche verweint, und aus irgendeinem Grund hatten sie alle ihre Handtaschen über die Schulter gehängt oder unter den Arm geklemmt.

»Alle haben ihr Handy zurückerhalten«, erklärte Irem nun, nachdem sie erneut ihr Skript zurate gezogen hatte. »Die Damen haben ihres in der Handtasche, die Herren in der Brusttasche ihres Hemds. Die türkische Regierung hat die Nummern aller Personen, und sobald sie ihre Wahl getroffen hat, werden wir das Telefon läuten hören und dann den Besitzer identifizieren.«

Die Damen, die Herren. Es wäre putzig, wenn es nicht mit solch grausamer Absicht geschähe, dachte Jane.

Irem blickte über ihre Brille zu der Person hinter der Kamera. »Und die Frist für die Antwort aus Ankara läuft in ... exakt einer Minute aus.«

Sie nahm ihre Brille ab und ging nach rechts aus dem Bild.

Sekunden vergingen ohne einen Laut – zehn, zwanzig, dreißig. Jane brauchte keinen Zeitmesser, sie war es gewohnt, eine Minute zu unterteilen. Dann hustete eine der männlichen Geiseln, und das löste ein kurzes allgemeines Husten aus. Es hatte gerade aufgehört, als die unverkennbare Melodie eines Nokia-Klingeltons erklang.

Die Geiseln blickten sich nach links und rechts um. Dann erschienen schwarz gekleidete und mit Maschinenpistolen bewaffnete Mitglieder der Bande unter ihnen und stießen sie aus dem Omphalion. Ein Mann mittleren Alters blieb allein am Rand der Fläche zurück.

Das Telefon des Mannes hörte augenblicklich auf zu läuten. Einer der Bande stieß dem Mann den Lauf seiner Waffe in den Rücken und schob ihn in Richtung des Stuhls im Mittelkreis. Ein unbewaffneter Terrorist, dessen Sturmhaube nur Mund und Augen sehen ließ, trat vor und bedeutete ihm mit einer Geste, sich zu setzen. Als er gehorchte, ohne seine missliche Lage anscheinend recht zu begreifen, sah Jane, dass er älter war, als sie zunächst gedacht hatte. Die Haut seines schmalen Gesichts war tief zerfurcht, und nur wenige weiße Haarbüschel standen wie Federn seitlich von seinem Kopf weg.

»Um Gottes willen«, flüsterte Jane für sich. Die Männer konnten diese Sache doch wohl unmöglich durchziehen.

Der Terrorist hinter dem Stuhl langte über die Schulter des Mannes, fischte das Mobiltelefon aus der Brusttasche seines Hemds und hielt es in die Höhe. »Anstatt auf unsere Forderungen einzugehen, hat die türkische Regierung beschlossen, diesen Mann leiden zu lassen«, verkündete er.

Es war das erste Mal, dass einer der Terroristen gesprochen hatte, soweit Jane wusste, und zu ihrer Überraschung hatte er einen amerikanischen Akzent.

Er drehte das Handy um und las von einem Etikett auf der Rückseite ab. »Sein Name ist Chaim Elon, und er ist aus Israel.« Er drehte sich zum Rest der Geiseln um, die man hinter ihm aufgereiht hatte. »Eine Runde Applaus für Chaim, bitte«, rief er. Schwaches Klatschen erhob sich aus der Schar der Geiseln.

Jane drehte es den Magen um.

Der Terrorist bückte sich, steckte das Handy in die Brusttasche des alten Manns zurück und flüsterte ihm etwas ins Ohr. Der Mann nickte, als würde er einem Vorschlag seines Friseurs zustimmen.

Der Terrorist hob den Kopf und blickte geradeaus in die Kamera. »Da er Jude ist, kann unserem Gefangenen nicht dieselbe Rücksichtnahme gewährt werden wie einem Angehörigen eines anderen Glaubens.« Er machte jemandem außerhalb des Kamerabereichs ein Zeichen.

Speichel begann sich in Janes Mund zu sammeln. Gleich würde ihr übel werden. Sie zog ein Papiertaschentuch aus dem Ärmel und drückte es an ihren Mund.

Ein weiteres Bandenmitglied kam ins Bild, ging in die Hocke und band Arme und Beine des Mannes mit einem Stück Nylonseil an den Stuhl. Von hinten hatte Jane den Eindruck, als wäre es eine Frau, die diese Aufgabe erfüllte.

Der Terrorist, der gesprochen hatte, legte die Hand auf die Stirn des Mannes. Dann zog er ein Teppichmesser mit gelbem Griff aus der Innentasche seiner Jacke.

Um Himmels willen, er sticht ihm die Augen aus, dachte Jane und streckte schnell die Hand über die Tastatur aus.

Doch ehe sie das Fenster schließen konnte, legte der Terrorist einen Arm um den Kopf des Israeli und riss ihn nach hinten, dann rammte er das Messer unter dem Ohr in seinen Hals und zog es quer über die Kehle.

Blut begann in alle Richtungen zu spritzen, und über

das Hemd des Opfers ergoss sich ein ganzer Sturzbach aus Blut. Der Mann begann zu würgen, sein Körper bäumte sich auf. Dann fiel er zusammen mit dem Stuhl seitlich in die Blutlache, die sich über den Boden ausbreitete. Bei seinem Sturz schoss ein letzter Strahl in die Luft und klatschte auf die farbigen Bodenkreise wie ein Tropf-Gemälde von Jackson Pollock.

Jane sprang von ihrem Schreibtisch zurück, als könnte das Blut jeden Moment aus dem Monitor spritzen. Dabei stieß sie das Weinglas um, dessen Inhalt über den Schreibtisch und unter den Computer lief. Sie wischte hektisch mit ihrem Taschentuch danach und warf einen Blick auf den Bildschirm, in der Hoffnung, dass alles aus und vorbei war.

Doch der Mann machte immer noch ruckartige Bewegungen, und sie ließen den Stuhl langsam in der blutverschmierten Scheibe rotieren. Es war, als würde er langsam auf einer Art mittelalterlichem Folterinstrument gedreht.

Jane lief ins Badezimmer und übergab sich, bevor sie die Kloschüssel erreicht hatte.

13

Nachdem Giuseppe Rinaldi an dem gemeinsamen Begräbnis von Enzo Bua und seiner Tochter Shpresa teilgenommen hatte, hielt er an einer Bar gleich bei der Kirche, setzte sich allein ins Freie und bestellte einen *Caffè lungo*. Die umliegenden Gebäude reflektierten das Licht des sonnigen Aprilvormittags, und er musste seine Sonnenbrille aufsetzen, wenn er jemanden erkennen wollte, der möglicherweise über die winzige Piazza vor der Kirche kam. Die gepflasterte Fläche war so klein, dass er Pfarrer Kamarda leicht übersehen konnte, falls dieser die Treppe von der Kirche herunterkam und rechts oder links abbog.

Zwei schlichte Särge hatten während des Begräbnisgottesdiensts auf Böcken am oberen Ende des Mittelgangs gestanden. Auf jedem lag ein Kranz, aber es fehlten Fotos oder persönliche Erinnerungsstücke. Wie es schien, waren keine Angehörigen mehr übrig, um die letzten beiden Mitglieder der Familie Bua zu betrauern. Nicht einmal Shpresas Mann schien sich die Mühe gemacht zu haben, am Begräbnis teilzunehmen.

Die kleine Kirche war zur Hälfte gefüllt, Einheimische und Reporter und Fotografen, die bei Pfarrer Kamarda durchgesetzt hatten, dass sie eingelassen wurden, teilten sich die Plätze. Er hatte es gestattet, weil es keine Prozession zum Friedhof geben würde und damit keine Gelegenheit, Fotos zu schießen oder zu schildern, wie dieses tragische Paar an seine letzte Ruhestätte geleitet wurde. Kamarda hatte es jedoch eisern abgelehnt, die neugierigen Augen der Kameras weiter als bis zur äußeren Tür der Krypta vorzulassen.

Am Ende des Gottesdiensts hoben zwei schwarz gekleidete Bestattungsunternehmer und vier Männer aus dem Dorf den ersten der beiden Särge auf die Schultern und trugen ihn durch einen schmalen Durchgang zwischen einem der Seitenaltäre und der Mauer der Kirche. Pfarrer Kamarda öffnete ihnen die äußere Tür zur Krypta, die Männer gingen mit ihrer Last hindurch, und er schloss die Tür wieder. Kurz darauf kamen sie heraus, um den zweiten Sarg zu holen, und die Prozedur wurde wiederholt, aber diesmal kamen nur die zwei Bestatter anschließend zurück in die Kirche. Wie es schien, würden allein die Einheimischen die Bestattung abschließen, indem sie in die eigentliche Krypta hinunterstiegen.

Giuseppe hatte seinen Kaffee ausgetrunken und rauchte eine Zigarette, was er nur sehr selten tat – und neuerdings ausschließlich im Freien. Er wurde langsam ungeduldig. Die Medienvertreter waren längst abgereist, und die beiden Bestatter waren mit dem Leichenwagen weggefahren, in dem sie die Särge überführt hatten. Es waren kaum Dorfbewohner unterwegs, und nur gelegentlich ratterte ein Auto oder ein Lieferwagen vorbei oder parkte für ein paar Minuten vor der Bäckerei auf der anderen Seite der ruhigen Straße. Aber bisher hatte er weder den Priester noch die vier Männer aus der Kirche kommen sehen. Und er wusste, es gab nur einen Aus- und Eingang: durch das Portal oberhalb der Treppe, die auf die Piazza hinunterführte. Und doch war das Portal verschlossen – vor etwa zwanzig Minuten hatte er beobachtet, wie eine schwarz gekleidete ältere Frau aus einer der Seitenstraßen gekommen und die Treppe hinaufgestiegen war, wie sie die Klinke ein paar Mal gedrückt hatte und schließlich aufgab und weiterging.

Er wollte mit Pfarrer Kamarda reden. Ihm nur eine Idee vortragen. Er drückte die Zigarette aus. Eine leichte Brise wehte vom Tal herauf und brachte den Duft von Wildkräutern und Frühlingsblumen mit.

In diesem Augenblick ging ein Flügel der Tür auf, und Pfarrer Kamarda kam mit den vier Männern aus der Kirche. Sie standen noch eine Weile im Gespräch beisammen, während der Priester die Tür wieder abschloss. Dann zerstreuten sich die Männer paarweise nach links und rechts. Giuseppe wollte sich schon erheben, aber Kamarda kam die Treppe herunter direkt auf ihn zu.

Giuseppe nahm die Sonnenbrille ab, um Augenkontakt herstellen zu können, und hob die Hand zum Gruß. Sie kannten einander, da sie beide dem Spendenausschuss für den Bau eines Exerzitienhauses angehörten, das in den nahen Hügeln an der Stelle eines früher von Einsiedlermönchen bewohnten Höhlenkomplexes geplant war.

Pfarrer Kamarda nickte in Erwiderung des Grußes. Sein Kopf war von einer dünnen Schicht ölig schwarzem Haar bedeckt, und alle seine Gesichtszüge schienen abwärtszufließen; unter den Augen breiteten sich konzentrische Hautringe wie geschmolzenes Wachs aus, ein schmallippiger Mund bog sich zu einer Sichel abwärts, und Hautlappen hingen vom Unterkiefer.

Giuseppe deutete zu dem Stuhl auf der anderen Seite des kleinen Tischs. »Haben Sie Zeit für einen Kaffee?«

Pfarrer Kamarda, dessen nach unten gezogene Mundwinkel auf eine Neigung zur Übellaunigkeit schließen ließen, zögerte kurz. »*Si, grazie*«, sagte er dann mit einer Stimme, als würde man mit dem Daumen über die Zähne eines Kamms fahren. Er ging um den Tisch herum und zog geräuschvoll einen Stuhl heraus.

Massimo, der Besitzer der Bar, kam an den Tisch und begrüßte den Priester. Er hatte einen kahl rasierten Schädel, einen ausladenden Schnauzbart und einen mächtigen Bauch, der die untere Hälfte seines weißen Hemds wie ein sich blähendes Segel füllte. Kamarda bestellte einen doppelten Espresso.

Als Massimo wieder hineingegangen war, sagte Giuseppe: »Sind die Paparazzi alle weg?« Es war Small Talk, um den Ball ins Rollen zu bringen. Und es hatte entfernt mit dem Thema zu tun, das er mit dem Priester erörtern wollte.

Kamarda blies Luft durch die schmalen Lippen und schüttelte den Kopf. »Wer hätte gedacht, dass …«

»Es hat Collalba jedenfalls bekannt gemacht.«

»Aber auf keine gute Weise.«

»Das sehe ich auch so. Und deshalb wollte ich mit Ihnen sprechen.« Giuseppe beugte sich vor. »Letzte Woche hatten Lucia und ich eine Freundin aus Irland zu Besuch. Wir waren zur Messe hier. Vor ihrem Besuch wusste sie nichts über die albanische Gemeinde in Italien und hatte keine Ahnung, dass kleine, vor Ikonen glänzende Kirchen über diese Hügel verstreut sind. Und hätte ich sie nicht von Sant'Elia hier herübergebracht, hätte sie es vielleicht nie erfahren.«

Der Priester wedelte abwehrend mit der Hand. »Es steht in den Reiseführern«, krächzte er. »Jeder kann es wissen.«

»Aber das heißt nicht, dass sie sich die Mühe machen herzukommen.«

»Und das ist vielleicht ganz gut so … oder, Massimo?«

Der stämmige Wirt kam gerade an den Tisch. »Was ist gut?«, fragte er und stellte den Kaffee schwer schnaufend vor den Priester.

»Dass wir nicht von Touristen überrannt werden.«

Massimo stützte sich auf den Tisch, sein Gewicht ließ die Kaffeetassen in seine Richtung rutschen. »Ich persönlich würde gern von Touristen überrannt werden, vorzugsweise von jungen, hübschen, statt mir für den Rest meines Lebens das Gerede von alten Knackern wie euch anhören zu müssen.« Er lachte schallend, und die Tassen auf dem Tisch klirrten auf ihren Untertassen, da sein Bauch auf und ab wogte.

»Sehen Sie, Kamarda – die Zeiten haben sich geändert«, sagte Giuseppe, als der Wirt in die Bar zurückgegangen war. »Euer Dorf …«, er schwenkte die Hand im Kreis und zeigte dann in die Richtung von Sant'Elia, »… mein Dorf.« Er öffnete die Arme, um beide Dörfer einzuschließen. »Sie waren früher durch ihre Lage von der Außenwelt abgeschnitten. Als Junge kannte ich kaum jemanden aus diesem Dorf, obwohl ich es jeden Tag auf dem Hügel gegenüber gesehen habe. Aber jetzt hat jeder ein Auto, und mit den besseren Straßen sind unsere Dörfer viel leichter zugänglich, ist es nicht so?«

Pfarrer Kamarda nickte wehmütig.

»Aber diese Veränderung läuft in zwei Richtungen.« Er machte eine gegenläufige Bewegung mit seinen Händen. »Jahr für Jahr gehen mehr junge Leute fort. Es gibt hier keine Arbeit von der Art, die sie haben wollen. Und da sie wegziehen, wird die Bevölkerung älter. Wie viele Dorfbewohner in der Kirche heute waren unter fünfzig, hm? Die jüngeren sind in die Städte gezogen oder fördern Öl in Potenza. Sie finden Ehefrauen und Männer dort, und sicher, sie kommen ab und an noch zum Urlaub hierher, aber sie verlieren den Kontakt mit ihren Traditionen – mit *Ihren* Traditionen.« Giuseppe betonte das, da Kamarda sicherlich wusste, dass die Gemeinde der Arbëresh für Veränderungen anfälliger war.

»Worauf wollen Sie hinaus, Giuseppe? Kommen Sie zur Sache.«

»Tourismus ist alles, was wir haben, um diesen Niedergang aufzuhalten, Mitri. Aber wir machen es den Touristen absurd schwer hierherzukommen. Um auch nur ein paar der Dörfer zu besuchen, muss man stundenlang Serpentinenstraßen rauf- und runterfahren, und es ist reine Glückssache, ob man an einem Ort landet, der etwas zu bieten hat. Wenn man Pech hat, bekommt man nicht einmal eine anständige Mahlzeit. Es ist, als würden wir sie einladen zu kommen, aber dann lassen wir sie ziellos umherwandern. In Australien habe ich gesehen, wie Ortschaften abseits der Hauptstraßen Besucher anzulocken versuchen. Sie könnten zum Beispiel eine renovierte Mühle oder eine ungewöhnliche Skulptur haben, und die bewerben sie dann mit einer Menge Schilder an der Straße. An einem Ort, wo wir waren, haben sie alle Giebelseiten der Häuser mit Wandbildern geschmückt …«

Pfarrer Kamarda hatte die Mundwinkel noch weiter hinuntergezogen, um sein Missfallen auszudrücken.

»Nein, nein, Hochwürden«, versicherte Giuseppe schnell. »Ich wollte nichts in dieser Richtung vorschlagen, glauben

Sie mir.« Er war froh, dass er die Riesenbanane nicht erwähnt hatte.

Pfarrer Kamarda machte eine wegwerfende Geste. »Sie vergessen eins – vor hundert Jahren wurde die Population der Arbëresh durch Auswanderung nach Amerika halbiert, aber wir haben trotzdem überlebt.«

Giuseppe seufzte. »Es geht nicht nur ums Überleben, Mitri. Es geht um Wohlstand. Um Stolz auf uns selbst und unsere Lebensweise.«

Kamarda zog eine Seite seines Mundes nach oben und sprach durch die andere. »Sie haben vielleicht Nerven, Giuseppe. Sie haben dreißig Jahre fort von hier verbracht – außer *Landes*, Himmel noch mal, und jetzt, da Sie zurück sind, wollen Sie, dass sich keiner mehr wegrührt.«

»Sie haben recht, Mitri. Ich kann Ihnen da nicht widersprechen. Aber vielleicht habe ich einfach so lange gebraucht, um wirklich schätzen zu lernen, was wir hier haben.«

Der Priester beugte sich vor. »Und sicherlich ist Ihnen der Gedanke gekommen, dass es eben unsere Isolation war, die uns erlaubte, unsere Lebensweise zu bewahren. Je mehr Besucher wir haben, desto schneller verlieren wir unsere Identitat. Man kann nämlich nicht beides haben.« Er lehnte sich zurück und griff nach seiner Espressotasse.

»Und genau da irren Sie sich meiner Ansicht nach.«

»Wirklich? Dann erklären Sie mal.«

»Wir bringen jedes Dorf dazu, sich auf etwas zu konzentrieren, das einzigartig bei ihnen ist, und gestalten das zu einer für Besucher geeigneten Attraktion. Dann werben wir mit einem Tagesausflug per Bus in, sagen wir, drei Dörfern. Wenn die Tour zum Beispiel von Senise aus startet, wäre der erste Halt zu einem Frühstück in Sant'Elia und einem Besuch des Räubermuseums. Dann weiter hierher nach Collalba zum Mittagessen und zum Besuch der Kirche. Anschließend würde es weitergehen zum Dorf der Hexen für ein Abendmahl und eine Übernachtung – ›wenn Sie sich trauen‹, irgend so etwas. Ich habe es noch nicht richtig ausgearbeitet, aber Sie verstehen, worum es mir geht. Wir würden mit drei Dörfern anfangen, und wenn es funktioniert, könnten es andere als Modell benutzen. Oder man entwickelt es zu einer einwöchigen Tour in mehrere Dörfer. Es gibt zwanzig davon in dieser Region, und bestimmt wäre mindestens die Hälfte interessiert. Und der Vorteil für uns – für unsere Lebensweise, sozusagen – wäre, dass die Touristen nicht lange da sind und den Einheimischen auf die Nerven gehen.«

»Und welche einzigartige Sache hätten wir hier in Collalba zu bieten? Das habe ich noch nicht ganz verstanden.«

»Äh, Ihre albanischen Traditionen, natürlich.« Giuseppe nickte in Richtung der Kirche. »Die Ikonen insbesondere …«

»Und?« Pfarrer Kamarda wusste, dass sein Gegenüber noch mehr im Sinn hatte.

Giuseppe holte tief Luft und spreizte die Hände. »Was ich mir denke, ist Folgendes: Junge Leute – und auch nicht mehr ganz so junge – sind vom Makabren fasziniert. Schauen Sie nur, wie viele Leute in Palermo die mumifizierten sterblichen Überreste in der Kapuzinergruft sehen wollen …«

Pfarrer Kamarda kniff argwöhnisch die Augen zusammen. »Und was könnten sie hier zu finden hoffen?«

»Eine uralte Ikone, umgeben von den Gebeinen einer Familie, die sie selbst im Tod noch bewacht. Die Geschichte eines Vaters, der im Wahn die Leiche seiner Tochter raubt, um die …«

Pfarrer Kamarda hatte die Hand gehoben, um ihn an dieser Stelle zu stoppen. »Möchten Sie diese Tradition in Ihrer Realität sehen?« Er nickte in Richtung Kirche.

»Ist das Ihr Ernst? Sie wollen die Gruft wieder öffnen?«

»Kommen Sie«, sagte Kamarda und stand auf.

Giuseppe kramte ein paar Münzen aus seiner Börse und legte sie auf den Tisch, um zu bezahlen.

Pfarrer Kamarda war bereits dabei, die Kirchentür aufzusperren, als Giuseppe die Treppe hinaufstieg. Dann fielen dem Priester einige Wasserflaschen auf, die längs vor die Schwelle gelegt worden waren.

»Ist das zu fassen? Das muss passiert sein, während wir uns unterhalten haben«, sagte Kamarda.

»Haben Sie ein Problem mit Katzen, die in die Kirche kommen?«

»*Katzen?*« Pfarrer Kamarda wirkte überrascht. »Nein, Giuseppe. Das hier hat mit den lebenden Toten zu tun.«

Jetzt war die Verblüffung auf Giuseppes Seite. »Sie meinen, *Vampire*?«

Der Priester antwortete nicht und schob die Wasserflaschen mit dem Fuß beiseite. Eine rollte die Treppe hinunter. »Sie können Wasser nicht überqueren, wussten Sie das nicht?«

Giuseppe lächelte und spielte mit. »Ich hätte nicht gedacht, dass sie scharf darauf sind, in Kirchen einzudringen.«

»Das soll sie nicht draußen halten«, knurrte Kamarda. »Sondern *drin*.«

Für einen Moment war Giuseppe völlig verdattert. Es

war, als hätte sich der Priester soeben in Professor Van Helsing verwandelt.

Pfarrer Kamarda blickte über die Piazza hinaus, als warnte er alle Leute davor, sich aus der Deckung zu wagen. »Draußen – Aberglaube«, verkündete er und schob Giuseppe durch die Tür. »Drinnen – das Heilige. Verstehen Sie den Unterschied noch, Giuseppe.«

»Ich, äh …« Sollte er wirklich antworten? Es klang nach einer rhetorischen Frage. Kamarda stellte die Gläubigen gern in theologischen Dingen auf die Probe.

»Das ist das wahre Problem, dem wir uns heute gegenübersehen«, fuhr Kamarda fort, während er die Tür hinter ihnen abschloss. »Die Christen haben jedes Verständnis für das Heilige verloren.«

Giuseppe nahm an, er sprach vom Geheimnis der Eucharistie.

»Aber was ich Ihnen jetzt zeigen muss, ist von beidem weit entfernt«, fügte der Priester ominös an.

Giuseppe folgte dem Priester in das von der Sonne erhellte Innere der Kirche und den Mittelgang entlang, vorbei an rechteckigen Säulen, an denen Ikonen hingen. Vor der Ikonostase bogen sie rechts ab, passierten den Seitenaltar und hielten sich dann links, auf die äußere Tür der Krypta zu. Und dort standen aufrecht nebeneinander an die Wand gelehnt die Särge, die Enzo Bua und seine Tochter beherbergt hatten.

Giuseppe war überrascht, sie zu sehen, und Kamarda bemerkte seine Reaktion. »Kommen Ihnen Zweifel?«, fragte er, ohne zu lächeln.

Giuseppe schüttelte den Kopf.

Kamarda streckte sich, fuhr mit der Hand über die

Oberseite des Türrahmens und ertastete einen Schlüssel. Als sie durch die Tür gingen, schaltete er ein Licht ein. Sie befanden sich in einem fensterlosen Raum, mit einer massiveren Tür auf der gegenüberliegenden Seite, die mit einem schweren Vorhängeschloss gesichert war.

»Die Gruft ist da drin?«, fragte Giuseppe und ging auf die Tür zu.

»Das *ist* die Gruft«, sagte Kamarda und hob die Arme in einer priesterlichen Geste in Richtung der Wand. »Es gibt kein Grab oder Mausoleum da drin, falls Sie das glauben. Nur ein paar Stufen, die in die Krypta hinunterführen.«

Giuseppe trat einen Schritt zurück und besah sich alles. Die Tür führte in ein älteres Gebäude, das augenscheinlich in die Kirche integriert worden war. Die ehemalige Außenwand dieses Baus bestand aus sich abwechselnden Reihen von Ziegeln und Naturstein. Ein Rundbogen über der Tür wurde von schlanken Marmorsäulen mit fein verzierten Kapitellen getragen.

Pfarrer Kamarda wiederholte den Vorgang mit dem Schlüssel, der diesmal auf einem der Kapitelle lag. »Das war der Schlüssel des armen Enzo Bua«, sagte er. »Ich behalte ihn fürs Erste.«

Während er an dem Vorhängeschloss fummelte, erklärte er, dass aus Sicherheitsgründen normalerweise ein Schlüssel beim Gemeindepfarrer aufbewahrt werde und der andere von der Familie Bua. Dann erwähnte er, ein Kunsthändler habe Enzo Bua angeschrieben und sich nach der Ikone erkundigt. Giuseppe antwortete ihm gelegentlich, aber er war nicht richtig bei der Sache. Er war von der Architektur fasziniert. Spätbyzantinisch hätte er gesagt, wenn ihn jemand um seine Meinung gefragt hätte.

Unter Ächzen und Stöhnen bekam Kamarda die Tür schließlich auf. Dahinter führte ein kurzer Durchgang mit Steinfliesen zu einem schmiedeeisernen Tor. Pfarrer Kamarda bedeutete Giuseppe vorauszugehen. »Nur zu«, sagte er und schaltete ein weiteres Licht ein. »Ziehen sie das Gitter auf, es ist nicht abgesperrt.«

Giuseppe sah eine niedrige, abwärtsgeneigte Decke durch die Gitterstäbe. Die Angeln des schmiedeeisernen Tors quietschten, als er es aufzog und nach unten blickte. Eine steile, steinerne Treppe führte ins Dunkel hinunter. Und dann drang der Hauch eines unangenehmen Geruchs in seine Nase.

»War eine ziemliche Mühe mit den Särgen«, sagte Kamarda. »Die Männer mussten sie die Treppe hinuntergleiten lassen. Passen Sie auf Ihren Kopf auf.«

Giuseppe begann, leicht gebückt nach unten zu steigen, und stellte fest, dass die Luft in dem engen Treppenschacht feucht war und der unangenehme Geruch stärker zu werden schien. Er hatte erst ein paar Schritte gemacht, als es ihm vorkam, als würde er in eine Schicht schwererer Luft eintauchen. Und es roch widerlich. Er hielt den Atem an und schluckte, um den Würgereiz zu unterdrücken, der in ihm aufstieg. Doch nach einigen weiteren Schritten musste er einfach atmen. Die Fäulnis in der Luft ließ ihn den Kopf ruckartig zurückziehen, und er stieß ihn sich an der Decke an.

»Großer Gott, Mitri …«, murmelte er und rieb sich die wunde Stelle.

»Sind Sie sicher, dass Sie weitergehen wollen?«, fragte Kamarda, der hinter ihm die Treppe herunterkam.

Der Verwesungsgestank wäre immer und überall abscheulich gewesen, aber in diesem engen, dunklen Raum war er unerträglich. Doch Giuseppe sagte nichts. Er wusste, er würde sich übergeben, wenn er noch einmal den Mund öffnete.

»Nur noch ein paar Stufen, Giuseppe.«

Mit der Hand vor dem Gesicht schaffte es Giuseppe, die restlichen Stufen hinunterzusteigen, und ging ein paar Schritte vorwärts.

»Das ist weit genug«, sagte der Priester. Dann schaltete er das Licht ein …

14

Der Nachruf auf Chaim Elon am folgenden Morgen war eine traurige Lektüre. Selbst das Motto, das er sich ausgedacht hatte, als er sein Geschäft anfing, trug zu dem Gefühl der Bitterkeit bei: *Umarme die Welt, und sie wird dich umarmen.*

Janes Hörer brachten ihren Abscheu über die Untat zum Ausdruck und verurteilten die Terroristen dafür, aber einige warfen der Türkei auch vor, die jüdische Geisel geopfert zu haben und brandmarkten dies als zutiefst antisemitische Tat. Und das obwohl die Regierung in Ankara versicherte, die Terroristen selbst hätten auf dem Handy des Mannes angerufen und absichtlich einen Israeli ausgesucht, um Spannungen zwischen der Türkei und Israel zu erzeugen.

Und damit hatten sie bereits Erfolg. Während die Sendung lief, verkündete der israelische Premierminister, ein Forum hochrangiger Minister würde sich zu einer Sondersitzung treffen, um die Situation zu beraten, und er sprach von der Möglichkeit ernsthafter Erschütterungen der Beziehungen zwischen den beiden Staaten. Solange die Fakten nicht geklärt seien, würde man Ankaras Darstellung der Ereignisse akzeptieren müssen, aber er kritisierte die Türkei dafür, nichts zum Schutz der Geiseln unternommen zu haben, und verlangte, dass sie über eine Freigabe des

Leichnams von Mr. Elon verhandelten, damit er nach Israel überführt werden konnte.

»Wie reagiert die EU auf die Aussage Ankaras?«, fragte Jane die Pressesprecherin Maura Hendrick, als diese kurz vor Ende der Sendung am Telefon war.

»Wir akzeptieren das Wort der türkischen Regierung ohne Wenn und Aber. Wir werden jedoch sehr genau beobachten, wie sie die Geiselkrise von nun an handhabt.«

»Klingt, als bekäme der Club Fracksausen, was seinen jüngsten Beitritt angeht.«

»Ich glaube nicht, dass das der Fall ist. Aber es ist vielleicht nicht der günstigste Zeitpunkt für eine Aufnahmezeremonie. Unsere außenpolitische Kommissarin ist in diesem Augenblick auf dem Weg von London nach Dublin zu einer Krisensitzung über genau dieses Thema.«

»Wie steht es mit den Bemühungen, die Mönche von Athos zu einem Eingreifen zu bewegen? Gibt es da irgendwelche Fortschritte?«

»Da laufen wir leider gegen eine Wand. Die Abtei weigert sich, mit dem Patriarchen zu reden. Sie erkennen ihn anscheinend nicht als ihren Bischof an, weil er in ihren Augen eine Marionette der türkischen Regierung ist. Was die Besetzung der Hagia Sophia angeht, so sei diese nach den Worten der Abtei zu begrüßen, da es sich dabei um eins der Vorzeichen für das Jüngste Gericht handle, das nun, da die EU den Beitritt der Türkei zulässt, schneller naht. Verwirrend, finden Sie nicht, Jane? Einerseits verurteilen sie die EU dafür, dass sie uns zum Armageddon führt, andererseits können sie es kaum erwarten, dass es endlich eintritt.«

Jane lächelte grimmig über die Verwunderung der Pressesprecherin. Sie wusste, dass solche offenkundigen Widersprüche für Weltuntergangsanhänger keine Bedeutung hatten.

Als sie nach der Sendung in Richtung Portmarnock fuhr, vermochte das Azurblau des Meers an einem hellen Frühlingstag ihr zunehmendes Gefühl der Beklemmung über die Entwicklung in der Türkei nicht zu zerstreuen. Wohl um sicherzustellen, dass die Schockwelle der Hinrichtung des israelischen Reiseunternehmers genügend Zeit hatte, um die Welt zu laufen, hatte die Brigade die Frist für ihre nächste Aktion bis 18.00 Uhr in Istanbul, 16.00 Uhr in Dublin verlängert. Dieses Mal, sagten sie, würden sie zwei Geiseln zufällig auswählen und sie blenden oder verstümmeln – einmal mehr vor den Augen eines weltweiten Publikums.

Jane hatte nicht die Absicht, es sich anzusehen. Doch wie viele andere Menschen glaubte sie nicht, dass es überhaupt dazu kommen würde – den Türken blieb jetzt nichts anderes mehr übrig, als das Gebäude zu stürmen.

15

Annaliese Hoffmann war optimistisch, dass dies der letzte Tag ihrer Gefangenschaft sein würde. Die geflüsterte Meinung unter den Geiseln war, dass sich die Bande nicht auf eine lange Belagerung eingestellt hatte. Das Essen, wenn man es so nennen wollte, war so gut wie aus. Getränke ebenfalls. Sie mussten bereits leere Flaschen mit Wasser aus den Waschbecken in den Toiletten auffüllen.

Und was würde nach ihrer Freilassung passieren? Man würde sie wahrscheinlich in ein Hotel bringen und ihnen eine anständige Mahlzeit servieren. Aber was sie wirklich brauchte, war eine Dusche. Sie wollte das Gesicht zu dem heißen Wasserstrahl drehen und spüren, wie er über ihr Haar strömte, sie wollte sich mit duftendem Duschgel einseifen und alles Grässliche dieser letzten Tage fortspülen.

Doch es war egoistisch von ihr, sich in solchen Fantasien zu ergehen, wenn sie an das grausame Schicksal des israelischen Herrn am Vorabend dachte. Obwohl sie sich abgewandt und die Augen geschlossen hatte, würde dieser Horror sie bis an ihr Lebensende verfolgen.

Konnte es sein, dass die türkische Regierung den Mann tatsächlich zur Hinrichtung ausgewählt hatte? Oder hatten ihn die Terroristen selbst ausgewählt, weil er Jude war? Niemand hatte eine Meinung zum Ausdruck bringen wollen, aber ihnen allen musste durch den Kopf gegangen sein, dass ihr Schicksal, falls dieses Verfahren wiederholt wurde, möglicherweise von ihrer Religion oder den Beziehungen ihres Landes zur Türkei abhing.

Annaliese wusste nicht so recht, wo ihr Land in dieser Hinsicht stand. In Deutschland lebten mehr Menschen türkischer Herkunft als in jedem anderen europäischen Land, das war klar. Aber als führende Nation der EU hatte sich Deutschland einer türkischen Mitgliedschaft jahrelang widersetzt. Was würde am Ende den Ausschlag geben?

Wenn andererseits die Terroristen wirklich orthodoxe Christen waren und wenn *sie* die Opfer auswählten, dann waren die muslimischen Männer und die Fremdenführerin in größerer Gefahr als der Rest von ihnen. Was sie selbst anging, so hatte sie den Terroristen erklärt, sie neige keiner Religion zu; das war ihr zu diesem Zeitpunkt am sichersten erschienen. Aber dieser Schuss konnte leicht nach hinten losgehen, wie ihr jetzt klar wurde. Möglicherweise empfanden sie einen Menschen ohne Religion als die größere Beleidigung.

Gerade ließ der Psychopath mit den schiefen Zähnen, der den alten Mann abgeschlachtet hatte, sie wieder um das Omphalion herum Aufstellung nehmen, und sie schlurften wie die Zombies mit gesenkten Häuptern und schlaff herabhängenden Armen darauf zu. Hakan war der Anführer der Gruppe, die sie im Museum gefangen hielt, aber es gab eine Befehlsebene oberhalb von ihm, denn sie hatte einmal, als sie von der Toilette zurückkam, zufällig ein Telefongespräch von ihm mitgehört, bei dem er von irgendwem Anweisungen zu erhalten schien.

Aber jetzt hatte wieder Hakan das Sagen, und er plusterte sich mächtig auf. Er schrie einen Befehl an seine Handlanger, und zwei Stühle wurden über den Boden geschleift und zusammen auf die mittlere Scheibe gestellt, der Kamera zugewandt. Eins der weiblichen Mitglieder der Bande legte dann ein Blatt Papier auf jeden Stuhl. Ihr Name war Eden. Von ihnen allen ließ sie am meisten Menschlichkeit erkennen. Sie hatte mit Hakan gestritten, als er befahl, dass man den Wachmann an den Kronleuchter hängen sollte. Und wenn sie Annaliese zur Toilette begleitete, respektierte sie ihre Privatsphäre, soweit es unter diesen Umständen möglich war. Das ließ sich von der anderen Frau unter den Terroristen nicht sagen, der es Spaß zu machen schien, die Geiseln ihres eigenen Geschlechts zu erniedrigen.

Als sie alle um das Omphalion herum versammelt waren, stützte sich Hakan auf eine der Stuhllehnen und sprach zu ihnen. »Ich werde Englisch reden, und wenn Sie etwas nicht verstehen, können Sie sich an Ihre Führerin hier wenden.« Er winkte Irem an seine Seite. Vor einigen Stunden hatte sie am Telefon mit einem Radiosender gesprochen und dabei auf Türkisch von einem Skript abgelesen, das ihr Hakan diktiert hatte. Irems Äußeres wurde zunehmend ungepflegter. Aber ich sehe wahrscheinlich nicht besser aus, dachte Annaliese. Sie hatte aufgehört, in den Spiegel zu schauen.

»Heute wählen wir zwei von euch nach dem Zufallsprinzip zur Blendung beziehungsweise Verstümmelung aus, einen Mann und eine Frau«, verkündete Hakan. »Die Namen wurden bereits gezogen und stehen hier auf einem Blatt Papier auf dem jeweiligen Stuhl.«

Annaliese wollte nicht zuhören. Sie sah auf die verschieden großen Kreise auf dem Boden. Das Blut war abgewaschen worden, aber in den Rillen um die Scheiben herum war es noch sichtbar. Es hing jetzt auch ein Geruch im Gebäude. Nicht nur nach ungewaschenen Geiseln, sondern ein hässlicherer, und Annaliese vermutete, er stammte von den Leichen der Sicherheitskräfte, die noch im Museum lagen.

»Der Mann wird geblendet, bei der Frau werden wir das Gesicht ... verändern. Einige der Damen haben das unter Umständen natürlich bereits getan ...« Er sah an der Reihe der Geiseln entlang und versuchte, Blickkontakt mit den Frauen herzustellen. »Das war ein Witz, nebenbei bemerkt ...«

Annaliese bemühte sich, seinen Monolog auszublenden, indem sie sich auf irgendetwas konzentrierte, was ihr gerade in den Sinn kam. Nicht zum ersten Mal in diesen letzten Tagen war es die kürzlich stattgefundene Trennung von Markus. Dass sie keine Kinder hatten, machte die Sache insgesamt einfacher. Aber ironischerweise war es auch der Grund für ihre Probleme gewesen. Er wollte ein Kind, sie wollte keine. In ihrem Beruf konnte man leicht die erreichte Stellung auf der Karriereleiter verlieren, wenn man längere Zeit pausierte.

»Aber nichts von alldem wird passieren, wenn Ihre Regierung unsere Wünsche erfüllt«, faselte Hakan weiter.

Doch hier und jetzt hatte Annaliese das Gefühl, ein Kind sei das, was sie eigentlich wollte. Was würde Markus sagen, wenn sie ihn nach dieser Geschichte hier darauf ansprach?

»Unsere Mittel zur Durchführung dieser Behandlungen sind ... begrenzt«, fuhr Hakan fort. »Ich fürchte, wir haben nichts Kunstvolleres als das hier.« Er hielt das Teppichmesser in die Höhe, mit dem er dem Israeli die Kehle durchgeschnitten hatte. »Aber zuerst wollen wir einmal sehen, wer unsere Kandidaten sind …« Er sah Irem an. »Bitte geben Sie mir den ersten Namen.«

Die Museumsführerin hob einen Zettel von einem der Stühle auf und gab ihn Hakan. Er nahm ihn und legte eine demonstrative Pause ein, ehe er den Namen verlas wie der Präsentator einer Talentshow, der den Gewinner verkündet. »Und der erste Name ist … Moment … Farouk Salem! Aus Ägypten, glaube ich.« Er sah sich um. »Sind Sie hier, Farouk?«

Der Ägypter, der einige Meter rechts von Annaliese in der Reihe stand, trat vor. Ein hochgewachsener, schmaler Mann, in dessen dichtem, gelocktem Haar und dem gepflegten Bart sich ein wenig Grau zeigte. Er hob den Kopf und stand mit einem Ausdruck grimmiger Entschlossenheit kerzengerade da. Seine Haltung war eine überlegene Antwort auf Hakans plumpen Versuch, ihn lächerlich zu machen.

Ein Bandenmitglied schob Salem zu einem der Stühle, und ein weiterer Terrorist begann, seine Arme und Beine daran festzubinden. Annaliese konnte seinen Hinterkopf sehen. Ihr Herz schlug jetzt schneller.

»Und als Nächste haben wir …« Hakan wartete, bis Irem ihm den zweiten Namen gab. Doch schon bevor er ihn vorlas, sah er sie an. »Annaliese Hoffmann.«

Das kann nicht wirklich passieren, dachte sie.

»Annaliese ist aus Deutschland«, verkündete er. »Eine Österreicherin wäre uns lieber gewesen, aber es gab keine. Annaliese ist jedoch Bayerin, und das ist fast genauso gut.«

Jemand stieß sie in den Rücken.

Ihr Körper fühlte sich plötzlich zu schwer an, und ihre Knie gaben unter ihr nach. Doch als sie auf den Boden sackte, zerrten zwei Bandenmitglieder sie wieder hoch und schleiften sie zu dem Stuhl neben dem Ägypter. Als sie Arme und Beine festbanden, war ihr einziger rationaler Gedanke, dass sie nicht zufällig ausgesucht worden waren.

Als Annaliese gefesselt war, näherte sich Hakan den beiden von hinten.

»Wer kommt zuerst dran?«, sagte er in einem neckischen Tonfall. Sie hörte ein Klicken.

»Mann oder Frau?« Ein weiteres Klicken, nahe an ihrem Ohr.

»Blendung oder Verstümmelung?« Plötzlich packte er ihr Haar, zog ihren Kopf nach hinten und hielt die Messerspitze nahe an ihr Gesicht. Sie schloss die Augen. Dann legte er den Daumen auf den gelben Messergriff, und sie hörte ein weiteres Klicken, als er die Klinge noch ein Stück herausschob.

16

Der Parkplatz des Silver Dolphin war so gut wie voll, als Jane kurz nach ein Uhr auf ihn fuhr. Es war offensichtlich ein beliebtes Lokal zum Lunch.

Es gab zwei Türen, die in den Silver Dolphin führten – eine in die Lounge, eine in die Bar; also ging sie in die Lounge. Als sie rechts eine Buffettheke mit einer Kundenschlange davor, die fast bis zur Tür reichte, entdeckte und den Geruch wahrnahm, sank ihr der Mut. Sie blickte sich um und stellte fest, dass so gut wie alle Tische besetzt waren. Es würde schwierig werden, ein ruhiges Plätzchen für ein Gespräch zu finden. Von Lavelle war nichts zu sehen, allerdings bemerkte sie, dass die Lounge L-förmig war und im anderen Teil vielleicht weniger überfüllt. Sie wartete, bis ein Barmann einen Tisch für einen Mann abräumte, der ihr mit einem Tablett in der Hand im Weg stand. Als der Barmann zur Seite trat, um den Mann Platz nehmen zu lassen, fragte sie ihn nach Pfarrer Lavelle.

»Der ist wahrscheinlich im Restaurant«, sagte der Mann und nickte in Richtung der Tür.

Als er Janes verwunderten Gesichtsausdruck sah, lächelte er. »Wir haben die Glasscheibe in der Tür noch nicht ersetzt«, erklärte er.

»Ach so«, sagte sie, hatte es aber immer noch nicht ganz begriffen.

Die Tür, auf der »Bar« stand, führte stattdessen in ein modern gestyltes Restaurant, und jetzt endlich verstand sie, dass die Bar gar nicht mehr existierte. Ein Schild auf einem Ständer für die Speisekarten bat die Gäste zu warten, bis sie an ihren Platz geführt wurden, weshalb sie Zeit hatte, sich umzusehen.

Die Mitte des Raums bildete ein Atrium, gekrönt von einem dreieckigen Glasdach, das Licht in den Essbereich darunter strömen ließ. Als Gegengewicht zu der Lichtfülle gab es viele Grünpflanzen zwischen den Tischen, und ein plätschernder Brunnen trug zu dem freundlichen Ambiente bei. Auf einer Seite des Atriums gingen riesige Glastüren zu einer Terrasse hinaus, auf der rote und gelbe Tulpen in Töpfen blühten. Viel zu sonnig dort, dachte sie. Auf der anderen Seite sah sie einige Bänke mit hohen Rückenlehnen an Tischen, die für zwei bis vier Personen geeignet schienen. Viele der Tische im Restaurant waren besetzt, und das leise Summen der Gespräche wurde vom Klappern des Bestecks begleitet. Jane ging der Gedanke durch den Kopf, dass es ein Zeichen für den Niedergang der irischen Pub-Kultur war, wenn eine Bar durch ein Restaurant ersetzt wurde.

Eine Kellnerin näherte sich ihr und fragte, ob sie einen Tisch reserviert habe.

»Ich treffe mich mit Pfarrer Lavelle?«

»Ah ja. Würden Sie bitte mitkommen?« Sie nahm einige Speisekarten von einem Sideboard und führte Jane zu der Reihe mit den Bänken. Jane setzte sich, die Kellnerin gab ihr eine der Karten und ließ die andere neben dem gedeckten Platz gegenüber liegen. »Ich gebe ihm Bescheid, dass Sie hier sind«, sagte sie und ging in Richtung Terrasse davon.

Jane schlug die Speisekarte auf. Zwei Seiten mit Gerichten, eine mit Weinen. Als Vorspeisen gab es Dinge wie pfannengeröstete Kammmuscheln, Krabbenravioli und junge Spargelspitzen in Butter. Bei den Hauptspeisen fiel ihr Blick auf Enten-Confit, und sie entdeckte auch ein Risotto mit Pilzen und jungen Spinatblättern. Zum Dessert dachte sie bereits an Rhabarber-Pannacotta. Nicht dass sie so weit kommen würde, obwohl ihr Appetit auf eine Weise angeregt wurde, wie seit ihrer Rückkehr aus Italien nicht mehr.

Sie sah auf die Weinliste. Klein, aber gut zusammengestellt, dachte sie. Und der lichtdurchflutete Raum mit einer Brise Meer, die durch die geöffneten Terrassentüren kam, machte ihr Lust auf ein Glas kalten Weißwein. Sie las sich eben die Auswahl an Vorspeisen noch einmal durch, als ein Schatten über sie fiel. Sie blickte auf und musste die Augen mit der Hand gegen das Licht aus dem Atrium abschirmen, um zu sehen, wer es war. Der knochendürre Mann in dem schwarzen Hemd mit offenem Kragen sah aus, als hätte man ihm Kreidestaub ins Gesicht geblasen, der auch sein schütter gewordenes Haar und den kargen Bart weiß gefärbt hatte.

»Liam?«, sagte sie. Mehr als beabsichtigt, hatte sie es beinahe wie eine Frage klingen lassen.

»Mehr Lazarus als Liam, denkst du wahrscheinlich«, sagte er und lächelte matt. »Aber keine Sorge, du wirst dich an das Aussehen gewöhnen – ich habe mich auch daran gewöhnt.«

Er nahm gegenüber von ihr Platz. »Entschuldige meine Verspätung. Ich habe draußen in der Sonne gelegen und bin eingeschlafen.« Er nickte in Richtung Garten und sah sich dann im Restaurant um. Seine braunen Augen waren das einzige Lebendige in seiner Erscheinung, allerdings bemerkte sie eine leicht gelbliche Tönung in ihrem Weiß. »Hübsch hier, nicht?«

»Ja, sehr.« Sie hielt die Speisekarte in die Höhe. »Die hier sieht auch gut aus.«

»Bist du hungrig?«

Sie nickte. »Ich dachte nicht, dass ich es bin – bis ich die Karte gelesen habe.«

Lavelle lächelte und sah sich nach der Bedienung um.

»Es hat aber keine Eile«, sagte Jane und legte die Speisekarte wieder auf den Tisch. »Lass uns erst ein Weilchen reden.«

»Natürlich.« Er sah ihr in die Augen. »Wie ist es dir ergangen, Jane?«

»Gut«, sagte sie kurz angebunden. »Ich frage mich, wie ...«

»Ich habe vom Tod deines Mannes gehört. Es tut mir sehr leid.«

»Wann ... wie hast du davon erfahren?«

»Mary und ich waren im letzten Jahr per Skype in Kontakt. Sie hat mir davon erzählt, bald nachdem es passiert ist. Ich wollte natürlich schreiben, aber ich musste zu Tests ins Krankenhaus. Und als ich wieder herauskam ... nun, man könnte sagen, ich war mit meinen Gedanken woanders.«

»Schlechte Nachrichten?«

Er nickte. »Krebs.«

Ehe Jane etwas erwidern konnte, traf die Kellnerin ein und stellte einen Teller mit verschiedenen Brotsorten auf den Tisch. »Möchten Sie bestellen?«, fragte sie mit strahlendem Lächeln und sah sie nacheinander an.

»Wir brauchen noch ein paar Minuten«, sagte Lavelle und griff nach seiner Speisekarte.

»Natürlich, Liam. Ich bringe Wasser.«

Lavelle überflog die Karte rasch. »Schon entschieden, was du haben willst?«

Jane warf einen letzten Blick auf die Hauptgerichte. »Ich glaube ja«, sagte sie und klappte die Karte zu.

Lavelle tat es ihr gleich. »Reden wir über dich«, sagte er. »Du hast deine eigene Radiosendung. Wie kam es dazu?« Er nahm sich etwas Brot. »Ich habe sie übrigens ein paar Mal gehört.«

»Der langjährige Präsentator der Sendung musste im letzten Herbst von seinem Posten zurücktreten, aber sein Ersatzmann war eine Katastrophe. Theoretisch war ich Executive Producer der Sendung, aber es war um die Zeit von Bens Tod, und ich bin eine Weile nicht zur Arbeit gegangen. Als ich kurz nach Weihnachten zurückkam, war der Neue bereits gefeuert worden, und die Sendung schleppte sich so dahin. Verschiedene Leute wurden ausprobiert. Eines Morgens erschien einer von ihnen dann nicht, und ich sprang für ihn ein. Den Senderchefs hat gefallen, was sie hörten …« Sie zuckte mit den Achseln und warf die Hände in die Höhe. »Und bis jetzt sind sie mir nicht auf die Schliche gekommen …«

Lavelle lächelte. »Du tust, was du am besten kannst, Jane. Erinnerst du dich noch, wie du mit mir Kontakt aufgenommen hast? Ich kannte dich bereits als Reporterin dieser Kultursendung …«

»Artspeak.«

»Ja. Und als du an diesem ersten Morgen in die Kirche in Kilbride gekommen bist …« Er legte den Kopf schief und begutachtete ihre Frisur. »Dein Haar war damals länger. Du hast es als Zopf getragen, wie ich mich erinnere.«

»Und es war auch dunkler«, sagte sie und klopfte sich unsicher auf den Kopf. »Rothaarige werden …« Sie verstummte. Ihre Bemerkung wäre angesichts der Art und Weise, wie sich Liams Aussehen verändert hatte, ziemlich unsensibel gewesen.

»Wer hätte ahnen können, was danach geschehen würde«, fuhr er fort, ohne den peinlichen Moment wahrzunehmen.

Jane rutschte auf dem Sitz umher. Meinte er zwischen ihnen beiden?

»Die ganze Sache mit Gormans Vision, Michael Roberts und so weiter.«

Nichts über die kurze Affäre zwischen ihnen beiden. Sie war erleichtert und gleichzeitig ein wenig enttäuscht.

Die Kellnerin kam mit einer Karaffe Wasser zurück und füllte ihre Gläser. Dann nahm sie ihre Bestellungen auf. Jane nahm die Kammmuscheln als Vorspeise und das Risotto mit Pilzen und Spinat als Hauptgang. Lavelle sagte, ein Hauptgericht allein genüge ihm, und er bestellte den Spargel.

»Und ich trinke ein Glas Wein«, sagte Jane leicht verlegen. »Den Vouvray.«

»Himmel, Jane, ich hätte dich fragen sollen. Das Essen geht schließlich auf mich …«

»Kommt nicht infrage«, sagte sie und wehrte sein Ansinnen mit einer Handbewegung ab.

»Ich bestehe darauf. Bestellen wir eine Flasche, was meinst du?«

»Danke, Liam, aber ich muss noch fahren, deshalb reicht ein Glas. Aber wenn du …?«

»Nein, danke. Dann nur ein Glas, Deirdre«, sagte er zu der Bedienung. Sie nickte ihm mit wissender Miene zu.

»Ich würde gern einen trinken«, sagte er, als sie fort war. »Aber die Medikamente, die ich nehmen muss, lassen Wein wie … Rost schmecken.« Er begann zu husten und wandte sich ab.

Es dauerte nur ein paar Sekunden, aber Jane merkte, dass es mit seiner Krankheit zu tun hatte.

»Tut mir leid«, sagte er leicht außer Atem.

»Du musst dich nicht entschuldigen, Liam.« Sie machte eine Pause, ehe sie fortfuhr. »Sie sind noch immer da, weißt du.«

Lavelle blinzelte verdutzt. »*Sie?* Ach so, du meinst die Hüter des …«

»Sie nennen sich jetzt KOSS – K.O.S.S., du verstehst? Und sie haben ganz schön aufgerüstet. Die Waldlager-Zeiten sind vorbei, schätze ich.«

»Wirklich? Und wie kommst du darauf, dass sie wieder aktiv sind?«

»Sie haben Ben getötet.«

»Ist das dein Ernst? Ich dachte, es handelte sich um eine Verwechslung. Irgendwas mit einem Drogenboss, der in der Gegend wohnte.«

»So wurde es kolportiert, aber ich versichere dir, es war KOSS. Es fing mit einer Wahrsagerin namens Dervla an, die in die Sendung kam. Sie konnte tatsächlich Dinge vorhersagen. Sie haben versucht, sie in ihre Fänge zu bekommen, um ihre Fähigkeiten für ihre eigenen Ziele einzuspannen. Das ist ihnen zum Glück nicht gelungen …«

Deirdre brachte Jane das Glas Wein, und sie trank einen Schluck, ehe sie fortfuhr. »Aber im Zuge ihrer Bemühungen, Dervla ausfindig zu machen, sind sie wieder über mich gestolpert und haben beschlossen, sich zu rächen.«

»Willst du darüber reden?«

Jane seufzte. »Es ist sechs Monate her. Ein Samstagvormittag. Ben und die Kinder waren unterwegs, als ein Amerikaner, der behauptete, ein Institut zu vertreten, das Mittel in die Erforschung von Dervlas Fähigkeiten gesteckt hatte, in Begleitung eines Detectives der Polizei bei uns auftauchte. Der Typ sagt, er möchte wissen, wo sich ihre teure Investition aufhält. Ich antworte, dass ich es nicht genau weiß, was der Wahrheit entspricht. Ich versuche, die beiden abzuwimmeln, aber dann fragt der Kerl, ob er kurz die Toilette benutzen darf.

Als sie endlich abziehen, gehe ich ins Haus zurück und sehe, dass er ein Foto von Hazel auf dem Tischchen im Flur hinterlassen hat. Auf der Rückseite des Bilds steht, dass in drei Minuten eine Bombe hochgehen wird. Ich fange zu laufen an und sehe im selben Moment Ben mit den Kindern auf die Tür zukommen. Ich schreie, und Ben dreht sich um und nimmt die Kinder schützend in die Arme. Im nächsten Moment spüre ich diesen unglaublichen Hitzestoß und höre den Knall, und es bläst mich buchstäblich durch die Tür. Was mir das Leben gerettet hat, denn außer ein paar Verbrennungen und blauen Flecken fehlte mir nichts. Aber das Haus war zum Teil über Ben und den Kindern eingestürzt. Ich habe versucht …« Tränen stiegen ihr in die Augen. Sie wischte sie mit der Serviette fort. »Ich habe versucht, die Trümmer wegzuräumen, als die Rettungskräfte eintrafen. Sie haben mich fortgezogen. Ich war überzeugt, sie seien alle tot, und ich glaube, an diesem Punkt hat es total ausgesetzt bei mir. Ich kann mich nur noch verschwommen erinnern. Ich weiß nur noch, dass sie Ben ausgegraben und die Kinder wie durch ein Wunder lebend unter ihm gefunden haben. Aber er selbst hatte schwere Verletzungen, an denen er noch am selben Tag gestorben ist …« Sie drehte die Serviette in den Händen und atmete tief ein, um sich zu beruhigen.

Lavelle verzichtete darauf, etwas zu sagen.

Jane atmete auf, als Deirdre mit ihrem ersten Gang am Tisch erschien.

»Die Kinder … waren sie verletzt?«, fragte Lavelle und nahm sich noch ein Stück Brot, um Jane ihre Vorspeise nicht allein essen zu lassen.

»Quetschungen und Abschürfungen, aber ansonsten schien alles in Ordnung zu sein …«

»Schien?«

»Wir waren alle taub von der Explosion. Scott und ich haben das Gehör schließlich wiedererlangt, aber Bethann wird offenbar auf Dauer geschädigt bleiben. Sie wird ein Hörgerät tragen müssen – wahrscheinlich für den Rest ihres Lebens.«

Lavelle seufzte. »Das ist so …« Er schüttelte den Kopf, suchte nach einem angemessenen Wort und gab es schließlich auf. »Erzähl mir von ihnen«, sagte er dann. »Von deinen Kindern.«

Zwischen Bissen von ihrer Vorspeise plauderte Jane von Bethann und Scott und erklärte, dass sie mit ihnen in Rathgar wohnte. »Wir hatten Glück, dass eine für Debbies Schwiegermutter angebaute Wohnung gerade frei wurde. Aber die Kinder wollen in ihr richtiges Zuhause zurück, wie sie es nennen.«

»Und besteht diese Möglichkeit?«

Jane legte das Besteck auf den leeren Teller und schüttelte den Kopf. »Zumindest nicht so schnell. Erst war es eine Zeit lang ein Tatort. Dann mussten die Versicherungsleute ermitteln. Ben war Architekt, deshalb habe ich wenigstens einigen sachkundigen Beistand von den Leuten in seinem Büro bekommen. Aber die Arbeiten haben gerade erst angefangen.«

»Und die Berichte, wonach das Haus versehentlich zum Ziel wurde. Wie kam es dazu?«

»Nun, die Polizei hatte den Attentäter ja buchstäblich vor meiner Tür abgeliefert. Sie hätten sehr schlecht ausgesehen, wenn die Wahrheit ans Licht gekommen wäre. Und ich meinerseits wollte nicht etwas in Gang setzen, mit dem ich mich hinterher immer weiter auseinandersetzen musste. Deshalb passte die Verwechslungsgeschichte beiden Seiten ganz gut. Es hatte eine Fehde zwischen zwei Banden gegeben, und einer der Bosse besaß ein Haus in den Dubliner Bergen nicht weit von uns. Es hatte bereits mehrere Anschläge auf sein Leben gegeben, deshalb spekulierte die Polizei – ohne es je offiziell festzustellen –, ein Auftragskiller könnte das falsche Haus ins Visier genommen haben. Die Medien haben es dankbar aufgesogen.«

Lavelle lächelte, aber es war ein trauriges Lächeln.

»Habe ich etwas Komisches gesagt?«

»Nein. Ich dachte nur gerade daran, wie KOSS uns beide wiedergefunden hat, aber keiner von uns konnte es aufgrund der Medienberichte vom anderen wissen.«

»Ich glaube, ich verstehe dich nicht.«

»Die Leute, die mich auf den Philippinen entführt haben – das war KOSS.«

17

»Was?« Jane war völlig baff. »Aber das war weltweit in den Schlagzeilen damals. In allen Meldungen hieß es …«

»Ich weiß, militante Islamisten. Aber es waren keine.« Dann fuhr er fort: »Alle Anzeichen sprachen allerdings dafür. Fünf Kerle in Tarnkleidung brachen spätnachts ins Pfarrhaus ein und drohten, mich zu erschießen, wenn ich nicht mit ihnen kommen würde. Sie hatten die richtige Ausrüstung – M16-Gewehre, um die Brust geschlungene Patronengurte, Kopftücher –, und ihre Sprache war gewalttätig. Wir fuhren in einem Pick-up zum örtlichen Hafen. Anschließend ging es auf ein Boot mit Außenbordmotor. Das brachte uns zu einer Insel weiter nördlich, dann einen Fluss hinauf zu einer verlassenen Farm, wo sie mich in einen aufgegebenen Hühnerstall sperrten. Siebenundzwanzig Tage saß ich da drin. Es war hart. Zwei Schalen Reis am Tag. Manchmal mit gedämpftem Gemüse oder Fisch. Schmutziges Wasser zum Trinken. Über und über von Fliegen zerstochen. Raus durfte ich nur, um die Latrine zu benutzen – einen Misthaufen nicht weit von dem Stall.«

»Gott, wie schrecklich. Und wann hast du erkannt … oder wie hast du …?« Jane schüttelte den Kopf. »Himmel, es ist schwer zu begreifen. KOSS auf den Philippinen? Es ergibt keinen Sinn.«

»Doch, es ergibt einen, wenn man sich klarmacht, warum sie es taten. Um an Geld zu kommen.«

»Durch *Kidnapping*?«

»Das überrascht dich?«

»Ich ... Ich weiß nicht. Ich dachte irgendwie, sie hätten legale Einkünfte, aus Fundraising, Kursen in Erleuchtung, was weiß ich ...«

»Sie haben keine Zentrale, sie sind in den USA nicht als Religion oder wohltätige Organisation registriert, sie haben nicht einmal eine Website – sie sind eine Geheimorganisation mit einer Einheit, die sich der Geldbeschaffung widmet, und zwar auf jede mögliche Weise. Zu ihren Methoden gehört, sich einen Ort auszusuchen, wo Entführungen zur Erpressung von Lösegeld ein beliebtes Mittel von Kriminellen sind und wo nie recht klar ist, wer die Verantwortung trägt. Ein einheimischer Gangster wird angeheuert und mit Geld für Männer und Waffen ausgestattet. KOSS führt die Verhandlungen, und der angeheuerte Typ tritt einen Teil des Lösegelds ab. In Mexiko dient zum Beispiel eine Drogenbande als Tarnung, in Kolumbien eine Rebellengruppe der Farc. Die Zielpersonen wechseln – ein Mitarbeiter einer Hilfsorganisation in Kolumbien, ein Angehöriger einer reichen Familie in Mexiko, ein katholischer Priester im muslimischen Teil der Philippinen –, aber das Ziel selbst ist schlicht, möglichst viel Geld zu kassieren.«

»Und wann hast du herausgefunden, dass sie hinter *deiner* Entführung steckten?«

»Das war kurz ...« Deirdre kam mit den Hauptgängen, und Lavelle wartete, bis sie sie serviert hatte. »Kurz vor meiner Flucht. Die Männer kommunizierten nie wirklich mit mir und benutzten untereinander einen einheimischen

Dialekt. Aus meinen beschränkten Kenntnissen von diesem und den paar Brocken Filipino-Englisch, die wir wechselten, entnahm ich, dass sie Muslime waren, aber sie schienen nichts über die Sache zu wissen, für die sie kämpfen sollten. Sie warfen zwar gelegentlich eine Parole über einen unabhängigen islamischen Staat ein, den sie angeblich anstrebten, aber man merkte, dass sie nicht mit ganzem Herzen dahinterstanden. Deshalb dämmerte mir langsam, dass sie gar keine Rebellen waren, sondern eine bewaffnete Bande, die man angeheuert hatte, um mich zu entführen. – Sie waren, wie gesagt, zu fünft. Zwei hatten nachts Dienst und zwei tagsüber, was bedeutete, dass immer ein Ersatzmann da war, der Besorgungen machte, in Pausen einsprang und so weiter. Eines Tages dann tauchte dieser Ersatzmann mit einem anderen, älteren Mann auf, der sich als der Leiter der Operation herausstellte. Er sprach Englisch, wie die meisten gebildeten Filipinos. Sein Name war Radulan. Er sagte, den Leuten, für die er arbeitete, sei es normalerweise egal, wen sie gefangen nahmen, wenn es nur ein westlicher Missionar oder Priester war. Doch aus Gründen, die ihm nicht bekannt waren, hätten sie an mir nun ein persönliches Interesse bekundet. ›Anscheinend hast du früher einmal die Klingen mit ihnen gekreuzt‹, sagte er. Ich dachte, es müsse sich um einen muslimischen Geistlichen handeln, der Anstoß daran genommen hatte, dass ich eine Kirche in der Nähe einer Moschee errichtet hatte oder etwas in dieser Art, aber mir fiel nichts ein …« Lavelle lud sich eine Spargelspitze auf die Gabel. »Dann sagte er, ich würde nicht freikommen, egal ob das Lösegeld bezahlt wurde oder nicht. Und seine Hintermänner würden ihn in Kürze davon in Kenntnis setzen, wie mit mir zu verfahren sei. Als ich ihn bedrängte, wer sie waren, sagte er, er wisse es nicht wirklich und es sei ihm auch egal. Das Einzige, was ihn interessiere, sei, dass er und diese Leute dasselbe Ziel verfolgten – nämlich das Ende dieser Welt herbeizuführen.«

»Oh ...«

»Ich weiß, das war der erste Hinweis. Außer dass er natürlich das Ende der Welt meinte, wie sie jetzt war, von westlicher Dekadenz gereinigt. Und er hat mir seine Ansichten zu diesem Thema ausführlich unterbreitet. Dann, kurz bevor er mich von seinen Männern wieder in den Stall sperren ließ, sagte er: ›Ich soll dir etwas von ihnen ausrichten – den Namen des Mannes, der über dein Schicksal entscheiden wird. Er heißt Michael Roberts.‹«

Ein Schauder lief Jane über den Rücken. Sie hörte auf, in ihrem Risotto zu stochern, und legte ihre Gabel beiseite. »Aber er ... wir haben ihn sterben sehen, Liam. Michael Roberts ist tot.«

»Natürlich, das wissen wir. Aber KOSS wollte damit sagen, dass sie ihn rächen würden.«

»Du stehst also weiß der Himmel wo vor einem Hühnerstall, und KOSS bringt es fertig, dir eine persönliche Botschaft zu schicken. Eine Organisation, die nicht einmal über eine Zentrale verfügt, wird wohl kaum eine Filiale da draußen unterhalten.«

»Hm. Vielleicht haben sie ein schwimmendes Hauptquartier, wie die Scientologen früher. Auf diese Weise bin ich übrigens entkommen.«

»Wie meinst du das?«

»Per Boot.«

»So einfach, wie sich das anhört, war es sicher nicht.«

»Nicht ganz. Ich hatte ein loses Brett im Boden des Stalls

entdeckt, und immer wenn ich den Eindruck hatte, dass sie nicht in der Nähe waren, arbeitete ich daran. Aber ich wusste, ich würde mindestens noch eins verrücken müssen, wenn ich auf diese Weise entkommen wollte. Also machte ich immer weiter, obwohl ich sehr schwach war – ich litt unter Durchfall und fühlte mich die meiste Zeit richtig elend. In der Nacht, in der es mir gelang, das lose Brett zu entfernen, stellte sich heraus, dass ich inzwischen so ausgemergelt war, dass ich mich durch die enge Lücke zwängen konnte. Der Stall stand auf Stelzen, ich konnte also darunter hervorkriechen. Ich schlich an den Wächtern vorbei zum Fluss, und dort war dieses Boot. Den Motor konnte ich nicht starten, deshalb machte ich es nur los und ließ mich von der Strömung an die Küste tragen. Ich wurde an einen Strand gespült und lief in ein nahes Dorf.«

»In dem Bericht, den ich gelesen habe, stand, du warst ziemlich krank.«

»Ja. Ich hatte mich mit einer Sorte Leberegel infiziert, die man sich mit nicht durchgegartem Fisch holt. Die Larven der Parasiten dringen vom Darm in die Gallenwege und die Leber vor und wachsen dort zu Würmern heran. Die daraus resultierende Krankheit heißt Chlonorchiasis. Sie ist für sich genommen schon ziemlich übel, aber sie ist außerdem eine der wenigen Parasiteninfektionen, die nachweislich Krebs begünstigt.«

»Und daher hast du also …«

Er nickte. »Die reinste Ironie, nicht? So haben sie mich am Ende doch noch gekriegt.«

»Gekriegt?«

»Ich sterbe, Jane. Höchstens noch ein Monat.«

Jane schluckte schwer. »Das tut mir leid, Liam«, war alles, was sie herausbrachte. Sie widerstand dem Drang, eine lahme Bemerkung hinterherzuschicken wie: *Bist du sicher?* Und sie wusste, dass es sinnlos war, Lavelle nach Heilmethoden oder alternativen Therapien zu fragen. Stattdessen entschuldigte sie sich und ging zur Toilette. Dort stützte sie sich auf das Handwaschbecken, atmete tief durch und bemühte sich um Fassung. Sie schaute in den Spiegel und sah, dass ihr Tränen in die Augen stiegen. Sie rupfte ein paar Tücher aus dem Karton und wischte sie fort. *Großer Gott, er ist zum Sterben nach Hause gekommen.* Was musste ihm jetzt durch den Kopf gehen? Gab es etwas, was sie für ihn tun konnte? Ihre Gedanken wogten hin und her, und um sich abzulenken, zog sie das Handy aus der Handtasche, das sie im Restaurant auf stumm gestellt hatte.

Das Erste, was sie bemerkte, war die Uhrzeit. Sie musste die Kinder, einschließlich Karen und Joshua, abholen und sah, dass sie jetzt bereits zu spät dran war. Dann überprüfte sie ihre Nachrichten, und die erste war eine SMS von Debbie, die sie vor einer Stunde abgeschickt hatte: Sie würde alle Kinder einsammeln und in eine 3-D-Vorschau des *Zauberers von Oz* mit ihnen gehen. Und anschließend gab es Burger und Pommes. Jane war enorm erleichtert, und im nächsten Moment hatte sie ein schlechtes Gewissen, weil sie erleichtert war. Die zweite SMS stammte von Joe Brady: Brigadeboss droht eine Deutsche und einen Ägypter um 16.00 zu verstümmeln und demonstriert bereits im Internet, was er vorhat.

Bis zum Ende der Frist war es noch etwas mehr als eine Stunde. Aber noch einmal würden es die Türken doch sicherlich nicht zulassen.

Auf dem Rückweg von der Toilette stellte Jane fest, dass

sie und Lavelle die letzten beiden Gäste im Restaurant waren. Als sie wieder auf die Bank rutschte, sagte sie: »Tut mir leid, ich musste einen Anruf entgegennehmen.«

»Ich wollte nicht so melodramatisch sein«, erwiderte er, da er ihre Flunkerei durchschaute. »Aber es gibt wohl keinen Weg, jemandem zu sagen, dass man dabei ist, den Löffel abzugeben, ohne ein bisschen überspannt zu klingen.«

Jane musste gegen ihren Willen lächeln. Lavelle machte es ihr leicht.

»Wie nimmt es Mary auf?« Jane wünschte jetzt, sie hätte die Flasche bestellt.

»Nicht allzu gut. Dass ich mich so in mein Schicksal ergebe, meine ich. Sie will, dass ich zu irgendeinem Quacksalber mit ›dem Heilmittel‹ gehe. Aber ich habe dieses ganze Zeug mit Rettung in letzter Minute in den vergangenen Monaten durchgemacht. Dass sie irgendwie ein Wundermittel für diese ganz bestimmte Form von Krebs entdecken – und genau zu dem Zeitpunkt, wo ich es brauche. Wie groß ist diese Chance wohl, hm?« Er wandte den Blick von Jane ab. »Ach, da bist du ja, Deirdre …«

Die Kellnerin drückte sich wartend in der Nähe des Tischs herum. »Alles in Ordnung?«, fragte sie.

»Ja. Und du bist uns bald los«, versicherte ihr Lavelle. »Ist das in Ordnung für dich?«, fragte er Jane.

»Natürlich. Ich muss noch ein paar Dinge für die Sendung erledigen. Diese Geschichte in Istanbul …«

»Merkwürdige Sache. Aber ich bin mir ziemlich sicher, dass es um die Hagia Sophia überhaupt nicht geht.«

»Ach ja? Warum nicht?«

Lavelle stand auf und kam auf Janes Seite. »Niemand plant eine derart ausgefeilte Operation wie diese und stellt dann vollkommen unrealistische Forderungen. Das ergibt keinen Sinn.«

»Dann waren zwei Millionen Dollar als Forderung in deinem Fall also realistisch?«

»Das war damals der gängige Preis für Ausländer.«

»Und wer hat ihn bezahlt?«, fragte Jane und rutschte ebenfalls von der Bank.

»Die philippinischen Behörden. Nicht direkt, sondern über eine dritte Partei. Und du kannst darauf wetten, dass die Türken die Situation genauso zu klären versuchen – es macht sich sehr schlecht, wenn Ausländer in deinem Land vor den Augen der Welt ermordet werden.« Schließlich legte er ihr die Hände auf die Schultern und sah ihr in die Augen. »Ich wollte nur, dass du weißt ... diese wenigen Tage, die wir zusammen waren«, sagte er leise, »die waren mir sehr kostbar. Sie haben mir durch schwere Zeiten geholfen ...« Er lächelte über das ganze Gesicht. »Vor allem in diesem Hühnerstall.«

Jane zuckte mit den Achseln. Seine Flapsigkeit verunsicherte sie. Meinte er es aufrichtig?

»Aber im Ernst, Jane – es hilft mir immer noch.«

Sie legte die Wange an seine Hand. »Es sollte nicht sein, das haben wir gewusst. Aber ich bin froh, dass wir ...«

Er legte seinen freien Arm um sie und zog sie an sich.

Sie spürte seine ausgemergelte Gestalt durch sein Hemd.

»Bete für mich, Jane«, flüsterte er. »Zu wissen, wann man sterben wird, ist nicht so toll, wie es immer heißt.«

18

Jane setzte sich in ihr Auto und schaltete das Radio gerade rechtzeitig an, um die Fünfzehn-Uhr-Nachrichten auf TalkNation zu erwischen. Die Hauptmeldung begann mit: »Das Büro der EU-Präsidentschaft in Dublin gibt bekannt, dass die Beitrittszeremonie für die Türkei, die am Donnerstag stattfinden sollte, angesichts der anhaltenden Geiselkrise in Istanbul verschoben wird, bis sich die Lage geklärt hat. In der Zwischenzeit üben Ägypten und Deutschland massiven Druck auf die türkische Regierung aus, die Freilassung ihrer Bürger sicherzustellen, die von der sogenannten Belisarius Brigade im Museum Hagia Sophia gefangen gehalten werden …«

Sie schaltete das Radio aus und fuhr aus dem Parkplatz. Die ganze Sache entwickelte sich zu einer Katastrophe für die Türkei. Und natürlich bedeutete die Verschiebung, dass sie und das Team die Pläne einstampfen konnten, die sie zur Berichterstattung über die Beitrittszeremonie gemacht hatten. Was Löcher in den morgigen Programmablauf riss und den von Donnerstag vollkommen zunichtemachte. Sie würde einige Stunden am Telefon verbringen müssen, wenn sie nach Hause kam.

Als Jane auf der gekiesten Fläche vor dem Haus hielt, war es fast vier. Anstatt hineinzugehen, machte sie das Radio wieder an und wartete nervös auf den Nachrichten-Jingle. Die Türkei war immer noch die Hauptmeldung: »Berichten zufolge haben Panzer und Soldaten vor der Hagia Sophia Stellung bezogen. Man nimmt an, dass sich das Militär auf den Sturm des Gebäudes vorbereitet, ehe die Terroristen ihre Drohung wahr machen, zwei der Geiseln zu blenden beziehungsweise zu verstümmeln.«

Es war so weit. Jane fragte sich, wie viele der Geiseln überleben würden.

Der Nachrichtensprecher fuhr mit dem nächsten Thema fort, das von einem drohenden Ausbruch des Vesuvs und den Folgen für die nahe gelegene Stadt Neapel handelte. Jane beschloss, dranzubleiben und sich den Bericht anzuhören, da sie erst vor Kurzem bei ihrer Reise in die Basilikata an dem Vulkan vorbeigekommen war. Doch kaum hatte der Sprecher einen vorbereiteten Beitrag angekündigt, der ein Interview mit einem britischen Vulkanologen beinhaltete, sagte er: »Wir bringen diesen Bericht zu einem späteren Zeitpunkt, denn es gibt eine Eilmeldung aus der Türkei, wo das Geiseldrama unbestätigten Berichten zufolge ein Ende gefunden hat … Lassen Sie uns live nach Istanbul gehen, wo Paddy Wright bereitsteht …«

Jane hielt den Atem an.

»In den letzten Minuten sind zwei Geiseln, die von der Terrorbande verstümmelt werden sollten, von ihren Mitgefangenen befreit worden. Diese behaupten, die Terroristen seien geflohen. Der Kommandeur der Militäreinheiten, die das Museum umstellt haben, warnte die Geiseln jedoch davor zu versuchen, die Türen zu öffnen, die ins Freie führen, da diese mit Sprengstofffallen versehen seien. Noch ist unklar, warum die Terroristen beschlossen, ihre Drohung nicht auszuführen, und man befürchtet, sie könnten noch im Gebäude sein. Wir melden uns sofort mit weiteren Informationen, sobald es welche gibt …«

Jane atmete erleichtert aus. Die Sache schien ein Ende gefunden zu haben – und ein unerwartetes dazu. Oder würde es noch einmal eine unschöne Wendung geben?

Sie fuhr zusammen, als ihr Handy auf dem Beifahrersitz laut klingelte.

»Heißt das, die Zeremonie findet doch statt?«, fragte Joe in der Annahme, dass sie die Nachrichten gehört hatte.

»Das werden wir abwarten müssen. Aber was für ein Ende – wenn es das Ende ist.«

»Ich schaue gerade Al Dschasira. Sie spekulieren, die Terroristen hätten das Museum auf demselben Weg verlassen, auf dem sie hineingekommen sind. Und der nie recht erklärt wurde.«

»Aber das wird die Polizei inzwischen doch sicherlich herausgefunden haben.«

»Anzunehmen. Was bedeutet, sie müssen den Abgang der Brigade ermöglicht haben. Genau das will der Sender andeuten.«

»Wir werden Demir Orhun dazu bringen müssen, gleich morgen früh mit uns zu reden. Ich hatte Sorge, wir könnten für morgen nicht genügend Material haben, wenn die Beitrittszeremonie am Donnerstag nicht über die Bühne geht. Aber das ist jetzt kein Problem mehr. Ich schicke Ali eine SMS, dass sich Paddy für uns bereithalten soll. Wie wäre es mit jemandem, der etwas dazu sagen kann, wie die ganze Geiselkrise gehandhabt wurde?«

»Da kenne ich genau den richtigen Mann. Er hat ein Buch über die Belagerung von Beslan 2004 geschrieben.«

»Gut. Ich versuche Orhun selbst zu erwischen. Er ist nicht …«

»Entschuldige, Jane, noch eine Eilmeldung auf Al Dschasira. Israel hat an die Türkei appelliert, die Terroristen zu ergreifen und nach Israel zu schicken, damit ihnen der Prozess gemacht werden kann. Andernfalls würden sie die Türkei für den Tod von Chaim Elon verantwortlich machen. Und um ihren Standpunkt zu unterstreichen, haben sie ihre Kriegsschiffe im Marinestützpunkt Haifa in Alarmbereitschaft versetzt.«

»Hm. Weißt du was, Joe? Ich glaube, das Ganze hat das Zeug zu einer noch größeren Krise.«

19

Orhun war verwirrt. Als ehemaliger Reporter der Tageszeitung *Hürriyet* wusste er, wann er nur die halbe Geschichte erfuhr. Er saß an seinem Schreibtisch im zweiten Stock der Botschaft in Ballsbridge und bemühte sich, alles zu verarbeiten, was in der hektischen Zeitspanne vorgefallen war, seit sich die Situation in Istanbul in eine Richtung entwickelt hatte, die niemand voraussehen konnte.

Die offizielle Linie, von der er und der Botschafter in einer Konferenzschaltung über eine sichere Leitung aus dem Außenministerium in Ankara soeben unterrichtet worden waren, sah folgendermaßen aus: Eine Kommandoeinheit sei im Begriff gewesen, das Gebäude zu stürmen, ihr Plan sah vor, die Brigade an der Zündung der Sprengkörper zu hindern und so viele Geiseln wie möglich zu retten. Es war ein hochriskantes Unternehmen, doch der Premierminister hatte grünes Licht gegeben.

In diesem entscheidenden Moment hatte sich die Brigade mit einem überraschenden Vorschlag gemeldet. Im Gegenzug für freies Geleit außer Landes würden sie die Besetzung aufgeben und die Geiseln schrittweise freilassen.

Vor die Wahl zwischen einem gewaltlosen Ende der Krise und einem Feuergefecht mit möglicherweise katastrophalem Ausgang gestellt, hatte die Regierung widerstrebend zugestimmt.

Doch die Abreise der Terroristen musste diskret gehandhabt werden, und so fand man einen Weg, sie heimlich fortzuschaffen. Dafür war allerdings ein gewisses Maß an Fehlinformation nötig gewesen, sodass die Belisarius Brigade zu dem Zeitpunkt, da die Geiseln die Hagia Sophia verlassen durften, bereits in einem Hubschrauber der türkischen Luftwaffe auf dem Weg nach Griechenland war. Der Hubschrauber war inzwischen auf dem Rückflug, mit der letzten verbliebenen Geisel an Bord – Irem Selçuk, der Frau, die von der Bande als Sprachrohr benutzt worden war.

Die naheliegende Frage war natürlich: Was hatte die Belisarius Brigade dazu veranlasst, die Besetzung der Hagia Sophia plötzlich aufzugeben?

Die offizielle Antwort lautete, die Regierung sei bei ihrem ursprünglichen Angebot geblieben, Christen und Muslime sofort nach dem Beitritt zur EU zu Gesprächen über die künftige Nutzung des Bauwerks für Gottesdienste einzuladen. Und dies schien die Terroristen zufriedengestellt zu haben.

Orhun glaubte nicht, dass es ihnen irgendwer abkaufte, aber man beschied ihm, die Wahrheit enthalte zu viel Zündstoff und könnte zu einer Verschiebung der Beitrittsfeier auf unbestimmte Zeit führen. Wenn sie sich jedoch geheim halten ließ, würde die EU bis zum nächsten Tag wahrscheinlich weich werden und die Zeremonie stattfinden lassen. Immerhin sei die Hagia Sophia gerettet worden. Mit Ausnahme des Israeli habe man alle Geiseln befreit. Durch ihren Umgang mit den Terroristen habe die Türkei Leben gerettet und gesellschaftliche Unruhen im Land selbst verhindert. Selbst die USA würden wahrscheinlich ein Auge zudrücken, da beide amerikanischen Reiseunternehmer wohlauf seien.

Die Hauptsache sei, die Beitrittszeremonie stattfinden zu lassen, danach konnte ihnen die ganze Geschichte notfalls um die Ohren fliegen. Aber auf keinen Fall vorher.

Was war also der wahre Preis für den Abzug der Terroristen?

Fünf Millionen Dollar.

Das war eine Menge Geld, aber wie es der Botschafter ausgedrückt hatte: Wenn man sich klarmachte, dass es das Leben von fast zwanzig Menschen plus ein weltberühmtes Gebäude von enormer religiöser Bedeutung erkauft hatte, und wenn man den türkischen EU-Beitritt – vom Stolz des Landes ganz zu schweigen – dazurechnete, dann waren es *nur* fünf Millionen Dollar.

Wer die Ansicht vertrat, Terroristen sollten für ihre Taten nicht belohnt werden, würde empört sein, dass überhaupt Geld geflossen war. Wer in der realen Welt lebte, würde sagen, die Türkei sei billig davongekommen.

Und in dem unwahrscheinlichen Fall, dass die sogenannte Belisarius Brigade je von sich aus behauptete, Lösegeld von der türkischen Regierung erpresst zu haben, würde man es einfach leugnen.

Orhun nahm an, die pragmatischeren Köpfe in der EU würden sich vermutlichen denken, dass es einen Handel gegeben hatte, aber keine Einwände gegen die Beitrittszeremonie erheben. Sie waren bereits bei den Verhandlungen rund um die Lösung der Krise behilflich gewesen, indem sie Griechenland dazu überredeten, den türkischen Luftwaffenhubschrauber in den griechischen Luftraum fliegen und auf einer unbewohnten Insel in der Ägäis landen zu lassen.

Auf lange Sicht war es nicht die Reaktion der EU, die ihm Sorgen bereitete. Es war die Israels. Dass die Türkei es versäumt hatte zu handeln, als ein israelischer Bürger auf ihrem Boden ermordet wurde, war schlimm genug, aber die Mörder entkommen zu lassen, würde zumindest einen diplomatischen Zwist auslösen. Und wenn die Israelis herausfanden, dass Geld geflossen war, konnte niemand sagen, was sie tun würden.

Orhun stand auf und ging ans Fenster, schob einen Streifen der senkrechten Jalousie mit zwei Fingern beiseite und sah nach unten. In der grünen Vorstadt mit ihren Botschaften und Konsulaten war es ruhig zur Abendzeit, und nur gelegentlich fuhr ein Auto vorbei. Direkt unter ihm stand ein mit Blüten beladener Kirschbaum neben dem Fußweg, der an der Botschaft entlangführte.

Er dachte an ein paar Dinge, die ihm zu schaffen machten. Nachdem die Terroristen gedroht hatten, der Deutschen und dem Ägypter etwas anzutun, hatten deren jeweilige Heimatländer sehr viel Druck ausgeübt, es nicht zuzulassen. Was so weit nicht überraschte. Doch bei dem hektischen diplomatischen Verkehr, der folgte, hatte Orhun – trotz seines beschränkten Zugangs zu diesem Verkehr – den deutlichen Eindruck gewonnen, dass es sich um keine Einbahnstraße handelte, denn türkische Diplomaten bezogen sich auf nicht genannte Ansuchen, die *sie* an die Deutschen und Ägypter hatten. Was für Ansuchen waren das? Als er während der Konferenzschaltung danach fragte, war man entschlossen zu anderen Dingen weitergegangen.

Mehr darüber fand er nach Ende der Konferenzschaltung heraus, als nur noch er und Ersin Karatay, ein früherer Kollege von ihm, der in Ankara arbeitete, an einer Pressemitteilung für die staatliche Nachrichtenagentur feilten. Sie würde herausgegeben werden, sobald die Versammlung im Dublin Castle – zu der der Botschafter nach der Konferenz gegangen war – ihre Entscheidung getroffen hatte. Sie hatten sich mehr oder weniger auf die Formulierung geeinigt, als Orhun Karatay fragte, ob über den Hintergrund der Bande mehr bekannt sei.

»Nicht dass ich wüsste«, sagte Karatay. »Es sei denn, ihre anderen Forderungen könnten uns etwas verraten.«

»Andere Forderungen?« Orhun war verwirrt. »Du meinst, dass die Hagia Sophia wieder eine Kirche wird? Sagt uns das nicht, dass es griechisch-orthodoxe Fanatiker waren?«

»Da bin ich mir nicht so sicher, Demir. Es hat schon Unternehmungen unter falscher Flagge gegeben. Jedenfalls handelt es sich bei den Forderungen, die ich meine, um ein paar Ergänzungen zu den fünf Millionen – ein bisschen wie diese Zusatzwünsche, die Popstars in ihre Verträge schreiben, wenn sie auf Tour gehen.«

»Ich verstehe. Und worum ging es da?«

»Hast du je von der Zeitbüchse gehört?«

»Nein, aber du wirst mich sicherlich gleich aufklären.«

»Sie wird im *Kitab al-Hiyal* erwähnt, dem *Buch der raffinierten Geräte.*«

»Äh … und sollte mir das weiterhelfen?«

»*Begleite mich auf dem fliegenden Teppich zurück in der Zeit …*« Karatay hatte seinen Tonfall verändert, sodass er wie eine Voice-over-Stimme klang. »*Zurück ins 9. Jahrhundert und das Goldene Zeitalter der Islamischen Gelehrsamkeit … zurück zum Haus der Weisheit in Bagdad …*«

»Schon gut, schon gut, du kannst die sonore Stimme

wieder bleiben lassen, Ersin. Sie passt sowieso nicht zu dir …«

»Du bist ja nur neidisch, Demir. Jedenfalls ist das eine wahre Geschichte. Der Kalif von Bagdad hat drei Männer, die im Haus der Weisheit an der Übersetzung von Büchern über Ingenieurkunst arbeiteten – drei Brüder –, damit beauftragt, ein Verzeichnis nützlicher mechanischer Geräte anzufertigen. Im Zuge ihrer Forschung sollten sie Texte ausfindig machen, die in byzantinischen Klöstern aufbewahrt wurden, und die Erfindungen beschrieben, die bis zum antiken Griechenland zurückreichten. Im Jahr 850 wurden sie alle in einem großen, illustrierten Werk zusammengefasst, dem *Kitab al-Hiyal, Das Buch der raffinierten Geräte*. Hie und da …« Karatays Stimme verlor sich.

Orhun wartete.

»Ich dachte, ich hätte draußen jemanden gehört«, sagte Karatay schließlich. »Aber ich habe mich wohl getäuscht, da ist niemand.«

»Erzähl mir von der Zeitbüchse – so kurz und knapp es geht.« Karatay war nicht dafür bekannt, sich kurz zu fassen.

»Dazu wollte ich gerade kommen. Hie und da in dem Text verwiesen die Brüder auf verschiedene mechanische Vorrichtungen, die den byzantinischen Kaisern jener Zeit gehörten. Und unter diesen Mechanismen war ein Ding, das angeblich als *Vorhersagemaschine* benutzt wurde. Es war etwa ein Jahrhundert zuvor gebaut worden und wurde zusammen mit einem Buch verwendet – vermutlich einer Art Gebrauchsanleitung. Aber der Ruf dieser Vorhersagemaschine war so gewaltig, dass zu ihrem Gebrauch die Genehmigung sowohl des Kaisers als auch des Patriarchen erforderlich war, von denen einer den Mechanismus aufbewahrte und der andere das Buch.«

»Dieser Mechanismus – gab es eine Illustration davon?«

»Eine Zeichnung. Rein auf Mutmaßungen basierend, da wenige Menschen ihn je gesehen hatten. Man erzählte den Brüdern, da die Maschine die Fähigkeit habe, das Ende der Welt vorauszusagen, sei ihre Verwendung streng begrenzt. Ihren Aussagen zufolge wurde sie jedoch deshalb so selten benutzt, weil sie islamische Erfolge im Krieg mit der Christenheit vorhersagte.«

»Vom Hype einmal abgesehen«, sagte Orhun, »haben wir es wahrscheinlich mit einem primitiven Computer zu tun, der wie eine Art astronomische Vorrichtung funktionierte und mithilfe dieser Gebrauchsanleitung oder von Tabellen programmiert werden konnte. Richtig?«

»Ich kann dir diese Frage nicht beantworten, Demir – vielleicht war es kein so schlichtes Gerät, wie du denkst. Jedenfalls, gehen wir schnell ins Jahr 1204, als der vierte Kreuzzug Konstantinopel plünderte. Sie schafften eine unvorstellbare Menge von Artefakten in alle möglichen Länder Europas, darunter – und das ist Spekulation, wie ich anfügen muss – die Zeitbüchse.«

»Du sagst, das ist Spekulation. Wessen? Deine?«

»Eigentlich nicht. Wir haben alles über dieses Gerät heute Nachmittag von einer jungen Frau erfahren, die hier arbeitet. Sie hat eine Diplomarbeit über die Faszination geschrieben, die mechanische Vorrichtungen für die ottomanischen Sultane hatten. Ihr Name ist Latife. Sie würde dir wirklich gefallen, Demir. Ein Arsch zum Niederknien. Wie gemacht für …«

»Hey!«, unterbrach Orhun. »Hör auf, darüber zu fantasieren, wie meine Fantasien aussehen könnten.«

»Oho, ein bisschen empfindlich, was? Also gut, dann die Zeitbüchse. Latife behauptet, die Ottomanen waren besessen von der Idee, sie zu finden. Obwohl sie wussten, dass die von den Kreuzfahrern geraubten Schätze, die man nicht eingeschmolzen hatte, über ganz Europa verstreut waren, schienen sie zu glauben, dass sie unversehrt in Wien oder zumindest sonst irgendwo in Österreich gelandet war. Du wirst dich aus unserer Geschichte erinnern, Demir, dass die Ottomanen über einen bestimmten Zeitraum jährliche Tribute von den Wienern in Form von Uhren und mechanischen Geräten eintrieben. Latife zufolge verlangten die Gesandten des Sultans regelmäßig, es müssten Gegenstände aus der Plünderung Konstantinopels darunter sein.«

»Also, lass mich raten. Die Belisarius Brigade hat eine ähnliche Forderung gestellt.«

»Ja, woher …?«

»Ich bin ein Genie. Und hier ist mein nächster Gedanke: Es gab keinen österreichischen Reiseunternehmer in der Gruppe, deshalb war es das Nächstbeste, eine Deutsche auszusuchen, und die Drohung gegen sie führte dazu, dass Deutschland Druck auf Österreich ausübte. Vermutlich, diese Zeitbüchse zu finden – falls sie überhaupt existiert.«

»Wieder richtig! Dann hast du es also die ganze Zeit gewusst?«

»Nein. Aber ich hatte jetzt eben Zeit genug, darüber nachzudenken, dass ich es mir zusammenreimen konnte.«

Das Schweigen am anderen Ende verriet ihm, dass Karatay das nicht lustig fand.

»Ach komm, Ersin, ich ziehe dich nur auf. Du sagtest, es gab ein paar zusätzliche Forderungen. Welche noch?«

»Es hat mit dem Ahdname Mohammeds zu tun. Weißt du, was das ist?«

Orhun seufzte. »Irgendwas, das der Prophet gewährt hat. Freies Geleit irgendwohin?«

»Tja, knapp daneben ... Aber ich habe jetzt keine Zeit, es zu erklären. Ich muss diese Leitung frei machen.«

Das war vor einer Stunde gewesen.

Er wusste immer noch nicht, was er davon halten sollte. Aber seine Skepsis, ob es sich bei der Belisarius Brigade um orthodoxe Fanatiker handelte, wurde bestätigt.

Mittlerweile wurde die Liste irischer und anderer europäischer Journalisten, die etwas von ihm hören wollten, mit jeder Minute länger. Er würde anfangen müssen, mit ihnen zu sprechen, sobald der Botschafter ihn informierte. Und er musste konzentriert sein.

Vielleicht wäre es nicht schlecht, zuerst mit jemandem zu reden, zu dem er einigermaßen freundschaftliche Beziehungen unterhielt, und zu schauen, wie die Reaktion ausfiel. Dann hätte er bereits ein Gefühl dafür, was ihn erwartete, wenn er die türkische Sache den anderen Medien präsentierte.

Jane Wades Leute waren hinter ihm her gewesen, und sogar Jane selbst hatte vorhin eine Nachricht hinterlassen. Auf Befehl von Ankara hatte er weder mit ihnen noch mit sonst jemandem reden dürfen. Aber wenn die Beitrittszeremonie stattfand, würde er in den nächsten Tagen zu ihrer Sendung beitragen. Es war nur fair, wenn er sich jetzt meldete. Und wenn er mit Jane selbst sprach, konnte er sie vielleicht überreden, als sein Sprachrohr zu agieren.

Sein Blick verweilte kurz auf der ruhigen Straße unter ihm. Ein Wagen fuhr an den Randstein unter dem Kirschbaum, obwohl entsprechende Markierungen das Parken dort eindeutig verboten. Der Fahrer hatte jedoch die Warnblinkanlage eingeschaltet – er beabsichtigte nicht zu bleiben. Orhun kam ein Gedanke. Das Botschaftsgebäude wurde durch eine Mauer von der Straße getrennt, die nicht höher als drei Meter war. Wenn ihn seine Erinnerung nicht trog, war die Hagia Sophia von einer ähnlichen Mauer umgeben. Die Brigade hätte ohne Weiteres für kurze Zeit einen Lieferwagen in einer der ruhigen Seitenstraßen parken und mit ein paar ausziehbaren Leitern über die Mauer auf das Gelände klettern können. Danach hätten sie keine Probleme gehabt, durch eine der vielen alten Holztüren direkt ins Gebäude zu gelangen.

Aber sie hatten es nicht getan. Und Orhun ahnte nun, dass die Methode, die sie gewählt hatten, in Wirklichkeit ihren Abgang ermöglichen sollte. Die Belisarius Brigade hatte die Operation, so wie sie gelaufen war, von Anfang bis Ende durchgeplant.

Orhun entfernte sich von dem Fenster und ging an den Schreibtisch zurück. Er griff zum Telefon und bat seine Sekretärin im Vorzimmer, ihn mit Jane Wade zu verbinden.

20

Jane nahm den Anruf von Orhun genau in dem Moment entgegen, in dem die Kinder ins Wohnzimmer gestürmt kamen und von dem Film erzählen wollten, den sie gesehen hatten.

»Einen Moment, Kinder«, sagte sie und hielt sie mit der ausgestreckten Hand in Schach. »Nur eine Sekunde.«

Scott und Bethann schauten erst enttäuscht drein und hüpften dann zu ihren Spielsachen davon.

»Hallo, Demir. Tut mir leid, die Kinder sind gerade nach Hause gekommen. Wo stecken Sie die ganze Zeit? Wir haben versucht, Sie zu erreichen, seit diese Geschichte in Istanbul losging.«

»Ich weiß. Wir hatten strikten Befehl, nicht mit den Medien zu sprechen.« Seine Stimme war tief, und sein Englisch hatte nur einen leichten Akzent.

»Ich dachte, ich würde vielleicht von Ihnen … *persönlich* hören?«

»Sie können sich nicht vorstellen … Hier hat das totale Chaos geherrscht. Abgesehen davon hätten Sie das Persönliche schnell mit dem Beruflichen vermischt. Das lässt sich nicht ändern, Jane, Sie sind nun mal Journalistin.«

»Selbst eine SMS wäre nicht infrage gekommen?«

Orhun schwieg einen Moment. »Sie haben recht«, sagte er dann. »Es war gedankenlos von mir, tut mir leid.«

»Gut, dann lassen wir das jetzt. Wird die Beitrittszeremonie stattfinden?«

»Ich glaube ja, aber ich warte noch auf die Bestätigung durch den Botschafter. Er nimmt in diesem Augenblick an einer Sitzung im Dublin Castle teil.«

»Dann wird der Inhalt der Donnerstagssendung mehr oder weniger so bleiben wie vereinbart.«

»Ich denke schon.«

»Dann wäre da noch die von morgen. Wir hatten beabsichtigt, rund zwanzig Minuten einer Vorschau auf den Beitritt zu widmen, einschließlich einiger Beiträge, die Joe Brady bei seinem Besuch im März aufgezeichnet hat. Aber dafür wird nun weniger Zeit sein, da wir über das Ende der Geiselnahme berichten müssen. Und wir schalten den größten Teil der Sendung am Donnerstag in die Türkei.«

»Und wie werden Sie die Istanbul-Geschichte handhaben?«

»Zuerst ein Bericht von dort. Dann kommt ein Sicherheitsexperte, der den Umgang mit der Situation kommentiert, während Sie uns erläutern, wie es die türkische Regierung hinstellt. Telefonisch genügt.«

»Hm. Ich weiß nicht, ob mir der Ausdruck ›hinstellt‹ gefällt. Haben Sie vor, uns beide gleichzeitig auf Sendung gehen zu lassen?«

»Haben Sie ein Problem damit? Ich weiß, es war nicht direkt ein Erfolg für Ihr Land. Aber es wäre besser für Sie, Sie würden sich der Kritik offen stellen.«

»Ich habe kein Problem damit, Jane. Aber ich …«

»Gut. Ich lasse Joe Brady gleich morgen früh anrufen, und er wird mir eine Kurzinfo zusammenstellen.«

Orhun räusperte sich. »Wissen Sie, ich würde es wirklich vorziehen, wenn wir – Sie und ich – vorher miteinander reden könnten.«

»Bevor Sie auf Sendung gehen?« Jane war verwirrt. Ein paar Worte, solange das Mikro aus war, mehr würde nicht drin sein. Was sollte das bringen?

»Wie wäre es mit jetzt? Persönlich?«

Jane hörte die Kinder nebenan plappern. Warum wollte er sie gerade jetzt treffen? »Das passt mir eigentlich gerade gar nicht, Demir.«

»Schade. Sie wären die Erste, die unsere Version der Ereignisse erfährt. Und ich könnte Ihnen einige Informationen exklusiv geben – inoffiziell, natürlich. Das wird am Morgen wirklich nicht gehen.«

»Nein, danke. Ich werde misstrauisch, wenn mich jemand mit exklusiven Informationen lockt, die ich nicht an meine Hörer weitergeben darf.«

»Es passiert ständig, Jane, das wissen Sie. Aber um ehrlich zu Ihnen zu sein, der Grund, warum ich Sie treffen will, ist … also, äh – ich möchte Sie um einen Gefallen bitten. Ich würde gern Ihre Reaktion darauf sehen, wie wir … es hinstellen, okay? Bevor ich mich der Meute stellen muss.«

»Ein Probelauf, was? Das hätten Sie gleich sagen können.«

»Es ist unverschämt von mir, ich weiß, wenn man bedenkt …«

»Allerdings. Wie spät ist es jetzt? Ich muss die Kinder baden und ins Bett bringen.«

»Kurz nach sieben.«

»Das Problem ist, dass meine Schwägerin heute Abend bereits auf die Kinder aufpassen musste. Ich kann nicht weggehen und …« Es widerstrebte ihr, ihn zu sich einzuladen. Sie hatten vereinbart, eine gewisse Distanz zu wahren.

»Wissen Sie was?«, sagte er mit der ganzen Zuversicht des geübten Problemlösers. »Warum nennen Sie mir nicht eine Uhrzeit, und ich fahre nach Rathgar, denn dort wohnen Sie doch, oder? Wir könnten draußen im Auto sitzen und uns unterhalten. Dann fahre ich weiter zum Dublin Castle. Was halten Sie davon?«

Jane dachte kurz darüber nach. Sie musste lächeln, als sie daran dachte, wie oft sie in den ruhigen Straßen der Gegend schon auf Pärchen hinter beschlagenen Autoscheiben gestoßen war. »Dann haben die Nachbarn auf jeden Fall etwas zu reden«, sagte sie. »Gut, machen wir es so. Sagen wir halb neun?«

Das Licht der Straßenlaterne fiel auf Orhuns Gesicht, das ihr halb zugewandt war. Während er sprach, versuchte ein eigenständiger und nicht sehr ernsthafter Teil ihres Gehirns, die Merkmale auszusortieren, die ihn von einem durchschnittlichen Iren unterschieden. Die Augenlider waren vielleicht schwerer, die Unterlippe war voller, das Haar schwärzer, die Bartstoppeln kräftiger. Aber das gut genährte Kinn, das ihm ein birnenförmiges Aussehen verlieh, war ein universeller Zug. Zwei Dinge fielen ihr ein: dass bei TalkNation ein Vertreter arbeitete – so irisch wie ein Guinness Stout –, der Orhuns Bruder sein könnte, aber noch »ausländischer« aussah. Was also machte Nationalitäten, die sich im Wesentlichen ähnlich waren, dennoch unterscheidbar? Es musste die Dominanz gewisser Züge in der Gesamtbevölkerung sein. Die andere Sache war, dass er auf eine Weise attraktiv war, die sie in ihren Zwanzigern oder Anfang dreißig nicht angezogen hätte. Woher kam das?

Die ganze Zeit, während sie diesen Gedanken nachhing, nahm der professionelle Teil ihres Gehirns auf, was er sagte. Nachdem er ihr die türkische Version der Ereignisse geschildert hatte, schwiegen beide eine Zeit lang.

»Ich weiß nicht, welche Antwort Sie von mir erwarten«, sagte sie schließlich. »Der entscheidende Teil der Geschichte ist selbstverständlich, was genau die Terroristen der türkischen Regierung abringen konnten, und ich bezweifle, dass es ein Treffen mit dem Direktorium für Religionsangelegenheiten war.«

Orhun warf die Hände in die Luft und ließ sie dann in seinen Schoß fallen. »Ich habe ihnen gesagt, das kauft uns niemand ab.«

»Aber das heißt nicht, dass Sie mir die vollständige Geschichte erzählen, oder? Nicht einmal inoffiziell?«

»Ich kann nicht, Jane. Wenn es durchsickern würde, könnte das den Beitrittsprozess vom Gleis werfen.«

»Nun, wenn Sie nicht wollen, dass es durchsickert, dann sollten Sie es mir lieber nicht sagen.«

Er brauchte eine Weile, bis er den Sarkasmus bemerkte. »Tut mir leid, so war es nicht gemeint«, sagte er verlegen. »Ich bin meinem Land gegenüber verpflichtet, es fürs Erste vertraulich zu behandeln.«

»Hören Sie, Demir, ich will es eigentlich nicht wissen. Wenn Sie sagen, ich müsste es für mich behalten, hätte ich nichts davon, es zu erfahren.«

»Ich ... Ich respektiere, was Sie sagen, und ich entschuldige mich für die Andeutung ...«

Jane brachte ihn mit einer Handbewegung zum Schweigen. »Lassen Sie uns weitergehen. Es wird Ihnen schwerfallen, mit dieser Geschichte die Medien zu überzeugen. Einschließlich des Zeugs, dass die Bande angeblich in den Eingeweiden des Museums verschwunden und an einer anderen Stelle in der Stadt wiederaufgetaucht ist.«

»Aber das stimmt, glauben Sie mir.«

»Wirklich?«

»Ja. Sie sind auf demselben Weg herausgekommen, auf dem sie hineingekommen sind. Und sie haben uns mitgeteilt, wo sie abgeholt werden wollten. Es war uns zu peinlich zuzugeben, dass wir überhaupt nicht herausgefunden hatten, wie sie in das Gebäude gelangt sind.«

»Aber wie haben Sie es denn nun gemacht?«

»Es gibt in Istanbul eine Reihe großer unterirdischer Zisternen, die von den Byzantinern gebaut wurden, um bei Belagerungen oder Dürren mit Wasser versorgt zu sein. Es sind eigenständige Gebäude, nur dass sie unter der Erde liegen. Mehrere davon befinden sich in der Nähe der Hagia Sophia, aber die Terroristen haben eine benutzt, die erst kürzlich entdeckt wurde und genau darunter liegt. Eine Wand war vor Jahren bei einem Erdbeben eingestürzt und hatte sie unzugänglich gemacht. Die Archäologen waren so weit gekommen, dass sie die Zisterne trockengelegt hatten, aber dann stoppte die Arbeit, weil die Finanzierung der Ausgrabung versiegt war oder der Stadtrat das Projekt eingestellt hat – ich weiß nicht genau. Auseinandersetzungen zwischen Bauträgern und Leuten, die das archäologische Erbe der Stadt bewahren oder zumindest aufzeichnen wollen, sind in Istanbul an der Tagesordnung.

Es war leicht für die Bande, sich als Bauarbeiter auszugeben, die auf die Ausgrabung zurückgekehrt waren, um sich am Samstag zusätzlich etwas zu verdienen. Wer sollte ihnen Fragen stellen? Sobald sie innerhalb der Schranken und des Bretterzauns waren, verschwanden sie unter der Erde und räumten den Schutt weg, der ihnen im Weg war. Nachdem sie durchgebrochen waren, ließ einer der Wachmänner, den sie entweder getäuscht oder geschmiert hatten, sie in das Museum. Heute dann wies die Bande die Polizei an, einen Bus zur archäologischen Ausgrabung zu bringen – die ein gutes Stück außerhalb der Absperrung durch das Militär lag. Sieben von ihnen tauchten zusammen mit den Geiseln auf, bestiegen den Bus und wurden zum Flughafen gefahren, wo wir einen Chinook-Hubschrauber bereitstehen hatten, der sie zu einer griechischen Insel flog.«

»Eine, die *sie* ausgesucht hatten, nehme ich an.«

»Ja. Wahrscheinlich weil sie unbewohnt ist. Und nicht weit von Athos entfernt.«

»Ach ja? Wussten Sie, dass die EU einige Mönche dort dazu bewegen wollte, auf die Terroristen einzuwirken?«

»Mhm.«

»Das könnte also der Beweis sein, dass es eine Verbindung zwischen ihnen gibt.«

»Vielleicht. Aber wenn die Bande bei den Mönchen Zuflucht gefunden hat, hätte das ernste Auswirkungen. Sie können sich vorstellen, was die Israelis davon halten werden. Könnte allerdings sein, dass *wir* sie dann eine Weile vom Hals haben.«

»Sie müssen ziemlich wütend auf euch sein – mit einiger Berechtigung, würde ich sagen.«

»Und ob sie das sind. Und in der letzten Stunde haben sie ein Ultimatum gestellt – wenn ihnen die Belisarius Brigade nicht ausgehändigt wird, drohen sie im Gegenzug eine Seeblockade der Türkei an.«

»Ein Land von der Größe der Türkei? Wie soll das gehen?«

»Es ist leichter, als Sie glauben. Sie müssen nur die Durchfahrt durch die Dardanellen verhindern. Die sind so eng, dass ein paar Kriegsschiffe reichen.«

»Aber damit kämen sie in Konflikt mit Ihrer Marine.«

»Ja. Und es würde wahrscheinlich eine Reaktion des Iran provozieren.«

»Des *Iran.* Was hat der Iran damit zu tun?«

»Es gibt ein Geheimprotokoll zwischen unseren Ländern. Eins, für dessen Zustandekommen der Iran sehr viel Druck gemacht hat. Falls wir je von einem nuklear bewaffneten Staat, Israel in anderen Worten, bedroht werden, wird der Iran sein Nuklearpotenzial als Abschreckung einsetzen. Es ist ein bisschen, als wäre man in der Schule mit einem Schlägertypen befreundet, der will, dass man ihm einen Vorwand liefert, einen seit Langem verhassten Widersacher zu vermöbeln.«

»Warum ein Geheimprotokoll?«

»Wegen der EU-Regeln für einen Beitritt. Und weil die Türkei zur NATO gehört, was bedeutet, sie hat von der NATO kontrollierte Nuklearwaffen auf ihrem Boden.«

»Klingt, als würden sie gleichzeitig auf beiden Seiten stehen.«

»Mir kommt es eher vor, als würde die Grenze zwischen den Seiten ständig verschoben. Offiziell sind wir gegen eine Nuklearbewaffnung Irans – und vor nicht allzu langer Zeit haben wir noch gemeinsame Militärmanöver mit Israel durchgeführt.«

»Interessant ... Wir hatten gestern eine Frau in der Sendung ... Sie hat Bibelprophezeiungen über Länder zitiert, die sich gegen Israel zusammenrotten. Iran und die Türkei gehörten nach ihren Worten dazu.«

»Und wenigstens noch hundert andere Länder.«

Jane lachte. »Sie haben recht. Jetzt muss ich jedenfalls Schluss machen. Ich weiß nicht, ob sich die Fahrt hier heraus für Sie gelohnt hat.«

»Es war hilfreich, glauben Sie mir. Manchmal muss man so eine Sache einfach mit jemandem von außerhalb durchsprechen. Und übrigens gibt es tatsächlich eine Information, die ich Ihnen inoffiziell zukommen lassen darf.« Er beugte sich vor. »Wenn Sie nichts dagegen haben, natürlich.«

»Also gut dann.«

»Die Belisarius Brigade hatte einige Zusatzforderungen. Wir mussten in Verhandlungen mit Ägypten und Deutschland eintreten.«

»Den beiden Ländern, deren Bürger bedroht wurden.«

»Genau. Sie wurden nicht zufällig ausgewählt. Eine der Forderungen hatte mit dem Ahdname Mohammeds zu tun. Je davon gehört?«

»Nein.«

»Ich habe es nachgeschlagen, bevor ich das Büro verließ. Es ist eine Garantie, die der Prophet abgegeben haben soll, und zwar für die Sicherheit des orthodoxen Katharinenklosters auf dem Berg Sinai, der natürlich in Ägypten liegt.«

»Ein richtiges Dokument?«

»Ja. Eine Charta von Rechten und Privilegien, wenn Sie so wollen. Mohammed soll sie noch vor der arabischen

Eroberung Ägyptens gegeben haben. Jahrhunderte später wurde das Original von ottomanischen Soldaten nach Istanbul gebracht und dem Sultan geschenkt.«

»Und ist es noch in Istanbul?«

»Nein, es existiert nicht mehr. Aber es wurden Kopien davon angefertigt. Eine befindet sich im Katharinenkloster selbst und die andere – raten Sie mal? In einem Kloster auf Athos. Allerdings, wie ich schnell anfügen muss, nicht in dem, das die Taten der Belisarius Brigade gutheißt.«

»Trotzdem ein ziemlicher Zufall«, sagte Jane.

»Dem stimme ich zu. Aber die Frage lautet, was die Brigade um alles in der Welt damit gewollt hat.«

»Vielleicht zweifeln sie die Legitimität des Dokuments an. Was allerdings für orthodoxe Extremisten ein sonderbares Vorgehen wäre, da es eine ihrer heiligen Stätten schützt.«

»Richtig«, sagte Orhun. »Wohingegen es absolut einen Sinn ergäbe, wenn sie islamische Frömmler wären. Ich meine, wenn sie wollten, dass das Kloster geschlossen wird, würden sie mit dem Beweis, dass die Garantie ein Schwindel war, seine Immunität beenden. Aber natürlich wollen sie auf keinen Fall etwas infrage stellen, was der Prophet selbst tatsächlich zugebilligt hat.«

»Hm.« Jane dachte darüber nach. »Aber wenn sie wirklich islamische Fanatiker wären, die sich als Christen ausgeben, hätten sie nie so verächtlich von anderen Islamisten gesprochen und sie als Feiglinge und so bezeichnet, oder?«

»Da haben Sie recht, das klingt unwahrscheinlich.«

»Was ist die andere Forderung?«

»Sie hat mit etwas zu tun, das sich Zeitbüchse nennt

und in einem Verzeichnis mechanischer Geräte aus dem 9. Jahrhundert vorkommt. Ich stelle es mir als eine Art Uhr oder astronomische Rechenmaschine vor. Und ehe Sie fragen, ich habe keine Ahnung, ob es noch existiert. Aber ich bezweifle …«

Orhuns Handy läutete. Er sah auf das Display und bedeutete Jane, still zu sein, ehe er sich meldete.

Hauptsächlich sprach der Botschafter, Orhun streute nur gelegentlich ein Wort auf Türkisch ein und nickte. Aber sein Gesichtsausdruck änderte sich nie, sodass Jane, als das Gespräch nach kaum mehr als einer Minute beendet war, nicht sagen konnte, ob es sich um eine gute oder schlechte Nachricht gehandelt hatte.

Orhun blickte aus dem Fenster und sagte nichts.

»Und?«, fragte sie schließlich. »Wollen Sie es mir verraten?«

»Ach so – bitte entschuldigen Sie«, sagte er, aus seiner Träumerei gerissen. »Ich war kurz in Gedanken.« Er wandte den Kopf und sah sie an. »Ja, die Zeremonie wird wie geplant stattfinden. Die Türkei wird der EU doch noch beitreten.«

»Also eine gute Nachricht.«

»Es gibt leider auch eine weniger gute. Eine kleine Flotte der israelischen Marine hat gerade Haifa verlassen und nimmt Kurs nach Norden.«

»Das ist …«

»Ja, Jane. In Richtung Türkei.«

21

Zum zweiten Mal in weniger als einem Monat war Jane auf einem Friedhof. Doch dieses Mal als Trauernde. Sie erkannte Lavelles Schwester Mary, die am Grab stand. Ihr Mann Paul hatte den Arm um seine Frau gelegt, und trotz ihres langen Mantels lehnte sie sich zum Schutz vor dem scharfen Wind, der vom Meer her blies, an ihn.

Eine junge Frau hatte sich auf der anderen Seite bei Mary untergehakt; die beiden sahen sich verblüffend ähnlich in ihrer Trauer. Jane nahm an, dass dies Cliona war, mit der sie am Telefon kurz gesprochen hatte. Ein paar Jungs im Teenageralter vervollständigten die Familiengruppe.

Lavelles übrige Geschwister und ihre Familien waren auf der anderen Seite des Grabs versammelt und murmelten ihre Antworten auf das Rosenkranzgebet. Hier und dort entdeckte Jane unter den Jüngeren Ähnlichkeiten mit Lavelle. Es waren die Nichten und Neffen, die er so geliebt hatte, und sein Tod schien sie aufrichtig zu berühren. Ebenso wie mehrere der ernst dreinblickenden Priester in der Menge.

Mary hatte am Vortag angerufen und ihr die Nachricht mitgeteilt, kurz nach der letzten Sendung der Woche. Sie erklärte, dass Lavelle am Wochenende wegen Nierenversagens in die Klinik gekommen war. Sein Zustand hatte sich danach rapide verschlechtert, und er war am späten Mittwochabend gestorben. »Mein Gott, Jane, er war erst zweiundfünfzig …«, hatte Mary unter Schluchzen gesagt.

Da sie keinen Babysitter bekommen konnte und die Kinder nicht schon wieder bei Debbie lassen wollte, hatte Jane beschlossen, sie zur Beerdigung mitzunehmen. Sie musste sich jedoch zwischen Messe und Friedhof entscheiden – beides zusammen hätte den Kleinen zu viel an Durchhaltevermögen abverlangt. Deshalb war sie zum Friedhof gefahren und hatte gewartet, bis der Trauerzug eintraf.

Da Jane Protestantin war, kannte sie die Antworten auf das Rosenkranzgebet nicht; deshalb stand sie nur mit gesenktem Kopf da und beobachtete, wie sich Blüten von einer nahen Weißdornhecke an den grauen Umrandungen der Gräber sammelten wie Streifen von Schaum auf dem Meer.

Das Rosenkranzgebet bildete den Abschluss der Feier, und als es vorbei war, begann sich die Menge langsam aufzulösen. Jane steuerte dagegen auf die Familie zu und reichte Mary die Hand.

»Jane Wade. Es tut mir so leid.«

Mary brachte ein mattes Lächeln zustande, ihr Haar flatterte im Wind. »Danke, dass Sie gekommen sind, Jane.« Sie schaute auf die beiden verwirrt dreinblickenden Kinder, die sich an Janes Beine klammerten. »Was für hübsche Kinder.« Dann sah sie Jane wieder an. »Sie können sie mir nachher im Pub vorstellen. Sie kommen doch noch mit, um etwas zu essen, oder?«

»Äh …« Jane hatte eigentlich nur vorgehabt, auf den Friedhof zu gehen.

»Keine Sorge, ich verstehe, wenn Sie nicht bleiben können. Es ist nicht einfach mit Kindern im Schlepptau. Aber

Liam hat etwas für Sie hinterlassen, und es lag ihm am Herzen, dass ich es Ihnen möglichst schnell zukommen lasse.«

»Ach so?«

»Nichts Wertvolles, das kann ich Ihnen sagen. Liam besaß keine irdischen Güter. Aber es schien ihm wichtig zu sein.«

»Ich verstehe. Also gut, ich schaue vorbei.«

Paul und Cliona sprachen gerade mit anderen Trauernden, deshalb bugsierte Jane ihre Kinder, statt den beiden zu kondolieren, an den Rand des Grabs und schaute auf den Sarg hinunter.

»Auf Wiedersehen, Liam«, sagte sie leise und bat Bethann, ihr die rote Rose zu geben, die diese hatte tragen dürfen und die Jane nun auf den Sarg warf.

Auf dem Weg zum Silver Dolphin dachte sie an all die Menschen, die ihr nahegestanden hatten und jung gestorben waren. Ihr Bruder Scott und ihre Schwester Hazel, ihr Mann Ben und jetzt Liam Lavelle. Nicht, dass ihr Lavelle *so* nahe gewesen wäre, aber er hatte sehr wohl einen besonderen Platz in ihrem Herzen. Ein starkes Angstgefühl wegen Scott und Bethann erfasste sie plötzlich. Sie sah im Rückspiegel nach ihnen. Beide sahen sich Bücher an, die sie mitgebracht hatten. »Alles in Ordnung, ihr zwei?«, fragte sie.

»Ja, Mommy«, antworteten sie im Chor, die routinierte Erwiderung, die zeigte, dass es sich um eine oft gestellte Frage handelte. Sie würde aufpassen müssen, ihre Ängste nicht auf sie zu übertragen.

»Sehr gut. Wir schauen nur ganz kurz bei dieser Frau vorbei, okay?«

»Ja, Mommy.«

Sie blockten ihre Fragen einfach ab, damit sie sich wieder ihren Büchern widmen konnten. Janes Angstattacke erlosch so schnell, wie sie gekommen war.

An der Tür des Silver Dolphin fanden sie sich hinter einigen Leuten wieder, die in die Lounge strömten und plauderten und lachten. Es waren Trauergäste – Jane hatte sie auf dem Friedhof gesehen –, doch an ihrer Fröhlichkeit war nichts Respektloses. So war das auf irischen Begräbnissen. Jane wollte ihnen gerade in die Lounge folgen, als sie hörte, wie jemand nach ihr rief.

Sie drehte sich um und sah, dass Mary ihr von der Tür zum Restaurant winkte. »Kommen Sie hier herein, Jane. Da sind wir ungestört.«

Nachdem Jane die Kinder durch die Tür geschoben hatte, sah sie, dass das Restaurant geschlossen war. Mary sah jetzt weniger abgehärmt aus. Sie hatte sich das Haar zurechtgemacht und ein wenig Make-up aufgetragen. Und unter ihrem Mantel trug sie ein elegantes taubengraues Jackett und einen Rock.

»Und wen haben wir hier?«, sagte sie und bückte sich, um die Kinder direkt anzusprechen.

Sie antworteten scheu und blickten Ermutigung suchend zu ihrer Mutter hinauf.

Mary richtete sich auf und sah Jane in die Augen. »Es tut mir so leid, was mit Ihrem Mann geschehen ist.«

Jane nickte. »Danke.«

»Warten Sie nur einen Augenblick. Ich bin sofort wieder da.« Sie durchquerte das Restaurant, vermutlich, um ins Haus zu gehen.

Jane bat die Kinder, sich auf eine Couch im Eingangsbereich zu setzen. Sie hatten kaum eine Minute gewartet, als die Tür, durch die sie gekommen waren, plötzlich weit aufging und Cliona mit ihrem Smartphone in der Hand eintrat.

»Mom sagt, ich soll Ihnen Gesellschaft leisten«, sagte sie. Das war wenig charmant ausgedrückt, aber in ihrem Tonfall lag auch keinerlei Verdruss. Sie trug einen silbernen Cardigan über einem schlichten schwarzen Kleid, das ihrer schlanken Figur schmeichelte. Das blonde Haar war hinten kurz, aber die Fransen vorn fielen ihr bis auf die Augen.

»Bist du Cliona? Wir haben am Telefon miteinander gesprochen ...«

»Ja.«

Cliona sah zu den beiden Kindern auf der Couch. »Möchten die zwei etwas trinken oder knabbern oder so?«

»Nein, vielen Dank, Cliona, sie brauchen nichts.«

»Und wie sieht es mit Ihnen aus?«

Sie überlegte sich, nach einem Glas Wein zu fragen, entschied sich aber dagegen. »Nein, danke.«

Cliona stand verlegen da.

Dann fiel Jane etwas ein. »Sag mal, hast du nicht gerade deinen Einundzwanzigsten gefeiert?«

»Nein. Es war für Donnerstag geplant, aber wir mussten es verschieben.«

»Ach, wie schade. Liam hat bestimmt gehofft, dass seine Krankheit deine Geburtstagspläne nicht durcheinanderbringt, und sicher hätte er nie gedacht«, Jane musste unfreiwillig scharf Luft holen, »dass er nicht mehr dabei sein würde.«

Cliona schüttelte den Kopf und lächelte. »Nein – er wusste, dass er es nicht schaffen würde. Er hat sogar einen Witz darüber gerissen, als ich ihn am Dienstag besucht habe.«

»Einen Witz?«

»Ja, er sagte: ›Ich habe alle deine Geburtstage in den letzten zehn Jahren versäumt, und ich habe nicht vor, dieses Jahr eine Ausnahme zu machen‹.«

Jane lachte kurz. »Er hatte wirklich einen fabelhaften Humor, dein Onkel.«

»Ja. Und er war auch ziemlich mutig. Er wurde entführt, wussten Sie das?«

»Ja.«

Cliona sah Jane durchdringend an. »Er sagte, es hat ihm sehr geholfen, wenn er daran dachte, wie Sie einmal von einem Verrückten entführt wurden und überlebt haben.«

Jane war verdattert. »Wirklich?«, entfuhr es ihr.

»Er hat außerdem erzählt, dass Sie den Kerl mit einer Schere gestochen haben, stimmt das?«

»Äh ...ja, aber das war reine Verzweiflung, Cliona, keine Tapferkeit.«

»Egal, er fand Sie jedenfalls ziemlich cool«, fügte Cliona beiläufig an, ehe sie sich vor die Couch kauerte und die Kinder ansprach. »Wie heißt ihr beiden denn?«

Cliona redete noch mit ihnen, als Mary einige Minuten später mit einem braunen DIN-A4-Kuvert ins Restaurant zurückkam. »Liam sagte, das soll ich Ihnen so schnell wie möglich nach der Beerdigung geben. Er sagte, er habe vorgehabt, an dem Tag, an dem Sie hier waren, mit Ihnen darüber zu reden, aber dann sei er zu müde gewesen.«

Jane hatte an jenem Nachmittag nichts davon bemerkt, dass er müde geworden war. Doch sie war wohl zu sehr mit der Geiselnahme in Istanbul beschäftigt gewesen.

»Da fällt mir ein, Mary, wir haben Sie schon einmal als Vermittlerin eingesetzt.« Sie bezog sich darauf, dass Mary einmal ein Schriftstück für sie zu Lavelle geschmuggelt hatte, als sie beide von der Polizei überwacht worden waren.

»Tja, das wird jetzt wohl das letzte Mal gewesen sein«, sagte Mary und bemühte sich zu lächeln, aber ihre Unterlippe zitterte.

Jane nahm den Umschlag entgegen, dann umarmten sie sich.

22

Eden wartete mit Hakan im Kartenraum. Sie waren vom Missionsrat gerufen und dann gebeten worden zu warten, während der Rat etwas im angrenzenden Konferenzzimmer besprach. Das Wort »Mission« war eine absichtliche Anspielung auf den Begriff, der die Aktivitäten christlicher Evangelisten beschrieb. Eden fragte sich, was Dr. Kelsey davon halten würde.

Hakan vertrieb sich die Zeit, indem er über einer digitalen Karte des Mittelmeers auf einem horizontalen, tischgroßen Bildschirm in der Mitte des Raums brütete.

»Schau mal«, sagte er und winkte sie zu sich. »Sieh dir an, was wir bisher erreicht haben.« Er betrachtete einen Bereich der mit Inseln übersäten Ägäis zwischen der Türkei und Griechenland. »Das ist der Eingang zu einer der meistbefahrenen Wasserstraßen der Welt …« Sie sah die Schriftzüge *Dardanellen, Marmarameer, Istanbul.* »Und das hier sind israelische Raketenboote …« Eine Handvoll winziger, weißblauer Sterne umringte den Eingang zu den Dardanellen. »Und hier …«, er deutete zu einer Kette weißer Halbmonde in der Meerenge, »und hier«, er fuhr mit dem Zeigefinger einen Halbkreis der Monde rund um die israelischen Schiffe nach, »ist die türkische Marine. Sie ist dort, um zu verhindern, dass die israelische Flottille den Zugang zu den Dardanellen blockiert, und sie an der Flucht zu hindern, falls sie in irgendeiner Weise gegen die Türkei vorgeht.«

»Was hoffen die Israelis zu erreichen?«, fragte Eden.

»Sie wollen *uns* in die Hände bekommen, und sie hoffen, es führt zu Ergebnissen, wenn sie die Türkei unter Druck setzen. Eine so kleine Flotte wie ihre ist nicht in der Lage, den Schiffsverkehr in der Meerenge allzu stark zu beeinträchtigen, aber indem sie die Türken zum Handeln angespornt haben, haben sie eine sehr viel effektivere Blockade geschaffen. Und rate mal, was jetzt passiert ...?«

Er fuhr mit dem Finger die Dardanellen hinauf ins Marmarameer, an Istanbul vorbei ins Schwarze Meer und dann hinüber nach Russland, wo sich eine Flut roter Punkte an den Küsten ballte.

»Der Kreml hat Israel angeprangert, weil es den internationalen Schiffsverkehr beeinträchtigt und dem russischen Handel Schaden zufügt. Deshalb mobilisiert das Land Kriegsschiffe, die russische und ukrainische Handelsschiffe ins Mittelmeer begleiten sollen. In der Zwischenzeit ...« Sein Zeigefinger glitt nach Griechenland hinüber, wo einige israelische Sterne einer größeren Zahl weißer Kreuze in der Nähe eines Landfingers gegenüberstanden. »Die Israelis glauben, wir hätten auf Athos Unterschlupf gefunden, deshalb haben sie einen Truppentransporter und eine Korvette mit einem Aufklärungshubschrauber an Bord von der Hauptflotte ausgegliedert ... Natürlich sehen die Griechen dabei nicht tatenlos zu.« Er rieb sich freudig die Hände. »Es trifft alles so ein, wie wir es erhofft haben. Selbst der Iran hat schon Schaum vor dem Mund ...«

Eden verlor das Interesse. »Wie kommt Dr. Kelsey voran? Hat sie es schon gefunden?«

»Nein. Aber ich bin mir sicher, dass sie weiß, was sie tut.«

In diesem Augenblick ging die Tür zum Konferenzraum auf, und jemand rief Hakan hinein.

Eden studierte die Karte wieder. Hätte sich etwas von alldem erreichen lassen, ohne den alten Mann zu töten? Wahrscheinlich nicht. Warum also konnte sie es nicht dabei bewenden lassen? Immerhin hatte sie mindestens einen der Wachleute selbst erschossen. Aber das konnte man als unvermeidbare Kampfhandlung einstufen. Von Hakans Taten ließ sich das nicht sagen. Oder war das nur Haarspalterei ihrerseits? Wenn man diesen Weg wählte, hieß es: alles oder nichts. Und doch konnte sie sich nicht vorstellen, das zu tun, was er mit dem Wachmann getan hatte, von dem älteren Israeli ganz zu schweigen. Es lag nicht in ihrer Natur. Aber machte das Hakan zu einem Sadisten oder zu einem überzeugten Aktivisten? War es ein Mangel ihrerseits?

Sie hörte Applaus aus dem Konferenzzimmer.

Wie alle ihre Komitees bestand der Missionsrat aus drei Mitgliedern der Auserwählten, die an einem andern Tag genauso gut in einem andern Komitee auftauchen konnten. Obwohl sie in räumlicher Nähe zu den Aktivisten lebten, waren sie praktisch anonym. Sie waren außerdem steril und sexuell inaktiv. Nur Aktivisten – die Mannschaft und die Soldaten – behielten ihre Sexualität, bis irgendwann auch sie für alle Zeit von deren Ketten befreit wurden.

Die Tür ging auf, und Hakan kam mit einem Lächeln auf den Lippen heraus. »Jetzt brauchen sie *dich*«, sagte er.

Er hielt ihr die Tür auf, und sie betrat den schwach beleuchteten Raum.

Eden kannte den Ablauf. Der einzelne Stuhl am Ende des ovalen Tischs war für sie. Die drei Mitglieder des Rats – zwei Männer und eine Frau, in diesem Fall – saßen am anderen Ende. Eine Lampe hing tief über dem Tisch und ließ die Personen größtenteils im Dunkeln.

»Du bist eine der Erwählten«, fing einer der Männer an, als Eden Platz genommen hatte. »Jenseits des Verlangens, jenseits der Weiblichkeit. Bist du auch jenseits der Furcht?«

»Ja.«

»Was ist weißes Märtyrertum?«

»Exil.«

»Was ist grünes Märtyrertum?«

»Leiden.«

»Was ist rotes Märtyrertum?«

»Tod.«

Das waren die rituellen Fragen, die jedem Mitglied gestellt wurden, das die notwendigen sieben Grade der Initiation durchlaufen hatte, um einer der Erwählten zu werden. Bei Sitzungen wie dieser war zuletzt größtenteils darauf verzichtet worden, aber die Anwesenheit ihres Gründungsdokuments, das nun an Bord war, hatte die alten Traditionen wiederaufleben lassen. Eden hatte sich ihre weiße und grüne Schärpe bereits verdient – das Exil war ihr Dauerzustand, und sie hielt weiter die verlangten asketischen Regeln ein. Diese waren nicht mehr so streng wie in den Anfangstagen der Organisation, als sie oftmals das Maß an Gesundheit und Körperkraft beeinträchtigten, das Aktivisten benötigten. Die meisten der Regeln zielten auf die Unterdrückung der Libido. Doch für alle, denen der Kampf zu viel war, standen Medikamente zur Verfügung.

Rotes Märtyrertum konnte nur posthum verliehen werden. Und Kandidaten dafür mussten alle Zwischenstufen bestanden haben, von denen es viele gab. Sie waren im Lauf der Jahre angefügt worden, da sich neue Aufgaben entwickelten, die beachtet werden mussten.

»Wir haben dich und die anderen bereits für euren Erfolg beim jüngsten Auftrag belobigt«, sagte die Frau. »Es ist nun an der Zeit, dass du eine Aktion ausführst, die dir den Zugang zum nächsten Level einbringen könnte.«

»Bist du bereit, die Mission anzunehmen, egal was die festgelegte Farbe sein mag?«, fragte der zweite Mann.

»Ich bin bereit.«

»Was ist schwarzes Märtyrertum?«, fragte die Frau.

Die Frage war ein ziemlicher Schock. Sie hatte sie nicht erwartet. »Es wird errungen, wenn ein Aktivist ein Ziel eliminiert, das weder ein Anhänger noch ein Abtrünniger ist.«

»Weiter ...«, forderte einer der Männer sie auf.

»In den Augen der Welt und selbst der Organisation kann die Zielperson Achtung verdient haben, doch die Aktivistin muss zeigen, dass sie sich über solche Gefühle erheben kann, dass sie über Skrupel, über Mitleid hinausgeht. Einfallsreichtum bei der gewählten Methode, die zur Eliminierung der Zielperson führt, wird angerechnet.«

»Richtig«, sagte die Frau. »Und wir haben ihn Hakan für die Exekution des Israelis in der Hagia Sophia zuerkannt.«

Deshalb also der Applaus.

»Bewältige deine nächste Aufgabe, und du wirst die schwarze Schärpe erhalten«, sagte der Mann, der zuerst gesprochen hatte. »Bist du dazu fähig?«

»Ja«, sagte Eden sofort. Auf die nächste Stufe zu gelangen musste immer das Ziel sein. Egal um welchen Preis. Rotes Märtyrertum hieß, man gab sein Leben. Schwarzes Märtyrertum hieß, man verlor seine Seele.

23

Pfarrer Mitri Kamarda hätte lieber ein Glas Wein getrunken als einen Espresso. Wein verlangsamte seine Gedanken, aber Kaffee ließ sie in sämtliche Richtungen sausen, ungeachtet aller Behauptungen, wonach Koffein angeblich die Konzentration förderte. Aber wenn er dem ersten Glas Wein ein zweites folgen ließ, was wahrscheinlich war, wäre sein Denken nicht nur langsam, sondern träge und ziellos geworden, und das konnte er im Augenblick nicht gebrauchen.

Er hätte sich natürlich hinsetzen und alles in der Abgeschiedenheit des Pfarrhauses durchdenken können, anstatt an einem geschäftigen Samstagnachmittag in aller Öffentlichkeit vor Massimos Bar. Doch er fand, dass es wichtig war, nach außen hin ruhig zu wirken und seinem normalen Tagesablauf zu folgen. Abgesehen davon war es ein wunderschöner Nachmittag, und die jüngeren Frauen des Dorfs – von denen man dieser Tage nicht mehr allzu viele sah in Collalba – trugen ihre Sommerkleider, was sie zu einer noch größeren Augenweide machte als sonst. Dass er ein zölibatär lebender Priester war, bedeutete nicht, dass er ihre Attraktivität nicht zur Kenntnis nahm, auch wenn er neuerdings bemerkte, dass seine Reaktion auf die weibliche Gestalt zunehmend ästhetischer statt sinnlicher Natur war. Was nicht schlecht war, da es das schmerzliche Verlangen durch etwas ersetzte, das eher Bewunderung glich.

Würde sich das ändern, wenn er über Nacht reich wurde? Nach allem, was er gelesen und gesehen hatte, war Reichtum keine Garantie für Glück. Doch er wusste auch, dass er häufig an jene verschwendet wurde, denen die Fähigkeit fehlte, ihn zu genießen – beschränkte Menschen mit derben Vorlieben. Wie Elvis Presley. Er führte den Sänger oft als Beispiel an, wenn er über das Thema predigte. Presley war bekannt für seine Liebe zu Junkfood und anspruchsloser Unterhaltung, und er konsumierte Frauen wie am Fließband, aber ohne viel Finesse oder Befriedigung für sie oder ihn selbst. Letzten Endes konnte man nur eine bestimmte Menge Fritten in sich hineinstopfen und Fernsehsendungen anschauen und nur mit soundso vielen Frauen schlafen. Der Tag hatte nur eine bestimmte Anzahl wacher Stunden. Diese Erkenntnis hatte Presley wahrscheinlich dazu gebracht, sich mithilfe von Medikamenten in die gewünschte Stimmung zu versetzen, und vielleicht betäubte er mit ihnen auch das bohrende Gefühl, dass sein Leben bedeutungslos war.

Das Koffein, die von Pfarrer Kamarda dieser Tage bevorzugte Droge, tat seine übliche Wirkung – seine Gedanken schossen in alle Richtungen. Um sich wieder zu konzentrieren, begann er, über die Folge der Ereignisse seit der Überführung von Enzo Bua und seiner Tochter in die Krypta nachzudenken.

Wie er Giuseppe Rinaldi damals beim Aufsperren der Türen erklärt hatte, war jede Tür mit einem eigenen Vorhängeschloss versehen, deren Schlüssel verschiedene Leute im Dorf aufbewahrten – das Oberhaupt der Familie Bua und der Gemeindepriester. So konnte die Krypta nur mit Erlaubnis beider Parteien geöffnet werden. Es war eine Tradition, die darauf basierte, wie auch der Kaiser und der Patriarch in Konstantinopel – Kirche und Staat – häufig gemeinsamen Zugang zu wichtigen Dokumenten oder Gegenständen gehabt hatten. In diesem Fall sollte es einen zusätzlichen Schutz für das Artefakt in der Krypta bewirken. Keinesfalls ein perfektes System, aber im späten 19. Jahrhundert, als das Banditentum in diesem Teil Süditaliens grassierte, ermöglichte es einem oder beiden Schlüsselinhabern, zu fliehen oder den Schlüssel irgendwo zu verstecken, sobald Alarm geschlagen wurde.

Es gab sogar eine bizarre Legende über Jovan Bua, ein Familienmitglied, das von einer Bande umherstreifender Briganten gefangen genommen worden war und seinen Schlüssel schluckte, anstatt ihn auszuhändigen. Der Anführer der Bande, der für seine Bösartigkeit und Blutrünstigkeit berüchtigt war, öffnete Jovan Buas Unterleib, um ihm den Schlüssel aus dem Magen zu holen, nur um zu entdecken, dass der Mann keinerlei innere Organe besaß. Worauf Jovan den Schlüssel unter seiner Zunge hervorholte und dem Banditen ins Gesicht lachte. Der Bandit fiel auf der Stelle tot um, da ihm klar wurde, dass er einem der wandelnden Toten begegnet war.

In einer abergläubischen Gegend wie der Basilikata waren Geschichten wie diese ein zusätzliches Abschreckungsmittel für Möchtegerndiebe.

Aber jetzt gab es keinen nächsten Angehörigen, an den man den Bua-Schlüssel weitergeben konnte, deshalb hatte ihn Pfarrer Kamarda an sich genommen, bis eine Dorfversammlung entscheiden würde, was zu tun sei. Vielleicht sollte er vorschlagen, eine Alarmanlage zu installieren, dachte er und lächelte über seinen trockenen Humor.

In diesem Moment kam eine junge Frau über die Straße, und ihr Rock rauschte hörbar, als sie an ihm vorbeiging, um sich zu einem Mann an einen der Tische zu setzen. Kamarda genoss die Vorstellung, wie der Stoff an ihre Glieder strich, und verstärkte sie, indem er ihr Parfüm einatmete, das für einige wonnige Augenblicke in der Luft hing.

Tatsächlich hatte er den Schlüssel von Enzo Bua selbst bekommen, an dem Abend, bevor der arme Mann versucht hatte, die sterblichen Überreste seiner Tochter vom Friedhof in Sant'Elia zu holen. Er war mit einem Bündel Briefe in einem Gummiband im Pfarrhaus aufgekreuzt, und unter ihnen war ein Kuvert mit dem Schlüssel.

»Enzo hat dauernd davon geredet, dass er Briefe von einem Kunsthändler in Neapel erhielt«, hatte Pfarrer Kamarda zu Rinaldi gesagt, als er die zweite Tür geöffnet hatte. »Er sagte, sie würden anfragen, ob die Ikone verkäuflich sei.«

Rinaldi hatte geantwortet, das überrasche ihn nicht. Kunsthändler und Museen würden ständig solche Briefe verschicken. Sie versuchten es aufs Geratewohl – die Hoffnung auf einen Glückstreffer, weil eine Familie ein Artefakt verkaufen musste, um Schulden zu begleichen, oder weil ein Kloster aufgelöst oder eine Kirche geschlossen wurde und Möbel und Sakralgegenstände deshalb auf den Markt kamen. Und in der Basilikata bestand immer die Chance, eine Statue oder Ikone zu finden, die mit den Einsiedlern zu tun hatte, die früher die Höhlen bewohnten.

Die Frage, die Kamarda von Rinaldi erwartet hatte, war, wieso der Kunsthändler überhaupt mit Enzo Bua korrespondiert hatte. Immerhin war das geschehen, bevor die Umstände seines Todes für so viel öffentliche Aufmerksamkeit gesorgt hatten. Aber Rinaldi stellte die Frage nicht, da er in diesem Moment davon abgelenkt wurde, dass sie die Krypta betraten. Nicht dass Kamarda seine Frage zu diesem Zeitpunkt hätte beantworten können, denn er hatte die Korrespondenz erst noch lesen müssen. Auch war er nicht dazu gekommen, Rinaldi zu erzählen, was Bua an jenem Abend noch gesagt hatte: »Die Geier sammeln sich, Hochwürden. Sie müssen wissen, dass die letzten Tage angebrochen sind. Meine Tochter wurde geraubt, und außer mir ist niemand übrig, um die Ikone zu bewachen. Und das können nur die Toten tun.«

Pfarrer Kamarda hatte ihn mit einer Mischung aus Verwunderung und Neugier betrachtet. Enzo Bua war nicht der Mann, der plötzlich wie ein biblischer Prophet sprach. Das einzig Exzentrische an ihm war, dass er hartnäckig Hüte trug, die immer zu klein für seinen Kopf wirkten.

»Reißen Sie sich zusammen, Enzo«, hatte er schließlich erwidert. »Immerhin sind es die Lebenden wie wir, die in Wirklichkeit die Ikone bewachen. Der Grund, warum Sie und Ihre Vorfahren am letzten Tag glorreich auferstehen werden, ist nicht nur der Dienst, den Sie im Tod geleistet haben, sondern auch – und wichtiger noch – in Ihrem Leben.« Obwohl er die Tradition rund um die Ikone verabscheute, war dies nicht der Moment gewesen, sie schlechtzumachen. Bua litt sichtlich unter einem seelischen Kummer.

»Ich dachte, ich hätte eine irdische Belohnung verdient, Hochwürden. Deshalb werde ich nicht auferstehen wie die andern«, hatte Bua gesagt und den beinahe zahnlosen Mund zu einem gequälten Grinsen verzogen. »Also spielt es jetzt keine Rolle mehr.« Dann hatte er in nüchternerem

Tonfall angefügt: »Wenn Shpresa mit mir zurückkommt, müssen Sie mir helfen, die Krypta für sie zu öffnen. Wenn nicht, müssen Sie sie für *mich* öffnen. Deshalb gebe ich Ihnen den zweiten Schlüssel.«

Pfarrer Kamarda hatte sich nun ernsthaft Sorgen gemacht. Bua redete Unsinn. Aber bevor er versuchen konnte, ihm zu entlocken, wovon er überhaupt sprach, hatte Bua auf dem Absatz kehrtgemacht und war gegangen.

Jetzt war natürlich alles klar. Umso mehr, da er die Briefe gelesen hatte.

Es waren insgesamt sechs Stück, alle noch in ihren Kuverts, sodass er sie anhand der Poststempel ordnen konnte. Der erste war im vergangenen September eingetroffen. Als Kamarda das Schreiben aus dem Kuvert zog, fiel ein Zeitungsausschnitt heraus. Es war eine kleine Annonce in der Sprache der Arbëresh und musste also aus einer der Zeitungen stammen, die in den albanischen Gemeinden Süditaliens zirkulierten.

Führender neapolitanischer Kunsthändler sucht historische Artefakte albanischen Ursprungs.

Viele Angehörige der Arbëresh-Gemeinden in der Basilikata, in Kalabrien und Molise sind Nachfahren der albanischen Diaspora, die nach der ottomanischen Eroberung im 15. Jahrhundert begann. Diese Flüchtlinge, Laien wie Geistliche, brachten häufig Devotionalien, insbesondere Ikonen mit, die noch aus der Zeit vor dem Fall Konstantinopels stammen. Wenn Sie, als Einzelperson oder als Gemeinde, im Besitz eines solchen Objekts sind, wissen Sie möglicherweise nichts von seiner Herkunft, seiner kunstgeschichtlichen Bedeutung oder seinem finanziellen Wert. Wir bieten ausgewählten Klienten eine kostenlose und diskrete Wertbestimmung an.

In der Annonce war die Nummer eines Postfachs angegeben, an das man ein Foto des zu schätzenden Gegenstands zusammen mit einem kurzen Bericht der bekannten Geschichte schicken sollte.

Bua hatte offensichtlich ein Foto der Ikone eingeschickt, denn in dem Brief mit der ausgeschnittenen Anzeige dankte man ihm für die Zusendung und versprach zu gegebener Zeit eine vollständige Antwort. Der Briefkopf lautete: *La Galleria d'Arte Antica*, unterzeichnet hatte eine Natalia Flamigni. Es gab jedoch keine weiteren Kontaktangaben.

Kamarda wunderte sich, was Bua dazu getrieben hatte, mit dem Kunsthändler Kontakt aufzunehmen, aber er nahm an, es hatte mit der seelischen Verfassung nach dem Tod seiner Tochter zu tun, der etwa um diese Zeit passiert war. Es wäre nicht schwer für ihn gewesen, ein Foto der Ikone zu machen, da er de facto der Hausmeister der Krypta war und häufig Kamardas Schlüssel im Pfarrhaus abholte, weil er dieses oder jenes dort tun musste.

In ihrem zweiten Brief informierte Natalia Flamigni Bua, dass die Ikone sehr alt und möglicherweise wertvoll zu sein schien; für eine vollständige Beurteilung müsse das Artefakt selbst jedoch von einem Experten untersucht werden. Diesem Brief nach schien Bua vorsichtig darin gewesen zu sein, der Händlerin gewisse Einzelheiten mitzuteilen und sie sogar bezüglich des Aufenthaltsorts der Ikone in die Irre geführt zu haben, denn sie sprach in dem Brief von dem nahen, ähnlich klingenden Ort Colobraro statt von Collalba. Sie wies auch darauf hin, dass Bua nicht erklärt habe, ob er der Eigentümer der Ikone war oder in einer Position, Verhandlungen sie betreffend zu führen.

Was diesen letzten Punkt anging, schien er sie jedoch zufriedengestellt zu haben, denn in ihrem nächsten Brief schrieb sie, die Galerie würde in Kürze ein Team von Schätzern in die Region schicken und ihn darüber informieren, wohin er die Ikone bringen sollte. Oder, falls ihm das lieber sei, könne sie auch arrangieren, dass einer von ihnen nach »Colobraro« fahre und sie dort ansehe.

Bua musste an diesem Punkt in Panik geraten sein und einen Rückzieher gemacht haben, denn die nächsten beiden Briefe waren beinahe gleichlautende Appelle an ihn, sich zu melden. Auch eine Spur Frustration – oder war es Verzweiflung – hatte sich eingeschlichen. Flamigni schrieb, das Foto, das er geschickt habe, sei nicht optimal, und fragte, ob er eine bessere digitale Version schicken könne, und sie fügte an, damit ließe sich die Ikone vielleicht provisorisch beurteilen, bis sie zu einem zukünftigen Termin richtig untersucht werden konnte. Pfarrer Kamarda wusste, dass Bua keinen E-Mail-Account hatte, weshalb es unwahrscheinlich war, dass er ihr das gewünschte hochwertige Foto geschickt hatte.

Was den letzten Brief umso erstaunlicher machte. Darin informierte die Kunsthändlerin Bua, die Ikone würde, sollte sie sich als echt herausstellen, wahrscheinlich im Bereich von etwa dreihunderttausend Euro liegen. Sie schrieb sogar, sie habe bereits einen potenziellen Käufer bereitstehen. Diesmal fügte sie eine Telefonnummer an und drängte ihn, sich zu melden. Und von der Eigentümerfrage an der Ikone war nicht mehr die Rede.

Damit hatte Pfarrer Kamarda eine Entscheidung treffen müssen.

Er leerte das braune Kaffee-Zucker-Gemisch vom Boden seiner Tasse und fragte sich, ob Natalia Flamigni wohl hübsch anzusehen war.

24

RUSSLAND MACHT SCHWARZMEERFLOTTE MOBIL
Seit Langem bestehendes Abkommen erlaubt Kriegsschiffen die Durchfahrt durch Bosporus und Dardanellen.

IRAN: ISRAELS »ZIONISTISCHE ZIELE«
EINE BEDROHUNG FÜR DEN WELTFRIEDEN

ATHEN WIRFT ISRAEL EINDRINGEN AUF SEIN STAATSGEBIET VOR
Klösterliche Gemeinschaften berichten von israelischen Aufklärungsoperationen.

Die Schlagzeilen der britischen und irischen Zeitungen, die über Orhuns Schreibtisch verstreut lagen, waren kaum zu übersehen. Er stand auf und ging zum Fenster, wo er die vertikale Jalousie einen Spalt öffnete und einmal mehr auf den Kirschbaum hinunterblickte. Das böige Wetter des vorherigen Tages hatte ihn fast aller Blüten beraubt, die ohnehin schon am Verblühen gewesen waren. Der Regen, der jetzt fiel, hatte noch mehr Blüten abfallen lassen, und sie bildeten nun einen weißen Strahlenkranz auf dem breiten Weg unter dem Baum. Es erinnerte ihn an die mittlere Scheibe des Omphalion in der Hagia Sophia, die er voller

Blutspritzer im Fernsehen gesehen hatte. Er krümmte sich innerlich bei dem Gedanken daran.

Es hatte so viel ausgelöst. Selbst Russland stürzte sich jetzt ins Getümmel. Orhun war nicht der Einzige im diplomatischen Dienst, der glaubte, dass das alles nur schlimmer machen würde: Wenn die Seestreitkräfte von drei Nationen bei angespannter Lage in einer Meerenge miteinander in Berührung kamen, war Ärger vorprogrammiert. Und es waren sogar vier Länder, wenn man Griechenland dazuzählte, dessen Marine in der Ägäis, nicht weit von der Halbinsel mit dem Berg Athos patrouillierte.

Streitigkeiten über Hoheitsrechte an Ägäis-Inseln waren traditionell eine Quelle der Feindseligkeit zwischen Griechenland und der Türkei. Die Israelis hatten einen boshaften Versuch unternommen, diesen Umstand auszubeuten: Da die klösterlichen Gemeinschaften auf Athos unter die Zuständigkeit des Patriarchen von Konstantinopel fielen, der per Gesetz türkischer Bürger sein musste, so ihr Vorschlag, sollte Griechenland der Türkei erlauben, auf der Halbinsel zu landen und die Terroristen aufzuscheuchen. Dabei wurde die Tatsache ignoriert, dass die Parusie-Gemeinde – die angeblich Verbindungen mit der Brigade hatte – den Patriarchen eben nicht als ihr Oberhaupt anerkannte, aber das ging unter in der schrillen Flut der Beleidigungen, die nun von beiden Seiten ausgestoßen wurden.

Mittlerweile gärten die Gerüchte im Internet: Der Iran würde die Straße von Hormus sperren und die Ölversorgung des Westens abwürgen. Die Israelis bereiteten sich auf einen Schlag gegen iranische Atomanlagen vor, wie sie es früher schon getan hatten. Und die Börsen rund um die Welt waren im freien Fall.

Orhun ließ die Jalousie los und kehrte an seinen Schreibtisch zurück, um auf den angekündigten Anruf von Ersin Karatay zu warten. Anschließend würde er sich für eine Gartenparty in der Residenz des Botschafters fertig machen müssen.

Er hatte gerade begonnen, die Zeitungen auf seinem Schreibtisch aufzuräumen, als das Telefon läutete. Er ließ es eine Minute schrillen, wie vereinbart, dann nahm er ab. »Ersin?«, sagte er vorsichtig.

»Ersin Karatay arbeitet nicht mehr hier«, ertönte eine offiziell klingende Stimme.

Orhun erstarrte.

»Und wir fordern Sie auf, Ihren Posten zu räumen und in die Türkei zurückzu...« Der Anrufer hielt inne, um ein Lachen zu unterdrücken.

»Ersin, du Mistkerl«, sagte Orhun. »Wenn ich tatsächlich nach Hause komme, schiebe ich dir ein Minarett in den Arsch.«

»Mhm ... Ich werde dich daran erinnern, Demir.«

Orhun dachte an Karatays fein gezeichnetes Gesicht und seine manchmal aufreizend tuntenhafte Persönlichkeit. Er konnte sich ein Lächeln nicht verkneifen.

»Du klingst nervös heute Morgen, mein Freund«, fuhr Karatay fort. »Nur die Ruhe. Wir haben nichts Verdächtiges im Sinn – außer dass wir über eine sichere Leitung über höchst geheime Dinge reden.«

Sie hatten einen Sonntagmorgen gewählt, da es eine ruhige Zeit im Außenministerium in Ankara sein würde und niemand außer Orhun in der Botschaft in Dublin war. Aber Karatay wusste sehr gut, dass am türkischen Ende jemand durchaus das Gespräch überwachen konnte.

»Was ist in unserer Welt schon normal, hm?«, ließ Orhun Karatays Versuch, ihn zu erschüttern, ins Leere laufen.

»Da hast du recht. Und was sagst du zu der neuesten Entwicklung? Russland eilt den heiligen Mönchen auf Athos zu Hilfe. Lenin muss sich im Grab umdrehen.«

»Jetzt hast du mich auf dem falschen Fuß erwischt, Ersin. Davon habe ich in den Zeitungen nichts gesehen.«

»Du meine Güte, Demir – *Zeitungen*, ja? Wach auf, Mann.«

»Zeitungen zu lesen gehört zu meinem Job. Also, erzähl, was los ist.«

»Goliath hat David befohlen, die Mönche nicht länger einzuschüchtern. Sie sagen, Athos ist ein Zentrum christlicher Spiritualität, mit dem sie schon in vorsowjetischer Zeit verbunden waren. Dass es unter den Ottomanen im 15. Jahrhundert beinahe ausgelöscht wurde und ohne finanzielle Hilfe aus Russland nicht überlebt hätte. Also lasst sie in Ruhe, sagen sie, sonst bekommt ihr es mit uns zu tun. Ist das zu fassen?«

»Dass Russland und Israel wegen eines Außenpostens griechischen Klosterlebens die Klingen kreuzen? Auf die Idee wäre ich nie gekommen.«

»Aber ist das nicht genau die Sorte von Nebenthema, das einen größeren Konflikt auslösen könnte? Wie die Ermordung von Erzherzog Franz Ferdinand durch einen serbischen Terroristen 1914? In Sarajewo, ausgerechnet. Dann kommen all die schwelenden Feindseligkeiten an die Oberfläche, die Militärbündnisse greifen, und dann – bum, bum, bum – ein Gemetzel von bis dahin unvorstellbarem Ausmaß.«

»Immer langsam, Ersin. Wir im diplomatischen Dienst werden dafür bezahlt, uns mögliche Szenarien vorzustellen, nicht dafür, uns davon hinreißen zu lassen.«

»Merk dir, was ich gesagt habe. Also, wo waren wir?«

»Du solltest dich mit den neuesten Informationen über die Belisarius Brigade und ihre, sagen wir, Nebenthemen bei mir melden.«

»Ja, richtig. Was ich bisher in Erfahrung bringen konnte, ist, dass unser geliebter militärischer Geheimdienst glaubt, die Brigade würde unter falscher Flagge operieren …«

»Wirklich? Zwei Wochen sind vergangen, und das ist alles, was unser Geheimdienst ans Licht bringt?«

»Lass mich doch erst einmal ausreden, okay?«

»Ah, es kommt noch mehr. Das ist gut.«

»Natürlich kommt noch mehr. Wie wir von den Geiseln wissen, bestand die Bande – fünf Männer und zwei Frauen, übrigens – aus Angehörigen verschiedener Nationalitäten. Der türkische Nachrichtendienst MIT sagt, der Anführer ist ein türkischstämmiger Amerikaner, der sich mit einem der Wachmänner angefreundet und ihn davon überzeugt hat, sie seien militante Islamisten, die erreichen wollten, dass die Hagia Sophia in eine Moschee zurückverwandelt wird.«

»Was, wie wir inzwischen wissen, auf ihrer Prioritätenliste ganz weit unten stand, falls es überhaupt je drauf war. Was für einen Zweck haben sie dann aber tatsächlich verfolgt? Wissen wir das?«

»Außer den Nahen Osten und den Mittelmeerraum zu destabilisieren, meinst du? Ich bin jetzt natürlich sarkastisch. Tatsächlich scheint es mir nun so, als stünden die scheinbaren Kleinigkeiten in Zusammenhang mit dem größeren Ziel dieser Leute. Schau dir nur an, wie dieser Schutzbrief Mohammeds plötzlich damit verknüpft ist. Und unter uns gesagt hängt da mehr dran, als man aus den Berichten erfährt.«

»Wirklich?«

»Ja, und ich darf unter gar keinen Umständen darüber reden. Topsecret, verstehst du. Weshalb ich es dir erzähle.«

Orhun lachte. Karatay setzte sich gern über gewisse Beamte hinweg, mit denen er in der staatlichen Nachrichtenagentur arbeitete – und fürchtete sie zugleich. In ihrer Nähe war es für schwule Männer wie Ersin am besten, sie behielten ihre sexuelle Orientierung für sich. In gewisser Weise waren sie beide Außenseiter – als Journalist bei einer liberalen Tageszeitung war Orhun oft kritisch gegenüber dem offiziellen Sprachrohr des Staates gewesen. Und auch wenn er sich nun vom Bock zum Gärtner gewandelt haben mochte, wurde er nicht unbedingt warm mit bestimmten Offiziellen.

»Ich bin nicht so töricht, es dir rundheraus zu sagen, Demir, du wirst also zwischen den Zeilen lesen müssen. Ich nehme an, du hast dich schlaugemacht, was das Ahdname ist?«

»Ja. Was können sie nur wollen mit ihm?«

»Mit *ihnen*. Es gibt mindestens zwei Kopien. Anscheinend wollten sie aus irgendeinem Grund, dass die ägyptische und die griechische Version verglichen werden.«

»Deshalb benutzen sie die ägyptische Geisel als Druckmittel, um Zugang zu dem Dokument im Katharinenkloster zu erhalten.«

»Ja. Und dazu gehörte, dass die ägyptische Regierung die Zustimmung des Abts bekommen musste.«

»Und was ist mit Athos?«

»Da gab es kein Problem. Vermutlich, weil sie bereits einen Fuß in der Tür haben. Mit diesem Parusie-Kloster, meine ich.«

»Wirklich? Nur dass das gar nicht das Kloster ist, das die Kopie des Ahdname hat. Und sie sind alle unabhängig voneinander, vergiss das nicht.«

»Du hast deine Hausaufgaben aber wirklich gemacht, Demir.«

»Ein bisschen. Ich weiß außerdem, dass es Frauen nicht erlaubt ist, einen Fuß auf Athos zu setzen.«

»Ein nur von Männern bewohntes Land. Was für eine entzückende Aussicht.«

»Ich erwähne das, weil du von zwei Frauen in der Bande gesprochen hast. Deshalb ist es unwahrscheinlich, dass sie auf der Halbinsel gelandet sind.«

»Da könntest du recht haben.«

»Aber wenn wir Türken schon halb überzeugt sind, dass sie dort an Land gegangen sind, wer kann es dann den Israelis verübeln, wenn sie es ebenfalls glauben?«

»Demir. Hast du gehört, was ich sagte?«

Orhun dachte kurz nach. »Oh. Sie sind also *nicht* auf Athos. Bist du dir sicher? Aber warum …«

»Vielleicht wollen wir, dass die Israelis es glauben.«

»Ich kann dir nicht folgen, Ersin.«

Karatay seufzte. »Wir haben Geheimdienstmaterial von den Vereinigten Staaten bekommen. Sobald die Bande an Bord des Hubschraubers gegangen war, wurden ihre Bewegungen von einem Spionagesatelliten überwacht. Einer der Vorzüge davon, dass wir in der NATO sind.«

»Wo sind sie dann jetzt? Und warum unternehmen wir oder die Vereinigten Staaten nichts?«

»Am Tag, nachdem sie auf der Insel landeten, wurde die Bande von einem Schiff abgeholt – und ich rede von einem Schiff, das fünfzig und mehr Passagiere und Besatzung aufnehmen kann. Man versteht, warum sie so viel Geld von uns erpressen mussten, nicht wahr? Jedenfalls haben sich die Amerikaner in das AIS des Kahns eingeklinkt …«

»Wofür steht das?«, unterbrach Orhun.

»Automatic Identification System. Es ist für größere Schiffe vorgeschrieben und liefert alle möglichen Informationen wie aktuelle Position und Bestimmungsort. In diesem Fall zeigte es, dass das Ziel der Sueskanal war, genau auf der anderen Seite des Mittelmeers. Freie Durchfahrt durch den Kanal war offenbar ein Bestandteil des Abkommens, das die Bande mit der ägyptischen Regierung ausgehandelt hat. So, ich habe es dir gesagt. Puh.«

»Durch den Sueskanal. Aber warum sollten …« Ein Bild der wie eine Pfeilspitze geformten Sinaihalbinsel auf der östlichen Seite des Kanals tauchte vor Orhuns geistigem Auge auf. »Ich verstehe – sie wollten zum Katharinenkloster.«

»Mit einer Paläografin an Bord, die Mohammeds Schutzbrief untersuchen sollte. Eine Amerikanerin offenbar, und sehr geachtet auf ihrem Gebiet.«

»Aber wieso per Schiff? Wieso haben sie die Wissenschaftlerin nicht einfach zum nächsten Flughafen geflogen?«

»Hm. Gute Frage. Vielleicht lässt es sich auf diese Weise besser geheim halten. Jedenfalls sind sie vor einer Woche im Hafen El-Tor vor Anker gegangen und wurden zuletzt am Freitag beobachtet, als sie den Golf von Sues wieder hinaufgefahren sind. Sie waren also auf dem Sinai, praktisch vor der Nase der Israelis.«

Orhun war baff. Er musste das, was ihm Karatay gerade erzählt hatte, in einen größeren Zusammenhang bringen. »Nur um zu sehen, ob ich recht verstanden habe – die ganze Zeit, in der die Israelis nach Norden, in Richtung Türkei gedampft sind, waren die Terroristen auf dem Weg nach Süden, nach Ägypten? *Und wir wussten es?* Das ergibt keinen Sinn, Ersin. Von allem anderen abgesehen hätten es die Amerikaner den Israelis gesagt. Es wäre eine perfekte Gelegenheit für sie gewesen, die Bande aus dem Wasser zu fischen.«

Karatay hüstelte nervös. »Aber verstehst du denn nicht, in welch heikler Lage wir waren? Ägypten ist einer unserer engsten Verbündeten im Nahen Osten, wohingegen die Beziehungen zu Israel bestenfalls frostig sind. Kairo wusste, sobald die Israelis herausfinden würden, was lief, würden sie das Schiff der Bande sofort angreifen, selbst wenn es den Sueskanal schon erreicht hätte. Und das hätte zu einem Krieg zwischen zwei alten Feinden, zur Schließung des Kanals und zu einer schwerwiegenden Unterbrechung der Ölversorgung des Westens führen können. Die Tatsache, dass eine angesehene amerikanische Wissenschaftlerin an Bord war, war ein weiterer Faktor. Deshalb haben wir eine Vereinbarung mit Washington getroffen: Die Türkei würde die Blockade erdulden, bis die Ägypter ihre Angelegenheit erledigt haben, aber sobald das Schiff der Belisarius Brigade in internationale Gewässer zurückkehrte, würden die Israelis einen Tipp bekommen.«

»Aber in der Zwischenzeit hat sich die Lage komplizierter gestaltet«, sagte Orhun. »Griechenland und Russland sind aus dem Häuschen, und mit ihnen, Israel und uns selbst sind bald so viele Seestreitkräfte in der Ägäis versammelt, wie es Inseln gibt. Und je länger das geht, desto größer die Gefahr, dass es zu einem Zusammenstoß zwischen einigen oder allen kommt.«

»Stimmt. Aber wir können nicht alles kontrollieren. So – ich mache jetzt besser Schluss.«

»Sag noch rasch, ob du etwas von dieser Zeitbüchse gehört hast.«

»Nein. In dieser Sache haben wir unsere Finger sowieso nicht drin.«

»Konnte irgendwer bestätigen, ob sie überhaupt existiert?«

Karatay antwortete nicht.

Die Leitung war tot.

25

Während Orhun auf Karatays Anruf wartete, kamen Jane und ihre beiden Kinder aus der Kirche ihres Orts, wo sie einem Familiengottesdienst beigewohnt hatten. Die Pfarrerin, Reverend Eleanor Hawksby, die das graue Haar in Form einer Puddingschale trug, stand auf dem obersten Treppenabsatz und plauderte mit ihren Gemeindemitgliedern, als diese die Kirche verließen.

Am Ende ihrer Predigt hatte die Pfarrerin die Versammlung aufgefordert, um Frieden zu beten, und angefügt, die Welt scheine wild entschlossen zur Zerstörung zu sein. Das hatte offenbar Scotts Aufmerksamkeit erregt, denn gerade als sie an Hawksby vorbeigingen, fragte er Jane, was wild entschlossen zur Zerstörung bedeutete.

Die Pfarrerin tätschelte Scott den Kopf. »Schön zu wissen, dass jemand zugehört hat«, sagte sie und strahlte Jane an.

»Ja«, sagte Jane und fügte heftiger als geplant hinzu: »Aber er will es wirklich erklärt haben.«

»Natürlich will er das«, sagte die Pfarrerin leicht erschrocken. Sie grüßte ein weiteres Gemeindemitglied, dann lächelte sie und nickte Jane zu, wie um anzudeuten, sie habe ihren Moment gehabt.

»Nein, ich meine es ernst«, ließ Jane nicht locker. »Können wir darüber reden?«

Reverend Hawksby sah sie verwirrt an, lächelte einem älteren Paar zu und sagte: »Selbstverständlich. Wenn es Ihnen nichts ausmacht zu warten.«

Jane ging in den Kirchenvorraum zurück, um den aus der Kirche strömenden Leuten nicht im Weg zu stehen. Sie hielt die Hände ihrer Kinder, und nachdem sie eine Zeit lang gewartet hatten, begann Bethann, sie in Richtung Tür zu ziehen. »Komm, Mommy.«

»Warte, Bethann. Es dauert nicht lange, versprochen.« Aus irgendeinem Grund glaubte sie, diese Geschichte nicht auf sich beruhen lassen zu dürfen.

Dann bemerkte sie, dass Scott den Kopf hängen ließ und auf den Boden starrte. »Alles in Ordnung, Scotty?«

»War ich ungezogen?«, fragte er mit verzagter Stimme.

»Aber nein, Schatz, überhaupt nicht«, versicherte sie ihm. »Ganz im Gegenteil – das war eine sehr gute Frage.« Sobald sie es gesagt hatte, wusste Jane, dass es eine merkwürdige Verkündigung war. Sie schüttelte den Kopf, als hätte etwas vorübergehend ihre normale Gehirntätigkeit beeinträchtigt.

»Ich ... Ich will, dass *Sie* es mir sagen«, sagte Scott und sah ängstlich zu Reverend Hawksby hinauf, die ihre Hand dem ernsten Griff des letzten verbliebenen Mitglieds ihrer Herde zu entziehen versuchte.

Jane fragte sich, warum sie die Sache mit der Pfarrerin überhaupt angefangen hatte. Sie fühlte sich ein wenig gereizt, und das lag vermutlich daran, dass sie verkatert war. Aber normalerweise fuhr sie deshalb nicht irgendwelche Leute in aller Öffentlichkeit an.

»Wollen Sie nicht wieder mit hereinkommen?«, fragte

die Pfarrerin fröhlich, nachdem sie sich schließlich befreit hatte. »Dann können wir uns wenigstens setzen.«

Das Innere der Kirche war noch erfüllt von den warmen Ausdünstungen der Menschen.

»Jane, nicht wahr?«, sagte Hawksby und führte sie zu einer Bank. »Und Scott und … Bethann?«

»Richtig«, sagte Jane. Sie wäre jetzt überall sonst lieber gewesen als hier. Was hatte sie sich nur dabei gedacht?

Reverend Hawksby setzte sich auf eine Bank vor ihnen und drehte sich um. »So, junger Mann, jetzt zu deiner Frage. Wie war sie gleich noch?«

Scott sah von einer Erwachsenen zur andern.

Bringen wir es hinter uns, sagte sich Jane. »Schon gut, Scott. Er ist schüchtern«, erklärte sie der Pfarrerin. »Was er wissen wollte, war, was wild entschlossen zur Zerstörung bedeutet.«

»Ach, ja. Es bedeutet, dass wir manchmal im Griff von etwas zu sein scheinen, das wir nicht mehr beenden können – auch wenn wir wissen, dass es zu unserer eigenen Vernichtung führen wird.«

Die Pfarrerin sah Jane an, die sie nur anstarrte.

»Hm, Sie haben recht, das ist viel zu erwachsen«, sagte Hawksby, die Janes Reaktion falsch interpretierte. »Am besten du stellst es dir so vor, dass man dir erklärt hat, wenn du zu viel süßes Gebäck isst, wird dir schlecht, und trotzdem gehst du her und isst es. Verstehst du es jetzt, Scott?«

Scott nickte und murmelte etwas zur Bestätigung, dass er verstanden hatte.

Jane nahm rasch die Kinder an der Hand und dankte der Pfarrerin.

Sobald sie außerhalb der Kirche war, holte sie tief Luft. Die unheimliche Bemerkung der Pfarrerin über Selbstzerstörung hatte sie auf dem falschen Fuß erwischt. Während des gesamten Gottesdiensts hatte sie sich nämlich in der Erinnerung daran gekrümmt, was in der Nacht vorgefallen war. Sie war vor dem Fernseher eingeschlafen – oder weggetreten, das traf es eher – und gegen zwei Uhr nachts mit einem zur Seite gekippten Weinglas in der Hand wieder aufgewacht. Da das Glas leer war, nahm sie an, dass sie es ausgetrunken hatte, aber als sie sich mühsam aufrichtete, sah sie einen dunklen Fleck, wo der billige Shiraz seitlich an der weißen Ledercouch hinunter und in den Spalt zwischen Lehne und Sitz geflossen war. Etwas war auf die Sitzfläche selbst gelaufen, und als sie aufstand, merkte sie, dass ihr Rock daran festklebte.

Wenn der Weinfleck nicht mehr rausging, würde sie es Debbie sagen und sich bei ihr entschuldigen müssen. Die Aussicht darauf war schon schlimm genug, aber außerdem ging sie heute Nachmittag noch zu einem Gartenfest in der Residenz des türkischen Botschafters und würde Demir Orhun dort treffen. Sie würde schon besser ausgesehen haben, so viel stand fest. Nicht dass sie darauf aus war, Demir zu beeindrucken. Aber sie wusste, wenn der Stolz auf ihr Äußeres an zweiter Stelle hinter dem Alkohol kam, dann hatte sie ein Problem.

Als Ersin Karatay aus der Tiefgarage fuhr, wunderte er sich immer noch, warum die Leitung plötzlich tot gewesen war. Er nahm an, es hatte mit Demirs verändertem Status zu tun.

Es war ein warmer, sonniger Tag, deshalb ließ er das

Fenster herunter und legte den Ellbogen auf die Tür, während er die zwanzigminütige Fahrt zu seiner Wohnung antrat.

Aus verschiedenen Gründen konnte er seinem Freund nicht erzählen, dass das Außenministerium seinen Sicherheitsstatus herabgesetzt hatte. Botschaftsmitarbeiter waren danach eingeteilt, zu welchem Level an vertraulichem Material aus dem Ministerium sie Zugang hatten. In Orhuns Fall war es keine ernsthafte Herabstufung, aber sie bedeutete, dass ein Beamter auf Karatays Level Vorsicht walten lassen musste, welche Informationen er weitergab, und im Zweifel einen Vorgesetzten konsultieren sollte.

Karatay sah in den Rückspiegel und bemerkte ein schweres Motorrad hinter sich auf derselben Spur. Das war ungewöhnlich, meist sah man Motorradfahrer auf der Überholspur vorbeiflitzen und in der Ferne verschwinden. Er zuckte mit den Achseln. In etwa einer Minute würde er abbiegen, und das Motorrad würde wahrscheinlich auf dem Weg zur Autobahn bleiben.

Wenn er Orhun einen Hinweis auf dessen Herabstufung gab, könnte er als die undichte Stelle identifiziert werden, und dann wäre er in großen Schwierigkeiten. Möglicherweise war er das jetzt sogar schon, weil er Orhun auf den neuesten Stand in der Suesgeschichte gebracht hatte. Aber notfalls würde er eben sagen, er hätte nicht gedacht, dass eine Rücksprache mit einer Person weiter oben nötig gewesen wäre. Wenn die Anweisungen, die man ihnen gab, unklar waren, dann mussten sie mit den Folgen auch leben.

Aber was hatte sie veranlasst, Orhuns Status zu ändern? Karatay konnte sich nur vorstellen, dass er jetzt, nachdem die Beitrittszeremonie in Dublin vorbei war, bestimmte

Informationen, die für seine Arbeit nicht relevant waren, nicht länger benötigte. An die andere Möglichkeit dachte er nicht gerne – dass sein Freund zu einem Sicherheitsrisiko geworden war.

Bald darauf bog Karatay rechts auf eine zweispurige Straße ab. Das Motorrad folgte ihm. Er begann, ein wenig nervös zu werden. Als er beschleunigte, fuhr das Motorrad ebenfalls schneller. Der Trick war jetzt, zu verlangsamen und zu sehen, ob es ihn überholte.

In diesem Moment näherte er sich einer Ampel und musste ohnehin verlangsamen, genau wie das Motorrad hinter ihm. Wenn die Ampel auf Grün schaltete, würde er auf jeden Fall sehr gemächlich anrollen und das Motorrad vorausfahren lassen.

Der behelmte und in Leder gekleidete Motorradfahrer hielt in der äußeren Spur, einige Meter entfernt von Karatays Wagen. Erst jetzt sah er, dass noch jemand auf der Maschine saß, ebenfalls in Lederkluft und Helm. Eine Frau. Der Fahrer ließ den Motor ungeduldig aufheulen, und sie beachteten ihn nicht.

Karatay entspannte sich etwas, während er auf die Ampelschaltung wartete. Sie waren nicht in der Nähe seines Wagens, und das besänftigte seine Furcht, sie könnten ihm eine Magnetbombe an das Auto klatschen – eine bevorzugte Anschlagmethode in den letzten Jahren.

Er sah rasch in den Rückspiegel. Es war ein ruhiger Morgen in der Stadt, aber eine Reihe von Fahrzeugen hatte sich auf beiden Spuren angesammelt, und er fand das beruhigend.

Er wandte seine Aufmerksamkeit wieder den Motorradfahrern zu. In den zwei, drei Sekunden, seit er den Blick abgewandt hatte, war die Beifahrerin abgestiegen und rannte auf sein offenes Fenster zu. Er dachte, sie würde den Helm hochschieben und etwas sagen, aber stattdessen zog sie eine Automatikpistole und richtete sie auf sein Gesicht. Dann begann sie zu feuern.

26

Das Gartenfest war ein Dankeschön an die Medien für die Berichterstattung, mit der sie die Beitrittszeremonie und den Vorlauf dazu begleitet hatten. Der Botschafter hätte es angesichts der sich verschärfenden Krise beinahe abgesagt, aber Orhun hatte ihn davon überzeugt, dass es ein kluger Schachzug in Sachen PR wäre, es wie geplant stattfinden zu lassen. Es würde keine offiziellen Verlautbarungen oder Reden geben, aber eine Zusammenkunft von Journalisten und Botschaftsbeamten konnte nur nützlich sein für die Türkei.

Jane bezweifelte nicht, dass das Ganze als PR-Übung diente, aber da es von Anfang an nichts anderes sein sollte, regte sie sich nicht darüber auf. Das Fest dauerte von zwei bis sechs, und den Gästen stand es frei zu kommen, wann sie beliebten. Sie hatte vor, für eine Stunde vorbeizuschauen, und ließ die Kinder bei Debbie, wo sie mit deren beiden spielen konnten.

Normalerweise hätte sie sich am Abend zuvor schon für ihre Garderobe entschieden, aber daraus war nichts geworden, weil sie eine Flasche Wein getrunken hatte. Nicht dass es viel auszuwählen gab – die meisten ihrer Sachen waren infolge der Explosion durch Gebäudestaub vermischt mit Wasser ruiniert worden.

Darüber hinaus stellte einen ein Gartenfest im Mai in

Irland vor mehrere Herausforderungen gleichzeitig. Die Wahrscheinlichkeit, dass es richtig sommerlich wurde, war gering, aber der Wetterbericht versprach, dass sich der Regen verziehen und die Sonne gelegentlich durch die Wolken brechen würde. Das Haus des Botschafters stand an den Hängen des Three Rock Mountain über der Stadt; es war nicht weit von dort, wo Jane früher gewohnt hatte, und sie wusste, dass um diese Jahreszeit regelmäßig kühle Brisen entweder vom Meer herauf- oder von den Höhen der Wicklow Mountains herunterbliesen. Ein luftiges Sommerkleid würde es also nicht tun – selbst wenn sie eins hätte. Schließlich entschied sie sich für ein apfelgrünes Kostüm und eine hellblaue Bluse dazu. Es war eine Mischung aus Businesslook und Freizeitkleidung, was sie für angemessen hielt.

Sie hob die Einladung von der Kommode auf und las sie noch einmal, um sich zu vergewissern, dass es keinen Verweis auf eine Kleiderordnung gab. Dabei bemerkte sie zum ersten Mal, dass die Einladung auf *Jane Wade plus Gast* lautete. Das hieß, die meisten Journalisten würden einen Partner mitbringen oder vereinzelt auch Freunde oder einen Sohn oder eine Tochter im Teenageralter. Sie hätte Debbie gefragt, ob sie mitkommen wollte, aber die brütete eine Erkältung aus. Die Kinder spielten alle draußen im Garten, und Karl passte auf sie auf.

Es war jedoch keine große Sache, wenn sie allein hinging, es würde auch andere Singles geben, und sie würde nicht weiter auffallen.

Nichtsdestoweniger ließ es sie wie so oft im letzten halben Jahr über die Tatsache nachdenken, dass sie Witwe war. Wenn man mit manchen Leuten sprach, sah man an der Art, wie sie reagierten, dass sie den Verlust eines Partners in etwa wie eine Scheidung betrachteten. Und ihr Rat lautete unabänderlich, dass es am besten sei, sich einfach wieder mitten ins Leben zu stürzen. Eine Frau hatte auf einer Dinnerparty sogar gesagt, eine anständige Nummer sei genau das, was sie brauche. Aber wenn man seinen Partner verliert, ist das Fehlen von Sex nicht die Hauptsache. Wenn man einfach nur eine Nummer schieben wollte, *könnte* man natürlich mit irgendwem ins Bett gehen. Aber das macht einen nicht an, weil man um diesen Teil seiner Beziehung ebenfalls trauert, und es dauert seine Zeit. Wenn Witwen früher Schwarz trugen, signalisierten sie ihren zeitweiligen Rückzug von der Welt, und es verschaffte ihnen Zeit und Raum, angemessen zu trauern. Heutzutage schien niemand mehr zu wissen, wie man gerade mit einer *jungen* Witwe umgehen sollte. Und sie ihrerseits hatte keine Möglichkeit zu signalisieren, dass sie sich zwar einen großen Teil ihrer Zeit leer fühlte, aber nicht den Drang verspürte, diese Leere zu füllen.

Dann wurde Jane schlagartig bewusst, dass sie in ihrem Fall die Leere in sich sehr wohl zu füllen versuchte. Und sie machte es mit Alkohol. Aber auch wenn ihr abendlicher Abstieg in eine traumlose Bewusstlosigkeit den Schmerz über Bens Fortgang betäubte, würde der Alkohol von ihr Besitz ergreifen, wenn das so weiterging. Sie warf einen letzten Blick in den Spiegel. Warum die Gelegenheit des Gartenfests nicht als ersten Schritt dazu benutzen, sich wieder in die Gewalt zu bekommen?

Die Party war in vollem Gange, als Jane eintraf. Nicht dass man übermäßig beschwingt gewesen wäre – es ging alles sehr höflich und gesittet zu. Aber es war der Zeitpunkt mit der höchsten Besucherzahl, die Sonne schien, und Lachen und Gespräche schwirrten durch das ganze Haus und den Garten. Kellner trugen Tabletts mit Sekt und Kanapees umher, und Jane, die den Schauplatz beobachtete wie der sprichwörtliche Besucher vom Mars, spazierte an Gruppen von Leuten vorbei, die sich so angeregt unterhielten, als hätten sie sich zu einem bedeutenden Zweck dort versammelt. Es erinnerte sie an bestimmte Szenen aus Tierdokumentationen, nur mit schnatternden Herden von Menschen anstelle von Flamingos oder Pinguinen.

Auf ihrem Weg durch die Menge stieß sie mit ihrem Mineralwasserglas mit Leuten an, die sie gut kannte, oder nickte flüchtigeren Bekanntschaften nur zu. Von der üblichen Brise, die Jane mit dem Leben in der Gegend verband, war kaum etwas zu spüren, deshalb war es angenehm, auf dem Rasen herumzuspazieren. Schließlich begegnete sie Ali und Laura, die mit ihren Partnern auf dem Weg zum großen Zelt waren. Nachdem sie sich begrüßt hatten, setzten sie ihren Weg gemeinsam fort, und Ali erklärte, dass Joe Brady nicht kommen werde, da er erkältet sei.

»Ja, da geht etwas herum«, sagte Jane. »Meine Schwägerin hat es ebenfalls.«

In dem beheizten Zelt stellten sie sich in einer kurzen Schlange beim Buffet an. Jane sah eine prächtige Auswahl an Tulpen auf allen Tischen stehen, keine zwei schienen in Farbe oder Art gleich zu sein.

»Die sind wirklich schön, nicht?«, sagte sie und wies mit einem Nicken zu den Tischen.

Die anderen wandten sich zu den Arrangements um und stimmten ihr zu.

»Die Tulpe ist unsere Nationalblume, wie Sie alle wissen«, ertönte eine Stimme hinter ihnen. Es war Demir Orhuns. »In der Türkei trägt sie einen Mädchennamen. Lale.«

»Hübscher Name«, sagte Ali.

»Klingt jedenfalls besser als ›Tulpe‹, so viel steht fest«, scherzte einer der Männer.

»Ich bin Ihnen nur hier herein gefolgt, um Sie zu begrüßen«, sagte Orhun. »Und wenn Sie etwas brauchen, lassen Sie es mich wissen.«

Jane fand, dass er in seinem bonbonfarben gestreiften Jackett und dem am Kragen offenen weißen Hemd gut aussah. Er hatte sich die Idee einer Gartenparty zu Herzen genommen. Sie kam sich sogar ein wenig unelegant vor. Die Schlange bewegte sich weiter, und Orhun nahm es zum Anlass, das Zelt zu verlassen. Aber wie alle Journalisten hatte Ali die Zeitungen gelesen und die morgendlichen Interviews im Radio gehört, deshalb ergriff sie die Gelegenheit. »Bevor Sie gehen, Demir – können Sie den Aufenthaltsort der Bande bestätigen, die diesen ganzen Ärger zwischen Israel und Ihrem Land verursacht hat? Sind sie auf Athos?«

Jane und die anderen sahen Orhun erwartungsvoll an.

»Ich denke, diese Frage sollten Sie jemandem von der griechischen Botschaft stellen«, sagte er. »Aber meine persönliche Meinung ist, dass sie nicht auf Athos sind. So. Darf ich Sie jetzt daran erinnern, dass ich heute nicht im Dienst bin, und Sie sollten es auch nicht sein.« Er lächelte allen strahlend zu und ging zum Ausgang.

Zwischen Janes Gruppe und dem Ende der Schlange hatte sich inzwischen eine Lücke aufgetan, und Ali und die anderen beeilten sich, sie zu schließen. Jane jedoch entschuldigte sich und schlüpfte hinter Orhun aus dem Zelt.

»Hey, warten Sie, Demir«, rief sie ihm über den Rasen nach.

Orhun blieb stehen und drehte sich um. »Sie haben nicht vor, mich auszufragen, Jane, oder?«, sagte er und runzelte die Stirn.

»Na ja, was haben Sie erwartet? Sie geben es als Ihre ›persönliche Meinung‹ aus, dass die Bande nicht auf Athos ist. Aber das würden Sie nicht sagen, wenn Sie nicht etwas wüssten. Also, was wissen Sie?«

Er ging auf sie zu und sah dabei nach links und rechts, ob jemand in der Nähe war, der ihr Gespräch mithören könnte. »Sie wurden per Boot von der Insel abgeholt«, sagte er gedämpft. »Und sie wurden nicht auf Athos abgesetzt. Das ist alles, was ich weiß.«

»Wenn Sie sagen, per Boot, was meinen Sie damit? War es ein Fischer, der sie aufs Festland gebracht hat?«

»Ich meine ein Schiff. Eins, das sie auf einen anderen Kontinent bringen könnte, wenn sie es wünschten.«

Jane pfiff wie ein Gassenmädchen. »Sie haben ein *Schiff*?«

»Möglich, dass sie reiche Unterstützer haben. Aber wahrscheinlicher ist, dass es ihr eigenes ist. Wie mein Freund Karatay sagte, haben sie deshalb so viel Geld verlangt.«

»Sie *haben* also ein Lösegeld verlangt«, stieß Jane sofort nach. »Und vermutlich bekommen. Wie viel?«

»Fünf Millionen Dollar.«

»O mein Gott, *fünf Millionen*?«

Orhun blickte sich wieder um. »Nicht so laut, okay? Ich hatte vor, es Ihnen zu sagen, Jane.«

»Davon bin ich überzeugt. Aber jetzt, da es Ihnen herausgerutscht ist, heißt das, ich darf es allgemein bekannt geben.«

Orhun lachte nervös.

»Ich meine es ernst, Demir. Es ist genug Quatsch erzählt worden. Wenn alles offen auf dem Tisch liegt, lässt sich diese irrsinnige Lage im Mittelmeer vielleicht klären.«

Orhun hob die Hände. »Okay. Vielleicht haben Sie recht. Aber ich vermute, dass andere Regierungen sowieso Bescheid wissen. Denn sie hätten alle dasselbe gemacht.«

»Wissen es die Israelis?«

»Reden wir …«, er wartete, bis ein Paar auf dem Weg zum Zelt vorbeigegangen war, »… dort drüben.« Er zeigte zu einer ruhigen Ecke des Gartens mit einigen Bäumen und führte sie zu einer Bank unter einem Goldregen, der voller gelber Blüten war. Als sie sich setzten, sagte er: »Ich werde absolut ehrlich zu Ihnen sein. Und Sie können das, was ich Ihnen sage, verwenden, wie Sie es für richtig halten.« Er wiederholte, was Karatay ihm über die Reise der Belisarius Brigade durch das Mittelmeer und den Sueskanal erzählt hatte und wie ihre Fahrt die ganze Zeit vor den Israelis verheimlicht wurde.

»Das ist ja eine Geschichte«, sagte Jane. »Wann haben Sie es erfahren?«

»Erst heute Morgen, Jane. Ich schwöre es.«

»Und wer wird den Israelis sagen, wo das Schiff ist? Und wann?«

»Die Amerikaner, nehme ich an. Ich bin mir nicht sicher, wo es sich im Augenblick befindet, aber ich schätze, es wird nicht länger als etwa einen Tag dauern, bis es internationale Gewässer erreicht.«

»Bestimmt erwarten alle beteiligten Parteien, dass Israel seine Aktivitäten einstellt, wenn es den Aufenthaltsort der Bande erfährt.«

»Ich nehme es an. Ansonsten könnte es sehr unschön werden. Aber da ihre Blockade angeblich nur den Zweck hat, die Terroristen aufzuspüren, werden wir sie an ihr Versprechen erinnern.«

»Pfff …« Jane war wenig beeindruckt. Es schien ihr, dass die Lügen und Täuschungsmanöver diverser Länder, darunter Orhuns eigenem, die Welt an den Rand eines Kriegs gebracht hatten. Von anderen jetzt ehrenhaftes Verhalten zu erwarten war heuchlerisch.

Unter ihnen in der Ferne lagen Dublin und der Bogen der Bucht von Howth Head bis Dun Laoghaire. Im Vordergrund erstreckte sich der Rasen zum Festzelt und der Residenz des Botschafters dahinter. Ein anderer Teil der Rasenfläche fiel zu der Straße hin ab, die zu ihrem Haus führte. Wenn sie sich auf die Bank stellte, würde sie wahrscheinlich das Dach sehen können. Das *neue* Dach, denn es hatte nach der Explosion vollständig ersetzt werden müssen.

»Ich glaube, ich habe Ihnen erzählt, dass mein Mann bei einer Explosion in unserem Haus getötet wurde. Aber möglicherweise habe ich nicht erwähnt, dass wir hier oben ganz in der Nähe gewohnt haben.«

»Nein, ich glaube, das haben Sie nicht.«

»Ich vermisse es, Dinge mit ihm zu besprechen. Er war eine große Hilfe dabei, Probleme zu klären, wenn es eine Entscheidung zu treffen galt.«

»Und welche Entscheidung müssen Sie jetzt treffen?«

»Wenn wir diese Geschichte morgen früh senden – falls sie nicht ohnehin schon bekannt geworden ist, meine ich –, wird sie zur Eskalation einer bereits brandgefährlichen Lage führen? Könnte es zur Folge haben, dass die Bande der Gerechtigkeit entwischt?« Sie sah Orhun an. »Verlieren *Sie* vielleicht Ihren Job?«

Er lächelte. »Ich bin – das heißt, ich war – Journalist, Jane. Fest steht: *Sie werden die Geschichte bringen,* das wissen Sie genau.«

Ihr Verlangen nach einem Drink begann ihr zu schaffen zu machen. Gleichzeitig beobachtete sie einen jungen Mann im Businessanzug, der über den Rasen auf sie zukam. Sie hatte ihn bereits suchend zwischen den Gruppen von Leuten umherlaufen sehen, bis er endlich sie und Orhun ins Visier nahm.

»Hm, was Recep wohl will«, sagte Orhun, der ihn schließlich ebenfalls bemerkte.

Der Botschaftsmitarbeiter blieb einige Meter vor ihnen stehen und winkte Orhun zu sich.

»Kannst du nicht bis zu mir kommen, Recep?«, sagte Orhun leicht gereizt.

»Es tut mir leid, Demir. Ich habe eine wichtige Nachricht für dich«, sagte er mit einem Seitenblick auf Jane.

»Äh, also gut.« Orhun stand auf und ging zu ihm.

Während Recep seine Neuigkeit mitteilte, rang Jane mit dem Gedanken, doch etwas zu trinken. Sie hatte keine Servicekräfte in Reichweite kommen sehen, sie würde also zurück in Richtung Haus gehen müssen, und das hieß, es musste warten.

Orhun hatte den Kopf zu Receps Mund geneigt, um die geflüsterte Botschaft zu hören, und Jane sah, wie er erbleichte. Dann streckte er die Hand aus, um sich kurz an Receps Schulter abzustützen. Der Jüngere sah ein wenig verlegen aus, blieb aber stehen, bis Orhun ihn losließ und mit einer Handbewegung fortschickte. Als Orhun zur Bank zurückkam, schüttelte er ungläubig den Kopf.

»Was ist los, was hat er Ihnen erzählt?«

»Mein Freund Ersin Karatay ... Ich habe ihn vorhin gerade erwähnt ... er ... er ist erschossen worden.«

Jane stand auf und nahm seine Hände. »Das tut mir so leid, Demir. Wie ist es passiert?«

Orhun ließ sich schwer auf die Bank sinken.

Jane setzte sich neben ihn und hielt noch immer seine Hand.

»Er war mit dem Auto auf dem Weg zu seiner Wohnung«, sagte Orhun. »Anscheinend musste er an einer Ampel halten, als sich seine Mörder auf einem Motorrad neben ihn setzten und auf ihn schossen.«

»Wieso hat man ihn ins Visier genommen?«

Orhun merkte, dass Jane seine Hände hielt, und verstärkte den Griff. »Es heißt bereits, dass es mit seinem schwulen Lebensstil zu tun hat. Aber das liegt daran, dass es manchen Leuten im Ministerium in den Kram passt, so eine Geschichte zu verbreiten.« Er blickte Jane an, und sie sah die Angst in seinen Augen. »Ich glaube, es hat mit dem zu tun, worüber wir beide gerade gesprochen haben.«

Ein Schauder lief Jane über den Rücken. »Großer Gott, jetzt könnte ich einen anständigen Drink vertragen. Wollen Sie auch einen?«

Orhun lächelte matt und ließ ihre Hände los. »Ihr Iren seid in Gedanken immer schnell beim nächsten Drink, was?«

Jetzt errötete sie vor Verlegenheit. Nicht wegen seiner Worte, sondern weil sie vergessen hatte, dass er keinen Alkohol trank, wie sie an dem Abend entdeckt hatte, als sie zusammen essen waren.

»Sie haben recht«, sagte sie und riss sich zusammen. »Ich habe eben nur an mich gedacht.« Und mit diesen Worten wurde eine Last von ihren Schultern genommen.

»Tut mir leid, ich hätte nicht so … unhöflich sein sollen.« Er seufzte schwer und schloss die Augen.

»Schon gut, Demir«, sagte sie und legte ihm eine Hand auf die Schulter.

27

Es wäre einfacher gewesen, den Behälter in ein Flugzeug zu verladen, aber das hätte zu viele Formulare und eine unerwünschte Überprüfung bedeutet. Und je mehr Leuten er an öffentlichen Orten begegnete, desto größer war die Gefahr eines Diebstahls. Weshalb auch eine Zugfahrt ausgeschieden war. Deshalb hatte man ihn, Andreas Gruber, damit beauftragt, den Reliquienschrein mit dem Auto von Österreich nach Italien zu bringen. Die Chance, dass man ihn an der Grenze anhielt, war praktisch gleich null, und selbst wenn, hatte er alle nötigen Papiere und Genehmigungen dabei.

Es war ihm nicht klar, was mit dem Reliquienschrein geschehen würde, wenn er ihn ausgehändigt hatte. Er hoffte aufrichtig, es war nicht ein weiteres Beispiel dafür, dass Italien etwas an sich brachte, was eigentlich Österreich gehörte. So wie bei Ötzi, dem Mann aus dem Eis. Der war ihm vorhin in den Sinn gekommen, als er von Villach nach Udine über die Alpen gefahren war.

Inzwischen hatte er Udine hinter sich gelassen und war auf dem Weg in Richtung Venedig. Nicht dass er dorthin wollte. Er sah auf seinem Navigationsgerät nach, wie weit es noch bis zu seinem Zielort war. Er hatte erst ein Drittel der rund dreizehnhundert Kilometer weiten Fahrt zurückgelegt.

Als Kurator von Hunderten von Sakralgegenständen, die selten wenn überhaupt ausgestellt wurden, geriet er nicht sehr oft ins Rampenlicht. Und das hier war auch kein Job, der ihm irgendeinen Profit einbringen würde. Aber in vielerlei Hinsicht genoss er das Mysterium darum. Zu einer heimlichen Unternehmung zu gehören, die er vor seinen Kollegen, selbst vor seiner Familie verborgen halten musste.

Der Direktor hatte ihn vor etwas mehr als einer Woche zu sich in sein Büro gerufen, und nachdem er ihn aufgefordert hatte, Platz zu nehmen, begann er in allgemeiner Form über die ständig größer werdende Sammlung veralteter Kuriositäten in Grubers Reliquienschrein-Abteilung zu sprechen. Erst dachte Gruber, der Direktor wolle ihm mitteilen, dass man sich aufgrund von Mittelkürzungen von ihr trennen müsse. Er wusste, dass es ein Unternehmen in den Niederlanden gab, das darauf spezialisiert war, Kircheneinrichtungen, einschließlich Reliquienschreine – und sogar die Reliquien selbst – zu kaufen und über das Internet weltweit zu veräußern. War es ihr Schicksal, dort zu enden? Und konnte es den Verlust seines Arbeitsplatzes bedeuten?

Er musste zugeben, dass das Museum Katholischer Antiquitäten ein gewisser Sonderfall war. Im Zuge des Zweiten Vatikanischen Konzils hatten sich Kirchen im nördlichen Europa zuhauf von dem ganzen Drum und Dran eines sentimentalen, manche würden sagen, abergläubischen Glaubens frei gemacht, wie er seit dem Mittelalter geherrscht hatte. Und so bekamen die Besucher des Museums Devotionalien aus Vorkonzilszeit in einer säkularen Museumsumgebung zu sehen, ihres eigentlichen Zwecks beraubt. Was bedeutete, dass die ausgestellten Objekte, einschließlich der Reliquienschreine, hauptsächlich von ästhetischem Interesse waren – und nicht unbedingt Publikumsmagnete. Anders im südlichen Europa, wo ein konservierter Leichnam oder eine Wunder wirkende Reliquie in der herkömmlichen Umgebung einer Kirche noch immer einheimische Gläubige und staunende Touristen in großer Zahl anziehen konnte.

Von den vielen aussortierten Schreinen, die aus Österreich und Deutschland in dem Museum gelandet waren, wurden nur einige ausgestellt, während die überwältigende Mehrheit in einem Labyrinth von Lagerräumen im Untergeschoss aufbewahrt wurde. Sie standen in Regalen, hingen an Wänden, lagen in Glasvitrinen oder vergammelten in Schubladen. Es gab sie in Form von Statuen, Büsten, Köpfen, Torsi, Armen, Beinen, Füßen, Fingern, Herzen, sie nahmen die Gestalt von Särgen, Kreuzen, Anhängern, Phiolen, Fläschchen, Urnen, Triptychons, Sarkophagen oder sogar Miniaturkirchen an. Sie konnten aus Elfenbein, Holz, Gold, Silber, Messing, Glas, Marmor, Felskristall sein und eingelegt mit Email oder mit Perlen und Edelsteinen besetzt.

Und doch waren sie nur die Behälter. Ihren ganzen Sinn bezogen Reliquienschreine aus ihrem Inhalt – den Bruchstücken von Menschen, die als heilig verehrt wurden, ihren abgetrennten Körperteilen und gesammelten Auswüchsen. Knochenstücke, abgeschnittene Fingernägel, Dornen aus der Dornenkrone, Stofffetzen, Haarschnipsel, Nägel und Holzsplitter aus dem Kreuz Jesu, geronnenes Blut und Milch. Manche Reliquien waren leicht zu sehen oder zu entfernen, andere waren auf Dauer in ihren Behältern verschlossen. Manche Schreine sollten die Reliquie sichtbar machen, aber viele waren undurchsichtige Gefäße, die ein winziges Stückchen von den sterblichen Resten oder den Besitztümern des Heiligen in Seidenstreifen eingewickelt enthielten. Und dann gab es noch die Unterscheidung zwischen Klassen von Reliquien, von den angeblich echten Knochen eines Heiligen bis hin zu den bescheidenen Gegenständen, die lediglich mit ihm in Kontakt gekommen waren. Das Museum enthielt nur Reliquien der ersten und zweiten Klasse – Körperteile des Heiligen oder Dinge, die er zu Lebzeiten getragen oder berührt hatte.

Doch viele von Grubers Reliquienschreinen waren fehlerhaft. Die Edelsteine etwa waren entfernt worden, das Blattgold abgetragen oder beschädigt, oder sie waren schlicht primitiv gemacht. Andere waren von beträchtlichem künstlerischem Interesse, oder es wohnte ihnen ein eigener Wert inne, aber sie waren unmöglich zu identifizieren oder zu kategorisieren. Und in diese Richtung ging die nächste Erkundigung des Direktors.

»Es gibt einen besonderen Bereich hochwertiger Reliquienschreine bei Ihnen, die uns vor gewisse Schwierigkeiten stellen, nicht wahr?«

Schiegl war ein kleiner, rundlicher Mann mit dem Aussehen eines Prälaten, aber sein Flirt mit dem Leben im Priesterseminar hatte nur ein Jahr gedauert. Gruber hatte nie erfahren, warum der Direktor nicht weitergemacht hatte, aber man konnte wohl sagen, dass er eine Parallelkarriere in kirchlichen Dingen eingeschlagen hatte, in dem Sinn, dass er ein Experte für sakrale Antiquitäten war und mehrere Ausstellungen im Lauf der Jahre als Kurator betreut hatte.

»Ja, Herr Direktor. Die Schwierigkeit kann darin bestehen, die Herkunft eines Reliquienschreins festzustellen oder ihn einem bestimmten Heiligen zuzuschreiben. Oder er kann schwer zugänglich sein, sodass wir nicht genau wissen, was er enthält. Es kann sogar die Frage auftauchen, ob es sich überhaupt um einen Reliquienschrein handelt.«

»Hm.«

»Erwägen Sie, diese Objekte aus dem Museum zu entfernen?«

»Nein«, sagte der Direktor, sichtlich verwirrt über die Unterstellung.

Gruber ohrfeigte sich innerlich. Es war ein großes Manko von ihm, dass er ständig versuchte vorwegzunehmen, was jemand sagen würde, und in der Regel falsch damit lag.

»Nein. Ganz und gar nicht. Ich möchte, dass Sie etwas für mich suchen. Einen Schrein, der all die Punkte erfüllt, die Sie umrissen haben.«

»Ach so?«

Bei einigen früheren Gelegenheiten hatte ihn der Direktor gebeten, eine seiner Reliquien zur Verfügung zu stellen, um ein bestimmtes Thema zu illustrieren oder eine Lücke zu füllen, wenn die vielen Formen und Größen gezeigt wurden, in denen es sie gab. Und das war nun Grubers zweiter Gedanke. Schiegl plante eine weitere Ausstellung. Oder er war eingeladen worden, einige Objekte zu einer Ausstellung im Ausland beizusteuern. Das war bisher zweimal passiert, und bei diesen Gelegenheiten hatte Schiegl ihn gebeten, welche auszuwählen, die den im Museum ausgestellten erstklassigen Exponaten ähnelten. Der Direktor war nicht scharf darauf, dass seine Lieblingsstücke auf Reisen gingen.

»Vor einigen Jahren haben Sie mir ein Objekt aus einem Kloster in der Nähe Wiens gezeigt, das sich seiner Reliquienschreine entledigte«, fuhr Schiegl fort. »Es hatte die Größe eines Schuhkartons, wenn ich mich recht erinnere. Mit Silber überzogen und mit einem Ornament auf dem Deckel. Und der Deckel war unlösbar mit dem Behälter verbunden. Ich glaube, wir haben es als schatullenartigen Schrein kategorisiert und waren uns einig, dass es wahrscheinlich byzantinisch ist, aber Sie sagten, es gehöre in keine Ihnen bekannte Kategorie.«

»Ja, Herr Direktor, ich erinnere mich. Wir kennen nicht alle Aspekte byzantinischer Reliquienverehrung, und aus diesem Grund dachte ich, ich sollte …«

»Ja, ja … noch einige weitere Studien durchführen. Haben Sie mehr darüber herausgefunden?«

Gruber nahm seine Brille ab und ließ sie auf die Brust hängen. »Vieles spricht dafür, dass das Objekt zusammen mit anderen Schätzen zur Zeit des vierten Kreuzzugs aus Byzanz kam. Es fand seinen Weg in das Kloster, wo man es als Reliquienschrein ansah und ganz ließ, anstatt es zu Kirchensilber einzuschmelzen. Ich glaube, das war zum Teil auch den Schuldgefühlen zu verdanken, die man vielerorts im westlichen Christentum über die Plünderung Konstantinopels empfand. Aus Rom erging damals die Weisung, religiöse Gegenstände aus der Beute, die an Klöster und Kirchen gingen, seien mit Respekt zu behandeln.«

»Ja, ja, aber gab es keinen weiteren Hinweis auf seine Herkunft?«

»Nein, Herr Direktor.«

»Keine Zurückführung auf einen Heiligen?«

Gruber schüttelte den Kopf.

»Auf Jesus oder Maria?«

»Nein.«

»Hm. Umso besser, würde ich meinen«, sagte Schiegl

rätselhafterweise. Er beugte sich vor und sah Gruber mit einem Anflug von Misstrauen an. »Und Sie haben keine Ahnung, was drin ist?«

»Nein. Wir können ihn nicht öffnen, ohne ihn zu beschädigen. Ich hatte allerdings vor, Mittel zu beantragen, um ihn irgendwann röntgen zu lassen.«

»Ja, aber das wird jetzt nicht mehr nötig sein«, sagte Schiegl ziemlich barsch und lehnte sich zurück. Dann bat er Gruber, den Schrein zu suchen und in sein Büro zu bringen, aber er ermahnte ihn, keinem anderen Angestellten irgendetwas davon zu sagen.

Als Gruber das Artefakt später an diesem Nachmittag auf den Schreibtisch des Direktors stellte, zeigte ihm Schiegl eine Zeichnung, die aussah, als sei sie aus einem alten Buch gescannt worden. Sie bildete Vorder- und Rückansicht eines aufrecht stehenden länglichen Objekts ab. Es gab fünf runde Skalen in einer Reihe auf einer Seite und eine Anzahl von Schlitzen auf der anderen, in die jeweils eine quadratische Kachel oder ein Knopf in jeweils anderer Position eingesetzt war.

»Das hier hoffen wir zu finden«, sagte Schiegl. »Wir werden den Schrein doch noch röntgen lassen.«

»Darf ich fragen …«

»Nein, dürfen Sie nicht.« Schiegl legte das Blatt beiseite. »Wir wurden gebeten, diese Angelegenheit absolut vorrangig zu behandeln, aber diskret vorzugehen und möglichst wenige Leute einzubeziehen. Ich kann nur verraten, dass die entsprechende Anfrage des Kulturministeriums an alle Kirchen, Klöster und Museen in Wien gegangen ist. Und mein Gefühl sagt mir, dass sie hier bei uns möglicherweise den Jackpot geknackt haben.«

Gruber wies nicht auf die unfreiwillig komische Wortwahl des Direktors hin. Es war zu ermüdend. »Und wenn es so ist?«, fragte er.

Schiegl lehnte sich zurück. »Die Finanzierung einer weiteren Ausstellung, Gruber«, strahlte er. »Darauf hoffe ich. Es ist das wenigste, was sie tun können.«

Seither war eine Woche vergangen, und jetzt war er an diesem schönen Sommersonntag auf dem Weg nach Italien. Die Röntgenaufnahme musste gezeigt haben, dass sich das Ding – was immer es war – in der Schatulle befand.

Er sah auf den Beifahrersitz hinunter. Kurz nach der Grenze zu Italien war er an eine Tankstelle gefahren und hatte beschlossen, den Reliquienschrein aus dem Kofferraum zu holen. Er lag jetzt in einer offenen Schachtel auf dem Sitz neben ihm. Die Schatulle war sehr schwer für einen Gegenstand dieser Größe – im Wesentlichen ein mit dünnen Silberplättchen verkleideter Behälter aus Holz. Wenn also das Objekt, dessen Zeichnung er gesehen hatte, tatsächlich darin eingeschlossen war, musste es aus Metall sein. Vielleicht war es ebenfalls ein Reliquienschrein? Aber was befand sich dann in diesem, dass man es gleich in zwei Behälter verschließen musste?

Die äußere Schatulle lieferte keinen Hinweis. Das einzige auffällige Merkmal war die Verzierung auf dem Deckel – ein mit Lapislazuli eingelegtes und im unverkennbaren Stil einer keltischen Brosche ausgeführtes Medaillon.

Wenn er die ferne Stadt erreichte, sollte er den Schrein in einer Kirche abliefern, einer gänzlich unbekannten dazu. Vielleicht war es wirklich besser, wenn er dort blieb. Im südlichen Italien würde man ihm hoffentlich etwas Respekt erweisen und ihn eventuell sogar ausstellen.

28

Später am Abend, als Jane den Anflug einer Erkältung verspürte, die sie sich wahrscheinlich von Debbie geholt hatte, kuschelte sie sich auf das Sofa und schaltete die Fernsehnachrichten an. Es gab mehrere Berichte über die Spannungen im Mittelmeerraum, die sich hauptsächlich auf Russlands zunehmend feindselige Haltung gegenüber Israel konzentrierten. Doch vom Verbleib der Brigade wurde nichts erwähnt. Kein Hinweis darauf, dass sie zum Sinai unterwegs war. Jane hoffte, bis zum Morgen würde die Sache publik werden, aber bislang deutete nichts darauf hin.

Sie hatte mit niemandem aus dem Team darüber gesprochen. Nachdem sie noch eine Weile bei Orhun geblieben war, waren sie zusammen zum Haus des Botschafters zurückgegangen. Unterwegs bat sie ihn, sich bis zehn Uhr am kommenden Vormittag bei ihr zu melden, falls es etwas Neues über die Aktivitäten der Belisarius Brigade gab. Im Haus hatte er sich dann in einen Raum zurückgezogen, um einige Anrufe zu machen, und sie hatte sich leise entfernt.

Sie schaltete den Fernseher aus und griff nach einer Packung Papiertücher. Sie hatte gerade einen heißen Erkältungstrank zu sich genommen, aber ohne den Whiskey, wie sie es sonst beim Ausbruch einer Erkältung tat. Stattdessen hatte sie ein paar Löffel Honig hineingerührt. Wahrscheinlich würde sie sich etwas davon am nächsten Tag mit ins Studio nehmen, für den Fall, dass ihre Stimme angegriffen wurde. Gähnend legte sie die Papiertaschentücher wieder auf den Tisch und sah dabei Lavelles Kuvert zwischen den Sonntagszeitungen und einem alten Atlas herauslugen, den sie benutzt hatte, um die Fahrt des Schiffs mit der Belisarius Brigade nachzuvollziehen. Sie zögerte kurz, dann griff sie nach dem Kuvert und riss es auf.

Es enthielt einige DIN-A4-Seiten, manche getippt, manche handgeschrieben. Eine große Büroklammer hielt sie alle zusammen, und unter die Klammer hatte Lavelle eine handschriftliche Notiz geschoben.

Im Idealfall hätte ich das alles eingescannt und Dir per E-Mail geschickt, aber die Zeit war gegen mich. Lies es bitte der Reihe nach. Liam

Sie nahm das erste Schriftstück zur Hand, zwei maschinengeschriebene Seiten.

> Liebe Jane,
> ich habe lange darüber nachgedacht, ob ich dies an Dich weiterleiten soll, da ich wusste, dass Du nie wieder ein Wort von der Vision des Gorman lesen wolltest. Doch im Licht der jüngsten Ereignisse halte ich es für lebenswichtig, dass Du es siehst.

Jane sank der Mut. Das war nicht das, was sie erwartet hatte. Und wären es nicht Lavelles letzte Worte an sie gewesen, hätte sie es auf der Stelle weggelegt.

Du wirst Dich erinnern, dass Du mir rund einen Monat nach den Ereignissen, die zum Tod deiner Schwester führten, jenes Buch über die Vision des Gorman gegeben hast, auf das Du in Italien gestoßen warst und das uns herauszufinden half, was KOSS seinerzeit im Schilde führte. Um es kurz zu rekapitulieren: Der Kodex wurde 1975 von Bauarbeitern bei Renovierungsarbeiten im Katharinenkloster unter einem Schatz von Handschriften gefunden. 1995 erschienen Auszüge des Texts in einer wissenschaftlichen Publikation, und diese wurden von Adelmo Celani und Marco Perselli ins Italienische übersetzt und in ihrem Buch *Das Geheimnis vom Berg Sinai* veröffentlicht.
Ich verstand gut, dass Du es angesichts des Schmerzes, den es Dir und Deiner Familie verursacht hat, nicht in Deinem Bücherregal stehen haben wolltest, und ich beabsichtigte gewiss nicht, es selbst zu lesen. Aber aus einem Grund, den ich nicht erklären kann, habe ich es bei der Vorbereitung meines Umzugs mit meinen übrigen Sachen auf die Philippinen geschickt.
Von Zeit zu Zeit, wenn ich nichts Besseres zu lesen hatte, nahm ich es zur Hand. Da ich einigermaßen Latein und Griechisch beherrsche und ein paar Brocken Italienisch dazu – plus die von Dir übersetzten und beigefügten Passagen –, habe ich mich schließlich durch das Buch gekämpft und bin zu einem völlig anderen Verständnis vom Wesen der Prophezeiungen gelangt, als es sowohl KOSS als auch Celani und Perselli auf ihre jeweils eigene Weise taten. Bedenke, dass die beiden Italiener mehr mit der sensationslüsternen Herangehensweise von Gralsjägern gemein hatten als mit ernsthafter

Wissenschaft. Zudem waren sie und die Sekte von den ihnen damals zugänglichen Auszügen abhängig. Das Ergebnis war, dass beide Seiten bei dem Versuch, die Prophezeiungen für ihre Zwecke einzuspannen, gewisse Materialien entweder übersahen oder verkannten. Nebenbei bemerkt wollten Celani und Perselli meines Wissens eine überarbeitete Fassung ihres Buchs herausbringen, aber ich weiß nicht, was daraus geworden ist.

Jane machte eine Pause, um sich zu schnäuzen, und überlegte dann, das Dokument wieder in den Umschlag zu schieben. Es wurde schon spät, und sie fühlte sich benommen. Doch sie beschloss durchzuhalten.

Die Vision des Gorman sagte Ereignisse voraus, die mehr zeitbezogen waren, vermischt mit solchen, die weiter in der Zukunft lagen – soweit wir sie identifizieren konnten. Die einzige Ordnung des Texts bestand aus seiner Unterteilung in vierzig Abschnitte, die im weitesten Sinn als Prophezeiungen kategorisiert werden. KOSS kam zu dem Schluss, Prophezeiung 40 sei die letzte, das heißt gewisse darin erwähnte Ereignisse mussten die chronologisch letzten vor dem Jüngsten Tag sein, wobei sie praktischerweise die Tatsache außer Acht ließen, dass sie mehrere andere Voraussagen enthält sowie zahlreiche andere Anzeichen für die letzten Tage.

Das war der Punkt, an den ich bis 2005 gekommen war, als einige Faksimile-Seiten der Vision und andere in dem Schatz gefundene Werke zur Feier des dreißigsten Jahrestages seiner Entdeckung veröffentlicht wurden. Das Ganze gehörte zu einem fortlaufenden Digitalisierungsprojekt im

Katharinenkloster und wurde begleitet von Anmerkungen, die Professor Henry Matheson vom Byzantine Institute of America verfasst hatte. Er hatte zwei Seiten der Vision ausgewählt, eine davon die einzige illustrierte Seite des gesamten Manuskripts, und sie enthält die folgenden Worte, eine Art Rätsel: »Das Datum des Jüngsten Gerichts habe ich auf dieses Pergament geschrieben. Bis es gefunden und als wahr erkannt wird, kann niemand es aus diesem Buche lesen.«

Jane verschwamm alles vor Augen. Sie würde den Rest ein andermal lesen müssen. Doch während ihr Blick müde über die Seite wanderte, stach ihr weiter unten etwas ins Auge, das Adrenalin durch ihre Blutbahn schießen ließ und sie schlagartig hellwach machte.

Von Ketzern gesteuerte Maschinen werden wie Vögel vom Himmel stoßen und in die Zwillingszitadelle aus Glas und Stein fahren. Diese werden zu Säulen aus Feuer und Rauch werden und unter lautem Krachen einstürzen, und Tausende werden sterben. Als Folge der mörderischen Tat der Ketzer wird Vergeltung an Babylon geübt werden …

Janes Herz schlug heftig. Sie ging zurück zu dem Punkt auf der Seite, wo ihre Aufmerksamkeit abgeschweift war.

Die andere von Professor Matheson reproduzierte Seite war eine, auf der gewisse Zeichen in den Randspalten neben dem Text auftauchten. Es handelt sich nicht um ein Zierelement, sondern scheint sich in irgendeiner Weise auf den Text zu beziehen. Matheson bemerkte, dass ähnliche Markierungen überall im Buch auftauchen und immer neben Textstellen, die konkrete Voraussagen enthalten, das, was er »verifizierbare Ereignisse« nennt. Und es ist immer ein Punkt in einer Sequenz von sieben senkrechten, parallelen Linien, ein Punkt per Linie. Seiner Meinung nach soll es das fragliche Stück Text betonen, wie wir es heute mit einem Neonmarker machen würden. Aber da sich die Anordnung der Markierungen ständig ändert, schließt er auch die Möglichkeit nicht aus, dass es sich um eine Art Code handelt.

Matheson hat die reproduzierte Seite ausgewählt, weil sie diese »Ausrufezeichen« in der Randspalte neben einer Prophezeiung zeigt, die gespenstisch genau zutraf und 2005 noch nicht lange zurücklag. Wenn man bedenkt, dass die Christen in Gormans Zeit den Islam als eine ketzerische Sekte ansahen und dass man für Babylon Irak lesen kann, scheint Gorman wirklich und wahrhaftig den Angriff auf das World Trade Center von 2001 vorhergesehen zu haben.

Jane war erstaunt. Es war Lavelle selbst gewesen, der einmal warnend bemerkt hatte, wann immer schriftliche oder mündliche Prophezeiungen allzu genau zutrafen, stellte sich in der Regel heraus, dass sie im Nachhinein verfasst oder ausgesprochen wurden. Aber das war in diesem Fall schlicht nicht möglich. Natürlich konnte es Zufall sein, doch wie wahrscheinlich war das?

Ihre plötzliche Wachheit begann zu schwinden, da die einschläfernde Wirkung ihres Erkältungsmittels einsetzte. Sie musste Lavelles Skript beiseitelegen, obwohl sie nur noch eine Seite zu lesen hatte.

29

Nach den Zehn-Uhr-Nachrichten auf TalkRadio am nächsten Vormittag teilte Jane ihren Hörern mit, sie habe eine wichtige Information für sie: Wie sie aus einer zuverlässigen Quelle erfahren habe, befinde sich die sogenannte Belisarius Brigade, deren Verschwinden die angespannte Situation im Mittelmeerraum verursacht hatte, keineswegs in der Nähe der Halbinsel Athos in Griechenland.

In dem Wissen, sich möglicherweise anzuhören, als hätte sie ihre Informationen von einem griechischen Regierungsvertreter bekommen, fuhr sie fort, aus einem Skript zu lesen, das sie am Morgen unterbrochen von Niesanfällen verfasst hatte: »Und ich kann Ihnen auch enthüllen, dass die Bande am Morgen, nachdem sie ein türkischer Militärhubschrauber auf einer griechischen Insel abgesetzt hatte, von einem Schiff aufgenommen wurde, das anschließend die Ägäis verließ und nach Ägypten fuhr, wo es den Sueskanal durchquerte. Offenbar hat die ägyptische Regierung unter Zwang eingewilligt, sie ein historisches Dokument untersuchen zu lassen, das mit dem Propheten Mohammed in Verbindung steht und im Katharinenkloster auf dem Sinai aufbewahrt wird. Das Schiff ist, vermutlich mit der Bande an Bord, inzwischen auf dem Rückweg durch den Kanal oder hat möglicherweise bereits das Mittelmeer erreicht. Ich habe mich zur Ausstrahlung dieser Information entschlossen, weil ich hoffe, dass, wenn sie sich als wahr herausstellt – und ich habe keinen Grund, daran zu zweifeln –, Israel sich vielleicht dazu überreden lassen wird, seine Aktivitäten in der Ägäis einzuschränken.

Und nun möchte ich abschließend meine Kollegen in den Medien bitten, sich nicht wegen weiterer Informationen zu diesem Thema an mich zu wenden, da ich keine besitze. Und selbstverständlich bin ich nicht dazu bereit, meine Quelle preiszugeben.«

Jane verbrachte den Rest der Sendung in einer Art Blase, während das Team draußen Anrufe von Journalisten und Beamten der griechischen und ägyptischen Botschaften abwehrte. Alarmiert darüber, dass eine irische Rundfunkjournalistin gerade das delikate Spiel der internationalen Diplomatie gestört hatte, wandte sich das irische Außenministerium mit einer Beschwerde direkt an den CEO des Senders. Doch wie er Jane unmittelbar nach der Sendung erklärte, war ihre Ankündigung inzwischen von Rundfunkstationen im ganzen Land ausgestrahlt worden und begann international die Runde zu machen – es gebe also eigentlich nicht viel, was er tun könne. Jane dankte ihm für diesen nicht eben kraftstrotzenden Ausdruck der Unterstützung und sagte, sie werde jetzt nach Hause fahren und sich ihrer Erkältung widmen.

Gegen ein Uhr mittags kroch sie mit einer Wärmflasche ins Bett, und bevor die Hauptnachrichtensendungen des Tages die Folgen ihrer dramatischen Enthüllungen diskutierten, schlief sie bereits fest.

Zwei Stunden später wachte sie mit dem Gefühl auf, dass etwas im Haus anders war. Sie lauschte angestrengt, hörte aber nichts Ungewöhnliches. Es ging ihr jedoch viel besser. Auch wenn es nur vorübergehend sein mochte, war es eine Erleichterung, dieses niederdrückende, dämpfende Gefühl los zu sein, das sie seit dem Vorabend gequält hatte. Dann begann ihr Handywecker zu brummen. Es war ohnehin Zeit aufzustehen. Debbie hatte sich bereit erklärt, die Kinder abzuholen, und sie mussten inzwischen zu Hause sein. Sie schaltete die Weckfunktion aus und lauschte wieder. Jetzt hörte sie es, eine Männerstimme im Gespräch mit Debbie. Aber es war nicht Karl. Und es war nicht in Debbies Teil des Hauses.

Jane schlüpfte in ihre Jeans, ging ins Bad und spritzte sich Wasser ins Gesicht. Beim Blick in den Spiegel sah sie, dass ihre Augen klarer waren als zuvor. Es schien sich um eine kurzlebige Infektion zu handeln. Debbie hatte ihre ebenfalls fast hinter sich.

Es klopfte an der Schlafzimmertür. Sie schlüpfte in ein paar Crocs und öffnete. Debbie stand vor der Tür und wirkte sehr beunruhigt.

»Dein Freund aus der türkischen Botschaft ist hier«, flüsterte sie. »Er wartet unten.«

»Was? Warum hast du …?«

»Es tut mir leid, Jane, er sagte, es sei wichtig. ›Eine wirklich ernste Angelegenheit‹, wie er sich ausdrückte.«

Jane war verwundert. Und sie ärgerte sich über Orhun, weil er Debbie Angst gemacht hatte.

»Was ist mit den Kindern?«

»Ich hatte Karl bereits gebeten, sie abzuholen. Muss ja nicht sein, dass ich alle anstecke. Ich behalte sie drüben bei mir, bis er geht.«

Am Fuß der Treppe bog Debbie in Richtung Durchgang

ab, während Jane zum Wohnzimmer ging. Vor der Tür blieb sie stehen und strich ihr Haar zurück. Dann holte sie tief Luft und trat ein.

Orhun stand vor dem Fenster und sah hinaus.

»Was tun Sie hier, Demir?«, fragte sie.

Als er sich zu ihr umdrehte, stand sie mit verschränkten Armen vor dem Kamin.

»Es tut mir wirklich leid, Jane«, sagte er, als er sah, wie verärgert sie war. »Ich habe versucht, Sie auf dem Handy zu erreichen, seit Sie heute Vormittag auf Sendung waren, aber das hatten Sie offensichtlich ausgeschaltet. Ich habe sogar beim Sender angerufen, aber Sie waren schon weg, also blieb mir schließlich keine Wahl, als hierherzukommen.«

Ihr wurde plötzlich flau im Magen. Hatte sie die ganze Geschichte falsch verstanden? »Sie haben versprochen, mich vor zehn anzurufen, wenn sich an der Sache etwas geändert hat.«

Orhun kam mit erhobenen Händen auf sie zu. Ihr fiel auf, wie er den verbleibenden Raum im Zimmer auszufüllen schien. »Keine Angst, das ist es nicht. Karatay hatte recht, und jetzt ist der Teufel los. Aber ich bin überzeugt, dass er für das ermordet wurde, was er mir erzählt hat. Was bedeutet, dass ich wahrscheinlich ebenfalls zum Ziel geworden bin und …« Es widerstrebte ihm offenbar, es auszusprechen.

»Genau wie ich, meinen Sie? Danke, dass Sie vorbeigekommen sind, das hat mir wirklich noch gefehlt heute.«

»Sie klingen erkältet.«

»Deshalb bin ich auch direkt nach der Sendung nach Hause gefahren.«

»Ach so, ich verstehe. Aber nein, ich glaube eigentlich nicht.« Er ließ sich schwerfällig auf die Couch sinken, wo Jane am Abend zuvor Lavelles Papiere gelesen hatte.

»Sie glauben was nicht?«

»Dass Sie in Gefahr sind.«

»Warum nicht?«

»Dann müssten sie sich über alle Journalisten hermachen, die die Geschichte verbreiten. Es ist die *Quelle* der Information, die ihnen Sorgen bereitet, nicht der Überbringer.«

»Überbringer?«, fuhr ihn Jane an.

»Schlechte Wortwahl, tut mir leid. Aber Sie wissen, was ich meine. Sie werden nicht wollen, dass weitere Informationen ans Licht kommen.«

»Nur, wenn es welche gibt. Und nachdem Ihr Freund Karatay zum Schweigen gebracht wurde, können Sie das nicht wissen, oder?«

»Nur dass ich auch noch andere Quellen habe«, sagte er und hob eine Zeitschrift vom Tisch auf. »Und ich will sichergehen, dass sie nicht kompromittiert werden.« Er blätterte durch die Seiten, ohne sie wirklich anzusehen.

Für Jane klang es fast wie eine Drohung. »Was wollen Sie damit andeuten, Demir? Dass *ich* Ihre Quellen preisgeben könnte? Wie zum Teufel sollte ich das tun, wenn ich sie nicht einmal kenne? Sie haben wirklich Nerven!« Jane war jetzt ernsthaft verärgert.

Orhun schlug die Zeitschrift zu. »Ich wollte nichts dergleichen andeuten. Ich war nur besorgt, weil ich Sie den ganzen Tag nicht erreichen konnte. Was, wenn ich noch mehr Informationen für Sie gehabt hätte? Was, wenn ich Sie hätte bitten müssen, etwas zu sagen, um meine Kontakte zu schützen? Ich konnte nicht riskieren, dass Sie wieder so vom Radar verschwinden, das ist alles, was ich meinte.«

»Ich bin nicht Ihr Sprachrohr, Demir. Ich werde mir nicht von Ihnen vorschreiben lassen, was ich sage und was ich nicht sage. Und Sie haben mir nicht einmal gedankt, weil ich nichts von den fünf Millionen gesagt habe, die der Bande bezahlt wurden. Das geschah aus Rücksicht auf Sie. Der Botschafter wusste, dass Sie diese Information besaßen und hätte umso mehr Grund gehabt, Sie als denjenigen zu verdächtigen, der mit mir gesprochen hat.«

Orhun reagierte nicht sofort.

Jane löste die verschränkten Arme und suchte in ihrem Ärmel nach einem Taschentuch. Sie musste sich schnäuzen.

Orhun warf die Zeitschrift auf den Tisch und lehnte sich zurück. »Natürlich, Sie haben recht. Das war völlig daneben. Und danke, dass Sie das mit dem Lösegeld nicht publik gemacht haben. Meine einzige Entschuldigung ist, dass es ein harter Tag für mich war.« Er sah Jane zerknirscht an. »Wollen Sie sich nicht setzen? Bitte?«

Jane wandte sich ab und schnäuzte sich so diskret wie möglich, ehe sie in einem Sessel ihm gegenüber Platz nahm.

»Es ist dem Botschafter nicht entgangen, dass Sie die Geschichte am Morgen nach dem Gartenfest enthüllt haben«, sagte er. »Wie es übrigens auch keiner anderen diplomatischen Mission in der Stadt entgangen ist. Deshalb wollte er von uns allen wissen, mit wem wir auf dem Fest gesprochen hätten. Ich gab ihm eine Liste mit allen Leuten, mit denen ich nach meiner Erinnerung gesprochen hatte. Was

Sie angeht, sagte ich, ich hätte Sie und Ihr Team im Zelt begrüßt und sei dann nach draußen gegangen. Recep hat ihm zwar erzählt, dass ich im Gespräch mit einer Frau war, als er mich fand, aber zum Glück wusste er nicht, wer Sie waren, deshalb gab ich Sie auf die entsprechende Frage des Botschafters als die Frau eines bestimmten Zeitungsherausgebers aus, dessen Name ich ihm schon genannt hatte. Ich wusste, er würde sich niemals bei Ihnen erkundigen, um es zu überprüfen. Aber ich habe ganz schön geschwitzt, kann ich Ihnen sagen.«

»Der Botschafter wusste offenbar nicht, dass Sie gestern mit Ihrem Freund gesprochen hatten – oder wenn er es wusste, hatte er keine Ahnung, was Ersin Ihnen erzählt hat. Sonst hätte er sofort gewusst, dass Sie die undichte Stelle sind.«

»*Undichte Stelle?* Jetzt bin *ich* aber gekränkt.«

»Sehr witzig, Demir. Aber was ich nicht verstehe, ist Folgendes: Sie und Karatay waren als Angehörige des diplomatischen Dienstes der Türkei doch sicherlich berechtigt, Informationen ungehindert mitzuteilen. Wieso die Notwendigkeit heimlicher Gespräche und dieser … dieser anderen Quellen?«

»Weil man im diplomatischen Dienst Informationen zumeist nur auf der Basis liefert – und erhält –, was jemand wissen muss. Vertraulich, je nachdem, wie man es betrachtet. Das verringert undichte Stellen und verhindert, dass Leute ihre Nase in Angelegenheiten stecken, die sie nichts angehen sollen.«

»Aber warum eine solche Aufregung über eine Geschichte, die früher oder später ohnehin bekannt geworden wäre?«

»Der Botschafter wollte nur bestreiten können, dass es von uns gekommen war. Wir sollten uns stillhalten, bis alles geregelt war und die Amerikaner ihren Teil erledigt hatten.«

»Was aber wohl kaum auf einen Grund hinausläuft, jemanden zu ermorden.«

»Sollte man meinen. Andererseits wollte ich keineswegs andeuten, dass unsere Leute Ersin getötet haben.«

»Wer dann?«

»Wer durch seine Enthüllung am meisten zu verlieren hatte.«

»Die Belisarius Brigade?«

»Richtig, aber ich hätte nicht gedacht, dass sie über die Ressourcen verfügt, unser Außenministerium zu infiltrieren. Um so etwas zu tun, brauchen sie die Hilfe einer fremden Regierung. Es erfordert jahrelange Planung.«

»Denken Sie an ein bestimmtes Land?«

»Griechenland höchstwahrscheinlich. Wenn man unsere belastete Beziehung bedenkt. Und das Thema der Hagia Sophia und so weiter.«

»Aber da gibt es auch noch Armenien und die Kurden. Oder vielleicht eine Fraktion innerhalb Ihrer eigenen Regierung, die zu schmutzigen Tricks greift.«

Orhun seufzte. »Sie haben recht, die Liste der Möglichkeiten ist lang. Sinnlos, zu …«

Jane hatte eine Hand ans Ohr gelegt, um besser zu hören. Bethann weinte irgendwo im angrenzenden Haus. Sie war vermutlich hingefallen oder hatte mit Scott oder einem der anderen Kinder gerauft.

Orhun hörte es ebenfalls und setzte sich auf. »Hören Sie, Jane, ich entschuldige mich dafür, so in Ihr Privatleben eingedrungen zu sein. Ich war wohl ein bisschen paranoid. Können Sie mir vergeben?«

»Solange Sie nicht vergessen, dass es Ihnen auf keinen Fall eine Art Kontrolle über mich verleiht, wenn Sie mir Informationen zukommen lassen.«

»Akzeptiert.«

Jane stand auf.

Orhun erhob sich ebenfalls und schnippte ein imaginäres Stäubchen von seinem Nadelstreifensakko. »Es wundert mich, dass Sie mich nicht gefragt haben, was sich in der Welt tut, seit Sie die Bombe platzen ließen.«

»Ich hatte Angst davor. Sie sagten, der Teufel ist los.«

»Nicht wirklich«, antwortete er mit einem Lächeln. »Israelische Kampfflugzeuge sind ein paar Aufklärungseinsätze über den Sueskanal geflogen. Kairo hat ihn daraufhin zu einer Flugverbotszone erklärt, in der in diesem Augenblick die ägyptische Luftwaffe Patrouille fliegt. Bedeutender für uns ist aber, dass Israel seine Schiffe aus der Ägäis abzieht.«

»Gute Nachrichten für die Türkei also?«

»Ja. Es wäre wohl so oder so passiert, aber dass Sie an die Öffentlichkeit gegangen sind, hat die Sache beschleunigt.«

»Hm. Ich komme nicht umhin, mich irgendwie manipuliert zu fühlen.«

»Aber es war Ihre Entscheidung, die Story zu verbreiten, Jane«, sagte er und fügte an: »Schließlich sind Sie mehr als nur ein Überbringer, oder?«

Jane funkelte ihn böse an.

»Ich merke schon, es ist Zeit für mich zu gehen.«

Sie führte ihn in den Flur. »Auf Wiedersehen, Demir«,

sagte sie und öffnete die Tür. »Wenn Sie das nächste Mal Ihren Erfolg mit jemandem teilen müssen, schlage ich vor, Sie rufen Recep in Ihr Büro.«

Orhun ging hinaus und drehte sich um, um etwas zu sagen.

Aber Jane schloss bereits die Tür.

30

Sein Herz schlug heftig. Vielleicht gab es eine logische Erklärung für das, was er gerade entdeckt hatte. Aber Bruder Petros befürchtete das Schlimmste.

Die amerikanische Expertin, der sie die Untersuchung des Ahdname erlaubt hatten, war vor einigen Tagen gekommen und wieder abgereist. Zu der Gruppe, die eingetroffen war, hatten drei Vertreter der ägyptischen Regierung gehört, ein wie eine Ninja-Kriegerin aussehendes asiatisches Mädchen, das er für die Assistentin der Expertin oder möglicherweise ihre Leibwächterin hielt, und die Paläografin selbst.

Er hatte keine Frau erwartet. Nicht dass Frauen im Kloster nicht zugelassen waren. Aber als einer der Bibliothekare, die Englisch sprachen, sollte er ihr bei ihrem ganztägigen Besuch zur Seite stehen. Und sie war relativ jung, Mitte dreißig, schätzte er, und sehr attraktiv.

Ihr Name war Dr. Barbara Kelsey, und nachdem sie einander am Morgen vorgestellt worden waren, hatte er sie durch die Bibliothek geführt. Der Abt hatte die Ägypter zu Erfrischungen eingeladen, gefolgt von einer zwanglosen Tour durch das Kloster, während die Leibwächterin oder was immer sie war, sich am öffentlichen Eingang zur Bibliothek postiert hatte. Der für Besucher zugängliche Teil war an diesem Tag geschlossen, aber es gab immer Leute, die eine geschlossene Tür mit einem Schild, auf dem »Kein Zutritt« stand, als einen Angriff auf ihre persönlichen Rechte ansahen.

Die Bibliothek hatte sich in den letzten Jahren durch Renovierung und neue Methoden der Konservierung stark verändert. Eine der größten Veränderungen betraf das Projekt, bei dem der größte Teil der Handschriften und frühen gedruckten Bücher in speziell konstruierte Edelstahlbehälter verlegt wurde. Die großartige Sammlung der Bibliothek sollte dadurch besser vor dem Zahn der Zeit geschützt werden und vor Erdbeben und Feuer sicher sein, aber es machte einen Besuch sehr viel weniger attraktiv. Noch gab es jedoch genügend nicht verpackte Bände in den Regalen hier und dort, die man bei einem kurzen Besuch herzeigen konnte, insbesondere in der Nähe des Digitalisierungsstudios, wo einige Texte aus dem 1975 gefundenen Schatz versammelt waren.

Bei ihrem Rundgang wurde sich Bruder Petros mehr und mehr Dr. Kelseys Weiblichkeit bewusst. Und obwohl sie durchaus sittsam gekleidet war, bemerkte er, als sie die Treppe zur Galerie hinaufstiegen, dass ihre wohlgeformten Beine nackt waren. Ihm dämmerte, dass er den größten Teil des Tages in relativer Nähe zu ihr verbringen würde, denn es war üblich, dass man Forscher, die zu Besuch weilten, diskret überwachte. Doch in seinem Kopf bildete sich bereits eine Strategie heraus.

Er zeigte ihr gerade ein Manuskript, an das er sich jetzt nicht mehr erinnerte, als sie fragte: »Verleihen Sie die Sachen auch?«

Bruder Petros lächelte. Sein langer Bart war von Grau durchsetzt, aber er war noch keine vierzig.

»Selten. Wir mussten vor nicht allzu langer Zeit eine schmerzliche Lektion lernen.«

»Ach ja?«

»Ja. Im Jahr 1865.« Er wartete auf ihre Reaktion.

»Mein Gott, das ist ja wirklich noch ganz frisch«, ging sie auf seinen Witz ein. Die Bibliothek existierte seit siebzehnhundert Jahren. »Was ist passiert?«

»Der Codex Sinaiticus, eine Bibel aus dem 4. Jahrhundert, wurde von einem deutschen Gelehrten namens Konstantin von Tischendorf im Auftrag des russischen Zaren ausgeliehen. Er wurde nach St. Petersburg geschickt, kam aber nie mehr zurück.«

»Man sieht, dass Sie immer noch verärgert darüber sind«, sagte sie und lächelte. »Ich bin genauso, was das Verleihen von Büchern angeht. Ich erinnere mich an alle, die nicht mehr zurückkommen, aber irgendwie vergesse ich immer, wem ich sie geliehen habe.«

Diese Unterhaltung entkrampfte ihr Verhältnis spürbar, und als sie den kleinen Tisch, auf dem der Schutzbrief Mohammeds lag, erreichten, glaubte Bruder Petros, seine Wachsamkeit ein wenig lockern zu können. Man hatte vereinbart, dass das Dokument, das ursprünglich eine Schriftrolle war, aus dem Glasrahmen entfernt wurde, in dem es ausgestellt war.

Er entschuldigte sich für das schlichte Mobiliar. Die Bibliothek mochte an zweiter Stelle hinter der des Vatikans kommen, aber sie wurde immer noch von klösterlicher Kargheit beherrscht, auch wenn es seit Kurzem einen Lesesaal für zu Besuch weilende Wissenschaftler gab. Der Abt hatte jedoch verfügt, das Ahdname nicht weit von der Wand zu entfernen, an der es normalerweise hing.

Bruder Petros sah, wie Dr. Kelsey ihre Tasche auf den Tisch stellte und ihr die Hilfsmittel entnahm, die man ihr genehmigt hatte: eine Digitalkamera, ein Vergrößerungsglas mit eingebauter LED-Lampe, die nur kaltes Licht ausstrahlte, ein Notizbuch, Bleistifte und ein klobiger Zeichenblock für Künstler – andere Zeichen- oder Schreibinstrumente waren nicht erlaubt. Weiße Baumwollhandschuhe waren nicht mehr vorgesehen, da sie keinen Vorteil gegenüber sauberen Händen boten. Im Gegenteil war man mit Handschuhen weniger geschickt beim Umblättern der alten Manuskripte, was die Gefahr einer Beschädigung nur vergrößerte.

Der Schutzbrief war aus Papier, das auf Textil gespannt war, und es handelte sich um eine türkische Kopie des auf den 7. Juli 623 datierten arabischen Originals. Wo der Handabdruck des Propheten ursprünglich die Sicherheitsgarantie für das Kloster beglaubigt hatte – da er seinen Namen nicht schreiben konnte –, befand sich nun die grobe Zeichnung einer Hand. Bruder Petros hatte keine Ahnung, was Dr. Kelsey zu beweisen oder zu widerlegen hoffte. Niemand behauptete, das Dokument sei etwas anderes als eine Kopie des Originals, von Sultan Selim im Jahr 1517 dem Kloster zur Verfügung gestellt. Es war außerdem die Mutter weiterer Kopien in orthodoxen Klöstern, die mit dem Katharinenkloster in Verbindung standen. In dieser Hinsicht hatte sich die Macht des Ahdname häufig als Talisman gegen Herrscher erwiesen, die willkürlich entscheiden mochten, die weitere Existenz eines Klosters zu bedrohen. Was versuchte sie also festzustellen? Ihre einzige Information war, dass die extremistische orthodoxe Gruppe, die die Hagia Sophia besetzt hielt, es verlangt hatte. Aber was genau eigentlich?

Als Dr. Kelsey ihre Jacke auszog, ehe sie sich an den Tisch setzte, beschloss Bruder Petros, es zu riskieren. »Was hoffen Sie zu entdecken?«, fragte er rundheraus.

Sie sah ihn gleichmütig an. »Ich bin als Expertin für ottomanische Dokumente hier. Man hat mich gebeten zu bestätigen, dass dies die Kopie des Schutzbriefs ist, die Sultan Selim dem Kloster als Ersatz für das Original gestiftet hat. Das ist alles.«

Es war eine Antwort, bei der ihm irgendwie unbehaglich zumute wurde. Als würde der gute Ruf des Klosters infrage gestellt. Eine merkwürdige Situation, die eine angeblich proorthodoxe Gruppe da geschaffen hatte. Doch dann schweiften seine Gedanken ab, denn als Dr. Kelsey ihre Jacke über die Stuhllehne hängte und sich setzte, konnte er nicht umhin zu bemerken, wie die eng sitzende Bluse, die sie trug, ihren üppigen Busen betonte. Er konnte sogar das Muster ihres BHs durch den Stoff sehen. Er hatte nicht die Absicht, sich auf längere Diskussionen mit ihr einzulassen.

»Ich überlasse Sie dann mal Ihrer Arbeit«, sagte er. »Wenn Sie mich brauchen, ich bin in dem ehemaligen Ikonenraum auf der anderen Seite des Gangs.« Er nickte in Richtung Tür. Bruder Petros war ein Mann, der sich seinen heiligen Pflichten hingebungsvoll widmete. Und den ganzen Tag dazusitzen und eine so attraktive Frau wie Dr. Kelsey zu beobachten würde ihn nur ablenken.

Ein paar Stunden später klopfte sie an die Tür des Raums, der früher die Ikonensammlung des Katharinenklosters beherbergt hatte. Die Sammlung war in einen anderen Teil des Klosters verlegt worden, man hatte nur einige Bilder zurückgelassen, um den in der Bibliothek tätigen Mönchen eine Gelegenheit zu stiller Kontemplation zu geben.

Der Abt hatte angeordnet, ihr ein Mittagessen zu bringen, wann immer sie es wünschte, deshalb nahm Bruder Petros an, dass sie jetzt ihre Pause machen wollte.

»Ich bin fertig mit dem, was ich hier zu erledigen hatte«, sagte sie, als sie die Tür aufmachte. Sie hatte ihre Jacke wieder an und die Tasche über der Schulter hängen.

Das überraschte Bruder Petros. Er hatte erwartet, sie würde den ganzen Tag hier sein, und er müsste sich ewig in ihrer Nähe herumdrücken, bis sie endlich fertig war. »Äh … und?«, sagte er.

»Ich werde mir meine Notizen und Fotos noch genauer ansehen müssen. Und mein Bericht wird natürlich vertraulich sein.« Sie lächelte. »Aber es besteht kein Grund zur Sorge für Sie.« Sie sagte es auf eine Weise, dass er sich vorkam wie ein Schulkind, dessen Lehrer gerade die Hausaufgabe korrigiert hatte.

Kein Grund zur Sorge, hatte sie gesagt. Doch jetzt hatte er wahrhaftig einen Grund zur Sorge. Bruder Petros hatte nämlich gerade Dr. Kelseys Zeichenblock in einem der Regale gefunden.

Es war in dem Bereich, der dem Fund von 1975 gewidmet war. Er hatte ihr diese Sammlung bei seiner Führung durch die Bibliothek gezeigt und erklärt, dass einige der Werke immer noch studiert würden, während andere zur Digitalisierung eingeplant seien. Das Studio war ein Stück von ihrem Arbeitsplatz entfernt, der Zeichenblock konnte also nicht versehentlich dort abgelegt worden sein.

Er stand aufrecht zwischen zwei Handschriften in Schutzhüllen, die man vorübergehend auf dem Rücken mit einem Code etikettiert hatte, der ihren Platz im Studienprogramm anzeigte. Das hatte ihn zuerst verwirrt, denn der

Block war ähnlich etikettiert, offenbar, um vorbeigehende Bibliothekare zu täuschen, die zufällig einen Blick darauf warfen. Als er ihn zwischen den beiden anderen Bänden herauszog, war ihm klar, dass Dr. Kelsey ihn dorthin gestellt hatte, um einen dritten zu ersetzen, den sie gestohlen hatte. Es war von Anfang an geplant gewesen, ihre bauchige Tasche hatte den Austausch ermöglicht, ohne dass es beim Hinausgehen auffiel, und sie hatte das falsche Buch zurückgelassen, damit der Tausch nicht sofort auffiel.

Wenigstens befand sich der prächtige Behälter, in dem man das Buch gefunden hatte, noch wohlverwahrt in einem anderen Teil der Bibliothek. Manuskripte, die studiert werden sollten, wurden aus ihren Hüllen genommen, und dieses hier hatte in einem emaillierten, goldenen Buchschrein von der Art gesteckt, die man normalerweise mit Evangelien und anderen heiligen Texten in Verbindung brachte. Aber es war kein biblisches Manuskript. Es war ein Buch mit Prophezeiungen aus dem 8. Jahrhundert.

Bruder Petros setzte sich und überlegte, was da direkt vor seiner Nase passiert war. Dann fing er zu lachen an. Nach all der Aufregung und Sorge um den Schutzbrief Mohammeds, der längst wieder an seinem Platz an der Wand stand, erheiterte ihn die Entdeckung, dass auch dieser, genau wie die attraktive Dr. Kelsey, die ganze Zeit nur als Ablenkung gedient hatte.

31

Jane schaltete zwischen verschiedenen Nachrichtensendern hin und her, während sie darauf wartete, dass die Kinder – vor allem Bethann – zur Ruhe kamen. Ihre Tochter war auf Karens Bett herumgehüpft und gefallen, wobei sie sich die Wange an einer Kommode angeschlagen hatte. Daraus war langsam ein blaues Auge entstanden, was sich im Lauf des Abends zu einer Quelle großer Faszination für Bethann auswuchs. Bisher war sie rund zehn Mal vom Bett zum Badezimmerspiegel geflitzt, um zu sehen, ob sich weitere Änderungen bezüglich Größe und Farbe ergeben hatten.

Israel hatte bestätigt, dass es seine Blockade beendete und sich auf die Suche nach dem Schiff mit der Belisarius Brigade an Bord konzentrierte. In einem Interview sagte ein israelischer Regierungssprecher, eine entsprechende Ankündigung sei bereits »am Vormittag« erfolgt. Da dies mit der Ausstrahlung ihrer Sendung zusammenfiel, lag für Janc der Verdacht nahe, dass die Entscheidung, die Brigade zu jagen, zu diesem Zeitpunkt bereits feststand – dass die Israelis also schon vor ihrer Sendung einen entsprechenden Hinweis bekommen hatten. Das würde erklären, warum sich die israelische Botschaft nicht die Mühe gemacht hatte, sich an TalkNation zu wenden. Es spielte allerdings keine große Rolle – sie war zuerst und vor allem Journalistin und früher als irgendwer sonst mit der Geschichte herausgekommen.

In der Zwischenzeit war das Schiff der Brigade verschwunden. Die für den Sueskanal zuständige Behörde behauptete, die Durchfahrt des Schiffs sei nirgendwo dokumentiert. Und der elektronischen Überwachung durch die Vereinigten Staaten schien es irgendwie entkommen zu sein. Offenbar war es »auf Tauchstation gegangen«, indem es sein AIS-System abgeschaltet hatte, was gegen internationales Recht verstieß – ein Vergehen, das der Bande schwerlich großes Kopfzerbrechen bereitete.

Jane seufzte. Es schien, als sei man der Ergreifung der Belisarius Brigade keinen Schritt näher gekommen. Wie immer das Ende der Blockade zu bewerten war, ihre Hoffnungen in dieser Hinsicht waren jedenfalls geplatzt. Da die Begegnung mit Orhun immer noch an ihr nagte und ihre Erkältungssymptome noch nicht ganz abgeklungen waren, beschloss sie, früh zu Bett zu gehen und sich hoffentlich rundum besser zu fühlen, wenn sie am Dienstagmorgen aufwachte.

Aber wenn sie nach oben ging, solange Bethann noch herumlief, würde die Kleine zu ihr ins Bett kriechen wollen, und dann würde sie schlecht schlafen, da sich das Kind pausenlos hin und her wälzte.

Während Jane noch schwankte, was sie tun sollte, fiel ihr Blick auf den Stapel der Zeitungen, die seit Sonntag auf dem Beistelltisch lagen, und sie beschloss, sie zum Altpapierbehälter zu bringen. Lavelles Briefumschlag befand sich obenauf, und sie legte ihn beiseite. Als sie von draußen wieder hereinkam, lag er allein auf dem Tisch. Die Vorstellung, sich noch einmal mit Material zu quälen, das so viel Schmerz in ihr Leben gebracht hatte, sagte ihr nicht eben zu. Sie war versucht, das Kuvert in eine Schublade zu legen und zu vergessen. Aber das wäre nicht fair gegenüber Lavelle gewesen. Wenn er wollte, dass sie alles las, sollte sie seinen Wunsch respektieren.

Sie holte die Papiere heraus. Das Einzige, was sie noch nicht gelesen hatte, war der letzte Teil des getippten Texts und ein paar handschriftliche Absätze.

Ein paar Worte – meine letzten, glaube ich! – über KOSS.

Kurz nachdem ich meinen Entführern auf den Philippinen entkommen war, nahm ich Kontakt mit Cultwatch in den USA auf und bat sie, mich über die Aktivitäten der Hüter des Siebten Siegels auf den neuesten Stand zu bringen. Sie sagten, KOSS sei nicht länger eine von einem Guru geführte Gruppe, die in Wüsten- und Waldlagern haust – wie Du selbst ebenfalls entdeckt hast. Wie viele Sekten hätten sie sich davon wegentwickelt, einer »Führerpersönlichkeit« zu folgen, sondern würden eher wie ein Unternehmen agieren, allerdings eins, das sich über zwielichtige Aktivitäten finanziert. Diese werden von einem bewaffneten Flügel durchgeführt, der die Aufgabe hat, auf jede von ihnen gewählte Art Geld zu verdienen. Diese Einheit widmet sich außerdem dem ursprünglichen Ziel der Sekte – die Prophezeiungen in der Vision des Gorman, sprich: das Ende der Welt herbeizuführen.

Ein Teil des Einkommens von KOSS geht in die Beschaffung und Erforschung alter Manuskripte, insbesondere nichtkanonische Evangelien, die sibyllinischen Prophezeiungen und andere judäisch-christliche prophetische Schriften. Dabei sind sie mit einer Stiftung zur Erforschung von Manuskripten namens Scripture and Science in Kontakt gekommen; zu deren größten Spendern gehört der amerikanische Weltuntergangsprophet Reverend R. J. Harper – Du kennst ihn wahrscheinlich für seine häufigen Vorhersagen eines Termins für die »Entrückung«, die »Große Drangsal« und so weiter. Harper gilt als Spinner, aber Cultwatch vermutet, er erhält Unterstützung von fundamentalistischen Bibelchristen, die überzeugt sind, dass wir in den letzten Tagen leben. Für sie ist Harper der einsame Warner, der eines Tages recht behalten wird.

Lavelle hatte sich in den letzten Tagen seiner Krankheit große Mühe gegeben, sie auf den neuesten Stand über die Vision des Gorman zu bringen und einige Dinge über KOSS klarzustellen, die ihre jüngsten Aktivitäten erklärten. Aber sie fragte sich immer noch, warum es ihm so wichtig war, dass sie das alles wusste.

Sie hörte kleine Füße ein weiteres Mal ins Badezimmer laufen und kam zu dem Schluss, dass sie wohl eine Weile bei Bethann würde sitzen und ihr vielleicht eine Gutenachtgeschichte vorlesen müssen, um sie zum Einschlafen zu bewegen. Dann konnte sie wieder nach unten gehen und vielleicht ein Glas Wein trinken. Aber mit ihrer immer noch verstopften Nase würde er nach nichts schmecken. Und einmal richtig ausschlafen würde ihrer Erkältung vielleicht endgültig den Garaus machen. Es musste ein gutes Zeichen sein, dachte sie plötzlich, dass sie Vorwände suchte, um *nicht* zu trinken statt andersherum.

Sie hatte die Schriftstücke gerade zur Hand genommen, um sie wieder mit der großen Büroklammer zusammenzuheften, als ihr Lavelles handgeschriebene Seite herausrutschte. Die Schrift war nur mit Mühe als dieselbe wie bei der Eingangsnotiz erkennbar. Tränen traten ihr in die Augen. Lavelle war offenbar bis an die Grenze gegangen, um seine Nachricht zu beenden.

Die Besetzung der Hagia Sophia ließ mich ein letztes Mal zur Vision des Gorman zurückkehren. Der Name, den sich die Bande gegeben hat, löste die Erinnerung an eine Prophezeiung aus, die in *Das Geheimnis vom Berg Sinai* veröffentlicht wurde. Ich habe sie schließlich gefunden und schreibe sie hier für Dich auf:

»Wenn die vier flammenden Seraphim wieder in ihrem Glanz unter der Kuppel der großen Kirche erscheinen, wird sich Belisarius' Armee aus ihrem nassen Grab erheben, um Rache an all jenen zu üben, die den heiligen Ort entweiht haben.«

Seraphim sind sechsflügelige, von Feuer umgebene Engel. Meines Wissens gibt es vier davon als Mosaike unter der Kuppel der Hagia Sophia, die man in ottomanischer Zeit übertüncht und deren Gesichter man unter Metallmasken versteckt hatte. Gegenwärtig werden sie jedoch freigelegt und restauriert. Und heute habe ich in den Nachrichten gehört, dass die Bande durch eine Zisterne Einlass in die »große Kirche« gefunden hat. Ich denke, man kann davon ausgehen, dass die Belisarius Brigade absichtlich so vorgegangen ist. Man muss nicht allzu angestrengt nachdenken, um dahinterzukommen, wer sie wirklich sind.

Noch ehe Jane zu Ende gelesen hatte, wurde ihr durch und durch übel. Lavelle hatte buchstäblich mit seinem letzten Atemzug sichergestellt, dass sie die Wahrheit erfuhr. KOSS steckte hinter der Besetzung der Hagia Sophia. Und hinter allem, was seither passiert war.

32

Die Entdeckung, dass die Besetzung der Hagia Sophia ein Unternehmen von KOSS war, ließ Jane eine schlaflose Nacht verbringen, in der sie die Ereignisse der letzten Wochen noch einmal durchging und die Motive der Sekte zu ergründen versuchte.

Ein ganzes Land wie die Türkei zu erpressen, während die Welt zuschaute, war ein weitaus kühneres Unterfangen als die Entführung eines Priesters in einem abgelegenen Teil der Philippinen. Aber sie verstand, dass diese Aktion es KOSS ermöglicht hatte, ein hohes Lösegeld zu erpressen, während sie zugleich etwas unternahmen, was mehr im Einklang mit ihrer Selbsteinschätzung lag. Sie waren immerhin dabei, die Geschichte zu verändern, und wenn sie es kombinieren konnten, finanzielle Mittel zu beschaffen und im großen Stil Zwietracht zu säen, dann umso besser aus ihrer Sicht.

Doch erzeugten sie damit nicht gleichzeitig einen Nebelschleier – etwas, hinter dem sie sich versteckten, während sie einen anderen Teil ihrer Mission ausführten? Sie fragte sich auch, welche Bedeutung ihre scheinbar kleineren Forderungen hatten. Ihre Sorge um den Schutzbrief Mohammeds galt augenscheinlich dessen Echtheit, aber es gab keine Garantie, dass es tatsächlich so war. Jane war bereits durch den Kopf gegangen, dass die *Vision des Gorman* in derselben Bibliothek untergebracht war, aber sie konnte sich nicht vorstellen, welche Verbindung es zwischen ihr und dem Schutzbrief geben könnte. Nur eins war sicher – das Interesse der Brigade an Mohammeds Brief war bestimmt alles andere als gutartiger Natur.

Über den anderen Gegenstand, von dem Orhun gesprochen hatte, diese Zeitbüchse, wusste sie nur, was er erzählt hatte. Aber mit Sicherheit steckte ein finsterer Grund hinter den Versuchen der Sekte, sie zu finden.

Während der Sendung am nächsten Morgen schweiften ihre Gedanken häufig von dem Thema ab, das sie mit einem Studiogast oder mit einem Hörer am Telefon besprechen sollte. Es fiel ihr schwer, sich zu konzentrieren, da ihr so viele andere Sachen durch den Kopf gingen. Und sie konnte mit niemandem im Team wirklich darüber reden.

Ihr Alleingang am Vortag hatte die anderen überrascht, und auch wenn es der Sendung eine gewaltige Publicity inner- und außerhalb Irlands eingebracht hatte, war Jane klar, dass sie sich ausgeschlossen fühlten. Und während sie nach der Sendung nach Hause gefahren war, hatten ihre Kollegen sich mit einer Flut von Anfragen herumschlagen müssen. Die meisten Anrufer wollten wissen, woher ihre Informationen stammten, und da Jane sich dem Team diesbezüglich nicht anvertraut hatte, fühlten sie sich umso mehr an den Rand gedrängt. Sie hatte versucht, ihnen zu erklären, es sei besser, wenn sie es nicht wussten, doch das war nicht gut angekommen.

Aber wenn sie alle nach der Sendung im Konferenzraum versammelt und darüber informiert hätte, dass eine Sekte, mit der sie vor einem Jahrzehnt eine Auseinandersetzung gehabt hatte, für das ganze Geschehen der letzten zwei Wochen verantwortlich war und dass sie das aus einem Brief wusste, den ein toter Priester geschrieben hatte, würden sie wahrscheinlich an ihrem Geisteszustand zweifeln. Oder zumindest annehmen, dass sie sehr gestresst war.

Damit blieb ihr nur eine Möglichkeit. Und die gefiel ihr ganz und gar nicht.

Nach der Sendung blieb sie, wo sie war, als das Studiopersonal ins Büro zurückging. Sie machte sich ein paar Notizen und rief dann Orhun auf seinem Handy an.

»Wir müssen reden«, sagte sie, als er sich meldete.

»Über gestern?«, fragte er. Es war eine naheliegende Schlussfolgerung.

»Nein. Über die Belisarius Brigade, und wer wirklich dahintersteckt.«

»Ich weiß nicht, wer dahintersteckt. Aber wenn ich es wüsste, würde ich es …«

»*Ich* bin diejenige, die es weiß, Demir. Und Sie bekommen diese Information exklusiv, vorausgesetzt, Sie tun, was ich sage.«

»Ist das ein Spiel, Jane? Etwas, das Sie sich ausgedacht haben, um es mir heimzuzahlen?«

»Es ist kein Spiel, Demir. Ich meine es todernst.«

»Wissen Sie, *wo* sie sind?«

»Nein. Aber ich bin mir sicher, ihre wahre Identität zu kennen, könnte dabei helfen, es herauszufinden.«

»Was müsste ich im Gegenzug für diese … Information tun?«

»Sie müssten mir Ihr Ehrenwort geben, sie nicht dazu zu benutzen, einen diplomatischen Vorteil für die Türkei herauszuschlagen.«

»Ich weiß nicht, was Sie meinen.«

»Ich will, dass diese Leute vom Angesicht der Erde getilgt werden.«

»Hoppla, das ist aber starker Tobak aus Ihrem Munde.«

Jane begriff, dass sie ihre Emotionen zu stark ins Spiel gebracht hatte. »Ich will nur nicht, dass das Ganze zu einer Art Faustpfand in Ihren Beziehungen zu anderen Ländern wird. Wenn die Angehörigen der Bande zum Beispiel amerikanische Staatsbürger wären, könnten die USA versucht sein, diese Tatsache zu vertuschen. Also würden sie Ihnen als Gegenleistung für Ihr Schweigen einen Gefallen tun. Und die Bande würde womöglich nie ihrer gerechten Strafe zugeführt. Sie haben Menschen ermordet und sollten zumindest gefasst und vor Gericht gestellt werden.«

»Ich stimme zu – in allen Punkten. Jetzt erzählen Sie.«

»Ist Ihr Handy sicher?«

»Das kann ich nicht garantieren.«

»Dann riskiere ich es lieber nicht. Ihr Freund wurde für weniger getötet. Besser wir treffen uns irgendwo.«

»Warum nicht hier in der Botschaft? Haben Sie schon gegessen? Ich könnte ein Sandwich organisieren.«

Zum ersten Mal seit einer scheinbaren Ewigkeit huschte ein Lächeln über Janes Gesicht. »Sie verstehen es wirklich, eine Dame zu verwöhnen. Ich bin schon unterwegs.«

Sie stand auf und strich das schwarz-weiß gemusterte Kleid glatt, das sie am Morgen ausgesucht hatte. Es passte gut zu der langen schwarzen Jacke, die sie während der Sendung über die Lehne des Studiosessels gehängt hatte.

Ehe sie das Studio verließ, sammelte sie die Zeitungen ein, die sie vor Beginn der Sendung gelesen hatte. Eine der

Titelgeschichten hatte erheblich zu ihrer Nervosität während der letzten Stunden beigetragen. Ein Scharmützel zwischen einem israelischen und einem ägyptischen Kampfflugzeug hatte zum Absturz der ägyptischen Maschine geführt. Der Pilot hatte sich mit dem Schleudersitz retten können, aber das Flugzeug war in ein Treibstofflager am Ufer des Kanals gestürzt, und dieser war vorübergehend für die Schifffahrt gesperrt worden. Als Vergeltung für die israelische Aktion kündigte der Iran an, er werde seine Kriegsschiffe im Roten Meer in den Golf von Akaba schicken, wo die Israelis einen Marinestützpunkt hatten. Der Aufruhr, der im nördlichen Mittelmeer begonnen hatte, drohte nun, den gesamten Nahen Osten zu erfassen.

33

Orhuns geräumigem Büro im zweiten Stock einer roten Ziegelvilla sah man noch an, dass es einmal der Salon eines Vorstadthauses gewesen war. Als seine Sekretärin Jane hineinführte, stand er am Fenster und sah hinaus wie beim letzten Mal, als sie ihn getroffen hatte. Er kam und begrüßte sie mit einem formellen Handschlag, während die Sekretärin an der offenen Tür wartete.

»Tee oder Kaffee?«, fragte er. Er hatte kein Sakko an und trug ein fliederfarbenes Hemd mit einer silbern und purpurn gestreiften Krawatte.

»Kaffee, bitte.«

»Für mich das Übliche, Sema. Und Sie haben vorhin Sandwichs kommen lassen, was gibt es?« Er sah Jane an. »Sie sind von einem fantastischen italienischen Feinkostladen, in dem wir immer einkaufen.«

Sema, eine elegante Frau mit bezauberndem Auftreten, zählte eine kleine Auswahl auf, und Jane entschied sich für eines mit Chili-Ziegenkäse, roter Paprika und Ruccola.

Als sie gegangen war, wies Orhun auf einen großen Kamin mit zwei grünen Ledersesseln davor.

»Leider kein Feuer heute, aber ich sitze mittags lieber mit einem Sandwich hier, als dass ich ausgehe. Es ist wie in einem altmodischen Herrenclub.«

»Mit altmodischer weiblicher Bedienung, hm?«, sagte

sie, nahm in einem der Sessel Platz und stellte ihre Umhängetasche auf dem Teppich daneben ab.

»Machen Sie sich keine falschen Vorstellungen über Sema. Sie ist eine hoch ausgebildete Mitarbeiterin des militärischen Abwehrdienstes. Sie spielt nur gern die Sekretärinnenrolle voll aus.« Er sah sich im Zimmer um. »Ich glaube, das Haus hier hat diese Wirkung auf sie.«

Jane sah ihn skeptisch an.

Orhun lächelte. »Ich mache natürlich nur Spaß.« Er erklärte, dass Semas Mann ein hochrangiger Diplomat in der Botschaft war und dass sie eine achtjährige Tochter hatten. »So, was haben Sie mir zu sagen?«

Jane hatte unterwegs darüber nachgedacht. Sie würde nicht einfach damit herausplatzen.

»Zuerst muss ich Ihnen ein paar Hintergrundinformationen geben.«

Er zuckte mit den Achseln. »Wenn Sie müssen.«

»Bei unserer Unterhaltung am Sonntag kamen wir auch auf die Explosion zu sprechen, die meinen Mann getötet hat. Ich hatte Ihnen zuvor schon davon erzählt, aber ohne Einzelheiten.«

»Außer dass es sich um eine Verwechslung gehandelt hatte.«

»Es war keine Verwechslung. Es war eine vorsätzliche Tat, die mich ebenfalls töten sollte.«

Orhun runzelte die Stirn, sagte aber nichts.

»Vor etwas mehr als elf Jahren entdeckte ich, dass meine Schwester in einer fanatischen, in den USA beheimateten Sekte war. Sie nannten sich die Hüter des Siebten Siegels und glaubten an die Weltuntergangsprophezeiungen eines als Gorman bekannten irischen Mönchs aus dem 8. Jahrhundert. Ihr Führer war ein psychopathischer Asket, der verschiedene Formen der Selbstverstümmelung praktizierte und predigte. Hazel erreichte den Rang einer »roten Märtyrerin«, was bedeutete, sie hatte sich dafür qualifiziert, ihr Leben für die Sache zu opfern. Deshalb schickten sie sie auf eine Selbstmordmission. Sie trainierten sie, Päckchen mit Sprengstoff zu schlucken, so wie es Drogenkuriere mit Stoff machen. Damit stahl sie sich dann auf ein Friedenskonzert in Bethlehem und wurde zu einer der ersten Frauen, die sich bei einem solchen Angriff selbst in die Luft sprengten …« Sie hielt inne, um ihre Worte wirken zu lassen.

»Das Friedenskonzert im Westjordanland – ich weiß«, sagte Orhun. »Wir … ich meine, *ich* dachte, die Bombe sei das Werk von Palästinensern gewesen.«

Jane war kurz verwirrt über seine Reaktion, ging aber zunächst nicht darauf ein. Das würde sie später tun.

»Das war das, was die Israelis damals behaupteten«, fuhr sie fort. »Es gab Beschuldigungen und Gegenbeschuldigungen, die Situation war sehr angespannt. Was alles zum Plan der Sekte gehörte, Gormans letzte Prophezeiung wahr werden zu lassen. Ein Konflikt zwischen Muslimen, Christen und Juden, der zu einem umfassenden Atomkrieg führt.«

Orhun schüttelte traurig den Kopf. »Was für ein Wahnsinn. Bitte fahren Sie fort.«

»Ich fand mithilfe eines katholischen Priesters namens Liam Lavelle heraus, was Hazel vorhatte, aber es war zu spät, wir konnten sie nicht mehr daran hindern, ihre Mission auszuführen. Es gelang uns allerdings, den Gründer und Anführer der Sekte, der sich zu dieser Zeit in Irland aufhielt, in eine Falle zu locken. Er wurde von der Polizei erschossen. Das war das Letzte, was ich …«

Es klopfte an der Tür.

Orhun legte den Zeigefinger an die Lippen.

Die Tür ging auf, und Sema kam mit einem Tablett herein, das sie auf ein Sideboard gleich neben dem Eingang stellte.

Sie dankten ihr, und Orhun forderte Jane mit einer Handbewegung auf, sich zu bedienen.

»Wenn Sie nichts dagegen haben, würde ich lieber erst das hier erledigen«, sagte sie und zog Lavelles Kuvert aus ihrer Tasche.

»Unbedingt«, sagte er. »Unsere Sandwichs zu essen, während wir über den Tod Ihrer Schwester und Ihres Mannes reden, wäre respektlos.«

»Ehrlich gesagt würde es mich nicht stören. Zumindest nicht, was Hazel angeht. Die Zeit hat es leichter gemacht.«

»Hm. Ich bin immer noch schockiert, was Ersin zugestoßen ist. Und morgen ist sein Begräbnis. Ich fliege heute Abend nach Ankara. Aber was ich Ihnen gestern noch sagen wollte, als ich ging, war, wie sehr ich Ihre Anteilnahme am Sonntag, als Recep mir die Nachricht überbrachte, zu schätzen wusste. Danke.«

»Das ist nicht der Rede wert«, sagte sie. »Aber um auf KOSS zurückzukommen, wie sich die Sekte jetzt nennt … Ich habe bis Ende letzten Jahres nichts mehr von ihnen gehört. Da haben sie versucht, eine Hellseherin in die Hände zu bekommen, die eine unheimliche Begabung hatte, die Zukunft vorauszusagen – zumindest kurzfristig. Sie war in einer Sendung aufgetreten, die ich produzierte, und es hat mich wieder in ihren Fokus gebracht, sodass …«

Orhun hatte die Hand gehoben, weil er eine Frage stellen wollte. »Wieso waren sie an dieser Hellseherin interessiert?«

Jane erklärte die Verbindung der Sekte mit Reverend R. J. Harper und seinen Endzeitprophezeiungen. Dann fügte sie an: »Vermutlich dachten sie auch, wenn sie in der Lage wären, Ereignisse genau vorherzusagen, die ein, zwei Tage später die Börsen auf der ganzen Welt beeinflussen, könnte das eine echte Geldmaschine für sie sein. Geld war auch das Motiv, als sie meinen Priesterfreund vor ein paar Jahren auf den Philippinen entführt und zwei Millionen Dollar Lösegeld verlangt haben – klingt bekannt, oder? Als sie dann entdeckten, wer er war, setzten sie ihn einer Infektion aus, an der er letzte Woche hier in Dublin schließlich gestorben ist. Aber er hat mir ein paar Aufzeichnungen über die *Vision des Gorman* hinterlassen, das Buch mit Prophezeiungen, für das sich KOSS so begeistert. Lesen Sie das hier ...« Sie reichte ihm Lavelles handschriftliche letzte Seite.

»Ich nehme an, Sie werden mir jetzt gleich beweisen, dass KOSS die Leute hinter der Besetzung der Hagia Sophia sind«, sagte er, als er das Blatt nahm.

»Sehen Sie selbst, was Sie davon halten.«

Orhun brauchte nur ein paar Sekunden, es zu lesen. »Hm ...«, murmelte er und gab ihr die Seite zurück. »Tut mir leid, wenn ich mich nicht beeindruckt zeige, aber Sie haben mir gerade ein paar handschriftliche Absätze gezeigt, in denen davon die Rede ist, dass ein Engelsquartett an einer Kirchenwand erscheint und Belisarius' Soldaten sich aus einem wässrigen Grab erheben. Sind das Ihre Beweise?«

Jane hatte eingeplant, dass Orhun ein wenig skeptisch sein würde, aber dass er es so abtun würde, hatte sie nicht erwartet. Doch für einen kurzen Moment sah sie es aus seiner Perspektive und erkannte seine Reaktion als gerechtfertigt. Vielleicht hatte sie Lavelle zu sehr glauben wollen, und vielleicht hatte ihre Abneigung gegen KOSS sie blind gemacht. Sie kam sich plötzlich klein und dumm vor.

»Äh … Sie müssen es im Zusammenhang sehen«, versuchte sie, Boden gutzumachen. »Diese Leute haben bei früherer Gelegenheit schon eine Prophezeiung Gormans zum Leben erweckt. Es wäre ein erstaunlicher Zufall, wenn eine andere Gruppe dasselbe tun würde.«

»Aber Sie und Ihr verstorbener Freund haben nur ein paar vage Ähnlichkeiten aufgegriffen. Und es macht mich ein wenig misstrauisch, dass es handschriftlich ist. Warum hat er Ihnen nicht einen Scan oder eine Fotokopie der fraglichen Seite geschickt?«

Jane seufzte. »Weil er dabei war zu sterben. Er hatte keine Zeit.« Sie fühlte sich jetzt unsicher. War es möglich, dass Lavelle die Prophezeiung erfunden oder ausgeschmückt hatte, weil sein Verstand von der Krankheit oder den Medikamenten, die er dagegen nahm, in Mitleidenschaft gezogen gewesen war?

Orhun stand auf. »Wissen Sie was? Ich denke darüber nach, während ich weg bin. Vielleicht strecke ich meine Fühler ein wenig nach diesen … wie sagten Sie … KOSS aus. Jetzt essen wir erst mal einen Happen.«

Jane legte das Kuvert beiseite und folgte ihm widerwillig zum Sideboard.

Orhun goss Jane Kaffee aus einer Kanne ein und schenkte sich dann selbst eine Tasse aus einem Kupferkessel mit langem Stiel ein. »Türkischer, natürlich«, erklärte er. »Wahrscheinlich ein bisschen zu stark für Ihren Geschmack.«

Sie wollte gerade eine Bemerkung machen, als das Telefon auf seinem Schreibtisch läutete.

»Entschuldigen Sie, ich muss das annehmen«, sagte er und ging zur anderen Seite des Raums.

Während Jane mit ihrem Sandwich und dem Kaffee zu ihrem Platz beim Kamin zurückkehrte, stand Orhun an seinem Schreibtisch und unterhielt sich auf Türkisch.

Jane biss in ihr Sandwich, und der Geschmack ließ sie sofort an die Basilikata denken. Dann fiel ihr Giuseppes E-Mail ein, auf die sie nicht geantwortet hatte. Wenigstens hatte sie ihm und Lucia eine kleine Dankeschön-Nachricht mit der Post geschickt.

Einige Minuten später saß Orhun im Profil zu ihr an seinem Schreibtisch, hatte die Beine hochgelegt und unterhielt sich angeregt mit seinem Anrufer. Sie beschloss, die Gelegenheit zu ergreifen und zu gehen, statt zu warten und sich weiteren Peinlichkeiten auszusetzen. Dann wäre sie auch rechtzeitig zur Programmsitzung im Sender zurück, die sie eigens auf zwei Uhr verschoben hatte, weil sie den guten Kontakt zu ihrem Team wiederherstellen wollte.

Sie aß ihr Sandwich auf und trank einen letzten Schluck Kaffee. An der Tür hustete sie kurz. Orhun drehte sich herum, und sie machte ihm ein Zeichen, dass sie ging.

Er legte die Hand auf den Hörer. »Tut mir leid, Jane«, sagte er und deutete auf das Telefon. »Ich melde mich.«

Sie nickte und ging hinaus. Zu ihrer Erleichterung war Sema nicht an ihrem Platz. Jane ging nach unten, wo die Empfangsangestellte sie hinausließ. Draußen auf der Treppe holte sie tief Luft. Sie hatte das Gefühl, es könnte eine Weile dauern, bis sie Orhun wieder traf.

34

Bei der Programmbesprechung herrschte eine gewisse Anspannung, aber Jane bemühte sich sehr, die Atmosphäre aufzulockern, indem sie sich über die für die Sendung am nächsten Morgen vorgeschlagenen Themen so begeistert wie möglich zeigte. Einer der Programmpunkte war ein Interview mit dem britischen Vulkanologen, der behauptete, der Vesuv in Italien zeige Anzeichen eines bevorstehenden Ausbruchs. Joe Brady, der den Beitrag vorbereitet hatte, scherzte, das würde wenigstens von der Situation im Nahen Osten ablenken.

Auf dem Weg zu ihrem Schreibtisch kehrten Janes Gedanken an die Szene in der Botschaft zurück, als sie Orhun Lavelles kaum zu entziffernde Notizen als Beweis präsentiert hatte. Allein der Gedanke ließ sie erröten. Wie hatte sie so naiv sein können anzunehmen, er würde ihr glauben? Und warum hatte sie selbst Lavelle unbedingt glauben wollen? – Weil er im Begriff war zu sterben? Sie kramte sein Kuvert aus der Tasche und klatschte es auf ihren Schreibtisch. Gab es noch jemanden, mit dem sie darüber sprechen konnte? Italien kam ihr wieder in den Sinn, aber diesmal war es eine Straße in Verona vor dreizehn Jahren. Das Schaufenster einer Buchhandlung und darin ausgestellt *Il segreto del monte Sinai* von Adelmo Celani und Marco Perselli.

Was hatte Lavelle gleich noch über die beiden Autoren

geschrieben? Sie war an diesem Abend ziemlich fix und fertig gewesen, deshalb musste sie das Schriftstück herausholen und nach der entsprechenden Stelle suchen.

Nebenbei bemerkt wollten Celani und Perselli meines Wissens eine überarbeitete Fassung ihres Buchs herausbringen, aber ich weiß nicht, was daraus geworden ist.

Warum fand sie es nicht einfach selbst heraus?

Eine rasche Suche im Internet förderte nur gebrauchte Exemplare des originalen Buchs zutage, das anscheinend nicht mehr gedruckt wurde. Es gab keinen Hinweis darauf, dass eine Neuausgabe erschienen war oder demnächst erscheinen würde. Aber der römische Verlag von *Il segreto del monte Sinai* hatte eine Website, auf der es eine Reihe von Büchern gab, die Perselli allein verfasst hatte – *Giordano Bruno ed il Corpus Hermeticum* handelte von einem unkonventionellen Denker, der 1600 auf dem Scheiterhaufen verbrannt wurde. Das andere war *La Sapienza Segreta*, »in dem dieser anerkannte Historiker esoterischen Wissens eine Reihe byzantinischer Texte erörtert, die die ›geheime Weisheit‹ enthalten, und erklärt, wie sie zur italienischen Renaissance führten.«

Auf einer anderen Seite der Website fand sie eine Telefonnummer der Presseabteilung des Verlags.

Die Frau, die ihren Anruf entgegennahm, redete nicht lange darum herum: Es werde keine Neuausgabe geben, da die Partnerschaft von Adelmo Celani und Marco Perselli aufgrund des Todes von Signor Celani beendet sei. Um herauszufinden, wie die Dinge inzwischen standen, würde sie mit der Lektorin reden müssen, die mit den beiden gearbeitet hatte. Nachdem Jane sich als Rundfunkjournalistin mit Interesse an ihrer Arbeit vorgestellt hatte, konnte sie die Pressefrau mühelos dazu überreden, sie zu der betreffenden Person durchzustellen. Doch nun traf sie auf mehr Widerstand. Die Lektorin, eine widerborstige Frau, die darauf bestand, Englisch zu sprechen, als fände sie, dass Janes Italienisch zu wünschen übrig lasse, teilte ihr mit, Signor Perselli trete nicht in E-Mail-Korrespondenz mit Lesern, und sie würde niemals die Telefonnummer eines Autors herausgeben. Nachdem Jane geduldig erklärt hatte, sie sei die Präsentatorin einer Talkshow mit landesweiter Hörerschaft und ihr Interesse an Persellis Arbeit sei beruflicher Natur, erklärte sich die Lektorin widerwillig einverstanden, Janes E-Mail-Adresse und Telefonnummer an ihn weiterzuleiten.

Sie gab der Frau ihre Büro- und Privatnummern, ohne damit zu rechnen, dass sie je von dem Mann hören würde. Dann räumte sie ihren Schreibtisch auf und unterhielt sich mit Ali noch über einen der Beiträge. Als sie gerade nach Hause aufbrechen wollte, läutete das Telefon auf ihrem Schreibtisch. Sie machte kehrt und nahm ab, und im ersten Moment glaubte sie, es sei Giuseppe, obwohl die Stimme sonderbarerweise fragte, ob sie Signora Jane Wade sei.

Als sich der Anrufer als Marco Perselli zu erkennen gab, setzte sich Jane wieder an den Schreibtisch und dankte ihm, dass er sich so schnell gemeldet hatte. Er erklärte, sein Englisch sei schlecht, deshalb setzten sie das Gespräch auf Italienisch fort. Was er dann sagte, überraschte sie so sehr, dass sie ihn bat, es zu wiederholen, weil sie sich vergewissern wollte, richtig gehört zu haben.

»Ich weiß, wer Sie sind«, sagte er noch einmal. »Als

Adelmo und ich entdeckten, dass die Vision des Gorman von einer Sekte zur Rechtfertigung ihrer mörderischen Aktivitäten benutzt wurde, erwogen wir, ein Buch zu schreiben, das auf die Gefahr aufmerksam macht. Dann hörten wir, Michael Roberts sei in Irland erschossen worden, und wir hielten die Geschichte für erledigt und verfolgten das Projekt nicht weiter. Zu dieser Zeit wurden wir auf Ihren Namen aufmerksam.«

»In welchem Zusammenhang?«

»Ein ehemaliges Mitglied, das den Klauen der Sekte entronnen war, schickte uns einen anonymen Brief. Er enthielt eine ›Hassliste‹, die sie erstellt hatten, kurz bevor der Mann die Sekte verließ, unmittelbar nach Roberts' Tod. Darauf standen auch Sie, mit Angaben darüber, was Sie arbeiten und so weiter.«

Jane war entsetzt. »Wenn Sie diese Information damals schon besaßen, warum haben Sie mich nicht gewarnt?«

»Welchen Sinn sollte das haben? Sie und die anderen auf der Liste wussten wahrscheinlich ganz genau, dass die Sekte sich möglicherweise an Sie heranmachen würde. Zu wissen, dass Sie auf dieser Liste standen, hätte nichts weiter bewirkt, als Ihre Angst zu vergrößern, darin waren Adelmo und ich uns einig.«

Jane verstand den Gedankengang, aber es war dennoch eine fragwürdige Entscheidung.

»Was kann ich denn nun für Sie tun, Signora Wade?« Perselli klang aus irgendeinem Grund älter, als Sie es sich vorgestellt hatte. »Geht es um die Hüter oder KOSS, wie Sie sich jetzt wohl nennen?«

»Gewissermaßen. Aber zunächst einmal war ich neugierig, warum Sie in der Folge des neu zur Verfügung stehenden Materials keine aktualisierte Ausgabe Ihres Buchs herausbrachten. Vor ein paar Minuten habe ich dann gehört, dass Ihr Kollege gestorben ist.«

»Ja, aber das ist nicht der Grund. Sie beziehen sich auf das von Professor Matheson veröffentlichte Material, nehme ich an?«

»Ja.«

»Nun, wir kamen überein, dass unsere Ansicht dazu der Besessenheit von KOSS, was die Vision des Gorman betrifft, nur neues Leben einhauchen würde. Allerdings kann es sein, dass sie unabhängig von uns zu denselben Schlussfolgerungen gelangt sind – ich habe aus verschiedenen Quellen gehört, dass sie sehr viel Geld für byzantinische Manuskripte und Artefakte ausgegeben haben. Aber lassen Sie mich auf das neue Material zurückkommen. Das Erste, worauf wir uns konzentriert haben, war das illustrierte Rätsel … Sie wissen, wovon ich spreche?«

Jane musste angestrengt nachdenken. Eine der Seiten hatte Matheson reproduziert. Die einzige illustrierte Seite in der Handschrift. Etwas über das Jüngste Gericht. »Ja, ja. Bitte fahren Sie fort.«

»Das Rätsel besagt, dass das Datum des Jüngsten Gerichts irgendwo auf dem Pergament des Manuskripts geschrieben steht. Und es heißt weiter: ›Bis es gefunden und als wahr erkannt wird, kann niemand es aus diesem Buche lesen.‹ Wir dachten, das Datum könnte vielleicht niedergeschrieben und dann absichtlich weggekratzt oder vielleicht durch einen anderen Text ersetzt worden sein. Sodass es zwar eigentlich auf dem Pergament steht, aber unsichtbar ist. Oder war. Haben Sie schon einmal von hyperspektraler Bildverarbeitung gehört?«

»Äh … nein.«

»Es ist ein fotografisches Verfahren, das gelöschten oder überschriebenen Text sichtbar macht. Man könnte es anwenden, um das Datum zu entdecken, wenn es irgendwo im Manuskript der Vision gelöscht und unter anderem Text versteckt wurde. Im Katharinenkloster verfügen sie sogar über diese Technologie.«

Jane kam sofort ein Gedanke: Hatte KOSS' Besuch dort irgendetwas damit zu tun? »Kann es sein, dass die Mönche nach dem versteckten Datum gesucht haben?«

»Das bezweifle ich. Die Vision hat nicht nur einen ziemlich fragwürdigen Ruf, sie wird auch nicht als wichtig genug eingeschätzt, um so viel Zeit und Kosten für sie aufzubringen. Außer von KOSS natürlich. Und selbst wenn das Datum entdeckt würde, müsste es dem Rätsel zufolge erst noch bestätigt werden.«

»Was glauben Sie, ist damit gemeint?«

»Wir haben spekuliert, es könnte etwas mit den Markierungen am Rand zu tun haben. Adelmo war ein Hi-Fi-Fan, und als er das Muster querstellte, haben ihn die Markierungen an die Schlitze und Regler auf der Vorderseite eines Graphic Equalizers erinnert. Wissen Sie, wovon ich spreche?«

»Ja. Man schiebt die Regler rauf und runter, um Bässe und Höhen zu regulieren. Das Mischpult in meinem Studio sieht genauso aus.«

»Ich verstehe, richtig. Als wir uns jedenfalls die Linien genauer angesehen haben, stellten wir fest, dass sie von einer Reihe winziger Eichstriche unterteilt waren wie auf einem Lineal. Deshalb baten wir Professor Matheson, uns weitere Beispiele der ursprünglichen Muster zu schicken, was er auch machte. Bei dem Bemühen, sie zu entschlüsseln, sicherten wir uns die Unterstützung eines Freunds von mir, der gut in solchen Dingen ist – mithilfe eines Computers, wohlgemerkt. Wir fingen an, indem wir sie uns als Daten dachten – Monate und Jahre, vielleicht die Nummer der Woche – aber um es einfach zu machen, nahmen wir an, dass die letzten vier der sieben Positionen für das Jahr standen. Auf diese Weise haben wir beispielsweise 2001 der Twin-Tower-Vorhersage zugeordnet. Dann gaben wir das entsprechende Datum in den byzantinischen Kalender ein und versuchten, es auf andere Muster anzuwenden.«

»Ich wusste gar nicht, dass ihr Kalender anders war.«

»Er beginnt mit der Erschaffung der Welt in dem Jahr, das bei uns 5509 v. Chr. wäre. Also arbeitet man sich von da aus vor, wobei darauf zu achten ist, dass das neue Jahr im September beginnt. Es spielte allerdings keine Rolle, denn es führte uns nirgendwohin. Auch nicht, wenn wir es umgedreht haben und die ersten vier Stellen das Jahr anzeigen ließen. Eines Tages dann kam Adelmo in mein Büro in der Geschichtsfakultät gestürzt und sagte: ›Ich hab's, Marco. Die Markierungen auf der Seite sind Anweisungen. Und wenn man ihnen folgen will, braucht man das byzantinische Äquivalent eines Equalizers‹.

›Bist du verrückt, Adelmo?‹, sagte ich zu ihm. Er erklärte, er wolle damit nicht sagen, dass es sich um ein elektrisches Ding handelte, sondern um eine Art von mechanischem Gerät mit Schiebereglern, die man in verschiedene Stellungen bewegen konnte.«

»Aber was wäre der Unterschied, ob man es auf einer Seite liest oder von einem anderen Gegenstand abliest?«, fragte Jane verwundert.

»Genau die gleiche Frage habe ich auch gestellt. Aber Sie müssen verstehen, nicht die Regler sind das, worauf es ankommt, sondern das, was sie tun, wenn sie in Stellung gebracht werden. Das Gerät war wahrscheinlich so gebaut, dass es anzeigte, wenn Planeten auf einer Linie standen oder vielleicht Zahlenreihen, genau wie wir dachten.«

»Die Regler bewegten also etwas, das man an einem anderen Teil des Apparats ablesen konnte«, sagte Jane.

»Genau.«

»Und das bräuchte man, um das Datum des Jüngsten Gerichts zu bestätigen.«

»Ja, und jedes andere Ereignis, das durch die Markierungen angezeigt wird. Adelmo glaubte, dass ein oder mehrere Regler ein Getriebe innerhalb des Instruments in Gang setzten, mit dem sich selbst bei gleicher oder ähnlicher Anordnung verschiedene Zahlenkombinationen erzeugen ließen. Weshalb man das Datum auch nicht allein dadurch herausbekommt, dass man die Muster auf der Seite analysiert. Man könnte es auch – und Sie arbeiten ja schließlich beim Rundfunk – mit einem Autoradio vergleichen, mit UKW- und Mittelwelleneinstellungen. Sie schalten vom einen zum anderen, und obwohl Sie die gleichen Knöpfe auf den gleichen Positionen benutzen, haben Sie eine völlig neue Auswahl.«

»Das ist ... sehr interessant.« Sie dachte daran, was Orhun ihr über das Interesse der Belisarius Brigade an der Zeitbüchse erzählt hatte, die er als eine Art Uhr oder astronomische Rechenmaschine beschrieb. Redete Perselli von demselben Ding?

»Sie verstehen also, warum wir nicht hergehen und unsere Überlegungen mit KOSS teilen wollten«, sagte er.

»Ja, das verstehe ich. Sie scheinen immer noch aktiv zu sein.«

»Ja, sie haben, wie gesagt, viel Zeit und Geld für die Erforschung byzantinischer Artefakte aufgewandt. Es könnte also sein, dass sie nach dem Gerät gesucht haben, das nach Adelmos Spekulation mit dem Manuskript verknüpft war. Möglicherweise waren solche Geräte im Konstantinopel des 8. Jahrhunderts allgemein gebräuchlich. Oder es war ein Unikat, aber in diesem Fall ist es unwahrscheinlich, dass es noch einmal auftaucht.«

»Ich glaube, KOSS steckte hinter der Besetzung der Hagia Sophia neulich.«

»Das glaube ich auch«, sagte er ohne Umschweife. »Aber es war vermutlich nur eine Nebensache für sie.«

»Einschließlich allem, was seither passiert ist?«, fragte sie skeptisch, obwohl sie selbst bereits in eine ähnliche Richtung gedacht hatte.

»Ja – mit Ausnahme des Besuchs im Katharinenkloster, den ich unerklärlich finde. Es stimmt zwar, dass KOSS dafür bekannt ist, religiöse Zwistigkeiten zu entfachen. Aber sie sind nicht die Einzigen, die sich wünschen, dass sich viele Länder gegen Israel zusammenrotten. Vielleicht haben sie jemandem einen Gefallen getan.«

Gab es nicht schon genug Leute, die sich gegen Israel wandten? Und er hatte wohl kaum Reverend Harper und seine Anhänger im Sinn. Müssten sie nicht eigentlich proisraelisch sein? »Was plant KOSS dann wirklich?«

»Behalten Sie stets die Vision des Gorman im Auge, meine Liebe. Wir wissen von Professor Matheson, dass er alle markierten Vorhersagen im Manuskript nachgeprüft hat – das, was er ›nachweisbare Ereignisse‹ nennt –, und sie scheinen tatsächlich alle stattgefunden zu haben, alle zehn bis zwanzig Jahre seit Gormans Zeit, bis zur Zerstörung des World Trade Centers. Und genau da hören sie dann auf.«

»Wenn Sie also recht haben, dann gibt es keine späteren Ereignisse mit einem vorhergesagten Datum?«

»Bis auf das eine verborgene – das Jüngste Gericht. Und falls es bei dem Zeitraum von zehn bis zwanzig Jahren bleiben sollte, dann wäre es ziemlich bald fällig. Ich denke, es ist das nächste und letzte Ereignis auf Gormans Zeitschiene, Signora Wade. Und KOSS wird um jeden Preis herausfinden wollen, wann es so weit ist.«

Bei seinen Worten lief es ihr kalt über den Rücken. Sie dachte an Lavelles Abneigung gegen die Herangehensweise von Celani und Perselli an die *Vision des Gorman*, aber sie wusste, es wäre falsch, die Ansicht des italienischen Historikers einfach so abzutun. Nur dass sie ebenso viele Fragen aufwarf, wie sie beantwortete.

»Aber warum sind sie so versessen darauf, das Datum des Jüngsten Gerichts zu kennen? Ist das nicht der Tag, an dem Christus zurückkehrt, um über die Lebenden und Toten zu richten? Womit es von allen Weltuntergangsereignissen das wirklich letzte darstellt. Welchen Sinn hat es, ein Datum zu kennen, nach dem nichts mehr kommt?«

»Weil man sich von ihm aus *zurückarbeiten* kann, wenn man es kennt.«

»Ich fürchte, ich kann Ihnen nicht folgen.«

»Wie Sie wahrscheinlich wissen, Signora, gibt es so viele Annahmen darüber, was in den letzten Tagen geschehen wird, wie es christliche Splittergruppen gibt. Und wenn man jüdische und islamische Ideen dazuzählt, wird es wirklich sehr verwirrend. Zu Gormans Zeit waren die Interpretationsmöglichkeiten diesbezüglich nicht weniger, und er hat ihnen sogar noch einige Vorstellungen hinzugefügt, die aus der Ansicht der keltischen Kirche zum Jüngsten Gericht abgeleitet sind. Gorman zufolge werden der Wiederkunft Christi drei Jahre der großen Drangsal vorausgehen; während dieser Zeit werden jene, die sich weigern, die Warnungen zu beachten, dass die letzten Tage bevorstehen, vom Antichristen und seiner Armee asketischer Krieger gejagt und abgeschlachtet werden. Der Antichrist ist kein Dämon, sondern ein Mensch, und indem er die Erde von den Sündern reinigt, bereitet er den Weg für die Wiederkehr Christi. Die Drangsal wird bis zur Öffnung des Siebten Siegels dauern – der Ankündigung, dass der Jüngste Tag angebrochen ist. Dann werden die Toten auferstehen und Christus wird ihr Schicksal bis in alle Ewigkeit festlegen. Sie sehen also, wenn KOSS dieses wichtige Datum zu fassen bekommt, können sie davon drei Jahre zurückgehen und wissen, wann ihre *wahre* Arbeit beginnt. Und darauf wollen sie vorbereitet sein.«

»Mein Gott, wenn ich nicht wüsste, wie ernst sie dieses Zeug nehmen, wäre es einfach nur lachhaft.«

»Sie tun gut daran, es nicht selbst zu glauben, aber wie Sie sagten, *die* glauben es.«

Jane beschloss, es dabei zu belassen. »Jedenfalls vielen Dank für Ihren Rückruf, Signor Perselli.«

»Ehe Sie auflegen, Signora Wade: Es gibt da noch etwas, was ich Ihnen sagen möchte. Nämlich dass es mir zutiefst leidtut, wenn unsere Arbeit in irgendeiner Weise zum Tod Ihrer Schwester beigetragen haben sollte.«

»Danke, Signore.« Sie hatte den Eindruck, dass er es aufrichtig meinte.

»Und dann noch eine Sache. Bei unserer Korrespondenz mit Professor Matheson haben wir herausgefunden, wie das Manuskript der Vision in das Katharinenkloster gelangt ist. Es ist eine interessante Geschichte, aber vielleicht für eine andere Gelegenheit.«

»Ich dachte, sie sei dort im Kloster verfasst worden. Steht es nicht so in Ihrem Buch?«

»Wir haben uns geirrt. Und Adelmo war fasziniert von den neuen Informationen, die ans Licht gekommen sind. Aber bevor er seine Arbeit daran abschließen konnte, ist er an Prostatakrebs gestorben. Mit sechsundfünfzig.«

»Tut mir leid, das zu hören. Sie vermissen ihn sicherlich sehr.«

»Ja, das tue ich ... Wir waren Lebenspartner, wenn Sie wissen, was ich meine.«

»Ich verstehe. Es tut mir sehr leid.«

»Danke, Signora. Wenn Sie noch weitere Informationen brauchen, lassen Sie es mich wissen. Aber ich würde Ihnen raten, sich von KOSS fernzuhalten.«

»Das werde ich tun, wenn ich kann«, sagte sie. Es klang zweideutig genug, um die Tatsache zu verbergen, dass sie nicht die Absicht hatte, seinem Rat zu folgen.

35

Jane legte das Telefon beiseite und dachte über ihr Gespräch mit Perselli nach. Als sie vor vielen Jahren in Verona seinen Namen auf einem Buchcover sah, hätte sie wohl kaum gedacht, dass sie einmal seine Bekanntschaft machen würde. Das Deprimierende daran war, dass ihr Gesprächsthema damals so ziemlich dasselbe gewesen wäre wie heute.

Und doch war es eine Erleichterung, freimütig mit jemandem darüber reden zu können, den sie nicht erst überzeugen musste. Der, wie zu erwarten gewesen war, nicht nur viel über die *Vision des Gorman* wusste, sondern zu ihrer Überraschung auch über KOSS und deren Aktivitäten. Von ihrem Besuch im Katharinenkloster wusste er letzten Endes aufgrund ihrer Enthüllung in der Radioshow, sie hätte es jedoch plump gefunden, diesen Umstand zu erwähnen. Allerdings schien er so gut unterrichtet zu sein, dass er wahrscheinlich geantwortet hätte, er kenne ihre Rolle bei der Verbreitung der Geschichte sehr wohl.

Wo stand sie damit also? Sie versuchte, ihre Lage auf das absolut Wesentliche zusammenzustreichen. Erstens, sie war die Journalistin, die enthüllt hatte, dass die Belisarius Brigade nicht auf griechischem Boden gelandet war, sondern einen Deal mit Ägypten ausgehandelt hatte, der ihnen erlaubte, auf den Sinai zu reisen und dort ein Dokument im Katharinenkloster zu untersuchen.

Das war Schnee von gestern.

Zweitens, sie behauptete nun, Russland, Iran und Israel würden einander deshalb an die Kehle gehen, weil sie von der Bande manipuliert worden waren.

Und? Die betreffenden Länder waren durchaus in der Lage, aufeinander loszugehen, ohne dass ihnen jemand dabei half.

Drittens behauptete sie außerdem, dass es sich bei der Bande in Wirklichkeit um eine Weltuntergangssekte handelte, die entschlossen war, das Datum des Jüngsten Gerichts in einer alten Handschrift in Erfahrung zu bringen.

Gähn.

Es rechtfertigte sicherlich nicht, dass sie deswegen so aus dem Häuschen geriet oder weiter Schlaf darüber vergeudete. Und davon abgesehen musste sie sich um ein paar praktische, eigene Probleme kümmern. Zum einen war sie die Mutter zweier kleiner Kinder, die vor Kurzem ihren Vater verloren hatten und mehr von ihrer Zeit benötigten, als sie ihnen im Augenblick widmete. Sie musste außerdem ihr Haus reparieren lassen und möglichst schnell dorthin zurückkehren. Auch wenn Debbie nie etwas sagte, ging ihre Geduld sicher allmählich zur Neige.

Jane sah aus dem Fenster, wo eine Möwe im Wind vorbeisegelte. Ohne einen einzigen Flügelschlag glitt sie über den Kai unter ihr und auf die andere Seite der Liffey hinüber.

Jane wurde bewusst, dass ihr Gespräch mit Perselli tatsächlich das Gift aus ihr gesaugt hatte, von dem sie die ganze Zeit befallen gewesen war. KOSS konnte zum Teufel gehen.

Darüber musste sie lächeln. Und es veranlasste sie, Giuseppes E-Mail zu öffnen, auf die sie eine flotte Antwort abschickte.

Caro Giuseppe,
ich hoffe, die Boulevardblätter lassen euch in Ruhe dort unten, obwohl Du die Aufmerksamkeit bis zu einem gewissen Grad zu begrüßen schienst. Was war das übrigens für eine Idee, die Du am Ende Deines Briefs erwähnt hast? Ich vermute, es ging darum, mithilfe einiger Traditionen der Gegend – oder sogar eurer abergläubischen Vorstellungen – Touristen anzulocken. Sag mir Bescheid. Und halt Dich inzwischen vom Vesuv fern, wie ich höre, geht er demnächst in die Luft.
Liebe Grüße an Lucia,
Jane

Mit dem Gefühl, als sei eine Last von ihren Schultern genommen worden, machte sie sich daran, endgültig aus dem Büro aufzubrechen, und hob ihre Tasche vom Boden neben Alis Schreibtisch auf, wo sie sie abgestellt hatte. Es ging ihr sogar durch den Kopf, dass sie mit einer anständigen Flasche Wein feiern könnte, wenn sie die Kinder ins Bett gebracht hatte.

Joe Brady saß mit einem Kopfhörer an seinem Schreibtisch und sah sich den Livestream der Nachrichten im Internet an. Sie wollte schon an ihm vorbeigehen, hielt aber inne, als sie eine Eilmeldung über den Schirm laufen sah, die mit den Worten endete: … KEINE WEITEREN VERGELTUNGSSCHLÄGE.

Joe bemerkte, dass sie zusah, und nahm den Kopfhörer ab. »Es hat ein Feuergefecht zwischen russischen und israelischen Kriegsschiffen gegeben«, erklärte er. »Anscheinend ist eine israelische Korvette, die im Gebiet um die Halbinsel Athos patrouilliert hatte, auf dem Heimweg zu nahe an einem russischen Konvoi vorbeigefahren, der gerade aus den Dardanellen kam. Die Russen feuerten zuerst. Die Israelis erwiderten das Feuer. Niemand wurde verletzt, aber es hat die Amerikaner auf den Plan gerufen. Der Außenminister erklärte, die Israelis befänden sich in internationalen Gewässern und hätten das Recht, sich zu verteidigen. Israel sagt, Russland benimmt sich wie ein Schlägertyp, der nur auf Provokation aus ist.«

Es erinnerte sie daran, was Orhun über den Iran gesagt hatte. Jetzt waren schon zwei Schlägertypen unterwegs. Zwei Goliaths, die beide auf den kleinen David einhacken wollten, der sich mit seinem aggressiven Gehabe auch nicht eben einen Gefallen tat, wenn man ehrlich war.

»Und wer fordert keine weiteren Vergeltungsmaßnahmen?«

»Die Amerikaner. Aber man merkt, wo ihre Sympathien liegen.«

»Hm. Erinnerst du dich an die Frau, die angerufen und von Magog, Persien und Israel gesprochen hat?«

»Nicht zu vergessen Gomer«, sagte er und lächelte.

»Ja. Ich glaube, sie hieß Martha.«

»Mhm.«

»Tust du mir einen Gefallen? Schaust du dir ihre Überzeugungen ein bisschen genauer an? Ich meine nicht, dass du sie selbst fragen sollst – sie würde dich nur zuschwallen. Ich meine diese bestimmte, auf der Bibel beruhende Art der Besessenheit vom Fahrplan zu Armageddon. Auch die christliche Rechte in den Vereinigten Staaten, wie sie die

Politik dort beeinflusst hat, ihre Unterstützung für Israel, solche Dinge.«

»Sicher. Brauchst du es heute noch?«

»Keine Eile. Morgen reicht auch.«

»Wird gemacht.«

Auf dem Weg hinunter in die Tiefgarage sagte sich Jane, ihr Interesse an dem Thema sei rein beruflicher Natur.

36

Seinen Gemeindemitgliedern zufolge hatte Pfarrer Kamarda am Sonntagvormittag die Messe gelesen und war seitdem nicht mehr gesehen worden. Das war zwar erst einige Tage her, aber sie waren dennoch beunruhigt.

Zuletzt war er gesichtet worden, als er in seinem Fiat Punto aus dem Dorf gefahren war, rund eine Stunde nachdem er von der Kirche ins Pfarrhaus zurückgekehrt war. Manchmal besuchte er an Sonntagnachmittagen seine Schwester. Sie lebte in einem Pflegeheim in Senise. Doch diskrete Erkundigungen dort hatten ergeben, dass er diesmal nicht bei ihr gewesen war.

Ein paar Mal im Jahr fuhr Kamarda nach Rom oder Neapel, um Kleidung oder Messgewänder für sich oder liturgische Gegenstände für die Kirche zu kaufen. Er hatte jedoch nichts von solchen Plänen gegenüber der Haushälterin erwähnt, die am Montagmorgen zur Arbeit gekommen war und erwartet hatte, ihn anzutreffen. Erst als ein Mann aus dem Dorf einen schweren Schlaganfall erlitt und die Sterbesakramente benötigte, rief sie einen Gemeindepfarrer aus einem anderen Ort der Arbëresh in der Gegend an. Er fragte, ob sie es auf Kamardas Handy versucht hatte, und sie sagte, das habe sie, doch ohne Erfolg, und sie erklärte, der Pfarrer sei berüchtigt dafür, dass er es manchmal tagelang ausgeschaltet hatte.

Das war gestern Nachmittag gewesen, und jetzt war Giuseppe wegen einer Sitzung des Fundraising-Komitees, in dem er neben Pfarrer Kamarda fungierte, wieder in Collalba.

Das Esszimmer im Pfarrhaus war der übliche Sitzungsort, und da sie halb erwartete, dass Kamarda zu dem Treffen erschien, hatte seine Haushälterin den übrigen Mitgliedern erlaubt, sich dort zu versammeln, unter der Bedingung, dass sie absperrten und den Schlüssel bei ihr im Briefkasten einwarfen.

Die Diskussion über Kamardas Abwesenheit nahm jedoch weit mehr Zeit in Anspruch als die eigentliche Tagesordnung des Komitees. Offenbar hatte der Priester, der gekommen war, um dem Dorfbewohner die letzte Ölung zu geben, die Polizei gebeten nachzuforschen, ob er vielleicht einen Autounfall gehabt hatte und ins Krankenhaus gekommen war. Er hatte außerdem den Bischof unterrichtet. Das Komitee war sich einig, dass Pfarrer Kamarda zwar noch nicht als vermisst gelten konnte, aber dass man nach ihm würde suchen müssen, wenn er bis zum nächsten Morgen nicht aufgetaucht war.

Als die Sitzung vorbei war, plauderte Giuseppe noch eine Weile mit jenen Mitgliedern, die es in jedem Ausschuss gibt – diejenigen, die erst nach der Sitzung zum Leben erwachen statt während ihr. Er hatte sich bereit erklärt, den Schlüssel bei der Haushälterin einzuwerfen, da sie am anderen Ende des Dorfs wohnte und er auf dem Heimweg nach Sant'Elia an ihrem Haus vorbeikommen würde; deshalb hatte er einen Grund, als Letzter aufzubrechen. Aber er wollte außerdem sicherstellen, dass er allein ging.

Schließlich führte er zwei äußerst mitteilsame Frauen zur Tür, wünschte ihnen eine gute Nacht und sagte, er müsse noch einmal hinein, um nachzusehen, ob alles in Ordnung sei, bevor er die Lichter löschte und absperrte. Er schloss die Tür, seufzte tief und setzte sich kurz auf einen Polsterstuhl im Flur.

Er hatte bei der Versammlung nichts von seinem Verdacht erwähnt. Und er fühlte sich schuldbewusst, weil er ihn überhaupt hatte. Wobei es nicht einmal ein richtiger Verdacht war. Aber im Laufe seines letzten Gesprächs mit Kamarda, an dem Tag, an dem sie in die Krypta hinuntergegangen waren, hatte der Priester von einem Kunsthändler gesprochen, der mit Enzo Bua Kontakt aufgenommen und gefragt hatte, ob die Ikone zu verkaufen sei. Es war von Briefen die Rede gewesen, und Giuseppe fragte sich, ob Kamarda sie zufällig in Besitz genommen hatte. Als Folge davon konnte er durchaus zu einer seiner Einkaufsfahrten nach Neapel aufgebrochen sein, mit der Absicht, bei dem Händler vorbeizuschauen, wenn er schon einmal dort war, und die Ikone schätzen zu lassen. Da die Familie Bua ausgelöscht war, gab es sehr wohl Argumente für einen Verkauf der Ikone. Und Kamardas Motive dafür waren wahrscheinlich absolut einwandfrei – etwa, weil er Mittel für das Einkehrzentrum erlösen wollte. Andererseits stellte sich Giuseppe vor, dass eine solche Entscheidung nur nach Rücksprache mit den Bewohnern des Dorfs *und* mit Zustimmung des Bischofs der Diözese getroffen werden konnte. Und vielleicht hatte Kamarda ja noch die Absicht, beides nachzuholen.

Aber niemandem etwas zu sagen. Das war merkwürdig.

Er stand auf und ging zu Pfarrer Kamardas Arbeitszimmer. Er probierte einen Schlüssel aus, der ihm wahrscheinlich vorkam, doch ohne Erfolg. Ein ähnlicher passte jedoch und öffnete die Tür zu einem kleinen Raum, der fast gänzlich von einem Schreibtisch und Büroausstattung ausgefüllt wurde. Giuseppe machte Licht und sah, dass der Raum frisch aufgeräumt und abgestaubt wirkte; offenbar hatte die Haushälterin die günstige Gelegenheit genutzt. Er hoffte, irgendetwas würde ihm auffallen und ihm ersparen, in den persönlichen Unterlagen des Pfarrers herumzuwühlen. Doch dem war leider nicht so.

Auf einem Stapel Plastikablagen auf dem Schreibtisch lag die Post, die in den vergangenen beiden Tagen eingetroffen war. Giuseppe blätterte sie durch, aber es war nichts aus Neapel dabei. In dem Fach darunter lagen mehrere Briefe – lauter Rechnungen oder Mahnungen. Er sah sich im Zimmer um. Ein Drucker-Kopierer stand in rechtem Winkel zum Schreibtisch unmittelbar neben diesem. Eine ähnlich große Lücke dahinter wurde von einem Aktenschrank gefüllt. Er war versucht, in das Schränkchen zu schauen, aber inzwischen war ihm sehr unwohl in seiner Haut, und er fand, er war genug in die Privatsphäre des Mannes eingedrungen.

Ein letzter kurzer Blick hinter den Schreibtisch, wo ein leerer Papierkorb stand. Doch dann fiel ihm etwas auf – ein Fetzen weißes Papier, nicht größer als eine Briefmarke, der sich im Geflecht des Korbs verfangen hatte. Er bückte sich und pflückte ihn heraus.

Der Größe und Form nach stammte er von einer Seite, die gefaltet, in kleine Stücke gerissen und in den Papierkorb geworfen worden war. Eine Seite war leer, aber als er den Schnipsel umdrehte, sah er ein winziges Teil von etwas, das wie ein Briefkopf aussah, mit Bruchstücken von zwei Worten darauf:

te Ant

Nicht eben viel, um darauf aufzubauen, aber er steckte das Stückchen Papier dennoch in die Brusttasche seines Hemds.

Giuseppe schloss das Büro ab, ging den Flur entlang und löschte die übrigen Lichter im Haus. Jetzt blieb ihm nur noch eins zu tun, aber er schreckte schon bei dem Gedanken zurück. Die Haushälterin fungierte zugleich als Mesnerin, und die Schlüssel zur Kirche hingen an dem großen Schlüsselring, den sie dem Ausschuss überlassen hatte. Giuseppe konnte seine Neugier befriedigen und hoffentlich seinen Verdacht ausräumen, indem er kurz in der Kirche vorbeischaute. Es war nur ein kurzes Stück zu gehen.

Er verließ das Haus und ging durch die schlecht beleuchteten Seitengassen des Dorfs, bis er zur Piazza kam. Nachdem er nach links und rechts geschaut und niemanden in der Nähe gesehen hatte, stieg er die Stufen zur Kirche hinauf. Einer der Schlüssel hatte einen Anhänger mit einem Bild des Petersdoms darauf; das musste der sein, der die Kirche sperrte. Als er ihn ausprobierte, stieß er mit dem Fuß an eine Plastikflasche voll Wasser. Er blickte nach unten und sah eine Reihe davon im Licht einer nahen Straßenlampe glänzen. Pfarrer Kamarda hatte ihm den Grund, warum sie da waren, dargelegt, aber daran mochte Giuseppe im Augenblick nicht denken. Dann ging die Tür auf, und er stieg über die Flaschen in den Vorraum der Kirche.

Da er nur das Licht hatte, das von draußen einfiel, suchte

er nach einem Schalter an der Wand. Aber dann wurde ihm klar, dass man seine Anwesenheit bemerken würde, wenn er die Lichter in der Kirche anmachte. Er hätte die Taschenlampe mitnehmen sollen, die im Wagen lag. Er beschloss, sie zu holen, und wollte schon durch die Tür gehen, als er sah, dass es keine Laterne war, die den Vorraum erhellte, sondern der Mond, der von einem wolkenlosen Himmel strahlte.

Er schloss die Tür und wartete kurz, bis sich seine Augen an das fahle Licht gewöhnt hatten. Schließlich konnte er die Tür erkennen, die in die Kirche führte. Er stieß sie auf und stellte fest, dass das Mittelschiff wie erhofft in silbriges Licht getaucht lag.

Während er den Gang entlangschritt, musste er daran denken, was ihm Pfarrer Kamarda über die Tradition der lebenden Toten in Collalba und anderen Dörfern Süditaliens erzählt hatte. Man glaubte, dass Leichen, die zur erneuten Beisetzung exhumiert wurden, aber immer noch verwesendes Gewebe an den Knochen hatten, den Übergang vom Leben zum Leben nach dem Tod noch nicht ganz vollzogen hatten. Bis der Zerfall über den Punkt hinaus war, an dem er die Lebenden verseuchen konnte, anders ausgedrückt also, bis der Leichnam zum Skelett geworden war, befand sich die Person zwischen zwei Welten – nicht mehr in diesem Leben, aber auch noch nicht auf der anderen Seite angekommen. Eine an die Erde gebundene, rastlose Seele, ein lebender Toter. Und um sicherzustellen, dass immer einer oder mehrere von ihnen die Ikone in der Krypta bewachten, hatte die Familie Bua alles noch ein Stück weiter getrieben.

Giuseppe erreichte die äußere Tür – die Särge waren inzwischen entfernt worden, wie er feststellte – und tastete nach dem Schlüssel auf dem Türrahmen. Er war da. Sobald er durch die Tür gegangen war, schaltete er das Licht ein. Es gab keine Fenster mehr hier, deshalb würde es niemand bemerken. Nicht mehr so optimistisch wie zuvor fuhr er über den schmalen Sims des Kapitells. Doch zu seiner Überraschung war Enzo Buas Schlüssel ebenfalls da. Während er das Vorhängeschloss öffnete, atmete er tief ein, um seine Lungen zu füllen wie ein Taucher.

Als er den nächsten Lichtschalter gefunden hatte, holte er erneut tief Luft und stieg dann in gebückter Haltung und so schnell er konnte die Treppe hinunter. Er erinnerte sich daran, wie Kamarda das Licht in der Krypta ausgeknipst hatte, und tastete nach dem Schalter, in dem Bewusstsein, dass er seinen kostbaren Luftvorrat mit jeder Sekunde weiter aufbrauchte. Als er ihn endlich gefunden hatte, ächzten seine Lungen nach Atem.

Die Szene vor ihm war nicht weniger makaber als beim ersten Mal. Links und rechts eines etwa drei Meter langen und zwei Meter breiten Raums befanden sich jeweils drei betonierte Nischen in der Form eines Sessels mit hohen Seitenteilen, wie die Boxen, in denen sich Mönche versammelten, um das Offizium zu lesen. Und jede Nische wurde von einer Figur in einer roten Mönchskutte besetzt – dasselbe Rot wie die Röcke der Arbëresh-Frauen. Über den sechs Plätzen lief ein Sims die gesamte Länge der Krypta entlang, auf dem die Schädel derer lagen, die zuvor die Nischen besetzt hatten.

Die vordersten Insassen waren in ihren Gewändern auf praktisch nichts geschrumpft, ihre Skelette waren kurz vor dem Zerfall. Einer war nach hinten gekippt, und die Kapuze seiner Kutte war zurückgerutscht und ließ einen Schädel sehen, der nach oben starrte, den Mund weit offen. Ein anderer lag über eine Eisenstange gebeugt, die vor den Nischen eingesetzt war, damit die Leichen nicht herausfielen. Sein Kopf war vollkommen geschrumpft, aber die Arme ragten noch aus den Ärmeln, die Knochen der Hand sahen aus wie Zweige an einem Ast.

Die übrigen Leichen befanden sich in verschiedenen Stadien der Verwesung, aber Giuseppe beachtete sie nicht. Er blickte zu etwas an der Rückwand der bunkerartigen Krypta. Etwas, das ihn daran erinnerte, wie naiv sein Gedanke gewesen war, das hier ließe sich zu einer Touristenattraktion für Collalba gestalten.

Kamarda hatte beschrieben, wie nach dem Begräbnisgottesdienst des zum nächsten Wächter bestimmten Familienmitglieds der Buas die Leiche aus dem Sarg genommen, in ein spezielles Gewand gekleidet und in die Nische gesetzt wurde, die ein Loch in der Mitte des Sitzes hatte, damit die Körperflüssigkeiten abfließen konnten. Eine Öffnung unter dem Sitz leitete die Flüssigkeiten über einen Kanal in ein Loch in der Mitte des Bodens. Mit der Zeit wurde der Kadaver skelettiert, und wenn die Bänder das Skelett nicht mehr zusammenhalten konnten, wurden die Knochen entfernt. Der Schädel kam dann zu jenen, die bereits auf dem Sims versammelt waren, während die übrigen Knochen mit denen der Vorfahren in ein gemeinsames Beinhaus gelegt wurden. Dieser wie ein Trog geformte Behälter stand auf einer Seite des siebten Insassen, der immer der zuletzt verstorbene war und mit dem Gesicht zu allen saß, die es wagten einzutreten. Und ihn sah Giuseppe nun an – Enzo Bua, der in seinem roten Gewand auf seinem Steinsessel saß und dessen Gesicht im Deckenlicht sichtbar war. Nur war es nicht mehr erkennbar. Es war zu einer verfärbten, aufgedunsenen Maske geworden, aus der Zunge und Augäpfel grotesk hervorquollen.

Giuseppe hatte sein Verlangen nach Luft bereits durch mehrere kurze Atemzüge zu befriedigen versucht, aber sein Bedürfnis war jetzt zu groß, und er atmete tief ein. Die Dämpfe schienen seine Lunge wie Rauch zu füllen. Er holte noch einmal Luft, und diesmal traf ihn der Gestank richtig. Es war schlimmer als beim ersten Mal. Und er wusste, es lag daran, dass Enzo Buas Körperinhalt in den Hohlraum unter dem Sitz tropfte.

Doch trotz dieses Angriffs auf seine Sinne stellte Giuseppe zufrieden fest, dass dort an der Wand über dem lebendtoten Wächter die Ikone hing. Auf ein nicht gerahmtes Stück Holz etwa von der Größe eines Schulblocks gemalt – klein genug, um sie in einer Tasche zu transportieren –, bildete sie das Jüngste Gericht ab. Jesus in aller Herrlichkeit auf seinem Thron. Der Kontrast zu den verwesenden Insassen der Krypta hätte nicht größer sein können. Aber vielleicht war das alles Absicht.

Sein Verdacht hinsichtlich Mitri Kamarda war unbegründet gewesen. Natürlich war seine Abwesenheit immer noch ein Rätsel. Aber darüber würde er später nachdenken. Er wandte sich zum Gehen. Die Krypta war kein Ort, an dem man gern verweilte. Der Gedanke ließ ihn innehalten. Vielleicht hatte Kamarda genau darauf gebaut. Dass er den Schlüssel zurückgelassen hatte, konnte ebenfalls zu seinem Plan gehört haben.

Während er den Gestank weiter tapfer ertrug, drehte sich Giuseppe um und spähte zu der Ikone. Er neigte den Kopf von einer Seite zur anderen und versuchte, das Licht einzufangen. Doch wo hier und dort Blattgold aufleuchten sollte, wie er es beim ersten Mal gesehen hatte, blieb nun alles matt.

Sein Herz schlug heftiger. Er hatte beinahe das Gefühl, es zu hören. Doch was war das? Es klang wie ein Flüstern. Hatte es gerade angefangen? Oder hatte er es bisher nicht vernommen, weil er zu geräuschvoll damit beschäftigt gewesen war, seinen Atem zu kontrollieren?

Er lauschte. Das Flüstern schien vom anderen Ende der Krypta zu kommen. Angst übermannte ihn. Seine Fantasie ging mit ihm durch, weil er schon halb glaubte, dass es von Enzo Bua kam. Dann nahm er eine Bewegung auf dem Boden wahr, und er blickte nach unten. Ein dicker Klumpen verwesenden Gewebes sickerte aus der Öffnung unter dem Sitz des Toten. Und das Flüstergeräusch stammte von einem wimmelnden Berg von Maden, die sich daran gütlich taten.

Giuseppe zog sich instinktiv zurück, lehnte sich an die Wand außerhalb des Eingangs und kämpfte gegen die Übelkeit an, die ihn zu überwältigen drohte. Hätte er es nicht schon vorher gewusst, dann wusste er es spätestens jetzt – der Schutz durch die Wächter der Familie Bua war nicht nur symbolisch. Er stellte eine echte Abschreckung dar.

Aber wenn er die Sache zu Ende bringen wollte, blieb ihm keine Wahl. Er musste hineingehen.

Unter sorgsamer Umgehung des Abflusskanals machte er sich auf den Weg zum Beinhaus und gab sich Mühe, weder Enzo Bua anzusehen noch seine Tochter Shpresa, die rechts von ihrem Vater saß. Er stieg auf den Rand des Knochenbehälters und beugte sich vor, um das Bild zu untersuchen.

Auf einen Verdacht hin befühlte er die Oberfläche. Es war nur Papier. Es konnte keinen Zweifel geben: Die Ikone war fotokopiert, und die Kopie dann auf ein Brett geklebt worden. Er hob sie vom Haken. Ein zurechtgeschnittenes Stück Sperrholz.

Pfarrer Kamarda hatte die Ikone tatsächlich entfernt. Und sein Versuch, die Tat zu verschleiern, sprach nicht dafür, dass seine Motive ehrenwerter Natur waren.

Giuseppe wollte die Fälschung schon als Beweis mitnehmen, aber nach kurzem Nachdenken hängte er sie wieder an ihren Haken. Für die Buas, die diesen ganzen scheußlichen Prozess durchmachten, war es besser, das Bild von einem Bild zu bewachen als gar nichts.

37

Die Weckfunktion auf ihrem Handy klang anders. Sie angelte es im Halbdunkel von ihrem Nachttisch und wollte es abschalten, aber es war nicht der Wecker, es war der Klingelton des Handys selbst, und auf dem Display erschien Debbies Foto. Sie rief sie aus irgendeinem Grund an. Aber warum vor der Arbeit?

Jane schaute nach der Uhrzeit, und das Herz blieb ihr fast stehen, als sie sah, dass es 8.05 Uhr war. Eine Stunde nach ihrer üblichen Aufstehzeit. »Hallo«, krächzte sie. »Ich hab verschlafen.«

»Dacht ich mir schon«, sagte Debbie. »Schick die Kinder zu mir runter. Ich gebe ihnen Frühstück und mach sie fertig.« Normalerweise sorgte Jane am Morgen für sie, half ihnen beim Anziehen und überließ sie dann Debbie.

Jane dankte ihr und taumelte ins Badezimmer, wo sie Wasser direkt aus dem Hahn trank, ehe sie sich welches ins Gesicht spritzte. Der Spiegel zeigte blutunterlaufene Augen und eine fleckige, aufgequollene Haut. Sie fühlte sich, als wäre sie von einem Bus überrollt worden. Großer Gott, was war passiert? War der Wein schlecht gewesen?

Sie setzte sich auf die Toilette und versuchte, sich an etwas aus der vergangenen Nacht zu erinnern, egal was. Aber es war, als versuchte sie, durch ein Fenster zu blicken, vor dem die Jalousie heruntergezogen war. Dann wurde die

Sicht für einen Sekundenbruchteil frei, und sie erinnerte sich, eine zweite Flasche geöffnet zu haben. Bitte, lieber Gott, sie hatte doch wohl nicht mehr als ein Glas davon getrunken. Sie wusste es nicht mehr.

Jane ging zurück ins Schlafzimmer. Sie erinnerte sich nicht einmal mehr daran, dass sie ins Bett gegangen war.

Die Kinder! Warum waren sie ausgerechnet heute Morgen nicht aufgewacht? Sie wurde von Zorn erfasst. Hätte sie ausschlafen *wollen,* die beiden hätten sie bestimmt geweckt. Jede Wette. Sie stapfte auf den Flur hinaus und stürmte ins Kinderzimmer.

»Auf, ihr faule Bande«, rief sie und klatschte laut in die Hände. »Los, steht auf, verdammt.«

Zwei verwirrte Gesichter starrten ihr aus den Betten entgegen. Sie waren bereits wach. Warum waren sie nicht zu ihr ins Schlafzimmer gekommen?

»Aber Mom, du hast doch gesagt, wir sollen im Bett bleiben«, sagte Scott.

»*Was?* Wann war das?«

»Als du aufgestanden bist.«

Jane rieb sich die Stirn mit den Fingerspitzen und versuchte zu begreifen, was er eben gesagt hatte.

»Dein Wecker ist losgegangen, aber du bist zu uns hereingekommen und hast gesagt, es sei zu früh«, erklärte Scott.

Sie ließ sich auf seinen Bettrand sinken. War sie wirklich vor einer Stunde in diesem Raum gewesen? Sie musste total weggetreten gewesen sein. Was, wenn eins der Kinder in der Nacht krank geworden wäre oder das Haus gebrannt hätte? Sie behandelte ihre Kinder, als wäre sie eine Drogensüchtige. Und sie war dabei, sich um ihren Job zu bringen. Was zum Teufel machte sie aus ihrem Leben?

»Mommy.« Sie spürte eine kleine Hand heftig an ihrem Knie rütteln. Bethann war aufgestanden und zu ihr gekommen.

»Ja, Kleines«, schniefte sie und nahm die Hände vom Gesicht.

Bethann streckte ihr Rufus hin, den Plüschhasen, den sie von Ben bekommen hatte, als sie ein Baby war.

»Danke, Schätzchen«, sagte Jane, nahm Rufus und drückte ihn an sich. Einen Augenblick lang spürte sie Bens Anwesenheit. Er sagte, es sei an der Zeit, dass sie ihr Leben weiterlebe. Und den Alkohol daraus verbannte. Dass sie sich um die beiden kostbaren Geschenke kümmerte, die aus ihrer Liebe entstanden waren.

»Es tut mir leid, Kinder«, sagte sie und stand auf. »Ich habe mich dumm und albern benommen. Und jetzt komme ich zu spät zur Arbeit. Aber Debbie wird euch beim Anziehen helfen und euch Frühstück machen, okay?«

»Ja, Mommy«, trällerten sie im Chor.

Jane ging in ihr Schlafzimmer zurück. Die vergangene Nacht tauchte in ihrer Erinnerung langsam wieder auf, aber eigentlich war nicht viel dran gewesen – sie war schlicht lange aufgeblieben und hatte sich betrunken. Und das Schlimmste war, dass es damit angefangen hatte, weil sie in Hochstimmung gewesen war. Es war übel genug, wenn sie ihr Elend durch Trinken vergrößerte, aber nichts hasste sie mehr, als wenn sie ihre gute Zeit damit verplemperte. Sie wusste, sie war entweder an einem Ende angelangt oder an einem Beginn. Das Ende wäre ein anhaltender Abstieg in die Tiefen des Alkoholismus. Aber der Beginn würde ebenfalls ein langer Prozess sein. Und sie würde ihn jeden Tag ihres Lebens erneuern müssen.

38

Jane schaffte es bis kurz nach neun in die Arbeit. Das war nicht allzu spät, wenn man die verlorene Stunde bedachte, aber das Erlebnis hatte sie erschüttert, und sie litt immer noch unter einem Kater. Zudem musste sie sich mit einigen der Themen für die Sendung vertraut machen. Auf dem Weg zum Studio hatte sie Ali angerufen, und sie hatten die Beiträge des Tages durchgesprochen und entschieden, welcher ihr aktueller Aufhänger sein würde. Es war schwer, von der internationalen Lage loszukommen, die immer noch die Nachrichten dominierte.

Am Morgen war eine Umfrage veröffentlicht worden, wie die Menschen quer durch die EU auf die Krise reagierten. Sie würde ihnen einen neuen Blickwinkel liefern. Paddy Wright, der immer noch in Istanbul war, hatte sich mit der Erhebung befasst und stand bereit, um sich mit Jane darüber zu unterhalten.

Sobald sie sich im Studio eingerichtet hatte, rief sie Joe Brady wegen der Recherche an, um die sie ihn am Vortag gebeten hatte. Nachdem sie sich eine rasche Zusammenfassung seiner Ergebnisse angehört hatte, lud sie ihn ein, an ihrem Gespräch mit Paddy Wright teilzunehmen.

»Heute Morgen haben wir die Ergebnisse einer europaweiten Umfrage über die Haltung der Leute zur gegenwärtigen Krise bekommen«, sagte sie, als Paddy bereit war. »Unser Reporter Paddy Wright hatte ein wenig mehr Zeit, die Informationen zu verdauen, und er ist jetzt in der Leitung. Was sind die wichtigsten Befunde der Umfrage, Paddy?«

»Guten Morgen, Jane. Nun, anscheinend sind die meisten EU-Bürger überzeugt, dass die Krise vorübergehen wird … und sie sind offenbar skeptisch im Hinblick darauf, wie es überhaupt zu der ganzen Sache kam.«

»Inwiefern sind sie skeptisch?« Jane stellte das Mikrofon ab und trank einen Schluck Wasser.

»Zunächst einmal wurden sie gefragt, ob sie glaubten, die Krise sei a) von Terroristen verursacht worden, die allein handelten oder b) von einem Nationalstaat, der sich einer Bande bediente. Und sie entschieden sich für die zweite Möglichkeit. Darauf sollten sie sagen, von welcher der folgenden Länder die Bande finanziert wurde: Griechenland, Iran, Israel, Russland oder USA. Und die Mehrheit stimmte für die USA.«

»Im Ernst? Wie kamen sie denn zu dieser Folgerung?«

»Sie glauben, dass die Amerikaner einen Vorwand gesucht haben, um den Iran anzugreifen, und dass sie Israel benutzten, das Regime in Teheran aus der Deckung zu locken.«

»Und warum glaubt man, die Amerikaner wollten den Iran angreifen?« Jane hatte das Gefühl, dass Joe sie merkwürdig anblickte.

»Weil die USA das Land beschuldigt, Terrorismus gegen sie selbst und gegen Israel zu unterstützen … und es als Bedrohung für die Interessen der USA und ihrer Verbündeten in der Golfregion ansieht, wo – wie man nicht vergessen darf – zwei Drittel der Rohölreserven auf der Welt lagern.«

»Aber der Iran musste gar nicht angestachelt werden. Das Land gibt schon seit Beginn dieser Krise kriegerische Töne von sich«, sagte Jane. Ihre Stimme hörte sich im Kopfhörer einwandfrei an, und sie hatte keine Versprecher.

»Das stimmt. Aber wenn man etwas unbedingt glauben will, neigt man dazu, die Fakten zu übersehen. So wie die Leute auch zu vergessen scheinen, dass die iranische Führung Israel von der Landkarte getilgt sehen will.«

Jane bemerkte, dass Joe an seinen Hemdknöpfen herumfummelte und sie anstarrte.

»Lassen Sie uns ... äh, kurz über die Russen sprechen, Paddy«, sagte Jane leicht abgelenkt. »Sie hatten gute Gründe, sich gegen eine israelische Blockade ihres Zugangs zum Mittelmeer zu wenden, keine Frage – aber jetzt scheint es, als wäre ihnen jeder Vorwand recht, um eine Auseinandersetzung mit den Israelis zu provozieren.« Danach brauchte sie noch einen Schluck Wasser. Als sie die Flasche zum Mund hob, liefen ein paar Tropfen daran hinunter und tropften ihr auf die Brust. Sie sah nach unten und stellte fest, dass ihre Bluse bis zum Nabel offen stand. Und was noch schlimmer war, sie trug einen BH, der eindeutig ein paar Mal zu oft in der Waschmaschine gewesen war. Sie warf Ali und Laura auf der anderen Seite des Glases einen zornigen Blick zu. Hätten sie es ihr nicht sagen können?

»Ich glaube, es geht darum, die islamischen Staaten in der Region zu beeindrucken«, sagte Wright, während Jane ihre Bluse zuknöpfte. »Die Russen wollen sie auf ihrer Seite haben, wenn es darum geht, den amerikanischen Einfluss in Zentralasien zu begrenzen. Deshalb umwerben sie insbesondere den Iran und haben sogar dessen erstes Kernkraftwerk gebaut.«

»Und sagen Sie, hat das Institut, das die Meinungsumfrage durchführte, etwas zu diesen – für mich jedenfalls – unerwarteten Resultaten bemerkt?« Sie sah zu Joe hinüber, der lächelte und ihr den erhobenen Daumen zeigte. Sie zuckte mit den Achseln und zeigte ihm ebenfalls den Daumen. Aber es war ihr peinlich.

»Nur die Beobachtung, dass Europa den Nahen Osten mit jahrelangem Hass und zerstörten Hoffnungen assoziiert«, sagte Wright. »Und dass es vor *ihrer* Haustür passiert, nicht vor der der Amerikaner. Deshalb würden sie die Vorgänge dort mit einem gewissen Zynismus betrachten, vor allem, wenn sie glauben, dass die Amerikaner ihre Finger im Spiel haben.«

»Was uns zur Haltung der USA gegenüber Israel bringt – und Joe Brady ist hier bei uns, um darüber zu sprechen. Dort könnten die Dinge im Vergleich zu Europa nicht verschiedener liegen, Joe.«

»Das stimmt, Jane«, begann Joe. »Israel nimmt in bestimmten Teilen der Vereinigten Staaten eine fast mystische Position ein. Und ich meine nicht nur die jüdische Bevölkerung. Christliche Zionisten, die eine sehr einflussreiche Gruppe in der amerikanischen Politik sind, betrachteten den modernen Staat Israel als die Erfüllung verschiedener Prophezeiungen in der Bibel.«

»Für diese Leute sind Politik und Prophezeiung also ein und dasselbe.«

»Ja, und weil die Gründung des Staats Israel und die Einwanderung von Juden dort für sie zum Heraufdämmern der letzten Tage gehören, bestimmt dieses Szenario ihre politischen Ansichten über den Nahen Osten. Für christliche Zionisten umfasst Israel Judäa und Samaria – das Westjordanland, wie wir sagen würden –, deshalb unterstützen sie den Bau neuer Siedlungen dort. Sie zitieren auch gern eine Zeile aus dem Buch Genesis, wo Gott zum Volk Israel spricht und sagt: ›Ich werde diejenigen segnen, die euch segnen, und diejenigen verfluchen, die euch verfluchen.‹ Um diesem Szenario zu entsprechen, muss Israel von Feinden umgeben sein, was es ist – und es sind lauter islamische Länder. Und von diesen Ländern ist der Iran der böseste und bedrohlichste. Und da Israels Feinde auch ihre sind, macht das den Iran zum Feind Nummer eins.«

»Auch wenn sie nicht wussten, warum«, sagte Jane, »liegen die Leute, die vermuten, dass die Vereinigten Staaten hinter den Spannungen zwischen Iran und Israel stecken, also möglicherweise gar nicht so falsch.«

»Ja. Und wie gesagt, der ganze Sinn der Unterstützung christlicher Zionisten für Israel besteht darin, den Weg für die Wiederkunft Christi zu bereiten. Und es wird Sie vielleicht überraschen, aber einer von fünf Christen in den USA – und nicht nur christliche Zionisten – glaubt, dass dieses Ereignis zu ihren Lebzeiten eintreten wird.«

»Und was soll mit den Juden geschehen, die nach Israel zurückgekehrt sind?«

»Kommt darauf an, wer die entsprechenden Bibelstellen interpretiert. Aber es ist klar, dass sie ziemlich leiden werden, und wenn es nicht die Große Drangsal mit ihren Kriegen, Seuchen und so weiter ist, dann wird es der Antichrist sein, der einen Angriff auf Israel startet. Oder wie es einige zeitgenössische Autoren ausdrücken – Russland, das ein Bündnis mit islamischen Kräften schmiedet, um Israel zu erobern.«

»Wäre das dann vielleicht Magog zusammen mit Ägypten und Persien, wie es eine Anruferin vor nicht allzu langer Zeit hier erzählt hat?«

»Vermutlich. Aber ich glaube, die Passage mit dem deutlichsten aktuellen Bezug stammt aus dem Lukas-Evangelium, wo Jesus mit den Worten zitiert wird: ›Wenn ihr aber seht, dass Jerusalem von einem Heer eingeschlossen wird, dann könnt ihr daran erkennen, dass die Stadt bald verwüstet wird. Dann sollen die Bewohner von Judäa in die Berge fliehen; wer in der Stadt ist, soll sie verlassen, und wer auf dem Land ist, soll nicht in die Stadt gehen.‹ … ›Verwüstet‹ klingt nach Atomkrieg, oder? Vor allem, wenn man bedenkt, dass davor gewarnt wird, in die Stadt zu gehen.«

»Ich kenne mich in diesen Dingen nicht besonders gut aus«, mischte sich Paddy Wright wieder in die Diskussion ein. »Aber sollte nicht irgendwann in dieser Zeit die Entscheidungsschlacht des Armageddon stattfinden?«

»Ja, und ebenfalls auf israelischem Boden«, sagte Joe. »Und danach wird Christus zurückkehren und den Antichrist und seine Armeen in den See aus Feuer werfen. Dann werden die Juden Christus endlich als ihren Retter erkennen, und Israel wird wiederhergestellt werden.«

»Puh, einfach unglaublich, dass manche Leute diese Prophezeiungen als Ereignisse in der echten Welt auffassen«, sagte Wright.

»Nicht nur das, sie erwarten sie mit Ungeduld, und sie wollen, dass die Uhr ein bisschen schneller tickt«, sagte Joe. »Es gibt einen Prediger namens R. J. Harper, der beteuert, Christen hätten eine Verantwortung dafür, die Endzeit herbeizuführen, und müssten entsprechend handeln. Das ist zwar keine konkrete Anweisung, aber leicht als Aufforderung zu interpretieren, Unruhe im Nahen Osten zu schüren.«

»Aber wir haben keinen Beweis dafür, dass das Vorgehen der Belisarius Brigade eine Reaktion auf Harpers Aufruf war«, sagte Wright.

So ein Beweis existiert möglicherweise nicht, dachte Jane. Doch nun, da sie wusste, dass die Feinde, die sich gegen Israel zusammenrotteten, eine *Bedingung* der Endzeit-Prophezeiungen war, hatte sie den Verdacht, dass die Verbindung zwischen der Brigade und Harper der »Gefallen« war, von dem Perselli gesprochen hatte.

»Und an diesem Punkt müssen wir unsere Diskussion beenden«, sagte Jane und sah auf die Uhr. »Ich danke euch beiden für eure Beiträge.«

»Eine Sache möchte ich rasch noch loswerden«, sagte Wright. »Unter den Fragen der Meinungsforscher war auch eine, die ernsthafte Auswirkungen auf die Türkei haben könnte.«

»Ach so – nämlich?«, sagte Jane.

»Gefragt, ob sie der Ratifizierung des türkischen EU-Beitritts zustimmen würden, antworteten die meisten Leute mit Nein – auch wenn sie den türkischen Beitritt ursprünglich befürwortet hatten. Sie glauben zwar, dass die gegenwärtigen Schwierigkeiten vorübergehen werden, aber sie befürchten, eine Türkei in der EU könnte der bevorzugte Ort aller möglichen Terroristen werden, um ihrem Groll Luft zu machen. Ob beabsichtigt oder nicht, hat die Belisarius Brigade also möglicherweise die EU-Mitgliedschaft der Türkei zunichtegemacht.«

39

In der zweiten Stunde der Sendung interviewte Jane den Vulkanologen, der behauptete, ein Ausbruch des Vesuvs nahe Neapel stünde binnen Wochen bevor. Der britische Geologe Graham Tomlinson war durch Computermodelle zu seiner Theorie gekommen, die auf der Geschichte des Vulkans kombiniert mit aktueller Vulkantätigkeit rund um den Globus basierten. Tomlinson war über Nacht zu einer »heißen Nummer« geworden, wie Joe witzelte, als von Erdbeben in der Bucht von Neapel berichtet wurde und Wissenschaftler Gase analysierten, die aus dem Vulkan entwichen und davon kündeten, dass Magma in einer riesigen Kammer zehn Kilometer unter der Oberfläche in Bewegung geraten war.

Doch obwohl sie den Mann der Stunde in ihrer Sendung hatte, konnte Jane keine Begeisterung für das Interview aufbringen. Es hatte damit zu tun, dass sie müde und verkatert war, aber sie schämte sich auch, dass sie in diesem schlampigen Zustand hier aufgetaucht war, auf den Joe sie anständigerweise aufmerksam gemacht hatte. Sie war paranoid genug, mit dem Gedanken zu spielen, dass die anderen Teammitglieder ihren Garderobenfehler bemerkt und absichtlich nichts gesagt hatten. Zahlten sie ihr auf diese Weise heim, dass sie sie am Montag im Dunkeln hatte tappen lassen?

Joe hatte sie gut auf das Interview vorbereitet, und es gelang ihr, die richtigen Fragen zu stellen und interessiert an den Antworten des Geologen zu klingen. Aber fünf Minuten später wusste sie von Tomlinsons Theorie nur noch, dass er nicht glaubte, die Eruption würde in der Größenordnung jener liegen, die Pompeji zerstört hatte, aber schlimmer als die in den 1940er-Jahren sein. Sein Gerede von roten und grünen Zonen, Evakuierungsplänen, pyroklastischen Wolken und Lavaströmen war ihr zum einen Ohr hinein- und zum anderen wieder hinausgegangen.

Als Ali und Laura nach der Sendung zu ihr ins Studio kamen, wollte sie die beiden zur Rede stellen, doch ehe sie dazu kam, verkündete Ali, dass sie etwas zu sagen hatte.

»Laura und ich haben gesehen, wie du uns vorhin durch die Scheibe am liebsten mit Blicken getötet hättest. Wir konnten beide nicht sehen, dass deine Bluse offen stand, falls es darum ging, weil du seitlich zu uns gesessen hast.«

»Aber vorher am Morgen. Habt ihr nicht …« Ihre Stimme verlor sich, als ihr einfiel, dass sie wegen ihrer Verspätung direkt ins Studio marschiert war, sodass die beiden sie vorher im Büro gar nicht gesehen hatten. Es gab keine Verschwörung, sie hatte sich alles selbst zuzuschreiben.

»Tut mir leid«, sagte sie. »Ich hätte den Gedanken gar nicht zulassen dürfen. Aber ich habe eine wichtige Lektion daraus gelernt …«

Die beiden warteten gespannt.

»Zieh nie deinen ältesten BH in die Arbeit an.«

Ali und Laura lachten.

Alles war wieder gut, aber Jane konnte nicht leugnen, dass ihr Trinken sie bei dieser Gelegenheit an den Rand eines Streits mit ihren Kolleginnen gebracht hatte.

Erst als jemand eine Bemerkung darüber machte, nahm Jane das Wetter vor dem Bürofenster wahr. Der Himmel war strahlend blau, und kein Lüftchen regte die Wasseroberfläche der Liffey. Es war einer jener Tage im Mai, die das ganze Versprechen des Sommers zu enthalten schienen. Sie war entschlossen, möglichst schnell aus dem Büro zu kommen, aber nicht, um die Sonne zu genießen. Da sie immer noch die Auswirkungen ihres übermäßigen Alkoholgenusses spürte, wollte sie wenigstens eine Stunde schlafen, ehe die Kinder nach Hause kamen.

Auf dem Heimweg würde sie Blumen für Debbie kaufen und ihr für ihre Hilfe am Morgen danken. Sie hatte nicht vor, ihr zu verraten, warum sie verschlafen hatte. Nicht nur, dass sie sich dann wie eine verantwortungslose Mutter fühlen würde, weswegen sie ohnehin schon genug Schuldgefühle hatte, sie müsste Debbie auch sagen, dass sie ab jetzt keinen Alkohol mehr trinken würde. Und wenn sie es dann nicht schaffte, trocken zu bleiben, würde ihr Scheitern nur umso erbärmlicher sein.

Sie ging ihre E-Mails durch und sah, dass Giuseppe ihr geantwortet hatte.

Cara Jane,
danke für Deine E-Mail und Grüße aus Sant'Elia. Ich muss meine Idee bereits überdenken, da eine Sache nicht durchführbar ist. Es ging darum, Besucher nach Collalba zu bringen, damit sie die Traditionen der Arbëresh kennenlernen, und ich dachte, das könnte einen Besuch in der Krypta der Kirche einschließen, wo sie sehen würden, wie die Familie Bua die Ikone »bewacht«. Aber die grausige Realität, wie die Leichen

dort behandelt und zur Schau gestellt werden – Lucia hatte recht! –, schließt es als Teil einer geführten Tour aus.

Zufällig habe ich der Krypta letzte Nacht einen Besuch abgestattet und entdeckt, dass die Ikone unter verdächtigen Umständen entfernt wurde. Eine Kunsthandlung in Neapel hatte Interesse an ihrem Erwerb zum Ausdruck gebracht, und ich versuche, Kontakt mit ihr aufzunehmen. Die Person, die die Ikone entwendet hat, benimmt sich ganz anders als gewöhnlich, und ich würde gern versuchen, die Ikone ohne Skandal wiederzubeschaffen.

Danke für die Warnung wegen des Vesuvs. Mein Vater war bei dem Ausbruch 1944 in Neapel, und er hat nie vergessen, was für ein schreckliches Erlebnis das war.

Lucia lässt herzlich grüßen,

Giuseppe

Es war typisch für ihn, dass er den Diebstahl der Ikone rückgängig machen wollte, ohne Schande über den Täter oder sogar das albanische Dorf selbst zu bringen.

Nachdem Jane die restlichen Mails in ihrem Posteingang gelesen hatte, loggte sie sich aus und hatte eben begonnen, ihren Schreibtisch aufzuräumen, als sie eine SMS von Debbie bekam.

Wurde von neuer Netzwerkfreundin gerade zu Kinderüberraschungsparty heute Nachmittag eingeladen. Im Freien. Spiele, Grillen, Schminken etc. Umsonst! S & B ebenfalls eingeladen. Kann sie abholen und mitnehmen. Okay?

Debbie machte begeistert bei einem Netzwerk für nicht berufstätige Mütter in Süddublin mit. Bei dem unberechenbaren irischen Wetter war die Planung eines Outdoor-Events immer Glückssache, aber das war nun ein Beispiel dafür, wie soziale Netzwerke eine Lösung boten. Jane war allerdings ein bisschen skeptisch, wie spontan das Ganze wirklich war. Die Frau, die es organisiert hatte, benutzt das Pop-up-Konzept wahrscheinlich nur, damit es cooler wirkte. Und wahrscheinlich wusste sie durch Debbies Blog oder Profil oder wie immer sich die Mitglieder austauschten von Scott und Bethann.

Einmal mehr hatte Debbie die Situation gerettet. Jane hatte damit Zeit für einen Einkauf im Supermarkt, danach konnte sie ein wenig schlafen, sich frisch machen und die Hausarbeit erledigen, bevor die Kinder nach Hause kamen. Und obendrein hätten sie schon etwas zu essen bekommen. Was sollte sie dagegen haben?

Toll, antwortete sie. Wo ist es?

Debbie antwortete binnen Sekunden.

Großes Haus oben in den Bergen. Die müssen stinkreich sein!

»Großes Haus« bedeutete üblicherweise ein Landsitz umgeben von Grundbesitz. Die Vorstellung, dass jemand, der so wohnte, in Debbies Internetgruppe war, erschien Jane merkwürdig. Die Gruppe bestand hauptsächlich aus Leuten wie Debbie selbst. Dennoch, Mütter mit kleinen Kindern hatten ähnliche Sorgen, egal wer sie waren.

Erfreut darüber, wie sich alles entwickelte, räumte sie ihren Schreibtisch fertig auf und ging kurz zu Joe, um über die Reaktionen auf den Beitrag über die christliche Rechte mit ihm zu sprechen. Während sie plauderten, läutete das Telefon auf ihrem Schreibtisch. Die Umstände waren fast wie am Tag zuvor, und sie erwartete halbwegs, Marco Perselli am anderen Ende zu hören.

»Ich bin es, Jane.«

Es war tatsächlich ein Mann, aber nicht der Italiener. Es war Demir Orhun.

»Ich bin am Flughafen und habe nicht viel Zeit zu reden«, sagte er und klang ein wenig gehetzt.

Bei ihm in Ankara war es jetzt kurz vor drei.

»Ich habe bei Ersins Begräbnis mit jemandem von der ägyptischen Botschaft gesprochen, den ich sehr gut kenne. Dieses Buch, von dem Sie mir erzählt haben …«

Jane war verblüfft.

»Die *Vision des Gorman*, hieß es nicht so?«, fragte er.

Wieso brachte er es zur Sprache? »Äh, ja …«, sagte sie vorsichtig.

»Es wurde gestohlen.«

»Was? Wann?«

»Die Mönche des Katharinenklosters haben es gestern den Behörden gemeldet. Anscheinend hat die von den Terroristen geschickte Expertin es in ihrer Tasche aus der Bibliothek geschmuggelt.«

»Mein Gott. Das bedeutet …«

»Das bedeutet, ich muss mich bei Ihnen entschuldigen. Ich habe jetzt keine Zeit mehr; wenn wir uns treffen, erzähle ich Ihnen mehr. Und Jane … seien Sie bitte vorsichtig.«

Sie lehnte sich zurück. Das also hatte KOSS die ganze

Zeit im Sinn gehabt. Die Prüfung von Mohammeds Schutzbrief war nicht das Einzige, was sie im Katharinenkloster erledigen wollten, falls sie sich überhaupt je dafür interessiert hatten. Sie lag richtig damit, dass die scheinbar kleinen Forderungen wichtig waren. Die Zeitbüchse konnte die Art von Gerät sein, über die Celani und Perselli spekuliert hatten. Und wenn KOSS sie in die Hände bekam, konnten sie das Datum des Jüngsten Gerichts entschlüsseln, das nach Perellis Ansicht irgendwo in der Handschrift unsichtbar vermerkt war. Im eigenen Namen oder für jemand anderen Zwistigkeiten im Nahen Osten zu schüren mochte zu KOSS' Absichten gehören, aber die *Vision des Gorman* und ein Gerät zusammenzubringen, das den niedergeschriebenen geheimen Zeitpunkt dechiffrieren konnte, würde ihr wahrer Lohn sein.

Aus Orhuns Blickwinkel war dieser Aspekt ihrer Arbeit weniger interessant. Aber es verschaffte Jane eine gewisse grimmige Befriedigung, dass sie hinsichtlich der Identität der Bande, die den Beitritt seines Landes zur EU untergraben hatte, richtiggelegen hatte. Und nun, da er dies anerkannt hatte, worüber sollten sie noch reden? Sie war immer noch verärgert darüber, wie leichthin er ihre Überlegungen abgetan hatte.

Und diese Warnung? Vor einigen Tagen hatte er ihr noch versichert, sie habe nichts von der Belisarius Brigade zu befürchten, weil sie schließlich nur der Bote sei. Warum sollte es jetzt anders sein? Daran, dass sie von KOSS bedroht wurde, war ohnehin nichts neu. Sie würde ihr Leben ganz normal fortsetzen.

40

Eden traf Hakan und Dr. Kelsey zusammen im Kartenraum an. Hakan verbrachte gern viel Zeit dort und verfolgte die neuesten Entwicklungen.

Der Missionsrat hatte Eden mitgeteilt, sie würde ihren Auftrag in ein, zwei Tagen von Hakan erhalten. Das war vier Tage her. Unter den Aktivisten an Bord war von einer irischen Rundfunkjournalistin die Rede gewesen, die der Organisation früher schon Ärger gemacht und vor Kurzem gemeldet hatte, dass sie sich im Gebiet des Sueskanals befanden. Man hatte jedoch bereits Schritte unternommen, ihr eine Warnung zukommen zu lassen. Alles, was Eden über ihren Auftrag wusste, war, dass sie in Kürze das Schiff verlassen sollte.

Hakan zeigte gerade auf eine Insel am westlichen Rand der Karte.

»Und da sind wir jetzt?«, sagte Dr. Kelsey und klopfte mit einem Fingernagel auf ein Seegebiet südlich der Insel.

»Mehr oder weniger«, bestätigte Hakan.

»Ah, hallo Eden, na, wie geht's?«, sagte Dr. Kelsey, als sie bemerkte, dass Eden in den Kartenraum gekommen war.

Eden trat neben sie. Sie hatte in der kurzen Zeit ihrer Bekanntschaft Gefallen an Dr. Kelsey gefunden. »Gut. Und selbst?« Sie wollte vermeiden, dass Hakan etwas von ihren Gefühlen für die Frau spürte.

»Ich habe gerade nachgesehen, wie nahe wir unserm Zielort sind«, erklärte Dr. Kelsey. »Ich nehme von dort einen Flug nach Hause, wie Sie wissen.«

Als sich Dr. Kelsey über die Karte beugte, um sich alles genauer anzusehen, warf Hakan Eden einen wissenden Blick zu.

»Eden muss ebenfalls hier aussteigen«, sagte er, während die Paläografin das höhnische Grinsen auf seinem Gesicht nicht sehen konnte. »Sie hat etwas zu erledigen.«

»Ach, wirklich?«, sagte Dr. Kelsey, richtete sich auf und blickte die beiden abwechselnd an.

»Ja. Ihr werdet das Schlauchboot zusammen an die Küste bringen, wenn wir Anker geworfen haben«, sagte Hakan.

Das war Eden neu.

»Bleiben Sie ein paar Tage dort?«, fragte Dr. Kelsey.

»Äh ... Ja.«

»Ich auch. Das heißt, wenn wir rechtzeitig ankommen, sodass noch Zeit übrig ist. Wo werden Sie ...?«

»Hey, wollt ihr beiden nicht sehen, was sich auf der Welt tut?«, unterbrach Hakan.

»Natürlich«, sagte Eden, erleichtert, das unangenehme Gespräch abbrechen zu können.

»Ähm ... okay«, sagte Dr. Kelsey ohne große Begeisterung.

Eden bemerkte, dass die Karte zwar immer noch das Mittelmeer zeigte, aber mehr in Richtung Naher Osten gerutscht war und jetzt die langen Finger des Roten Meers und des Persischen Golfs zu beiden Seiten des großen Lappens der Arabischen Halbinsel einschloss.

»Es tut sich was im Mittelmeer, im Roten Meer und drüben im Persischen Golf«, sagte Hakan. »Aber fangen wir hier, beim Ausgang des Sueskanals ins Mittelmeer an.« Eden sah die winzigen Davidssterne vor der ägyptischen Küste. »Die israelische Marine sucht nach uns, deshalb kontrollieren sie Schiffe, seit der Kanal wieder befahrbar ist. Aber jetzt hat Ägypten zwei iranischen Fregatten die Einfahrt vom Roten Meer her erlaubt, sie müssen also auf die Israelis treffen, wenn sie oben wieder ausfahren – klingt vielversprechend, nicht?« Er rieb sich in hämischer Freude die Hände.

Die beiden Frauen murmelten etwas. Es erinnerte Eden daran, wie sie ihrem kleinen Bruder immer den Gefallen getan hatte, sich scheinbar für seine Strategie-Brettspiele zu interessieren.

Hakan fuhr mit dem Zeigefinger wieder den Sueskanal entlang nach unten, vorbei an den rot-grünen Punkten, die für die iranischen Schiffe standen, und dann an der Sinai-Halbinsel entlang. »Hier ist das Rote Meer und hier der Golf von Akaba.« Er deutete auf einen schmalen blauen Streifen, der auf der anderen Seite des Sinai aufwärts verlief. Eine Traube rot-grüner Punkte umringte den Eingang dazu. »Hier haben sich weitere iranische Schiffe versammelt. Das bringt die Israelis wirklich auf die Palme, weil sie eine Marinebasis in Eilat, hier am oberen Ende des Zugangs haben. Das heißt also, Iran rückt vom Mittelmeer *und* vom Roten Meer her auf sie vor. Und um dem Westen und den Unterstützern Israels das Leben noch schwerer zu machen …«, er legte den Zeigefinger auf die schmalste Stelle des Persischen Golfs, »sind die Iraner dabei, die Straße von Hormus dichtzumachen, durch die zwanzig Prozent des Öls auf der Welt gehen. Das wird sie direkt in Konflikt mit der im Golf stationierten 5. Flotte der US-Marine bringen.«

»Verfügen diese Streitkräfte über Atomwaffen?«, fragte Dr. Kelsey.

»Worauf Sie sich verlassen können. Zunächst einmal ist die 5. Flotte eine der größten mobilen Nuklearstreitkräfte der Welt. Zweitens haben die Israelis an Land stationierte Raketen vom Typ Jericho, die in der Lage sind, den Iran mit Atomsprengköpfen zu treffen. Es ist nicht klar, ob der Iran Israel von seinem Boden aus nuklear angreifen kann, aber sie könnten jederzeit einen Atomschlag von einem Schiff auf See führen. Eher früher als später wird es die eine oder andere Seite darauf ankommen lassen, und dann – bumm!« Hakan schleuderte die Arme zur Untermalung in die Luft.

Dr. Kelsey seufzte laut. »Finden Sie nicht, dass es ein bisschen voreilig war, dieses ganze Chaos zu schüren, obwohl wir noch kein Datum hatten?«

»Ich dachte, Ihre Leute können es nicht erwarten, Israel von seinen Feinden angegriffen zu sehen?«, sagte Hakan bockig, so wie Edens Bruder, wenn er einen seiner Spielkameraden ausschimpfte.

»Nur wenn das Timing stimmt. Es muss mit dem Plan des Herrn in Einklang stehen …« Dr. Kelsey sah Hakan vorwurfsvoll an. »Deshalb wäre es sinnvoll gewesen, das Datum zu haben, *bevor* Sie anfingen, Leute hinzurichten.«

»Bitte spielen Sie hier nicht die moralisch Überlegene, Dr. Kelsey. Zum einen hatten Sie kein Problem damit, die Handschrift aus der Bibliothek zu entwenden. Und Sie hätten nichts gegen mein Handeln einzuwenden gehabt, wenn Sie geglaubt hätten, es sei von der Bibel abgesegnet. Oder sollte ich lieber sagen, von Reverend Harpers Version der Bibel.«

»Das Manuskript zu stehlen war gegen meine Prinzipien. Ich habe mich nur dazu bereit erklärt, weil Reverend Harper großer Hoffnung war, es werde uns eine genaue Vorhersage liefern. Aber ich kann keine Wunder bewirken. Es gibt kein verborgenes Datum.«

»Auch wir müssen manchmal Dinge tun, die gegen unsere Prinzipien sind, nicht wahr, Eden?«, sagte Hakan und grinste höhnisch.

Eden beschloss, ihm nicht zu antworten.

»Ich habe keine Ahnung, worin Ihre Prinzipien bestehen, Hakan«, sagte Dr. Kelsey, da sie den Sarkasmus in seiner Stimme bemerkte. »Tatsächlich bin ich mir nicht sicher, ob ich weiß, wofür Sie und Ihre Leute überhaupt stehen.«

»Für dasselbe wie Sie – wir wollen, dass die Welt mit einem großen Knall endet.«

»Machen Sie meinen Glauben nicht lächerlich, Hakan. Und es ist auch nicht das erste Mal, dass Sie Ihren mangelnden Respekt dafür zum Ausdruck gebracht haben. Ich habe von Anfang an bezweifelt, dass unsere Anschauungen viel mit den Ihren gemeinsam haben, und ich werde meine Meinung darüber Reverend Harper mitteilen.«

»Nur zu«, sagte Hakan.

Dr. Kelsey machte auf dem Absatz kehrt und stapfte aus dem Raum.

Eden wollte ihr nach draußen folgen, aber Hakan rief sie zurück.

Sie blieb stehen und drehte sich um. »Ja?«

Er sah sie durchdringend an. »Du bist gekommen, um mich zu sprechen … weswegen?«

»Ich habe mich nur gefragt, ob du vielleicht schon mehr über meine … Mission weißt.«

Hakan sah zu der Tür, durch die Dr. Kelsey eben gegangen war. »Hast du es nicht erraten?«, sagte er und sah Eden verächtlich an.

Eden war vollkommen bestürzt. »Ich verstehe nicht …«, sagte sie und schüttelte den Kopf.

»Es ist ihr nicht gelungen, das Datum zu finden. Und sie weiß zu viel. Und so verlockend es sein mag, sich ihrer auf hoher See zu entledigen, es muss an Land geschehen. Sonst könnte Reverend Harper Verdacht schöpfen. Und von Dr. Kelsey abgesehen brauchen wir seine Leute noch auf unserer Seite.«

41

Als Jane mit ihren Einkäufen fertig war und beim Haus eintraf, war Debbie bereits fort, um Bethann aus der Krippe und die anderen drei Kinder von der Schule abzuholen.

Diesmal waren es nicht Schuldgefühle gewesen, die sie auf der Heimfahrt quälten, sondern Bedauern darüber, dass sie so viele Erlebnisse mit ihren Kindern nicht teilte. Und dann gab es ihr einen Stich vor Eifersucht, weil Debbie so oft mit ihnen zusammen war. Es war eine verstörende Gefühlsregung, die sie abzuschütteln versuchte, als sie sich in ihr breitzumachen drohte. Und das ging am besten, stellte sie beim Auspacken der Lebensmittel fest, indem sie daran dachte, wie glücklich sie sich schätzen konnte, eine so gute Freundin zu haben.

Nachdem die Einkäufe weggeräumt waren, trug sie den Blumenstrauß, den sie gekauft hatte, ins Haupthaus hinüber und sah sich nach dem besten Platz dafür um. In der Küche fand sie eine frisch gespülte Glasvase auf der Ablauffläche und beschloss, sie zu verwenden. Sie füllte sie mit Wasser, lockerte die Blumen darin und ließ sie auf dem Ablauf stehen. Sie irgendwo anders aufzustellen würde aussehen, als wollte sie auf ihr Geschenk aufmerksam machen.

Beim Verlassen der Küche fiel ihr eine ausgedruckte Karte auf der Arbeitsfläche auf, die Debbie offenbar studiert hatte – sie hatte etwas hineingeschrieben. Ihr Auto besaß zwar ein Navi, aber offensichtlich hatte sie erst einmal sehen wollen, wohin es ging. Neben der Karte lag ein Notizblock. Jane sah den Abdruck von Debbies Handschrift auf dem obersten Blatt. Sie hatte die Karte nicht mitgenommen, weil sie die Informationen, die sie brauchte, notiert hatte.

Jane schaute auf die Karte und sah einige vertraute Namen – Straßen, die nicht weit von ihrem eigentlichen Zuhause in den Dubliner Bergen entfernt waren. Weiter im Süden jedoch, näher an der Grenze zum County Wicklow, hatte Debbie neben dem Wort »Cullenswood« ein Kreuz auf die Karte gezeichnet.

Und das ließ eine Alarmglocke in Janes Kopf schrillen. Die Party musste in Cullenswood House stattfinden. Es hatte früher Becca de Lacy gehört, und sie hatte den Sektenführer Michael Roberts dort beherbergt. Jane bezweifelte, dass die Leute, die es jetzt bewohnten, etwas von den Ereignissen jener Zeit wussten. Dennoch gefiel ihr die Idee nicht, dass ihre Kinder auch nur in der Nähe dieses Orts waren.

Sie sah auf die Küchenuhr und schätzte, dass Debbie und die Kinder wahrscheinlich schon auf dem Weg zu ihrem Ziel waren. Bei einem erneuten Blick auf die Karte fiel ihr ein weiteres Kreuz auf einer der kleineren Straßen rund um den Landsitz auf. Debbie hatte einen Pfeil von dort zum unteren Rand der Karte gezogen und »Eingang zum Getreidespeicher« daneben geschrieben.

Schon rannte Jane in ihre eigene Küche zurück, um ihr Handy zu holen. Sie blickte sich um, konnte es aber nirgendwo entdecken. Und doch wusste sie, dass sie es irgendwo hier liegen gelassen hatte. Die wachsende Angst verringerte ihre Konzentrationsfähigkeit. Sie holte tief Luft und ging systematisch durch die Küche. Das Handy lag auf der Arbeitsfläche neben dem Kühlschrank. Sie hob es auf und drückte mit zittrigen Fingern Debbies Nummer. Der Anruf ging direkt auf die Mailbox.

Jane hätte vor Frust am liebsten geschrien, aber sie nahm sich zusammen, um eine verständliche Nachricht zu hinterlassen – und eine, die Debbie nicht zu Tode erschrecken würde. »Hör genau zu, Debbie«, sagte sie unaufgeregt. »Wenn du noch auf dem Weg zu dem Fest bist, dann kehr sofort um. Wenn du schon dort bist, brich sofort auf. Du brauchst niemandem etwas zu sagen, aber es ist wichtig, dass du tust, was ich sage.«

Nachdem sie noch eine SMS mit ähnlichem Inhalt abgeschickt hatte, setzte sie sich kurz, um nachzudenken. Wahrscheinlich reagierte sie übertrieben. Aber egal wie es mit Cullenswood House aussehen mochte, der auffällige, kegelförmige Turm auf dem Anwesen, der als Getreidespeicher bekannt war, war tabu, was Jane anging. Denn in diesem Gebäude war sie von Michael Roberts gefangen gehalten und beinahe getötet worden, und dort war Roberts von der Polizei erschossen worden.

Debbie wusste natürlich, was passiert war, aber es lag zu weit zurück, als dass ihr die genauen Einzelheiten noch erinnerlich waren. Und etwa zu dieser Zeit hatte sie Karl kennengelernt, und ihre frische Beziehung hatte einen wesentlichen Teil ihrer Aufmerksamkeit in Anspruch genommen.

Jane konnte nachvollziehen, dass man auf die Idee kam, den Turm aus dem 18. Jahrhundert zum Mittelpunkt eines Kinderfests zu machen. Es machte den Kleinen sicher Spaß, um ihn herum zu spielen, und unter angemessener Aufsicht konnten sie sich die steinerne Treppe rauf- und runterjagen, die sich spiralförmig außen um das Gebäude herumwand. Vielleicht durften sie sogar das Innere erkunden. Sie schauderte bei dem Gedanken, dass ihre Kinder dort drinnen umherspazierten.

Und dann machte sich langsam ein düsterer Verdacht bemerkbar. Sie stand auf und lief unruhig hin und her. Es war ihr von Anfang an komisch vorgekommen, dass sich jemand, der sich einen Wohnsitz wie Cullenswood House leisten konnte, einem Netzwerk von normalen Mittelschichtmüttern anschloss. Sie fragte sich auch, ob Debbie bei einer der anderen Mütter nachgefragt hatte, ob sie ebenfalls hinfuhren. Und wer war dieses neue Mitglied ihres Clubs überhaupt?

Bitte melde dich, Debbie, flehte sie lautlos, während sie nervös auf und ab marschierte und ihr Handy umklammert hielt. Es sah ihrer Freundin gar nicht ähnlich, das Gerät abzuschalten. Wahrscheinlich waren sie in einer Gegend mit schlechtem Empfang. Als ihr Handy dann plötzlich läutete, erschrak sie so sehr, dass sie es beinahe fallen ließ.

»Debbie«, sagte sie erleichtert, als sie das Foto ihrer Schwägerin auf dem Display sah.

»Was ist los?«

»Wo bist du?«

»Ich fahre gerade auf einer kleinen Landstraße auf einen merkwürdig geformten Turm zu. Er heißt, der ›Getreidespeicher‹«.

»Verdammt, Debbie, ich sagte doch, du sollst nicht zu dieser Scheißparty fahren.« Sie hätte eine dringlichere Botschaft hinterlassen sollen.

»Hey, Jane hat zwei schlimme Worte gesagt«, kam eine tadelnde Stimme vom Rücksitz des Wagens. Debbie hatte eine Freisprechanlage.

»Tut mir leid, Karen«, sagte Jane. »Aber ich bin ein bisschen wütend auf deine Mommy.«

»Hey, ich habe deine Nachricht eben erst gehört, und ich bin auf halber Strecke in einer sehr schmalen Zufahrt. Sobald ich dort bin, kehre ich um, okay?«

Jane hörte ihr an, dass sie gereizt war. »Tut mir leid, dass ich euch den Spaß verderbe, Debbie, aber …« Da die Kinder zuhörten, musste sie ihre Worte sorgfältig wählen. »Wenn ich dir sagen würde, dass gewisse Ereignisse, die mit mir und dem Anführer einer Sekte zu tun hatten, in genau diesem Turm vor dir stattgefunden haben, würdest du dann verstehen?«

»Du meinst … O mein Gott, das war *hier*?«

»Ich weiß, ich bin ein bisschen empfindlich, aber ich möchte nicht, dass die Kinder dort spielen.«

»Ich genauso wenig. Das Komische ist nur …« Ihre Stimme verlor sich.

»Was, Debbie? Was ist komisch?«

»Wir kommen gerade zu dem Turm, aber da ist sonst niemand. Keine Autos, es sei denn, sie sind irgendwo auf der Rückseite. Da ist nur ein Stück Asphalt, und der ist voller Schlaglöcher.«

Jane war jetzt ernsthaft besorgt. »Dreh einfach um und verschwinde von dort.«

»Es sieht auch ziemlich vernachlässigt aus hier. Alles zugewachsen. Nicht gerade ein geeigneter Platz zum Spielen für Kinder, selbst wenn das Wetter schön ist. Außerdem ist nichts vorbereitet, soweit ich das erkennen kann. Moment mal, ich sehe einen Wagen ... er steht hinter ein paar Büschen.«

»Hör zu, Debbie – bleib nicht stehen. Fahr einfach. *Bitte.*«

»Hey, das ist wie eine Wasserrutsche da außen am Gebäude.« Jane erkannte Scotts Stimme. Er beschrieb die spiralförmige Treppe, die Zugang zu den einzelnen Ebenen des Getreidespeichers gewährte, und hoffte offenbar, es handelte sich um eine der Attraktionen, auf die er sich gefreut hatte. »Und da steht ein Mann drauf«, fügte er an.

Eine eisige Faust griff nach Janes Herz.

»Wo?«, fragte Debbie.

»Ziemlich weit oben«, sagte Karen. »Er schaut zu uns herunter.«

»Jetzt sehe ich ihn«, sagte Debbie. »Festhalten, Kinder, wir verduften schnell von hier.«

»Jetzt kommt er herunter«, sagte Scott.

»Verdammt«, fluchte Debbie leise. »Behaltet ihn im Auge, Kinder«, rief sie.

Jane hörte das Jaulen des Wagens im Rückwärtsgang. Sie sagte nichts, um ihre Freundin nicht noch nervöser zu machen.

»Jetzt ist er fast unten«, sagte Joshua.

Das Getriebe knirschte, als Debbie verzweifelt versuchte, den ersten Gang einzulegen.

»Jetzt mach aber mal, Mom«, sagte Karen und bemühte sich erkennbar, erwachsen zu klingen.

»Ich versuch's ja, ich versuch's.«

»Will nach Hause«, greinte Bethann, die die Spannung im Wagen wahrnahm.

Bitte, lieber Gott, bring sie sicher da raus, betete Jane.

»Okay, wir sind unterwegs«, sagte Debbie und schluckte schwer. »Wo ist er jetzt?«

»Kann ich nicht sehen, weil wir um die Kurve gebogen sind«, sagte Karen.

Sie fuhren eine Weile schweigend.

»Irgendwas von einem Auto hinter uns zu sehen?«, fragte Debbie.

»Nein, Mum«, antwortete Joshua.

»Sicher?«

»Er kommt uns nicht nach«, sagte Karen.

Jane hörte, wie Debbie tief durchatmete.

»Alles in Ordnung, Debbie, du hast es geschafft. Gut gemacht.«

»Hoffentlich kommt mir auf dem Weg hier niemand entgegen«, erwiderte Debbie mit zittriger Stimme.

»Glaub ich nicht. Aber lass das Telefon eingeschaltet, bis du auf der Hauptstraße bist«, sagte Jane.

Keine zwei Minuten später fuhren sie zum Tor des Landsitzes hinaus. Jane hätte gern gewusst, ob es Anzeichen dafür gab, dass es einige Zeit geschlossen gewesen war. Doch angesichts Debbies Verfassung wollte sie ihre Freundin nicht bitten, es an Ort und Stelle zu überprüfen.

42

Es stellte sich heraus, dass abgesehen von Debbie niemand aus dem Mütternetzwerk die Einladung erhalten hatte. Ihre neue Freundin hatte sich Lavinia genannt und behauptet, aus einer prominenten angloirischen Familie zu stammen; sie hatte sich erst einen Tag vorher bei ihr vorgestellt, aber gleich mit einer Flut an Korrespondenz Debbies Freundschaft gesucht. Jane las sie durch, nachdem sie die Kinder beruhigt hatten, und es klang durchaus alles echt, wenn man nicht wusste, dass es nur dazu gedient hatte, Debbie in Sicherheit zu wiegen, ehe sie zu der nicht existierenden Party gelockt wurde.

Debbie gab zu, dass ihr die Aufmerksamkeit geschmeichelt hatte, und als die Einladung nach Cullenswood House kam – Lavinia bezeichnete es als Gelegenheit, sich kennenzulernen –, war es so kurzfristig, dass sie keine Zeit hatte, zu überprüfen, ob sonst noch jemand hinfuhr. Sie war nicht überrascht gewesen, dass Scott und Bethann mit eingeladen waren, da sie gegenüber Lavinia erwähnt hatte, wie sie die beiden jeden Tag mit ihren eigenen Kindern in der Schule beziehungsweise Krippe absetzte. Aber Jane nahm an, »Lavinia« hatte bereits genau gewusst, wer Scott und Bethann waren und wo sie wohnten.

Mehrere Tassen Tee später, als sich Jane sicher war, dass Debbie ihre Angst überwinden würde, brachte sie Scott und Bethann in ihre Haushälfte hinüber und schaltete den Fernseher für sie ein. Dann rief sie einen Architekten an, der mit Ben zusammengearbeitet hatte, und bat ihn, in Erfahrung zu bringen, wem Cullenswood House gehörte. Er rief nach wenigen Minuten zurück und teilte ihr mit, dass es gegenwärtig nicht bewohnt war und zum Verkauf stand. Es war genau am Vorabend des Platzens der irischen Immobilienblase von einem Konsortium erworben worden, das es in ein Hotel mit Golfplatz verwandeln wollte. Das Projekt musste aufgegeben werden, da sich die Investoren weit mehr Geld geliehen hatten, als sie jemals zurückzahlen konnten. Und der Getreidespeicher war seines Wissens weder zu kaufen noch zu mieten, weil er vor Jahren durch Vandalismus beschädigt und nie repariert worden war.

Als Jane das hörte, war ihr klar, dass es keinen Sinn hatte, der Polizei etwas von dem Vorfall zu erzählen. Der Mann auf der Treppe hätte jeder sein können. Selbst wenn KOSS die Sache eingefädelt hatte, wie sie vermutete, musste er nicht dazugehören. Die Kinder konnten ihn nicht beschreiben, sie wussten nur, dass er schwarz gekleidet war. Debbie war sich ziemlich sicher, dass er eine Daunenjacke und eine Wollmütze getragen hatte. Das Auto, das sie gesehen hatte, war eine silberne Limousine gewesen. Wer immer der Mann war, er war zu diesem Zeitpunkt längst vom Schauplatz verschwunden.

Der offenkundigste Hinweis auf die Beteiligung von KOSS bestand darin, dass »Lavinia« einen Tag, nachdem Jane den Aufenthaltsort des Schiffs mit der Belisarius Brigade in ihrer Sendung bekannt gegeben hatte, aufgetaucht war. Aber wie hatten sie wissen können, dass Debbie auf diese Weise zu erreichen war? Sie mussten sie ohne Frage irgendwie auf elektronischem Weg ausgespäht haben. Wahrscheinlich von einem in der Nähe geparkten Wagen. Ein Sicherheitsexperte, den sie einmal in ihrer Sendung interviewt hatte, hatte erklärt, wie leicht so etwas zu bewerkstelligen war.

Ihre Botschaft war klar – komm uns nicht in die Quere, sonst büßen das nächste Mal deine Kinder dafür. Die Tatsache, dass die beiden von Debbie diesmal ebenfalls mit im Spiel waren, machte die Drohung aus Sicht von KOSS nur umso wirksamer, weil es den Druck auf Jane erhöhte.

Das bewahrheitete sich eine halbe Stunde später, als es an der Haustür läutete und Debbies Mann Karl davorstand. Die Tatsache, dass er nicht durch die Verbindungstür gekommen war, zeigte an, dass es sich um einen offiziellen Besuch handelte.

Die Kinder waren im Wohnzimmer, deshalb führte sie ihn in die Küche. Der Anbau ließ ihr nicht viele Wahlmöglichkeiten. Sie bot ihm Tee oder Kaffee an, aber er lehnte ab. Er weigerte sich auch, Platz zu nehmen, sondern blieb lieber unbeholfen stehen. Schmal und gelehrtenhaft in seinem Äußeren, mit schütterem Haar und Brille, wirkte er ein wenig furchtsam, was er gelegentlich durch großspuriges Auftreten wettmachte.

»Ich muss dir sagen, Jane, ich bin sehr beunruhigt wegen dieser Sache, die heute passiert ist.«

»Natürlich. Ich auch. Deshalb …«

Karl hatte den Zeigefinger gehoben – er wollte nicht unterbrochen werden.

Jane war ebenfalls stehen geblieben, und jetzt verschränkte sie unbewusst die Arme – eine instinktive Reaktion auf die aggressiven Signale, die er aussandte.

»Debbie sagt, diese sogenannte ›Lavinia‹ hat im Namen der Leute gehandelt, die für Bens Tod verantwortlich sind«, sagte er. »Natürlich finde ich es furchtbar, dass sie nicht aufhören, dich und deine Familie zu schikanieren. Aber heute haben sie meine Familie zu Tode geängstigt, und weiß der Himmel, was passiert wäre, wenn du nicht eingegriffen hättest. Dafür bin ich dankbar, aber ehrlich gesagt – und ich werde nicht lange um den heißen Brei herumreden –, wir müssen etwas unternehmen.«

Jane hatte ein flüchtiges Bild von Karl im Kampfanzug vor Augen, mit einer AK-47 über einer Schulter und einem Patronengurt über der anderen, aber sie ahnte, es war nicht das, was er meinte.

»Woran hast du gedacht, Karl?«

»Nun … ich dachte … du weißt schon …« Er nahm die Brille ab und schüttelte missbilligend den Kopf. »Was ich nicht verstehe, ist, wieso du sie in deiner Sendung am Montag vorsätzlich provoziert hast …«

Sie wollte widersprechen, aber Karls Zeigefinger ging wieder nach oben.

»Das war auf jeden Fall unverantwortlich …« Er setzte seine Brille wieder auf. »Vor allem, da du unter einem fremden Dach wohnst«, platzte es endlich aus ihm heraus.

»Aha. Ich verstehe. Hör zu – ich hatte nicht die Absicht, jemanden in Gefahr zu bringen. Ich habe erst nach der Sendung erfahren, dass KOSS die Hände im Spiel hat.«

»Es ist nicht nur das. Neulich abends war dieser riesige Türke bei uns. Er hat Debbie ziemlich erschreckt. So kann das nicht weitergehen.«

Jane konnte nicht sagen, ob Karl mehr durch Orhuns Körpergröße verärgert war oder durch die Tatsache, dass er Türke war. »Himmel, Karl, du bist ja wirklich in Fahrt. Können wir nicht einfach …«

»Wann ist dein Haus fertig?«, unterbrach er.

Jane war bestürzt. Er warf sie praktisch hinaus. Ihr Adrenalinspiegel schoss in die Höhe, und ihr Herz raste. Sie musste dem Drang widerstehen, ihn anzuschreien, während sie gleichzeitig Tränen unterdrückte, die ihr in die Augen stiegen. Stattdessen stürmte sie an ihm vorbei in den Flur und riss die Haustür auf. »Du kannst auf demselben Weg wieder gehen, auf dem du gekommen bist, Karl«, rief sie ihm zu. »Und mach die Tür hinter dir zu.«

Sobald sie die Kinder zu Bett gebracht hatte, duschte Jane ausgiebig und cremte sich anschließend mit ihrer Lieblingsbodylotion auf Mangobasis ein. Sie wusste, es war Wein im Haus, und in stressigen Zeiten hätte sie sich normalerweise die Erlaubnis gegeben zuzulangen. Aber sie hielt es für wichtig, einen klaren Kopf zu behalten, damit sie mit der neu entstandenen Situation fertigwurde. Und nach dem schrecklichen Morgen hatte sie ohnehin beschlossen, dem Alkohol abzuschwören.

In ein bequemes Badetuch gehüllt sah sie sich eine Soap im Fernsehen an, schaltete aber aus, als die Nachrichten kamen. In ihrem Leben herrschte schon genug Spannung. Sie legte sich erschöpft auf der Couch zurück. Sie musste klären, wie Bethann am nächsten Morgen in die Krippe und Scott in die Schule kommen sollte, war aber nicht in der Stimmung, mit Debbie zu sprechen. Sie überlegte sogar, ob sie die beiden nicht besser zu Hause lassen sollte.

Dann läutete ihr Telefon. Es hätte auf stumm geschaltet sein sollen, aber sie hatte vergessen, es umzustellen.

Es war Demir Orhun, zurück aus der Türkei. Er war der letzte Mensch, mit dem sie im Augenblick sprechen wollte. Widerstrebend nahm sie das Gespräch an und sagte: »Ich bin im Augenblick wirklich nicht in der Verfassung, mit Ihnen zu reden, Demir. Vielleicht morgen, okay?«

»Oh. Ich verstehe. Was ist los? Liegt es an mir?«

»Nein, es liegt nicht an Ihnen«, sagte sie und seufzte müde, »obwohl Sie mich neulich weiß Gott geärgert haben.« Sie fand es seltsam tröstend, ihre Gefühle ihm gegenüber zum Ausdruck bringen zu können.

»Ich weiß. Und ich entschuldige mich aufrichtig. Ich hätte mehr Respekt zeigen sollen.«

»Ja, das hätten Sie. Ich hätte mich mit meinen Informationen nicht an Sie gewandt, wenn ich sie nicht einer ernsthaften Überlegung für wert befunden hätte.«

»Können wir das Thema damit abschließen?«

»Ich denke ja, aber wie gesagt, ich bin nicht in der Stimmung zum Plaudern. Es war ein harter Tag.« Jane fühlte sich verpflichtet, ihm zu erzählen, was am Nachmittag passiert war.

Als sie fertig war, sagte Orhun: »Es tut mir wirklich leid, dass die Kinder diese beängstigende Erfahrung machen mussten, und ehrlich gesagt fühle ich mich dafür verantwortlich. Wenn ich Ihnen nicht erzählt hätte, was KOSS im Sueskanal treibt, hätten Sie es nicht gesendet und so die Aufmerksamkeit auf sich gezogen.«

»Es ist nicht Ihre Schuld. Ich bin diejenige, die ihre eigenen Kinder in Gefahr gebracht hat. Und die Kinder meiner Freundin dazu.«

»Mir war nicht klar gewesen, wie rachsüchtig diese Sekte sein kann«, sagte Orhun. »Sie hatten auch darin recht.

Falls also etwas passieren sollte … wenn Sie wieder bedroht werden, können Sie mich Tag und Nacht anrufen.«

»Natürlich. Warum haben Sie überhaupt angerufen?«, fügte sie müde an.

»Ich hatte Ihnen etwas mitzuteilen, aber es kann warten. Können wir uns morgen treffen?«

»Ich … ich weiß nicht, Demir. Ich kann im Augenblick nicht klar denken.«

»Ich überlasse es Ihnen. Selbe Zeit, selber Ort, wenn es Ihnen passt. Und diesmal werde ich zuhören.«

Jane sagte, sie würde ihm Bescheid geben.

Es war Zeit für sie, zu Bett zu gehen. Sie schälte sich von der Couch und ging im Zimmer umher, Spielzeug aufsammeln, das über den Boden und die Möbel verstreut lag. Sie presste die Sachen an die Brust und ging in den Flur, wo sie alles in einen Plastikbehälter in der Nische unter der Treppe fallen ließ.

Dann hörte sie ein Klopfen an der Verbindungstür am Ende des Flurs.

»Ja?«, sagte sie vorsichtig.

»Jane, ich bin es.« Debbies Stimme war kaum mehr als ein Flüstern.

Jane öffnete die Tür.

»Darf ich reinkommen?« Debbie war im Nachthemd, ihr Haar war zerzaust.

Jane nickte und schloss die Tür hinter Debbie, blieb jedoch im Flur stehen.

»Ich kann nicht schlafen«, sagte Debbie.

»Ich selbst bin gerade auf dem Weg ins Bett«, sagte Jane tonlos.

»Karl hat mir erzählt, was er gesagt hat. Ich habe mich

so geschämt, dass ich dir nicht unter die Augen treten konnte. Du wirst in meinem Haus immer willkommen sein, aber was mich angeht …«, sie deutete mit beiden Zeigefingern zum Boden, »ist das hier *dein* Haus, deshalb stellt sich die Frage gar nicht.«

Jane wusste, ihre Freundin meinte es aufrichtig, aber Debbie war sicher ebenso klar wie ihr selbst, dass ihr Arrangement auf Grund gelaufen war. »Wir werden sehen, Debbie. Meine unmittelbare Sorge ist, wie ich die Kinder morgen früh zur Krippe und zur Schule bringen soll.«

Debbie riss überrascht die Augen auf. »Wo ist das Problem? Sie kommen mit mir.«

Jane schüttelte den Kopf. »Ich weiß nicht … Ich will sie keiner Gefahr mehr aussetzen.«

Debbie richtete sich zu voller Größe auf, was nicht größer war als Jane selbst, und schwenkte den Zeigefinger hin und her. »Du warst es, die uns beigebracht hat, wie man mit diesen Gewalttätern umgeht. Nach Hazels Tod hast du versucht, ein normales Leben zu führen. Du bist nicht weggelaufen und hast dich nicht versteckt. Seit der Ermordung Bens war es dasselbe. Du hast dich nicht von ihnen einschüchtern lassen. Und Ben war immerhin mein Bruder, deshalb habe ich genau so viel Grund, ihnen zu zeigen, dass sie nicht gewinnen werden.«

Jane war gerührt von der mutigen Erklärung ihrer Freundin. »Hey, du bist wirklich ein harter Brocken, Debbie Young«, sagte sie, und die beiden klatschten sich ab. Aber sie wusste, mitreißende Worte würden ihnen nur durch die unmittelbare Situation helfen. Ihr Leben war im Begriff, sich zu ändern – und eher früher als später.

43

Jane wachte auf, weil jemand sie an der Schulter rüttelte. Es war eins der Kinder.

Ihr iPhone in der Ladestation zeigte 2.10 Uhr an.

Sie schaltete die Nachttischlampe an und sah Scott im Licht blinzeln.

»Was ist los?«, fragte sie.

»Ich habe Angst«, flüsterte er.

»Hast du einen Albtraum gehabt?«

»Nein. Der Mann, den wir gesehen haben ... er ist vor dem Haus.«

Ein kalter Schauer lief über Janes Rücken.

»Du meinst, der Mann, der auf dem Turm gestanden hat?«, fragte sie und schwang die Beine aus dem Bett.

»Ja. Ich hab ihn gesehen, als ich vom Klo zurückkam.«

»Was hältst du davon, wenn du hier hereinkriechst, und ich geh mal nachschauen«, sagte sie und klopfte auf ihr Bett.

Scott stieg ins Bett und verschwand unter der Decke.

Jane huschte aus dem Zimmer und ging im Halbdunkel zu einem kleinen Fenster am Ende des Flurs, das auf die Seite des Hauses hinausging. Es gab eine Jalousie dafür, aber die zog sie selten zu, da sie nicht von allein zurücksprang und von Hand aufgerollt werden musste.

Eine Straßenlaterne warf ein in die Länge gezogenes Abbild des Fensters an die Decke. Sie drückte sich an die

Wand und spähte hinaus, ohne dass ihr Gesicht ins Licht geriet.

Sie konnte niemanden sehen. Das einzig Ungewöhnliche war ein silberner Wagen, der ein Stück entfernt vor einer Einfahrt stand. Er schien nicht besetzt zu sein. Vielleicht war Scott das Auto aufgefallen, und seine Fantasie hatte den Rest erledigt.

Nach einer Weile ging sie ins Schlafzimmer zurück und hob Scott unter der Decke hervor. »Er ist fort«, sagte sie. »Alles ist in Ordnung. Gehen wir wieder schlafen.«

»Will hierbleiben«, sagte er.

»Hm ... also gut. Aber ich mache jetzt das Licht aus.«

Sie schaltete es aus, setzte sich an den Bettrand und strich Scott über den Kopf. Was machte das Auto hier in der Einfahrt? Alle verfügbaren Parkplätze in der Nähe waren besetzt. Der Wagen gehörte also entweder dem Besitzer des Hauses, oder es war nur vorübergehend dort geparkt. Und in diesem Fall würde normalerweise ein wild schmusendes Pärchen darin sitzen.

Es dauerte nicht lange, bis Scott eingeschlafen war. Sie beschloss, noch einmal zu dem Fenster zu gehen und nachzuschauen. Der Wagen war noch da, aber weit und breit war niemand zu sehen. Sie wollte eben ins Schlafzimmer zurückkehren, als sie einen Lichtschimmer auf der Fahrerseite bemerkte. Dann begann sich das Licht zu bewegen, und sie erkannte, dass es von einem Handy stammte. Jemand saß im Wagen.

Das Licht ging aus, und sie sah mit wachsender Furcht, wie der Fahrer die Tür öffnete und ausstieg. Er schloss die Tür, lehnte sich dagegen und blickte in ihre Richtung. Sie wich vom Fenster zurück, konnte den Blick aber nicht von ihm nehmen. Er trug eine schwarze Daunenjacke und eine Mütze. Scott hatte recht gehabt. Es war der Mann, den sie auf dem Turm gesehen hatten.

Janes Herz schlug heftig. Was sollte sie jetzt tun?

Sie wandte sich ganz vom Fenster ab und überlegte. Die Polizei rufen? Und was sagen? Vor meinem Haus ist ein Mann?

Sich die Kinder schnappen und nach nebenan gehen? Sie wollte ihnen nicht schon wieder Angst machen oder Debbie aufregen. Und dann war da noch Karl. Die Aussicht, *ihn* aufzuwecken, war nicht sehr erfreulich. Aber wenigstens wären sie und die Kinder dann sicherer. Sie hatte kaum eine Wahl.

Sie sah wieder aus dem Fenster. Der Mann hatte sich gerade wieder ins Auto gesetzt und schloss die Tür. Vielleicht würde er wegfahren. Sie wartete eine Weile, aber er blieb, wo er war.

Dann fiel ihr ein, was Orhun gesagt hatte – dass sie ihn jederzeit anrufen könne. Sie schlich auf Zehenspitzen in ihr Schlafzimmer, ignorierte die späte Stunde und wählte seine Nummer.

Eine verschlafene Stimme meldete sich. »Hallo, Jane … warum … was ist …?«

»Der Kerl, den Debbie und die Kinder heute gesehen haben – er ist jetzt vor meinem Haus.«

»Äh … und was tut er … dieser Mann?«

»Was er *tut*? Er macht mir eine Heidenangst …«

»Nein, im Ernst, was tut er wirklich?«

»Er sitzt in einem Wagen. Er sieht zum Haus. Er … keine Ahnung … vielleicht spielt er *Angry Birds* auf seinem Handy. Woher soll *ich* wissen, was er tut?«

Sie hörte Orhun seufzen. »Das ist mein Mann«, sagte er.

Jane schüttelte verwundert den Kopf. »*Ihr* Mann? Was zum Teufel geht hier vor, Demir?«

»Er heißt Maguire. Er arbeitet für mich. Er hat ein Auge auf Sie. Zu Ihrer Sicherheit.«

Sie wurde von Erleichterung durchflutet, und zugleich wallte Verärgerung in ihr auf. »Himmel noch mal, Sie hätten es mir sagen sollen. Wie lange geht … ach, vergessen Sie es, ich bin zu müde.«

»Wir können morgen darüber sprechen.«

»Das werden wir ganz bestimmt. Und ich will nicht undankbar klingen, aber wenn Sie das nächste Mal mein Haus überwachen lassen wollen, dann haben Sie vielleicht die Güte, es mir zu sagen.«

Jane schlüpfte unter die Decke und spürte Scotts Wärme neben sich. Fragen tauchten in ihrem Kopf auf und verlangten nach Antworten, aber sie blendete sie aus, indem sie nur daran dachte, wie angenehm es war, an ihren kleinen Jungen geschmiegt hier zu liegen.

44

Diesmal stand der Lunch bereits auf dem Tisch, und Orhun bedeutete Jane, Platz zu nehmen, während er Kaffee eingoss.

»Sema holt ihre Tochter von der Schule ab«, sagte er. »Sie arbeitet heute nur halbtags.« Er lehnte sich in seinem Sessel zurück und lächelte. »Ich bin froh, dass Sie gekommen sind. Ich war mir dessen nicht so sicher.«

»Wegen der Art und Weise, wie Sie mich neulich behandelt haben?«, fragte Jane in scharfem Ton. »Oder weil Sie es auf sich genommen haben, nein ... weil Sie die *Arroganz* besaßen, meine Familie und Freunde – und vermutlich mich selbst – überwachen zu lassen?« Sie hatte am Morgen genügend Zeit gehabt, über die Folgerungen aus den Ereignissen des Vortags nachzudenken. Es ließ sie kochen vor Wut. Aber sie war entschlossen, ihre Gefühle nicht alle auf einmal herauszulassen.

Orhun runzelte die Stirn. »Es war zu Ihrem Schutz. Ich dachte, Sie würden es vielleicht zu schätzen wissen.«

»Nur dass Sie dazu in unsere Computer eindringen und unsere Telefone abhören mussten. Sie haben unsere E-Mails gelesen und unsere Gespräche belauscht. Und weiß der Himmel, was dieser Maguire sonst noch getrieben hat.« Sie schüttelte sich angewidert.

»Indem er den Computer Ihrer Freundin hackte, war er

vor ihr bei diesem Turm in den Bergen und hat sich alles angesehen, ehe sie eintraf …« Orhun drehte die Handflächen nach oben und zuckte mit den Schultern. »War das nicht eine kleine Verletzung der Privatsphäre wert?«

»Sie erwarten hoffentlich nicht, dass ich glaube, es hat erst gestern angefangen.«

Er lockerte seine Krawatte. »Hören Sie, Jane, es gab in der Vergangenheit einige, wie soll ich sagen, merkwürdige Zwischenfälle mit Angehörigen von Ihnen. Ich musste mir sicher sein, dass Sie … Sie wissen schon.«

»Dass ich koscher bin?«

Orhun verzog das Gesicht. »Nicht gerade das passendste Wort, aber sinngemäß, ja.«

»Ich bin mir nicht so sicher, ob es unangemessen ist.«

»So? Wie das?«

»Was war die wichtigste Information, die Ihnen Karatay letzten Sonntag mitgeteilt hat?«

»Äh … dass sich die Belisarius Brigade irgendwo in der Nähe des Sueskanals aufhält.«

»Das – und der Umstand, dass man die Israelis über die Bewegungen der Brigade im Dunkeln gelassen hatte. Ich vermute deshalb, Sie haben keine Zeit verloren, es ihnen zu verraten.«

»Den *Israelis,* meinen Sie? Das kann nicht Ihr Ernst sein.« Orhun wirkte aufrichtig erstaunt über ihren Vorwurf.

»Aber nachdem Sie die Information weitergegeben hatten, brauchten Sie eine Art Tarnung«, fuhr sie fort, ohne auf ihn zu achten. »Und da kam ich Ihnen gerade recht. Sie haben mich dazu verleitet, am Montag auf Sendung zu gehen und meine ›Exklusivmeldung‹ der Welt mitzuteilen – und insbesondere den Israelis, wie ich dachte. Aber Sie hatten sie bereits darauf aufmerksam gemacht. Was erklärt, warum der israelische Botschafter nicht den Sender gestürmt hat, um in Erfahrung zu bringen, ob ich weitere Einzelheiten weiß. Und Ihr eigener Botschafter hätte im schlimmsten Fall beweisen können, dass Sie es mir gesagt hatten – wobei ihm nicht einmal das gelang.«

»Das ist verrückt, Jane ...« Orhun sah sich im Zimmer um. »Allein hier drin so daherzureden ist ... es ist regelrecht gefährlich.«

Jane war entschlossen, nicht lockerzulassen. »Es würde auch erklären, warum Karatay ermordet wurde.«

»Pah!« Orhun machte eine wegwerfende Handbewegung. »Jetzt fantasieren Sie.«

»Ich glaube, er hatte schon seit einiger Zeit geheime Informationen an Sie weitergeleitet, aber das brachte das Fass zum Überlaufen, und an hoher Stelle im Außenministerium beschloss jemand zu handeln. Vielleicht stimmt es, dass sich seine Homosexualität nicht günstig für ihn auswirkte, und jemand suchte nach einem Vorwand, ihn loszuwerden. Die andere Möglichkeit ist natürlich, dass die Leute, für die Sie arbeiten, glaubten, Ihre Tarnung schützen zu müssen.«

Orhun beugte sich vor und lächelte. »Willkommen in der paranoiden Welt der Spionage und Gegenspionage, Jane. Wenn man einmal angefangen hat, ist es schwer, wieder aufzuhören, nicht wahr? Aber wenn Sie glauben, ich gehe auf Ihre empörenden Spekulationen ein, dann muss ich Ihnen sagen, das wird nicht passieren. Entweder wir machen dort weiter, wo wir am Dienstag aufgehört haben, oder für heute ist Feierabend.«

Jane brauchte ein paar Augenblicke, bis sie reagierte.

Dann sprang sie von ihrem Stuhl auf und ballte die Hände zu Fäusten. »Wie können Sie es wagen!« Sie beugte sich praktisch über Orhun, das Gesicht weiß vor Zorn. »Sie haben mich ausspioniert, Sie haben mich benutzt, um sich ein Alibi zu verschaffen, und jetzt glauben Sie, Sie können hier sitzen und mir Vorschriften machen?«

Orhun sank in seinen Sessel zurück. Dann fing das Telefon auf seinem Schreibtisch zu läuten an.

Jane hörte nicht auf mit ihrer Tirade. »Sie wussten auch über den Bombenanschlag auf das Friedenskonzert im Westjordanland Bescheid, und dass meine Schwester beteiligt war …«

Orhuns Blick huschte kurz zu seinem Schreibtisch und dann flehentlich zurück zu ihr.

»Warum sollte ein türkischer Presseattaché solche Informationen ausgraben? Welche Relevanz hätte es? Es sei denn … Es sei denn …« Das Telefon lenkte sie ab.

Orhun glitt von seinem Stuhl und drückte sich umständlich an Jane vorbei, dann rückte er seine Krawatte zurecht und ging zu seinem Schreibtisch.

Jane blieb einen Moment stehen, wo sie war, ehe sie tief ausatmete. Dann setzte sie sich auf die Kante ihres Stuhls und schloss die Augen. Sie musste sich beruhigen.

Orhun war zurück und saß ihr wieder gegenüber, ehe sie überhaupt realisiert hatte, dass sein Telefongespräch beendet war.

Sie öffnete die Augen.

Er sah sie ängstlich an. »Das war Sema. Sie ist mit Beril auf dem Weg hierher.«

»Ist gut. Ich gehe schon.«

»Nein, bitte, Sie verstehen nicht. Da ist etwas, das wir …

ich kann es erst erklären, wenn sie hier ist. Es dauert nicht lange. Werden Sie warten?«

Jane wusste nicht, was sie tun sollte. Sie war immer noch extrem wütend auf Orhun, und gleichzeitig war ihr Ausbruch ihr peinlich.

»Warum essen wir nicht einfach einen Happen?«, fragte er.

Essen war das Letzte, wonach ihr der Sinn stand. Und sie hatte ihren Kaffee nicht einmal angerührt.

»Es tut mir leid, dass ich Sie verärgert habe, und ich garantiere Ihnen, dass es keine weitere Überwachung gibt. Und zu gegebener Zeit werden wir einige der anderen Themen besprechen, die Sie angeschnitten haben. Aber würden Sie jetzt nicht gern erfahren, wie und was ich über KOSS herausgefunden habe?«

Seit er sie vom Flughafen angerufen hatte, freute sie sich darauf zu erfahren, was er über KOSS zu erzählen hatte. Es war eine Gelegenheit, die sie sich nicht entgehen lassen durfte. Und sein Eingeständnis, dass sie recht gehabt hatte, entschädigte ein wenig für sein Verhalten, wenn auch nicht für sein Leugnen der Tatsache, dass er aus ihrer Sicht ein israelischer Agent war oder etwas, was dem nahe kam.

Jane traf ihre Entscheidung und trank einen Schluck lauwarmen Kaffee. »Erzählen Sie«, sagte sie.

Orhun seufzte erleichtert. »Es war kurz nach Ersins Begräbnis. Ich bin einem Attaché der ägyptischen Botschaft in Ankara über den Weg gelaufen. Ich kannte Samir aus meiner Zeit im Außenministerium dort. Wir sprachen über die Situation am Sueskanal, und er erzählte zufällig, dass die Paläografin, die Mohammeds Schutzbrief im Katharinenkloster untersucht hatte, eine Handschrift aus der Bibliothek geschmuggelt hatte. Ihn amüsierte der Gedanke, dass sie möglicherweise die Mönche *und* die Bande ausgenutzt und etwas für sich selbst abgezweigt hatte. Aber als er mir erzählte, dass es sich bei der Handschrift um die *Vision des Gorman* handelte, wusste ich sofort, sie musste es im Auftrag der Bande gestohlen haben. Und dank Ihnen wusste ich auch, wer sie waren.«

»Haben Sie es ihm gesagt?«

»Nein. Ich war auf dem Sprung zum Flughafen, deshalb blieben mir nur Minuten, um möglichst viel aus Samir herauszubekommen. Die Expertin, die das Buch entwendet hat, ist eine gewisse Dr. Barbara Kelsey. Sie arbeitet bei einer Stiftung namens Scripture and Science. Ich habe inzwischen erfahren, dass sie Expertin auf dem Feld der hyperspektralen Bildverarbeitung ist, einem Weg, um …«

»Mein Gott«, unterbrach Jane, stellte ihren Kaffee ab und setzte sich kerzengerade auf. »Perselli hatte recht …«

»Wovon reden Sie?«

Sie erzählte ihm von dem Rätsel mit dem Jüngsten Gericht und der Möglichkeit, das codierte Datum könnte irgendwo in der Handschrift versteckt sein.

Orhun wandte den Blick zur Decke und fasste seine Gedanken zusammen. »Sie schicken also eine Expertin für diese Bildverarbeitung, damit sie die Hanschrift stiehlt, das heißt, sie soll daran arbeiten. Sie fahren auf einem Schiff den Sueskanal mit ihr rauf und runter, damit sie nicht aufgehalten und durchsucht wird … und sie muss niemandem ihren Zielort verraten. Und dann verschwinden sie. Aber wir müssen annehmen, dass sie irgendwohin gefahren sind, wo ihnen ein Bildbearbeitungslabor zur Verfügung stand. Ein Hafen oder so nahe zu einem wie möglich … hm …«

Jane schüttelte langsam den Kopf. Erst jetzt dämmerte es ihr. »Das glaube ich nicht, Demir. Ich glaube, sie hatten alles, was sie brauchten, an Bord.«

Orhun nickte. »Leisten konnten sie sich die entsprechende Ausrüstung ohne Frage.« Er beugte sich vor und suchte sich ein Sandwich aus.

»Und noch etwas«, sagte Jane. »Ich bin mir nicht sicher, aber ich glaube nicht, dass sie von der Bildfläche verschwunden sind, weil ihr Aufenthaltsort enthüllt wurde. Ich glaube, sie hatten immer die Absicht, zu verschwinden und das Manuskript auf See zu untersuchen.«

»Spielt eigentlich keine Rolle, wir wissen immer noch nicht, wo sie sind.« Orhun biss in sein Sandwich.

»Ja, aber wo immer sie sind, das Datum muss entschlüsselt werden, und dafür brauchen sie eine Art Gerät.« Sie beschrieb Celanis und Persellis Versuche, die Markierungen am Rand der *Vision* zu interpretieren. »Haben sie deshalb nach dieser Zeitbüchse gefragt, die Sie erwähnt haben? Glauben sie, die kann ihnen dabei helfen?«

»Möglich. Aber soviel ich weiß, war die Zeitbüchse für sich genommen eine Art Vorhersage-Apparat. Sie brauchte eine Art Bedienungsanleitung, wenn man so will, die der Patriarch von Konstantinopel aufbewahrte. Aber der Kaiser war im Besitz des Geräts. So konnte sie nur mit beider Zustimmung benutzt werden.«

»Haben Sie eine Vorstellung, wann diese Zeitbüchse gebaut wurde?«

»Es gibt eine Zeichnung davon im *Buch der raffinierten Geräte*, das aus dem Jahr 850 stammt. Und ich glaube, die Autoren geben an, dass sie ein Jahrhundert zuvor hergestellt wurde.«

»Mitte des 8. Jahrhunderts also.« Jane wusste, damit fiel sie in dieselbe Zeitperiode wie die *Vision des Gorman*.

»Ich habe ein bisschen mehr von einer jungen Frau namens Latife erfahren, die im Ministerium arbeitet. Ersin hat sie erwähnt, deshalb rief ich sie an. 1204 haben die Kreuzfahrer Konstantinopel geplündert, und sie glaubt, die Zeitbüchse gehörte zu der gewaltigen Beute, die damals in den Westen verfrachtet wurde. Aber offenbar wurde die Bedienungsanleitung – wie wir sie fürs Erste einmal nennen wollen – aus der Stadt geschmuggelt, bevor die Kreuzfahrer sie in die Hände bekamen. Sie hatten also einen nutzlosen Gegenstand gestohlen. Doch als die Ottomanen im 15. Jahrhundert an die Macht kamen, waren sie in der entgegengesetzten Lage – im Besitz einer Bedienungsanleitung für einen nicht existierenden Mechanismus. Sie waren überzeugt, dass die Zeitbüchse in Österreich gelandet war, und verlangten immer, dass zu dem jährlichen Tribut, den Wien ihnen abtreten musste, mechanische Geräte gehörten, insbesondere, wenn sie byzantinischen Ursprungs waren.«

»Das hat KOSS offenbar recherchiert.«

»Müssen sie wohl. Und dann haben sie die deutsche Geisel benutzt, um Druck auf Österreich auszuüben, damit die das Ding herausrückten. Aber ich weiß nicht, was seither passiert ist.«

»Aber warum sollte etwas, das allen ottomanischen Versuchen widerstand, es zu finden, jetzt plötzlich auftauchen?«

»Die Katalogisierung von Artefakten in Museen dürfte heutzutage wohl stark verfeinert sein. Und sie könnten die Behörden gebeten haben, die Zeichnung aus dem *Buch der raffinierten Geräte* in den Museen herumgehen zu lassen.«

»Könnten Sie herausfinden, ob die Zeitbüchse entdeckt und ausgehändigt wurde?«

»Äh … Ich könnte es versuchen. Unsere diplomatischen Beziehungen zu Wien sind ein bisschen abgekühlt. Von allen EU-Ländern haben sie unseren Beitritt zur Union am wenigsten unterstützt.«

»Hören Sie, Demir, wenn wir wissen, wo das Artefakt ist oder wohin es geschickt wurde, könnten wir daraus auch das Ziel des KOSS-Schiffs ableiten. Egal, wie das türkische Interesse an dieser Information ist, für *Sie* ist es wichtig, oder?«

Orhun musste beinahe lächeln. »Ich habe noch etwas erfahren bei der Beerdigung. Mein Sicherheitsstatus wurde heruntergesetzt. Ich werde schnell handeln müssen, sonst …« Ehe er zu Ende sprechen konnte, wurde er von einem Klopfen an der Tür unterbrochen.

»Herein«, sagte er und stand auf, als Sema eintrat. Sie wurde begleitet von einem dunkelhaarigen Mädchen mit riesigen braunen Augen, das eine königsblaue Schuluniform trug. Als es die beiden Erwachsenen sah, wurde es ein wenig schüchtern und hielt sich an ihrer Mutter fest.

»Schon gut, Beril«, sagte Sema und schob sie sanft vorwärts.

»Guten Tag, Beril«, sagte Orhun. »Ich möchte dir Jane vorstellen.«

Jane lächelte sie an. »Hallo.«

»Hallo.«

»Erzählst du Jane, wo du morgen hinfliegst?«, sagte Sema und legte die Hände auf Berils Schultern.

»Disneyland«, sagte Beril und strahlte über das ganze Gesicht.

»Oh? In Paris?«

Beril nickte.

»Wie wunderbar.« Jane blickte nun Sema an. »Und Sie fahren mit ihr?«

Sema sah Orhun an, ehe sie antwortete. »Ja. Mein Mann sollte ebenfalls mitkommen, aber er kann nicht, er hat sich den Knöchel am Dienstag beim Squash verstaucht. Wobei ich mir ehrlich gesagt nicht sicher bin, ob er wirklich allzu enttäuscht ist.«

»Das stimmt nicht«, sagte Beril und zog eine Schnute. »Zu mir hat er gesagt, er wäre wirklich gern mitgekommen.«

Orhun nickte Sema zu.

»Dann wollen wir mal wieder«, sagte Sema. »Verabschiede dich!«

Beril winkte zaghaft in Janes Richtung. »Wiedersehen.«

Sie gingen hinaus und ließen Jane einigermaßen verwirrt zurück.

Orhun stand auf und stellte sich vor den Kamin. »Sie fragen sich bestimmt, was das jetzt sollte ...«

Jane nickte. »Gelinde gesagt, ja.«

»Als mir Maguire erzählt hat, was gestern passiert ist, wurde mir klar, dass es letztendlich meine Schuld war ...« Orhun bewegte sich näher zum Kamin. »Deshalb dachte ich, als Entschuldigung wäre vielleicht eine kleine Geste in Ordnung ...« Er hob ein weißes Kuvert auf, das auf dem Kaminsims lag. »Der Grund, warum ich Sema und Beril bat, hereinzukommen und Guten Tag zu sagen, war ...« Er legte das Kuvert vor Jane auf den Tisch, »damit Sie sich kennenlernen, bevor sie alle zusammen über das Wochenende nach Disneyland fliegen. Vorausgesetzt natürlich, Sie wollen es.«

Jane hätte beinahe losgelacht.

»In dem Kuvert befinden sich Dreitagetickets für sämtliche Attraktionen für Sie und die Kinder sowie für Ihre Freundin Debbie und deren beiden«, fuhr er fort. »Plus Übernachtung, natürlich. Und auf einem Flug, der morgen Nachmittag losgeht und Montag zurück, sind Sitze reserviert.«

Jane schüttelte ungläubig den Kopf. Es war eindeutig eine gut gemeinte Geste, aber irgendwie auch anmaßend. Und sehr plötzlich. Außerdem war Disneyland eine Horrorvorstellung für sie. Die Kinder würden allerdings jubeln vor Freude, das war ihr klar.

»Demir, ich … ich …«, versuchte sie, eine Antwort zu formulieren.

»Sie müssen es nicht jetzt entscheiden. Und Sie müssen auf jeden Fall mit Ihrer Freundin reden. Geben Sie mir also bis heute Abend Bescheid. Aber wenn Ihnen das alles zu viel ist und zu schnell geht, werde ich auch nicht verstimmt sein.« Er sah sie an und lächelte. »Und die türkische Regierung ebenso wenig – nur für den Fall, dass Sie dachten, ich bezahle es aus eigener Tasche«, fügte er entschuldigend hinzu.

»Die Namen …«, murmelte sie für sich.

»Wie bitte?«

»Woher hatten sie die ganzen Namen … um die Tickets zu buchen?«

»Das war nicht nötig. Bringen Sie einfach Ihre Pässe mit. Sie werden in einer Privatmaschine fliegen, und sollten irgendwelche Tickets erforderlich sein, stelle ich sie aus.«

45

Auf der Rückfahrt zum Sender glaubte Jane, sich kneifen zu müssen. Was für eine bizarre Entwicklung. Unter allen schwierigen Fragen, die sie diese Woche auf sich zukommen sah, war mit Sicherheit nicht die gewesen, ob sie mit einem Flugzeug voll Kinder nach Disneyland in Frankreich fliegen sollte.

Ihr erster Impuls war, es für sich zu behalten, es nicht einmal Debbie zu sagen und Orhuns Einladung später dankend abzulehnen. Doch sie hatte die Eintrittskarten mitgenommen und sah das Kuvert aus ihrer Tasche ragen, und dadurch lag es ihr schwerer auf der Seele. War es fair, die Kinder um diese Gelegenheit zu bringen? Noch dazu hatten Karen und Joshua mehr als bereitwillig ihre Zimmer, Spielsachen und noch sehr viel mehr mit Scott und Bethann geteilt, und es wäre eine Möglichkeit, sich vor der bevorstehenden Trennung bei ihnen zu bedanken. Dennoch glaubte sie nicht, dass Debbie mitmachen würde – es war viel zu kurzfristig. Und Karl hatte wahrscheinlich Einwände, weil es mit »diesem riesigen Türken« zu tun hatte. Orhun hatte nichts davon gesagt, dass Debbies Mann mitkommen sollte, wahrscheinlich, weil die muslimische Etikette für Sema die Begleitung durch einen nicht mit ihr verwandten Mann ausschloss.

Aber wie stand es mit ihr selbst? War sie bereit dazu?

Wenn die Kinder es wollten, würde sie es ihnen zuliebe tun. Und natürlich würden sie es wollen – vorausgesetzt, sie wurden gefragt. Womit sie wieder am Anfang war. Sollte sie einfach nichts sagen und so tun, als wäre es nie passiert?

Auch nachdem sie den Wagen auf dem für sie reservierten Parkplatz beim Radiosender abgestellt hatte, blieb sie darin sitzen und wälzte das Problem im Kopf. Sie überlegte, wie die Kinder den Verzicht auf die versprochene »Überraschungsparty« am Vortag so gut wie klaglos hingenommen hatten. Sie dachte daran, wie viel Spaß sie alle an der Disney-Produktion *Der Zauberer von Oz* gehabt hatten, und dazu gab es in dem Themenpark mit Sicherheit etwas. Und sie lächelte, als sie sich den Ausdruck reiner Freude auf den Gesichtern von Scott und Bethann vorstellte, wenn sie verkündete, wohin es gehen sollte. Ja, so langsam erwärmte sie sich für die Idee …

Zurück an ihrem Schreibtisch fand sie sich allein im Büro wieder. Sie hatte von unterwegs angerufen und das Team gebeten, die Besprechung ohne sie zu halten. Wenn die anderen zurückkamen, würde sie den Programmablauf für Freitag mit ihnen besprechen müssen, aber da es jetzt still war im Büro, bot sich die Gelegenheit für Jane, mit Perselli wieder Kontakt aufzunehmen. Wenn die *Vision* im Katharinenkloster von Gorman verfasst wurde und seitdem dort geblieben war, wie man sie glauben gemacht hatte, dann konnte sie nichts mit der Zeitbüchse zu tun haben. Aber Perselli zufolge hatten neue Informationen ein Licht darauf geworfen, wie das Werk ins Kloster gelangt war.

Er hatte ihr am Ende ihrer Unterhaltung seine Handynummer gegeben. Zweifellos würde er überrascht sein, so bald schon wieder von ihr zu hören, aber sie musste ihre Ahnung bestätigen lassen.

»*Pronto?*«, meldete er sich umgehend.

Jane sagte, wer sie war, und behauptete, ihre Neugier hinsichtlich des Ursprungs der *Vision* lasse ihr keine Ruhe. Sie fand es besser, wenn sie die Zeitbüchse nicht erwähnte – damit wäre offenkundig, dass sie nachforschte, was KOSS trieb, und er hatte sie ermahnt, sich von der Organisation fernzuhalten.

»Ich erzähle Ihnen nur zu gern davon, Signora Wade«, erwiderte er. »Sie erinnern sich vielleicht, dass die Handschrift bis auf eine einzelne illustrierte Seite sehr schlicht ist, während der Behälter oder *Schrein*, der sie aufnehmen sollte, mit emailliertem Gold überzogen war und den Deckel ein Medaillon zierte, das wie eine Keltennadel aussah und mit Lapislazuli eingelegt war. Alle Zeichen deuteten darauf hin, dass der Schrein in Konstantinopel gefertigt wurde, auch wenn wir annahmen, das Buch sei im Katharinenkloster geschrieben worden. Darin lag kein Widerspruch, denn wenn die Mönche hochwertige Metallarbeiten haben wollten, mussten sie diese wahrscheinlich in einer Goldschmiedewerkstatt der Stadt in Auftrag geben.

Aber dann kam der Durchbruch. Professor Matheson erzählte uns, dass sich unter den 1975 gefundenen Dokumenten ein Brief befand, der die Handschrift begleitet hatte, als sie in die Bibliothek kam, der aber irgendwie von ihr getrennt worden war. Er wurde erst bei der Vorbereitung von Texten für die Publikation zum dreißigjährigen Bestehen entschlüsselt und bewies, dass die Herkunft des Manuskripts eine ziemlich dramatische Geschichte war. Im Jahr 1204 waren die Kreuzfahrer im Begriff, in Konstantinopel einzudringen – ein Ereignis, das übrigens in der *Vision* vorhergesagt wurde. Sie müssen sich vorstellen, wie ein Mönch in der Bibliothek des Patriarchen den Brief schreibt, während ein Bote schon bereitsteht. Er erklärte, die Stadt werde belagert und der Patriarch sende die *Vision* zur sicheren Aufbewahrung ins Katharinenkloster …«

Jane musste sich auf die Zunge beißen. Die Zeitbüchse und die *Vision des Gorman* hatten Konstantinopel mehr oder weniger zur gleichen Zeit verlassen. Sie zweifelte jetzt nicht mehr daran, dass sie miteinander in Verbindung standen.

»Sind Sie noch da, Signora?« Perselli hatte gespürt, dass sie in Gedanken woanders war.

»Ja, ja. Bitte fahren Sie fort.«

»Und an diesem Punkt nimmt die Geschichte der Vision eine neue Wendung, aber zeitlich gesehen rückwärts. Als der Schreiber seinen Brief schreibt, fällt ihm der historische Widerhall der Situation auf, und er fühlt sich genötigt, zu erwähnen, dass Gorman selbst mehr als vierhundert Jahre zuvor aus Konstantinopel geflohen war.«

»Er erwähnt ihn namentlich?«

»Ja.«

»Sagt er, warum er fliehen musste?«

»Mehr oder weniger. Wir wissen, dass es Mitte des 8. Jahrhunderts eine Massenvernichtung von Ikonen und religiöser Kunst in der Stadt gab. Dieser Bildersturm wurde durch den Kontakt mit dem Islam entfacht, der die Verehrung von Bildnissen als Götzendienst betrachtet. Insbesondere Mönche wurden verfolgt, und wie es scheint, war

Gorman im Lager der Bilder-Freunde. Wie der Schreiber in Konstantinopel angibt, war er gezwungen, mit einer Gruppe von Mönchen zu fliehen, die vorhatten, über Land durch den Balkan zum Hafen von Dyrrachion zu reisen – dem heutigen Durrës in Albanien – und von dort per Schiff ins südliche Italien, wo sie vor Verfolgung sicher sein würden. Doch Gorman, der schon im vorgerückten Alter war, hatte nicht mehr die Kraft, eine so lange Reise über schwieriges Terrain zu bewältigen. Dem Schreiber zufolge glaubte man, dass er sein Leben, und ich zitiere, ›unter denen, die wir Illyrer nannten, jetzt Albaner‹ beendet habe.«

»Faszinierend«, sagte Jane aus Höflichkeit, aber in Wirklichkeit konnte sie es nun kaum erwarten, Orhun von ihrer Entdeckung zu berichten.

»Ja, und Adelmo, der Journalist war wie Sie selbst, wollte der Sache unbedingt nachgehen. Er streckte die Fühler zu unseren vielen Kontakten aus, die auf dem Gebiet antiker Handschriften tätig sind. Ein Freund von ihm, der im Vatikan arbeitet, hat schließlich ein Dokument aufgestöbert, das eine Beschreibung von Gormans letzten Tagen in Albanien sein könnte. Adelmo hat an einem kurzen Artikel darüber gearbeitet, als er starb … Möchten Sie ihn haben?«

»Ja, den würde ich gern lesen. Können Sie ihn mir per E-Mail schicken? Und danke für Ihre Aufklärung über die Geschichte der Handschrift.«

»War mir ein Vergnügen, Signora.«

Sobald sie aufgelegt hatte, mailte sie Orhun eine kurze Benachrichtigung.

Habe Bestätigung, dass die *Vision des Gorman* aus Konstantinopel geschmuggelt und ins Katharinenkloster geschickt wurde, kurz bevor die Zeitbüchse den Kreuzfahrern in die Hände fiel. KOSS braucht die Zeitbüchse, um ein in das Manuskript codiertes Datum zu entschlüsseln. Sie müssen beides zusammenbringen. Wo?

46

Pfarrer Kamarda saß vor einer Cafeteria in der Ecke einer Piazza, trank Kaffee und betrachtete die Szenerie vor sich. Die Kellner, die an den von Sonnenschirmen beschatteten Tischen bedienten, trugen schwarze Anzüge mit Fliege. Sie standen in scharfem Kontrast zu den fünf, sechs Jungen in Trainingsanzügen, die nur wenige Meter entfernt Fußball spielten. Gelegentlich flog der Ball zwischen die Tische, gefolgt von ein paar Zehnjährigen, die ihm mit halsbrecherischer Geschwindigkeit nachjagten. Wenn ein Kellner in diesem Augenblick gerade jemanden bediente, fauchte er sie vielleicht an, doch ansonsten wurde es offenbar als Teil des Lebens auf dem Platz akzeptiert. Touristen fanden es wahrscheinlich reizend, aber für Kamarda war es nur ein weiterer Grund, warum er Neapel nicht mochte.

In der Ecke diagonal gegenüber hielt ein junger Mann über ein batteriebetriebenes Megafon eine Rede für rund zwanzig Anhänger einer anarchistischen politischen Partei – wie Kamarda dem einzelnen Banner entnahm, das sie in die Höhe hielten. Der Verkehr lief am Ende des Platzes vorbei, der eine Fußgängerzone war, aber nur, weil er von quadratischen Blumenkübeln aus Beton und einer Reihe großer, von Graffiti bedeckter Recyclingtonnen abgesperrt war.

Die Gebäude rund um den Platz waren verschieden gut

in Schuss – von einer Fassade blätterte Farbe, der untere Teil einer anderen war mit mehreren Schichten Plakaten zugeklebt, die teilweise in Streifen herunterhingen oder halbherzig abgekratzt worden waren. Auf Straßenniveau waren die meisten Gebäude von Graffiti verunstaltet. Auf dem schmierigen, von Abfall übersäten Gehsteig mussten die Leute um etwas herumgehen, dem Kamarda auf seinem Weg zum Platz glücklicherweise hatte ausweichen können – einem Haufen Hundekot, wie sie in Neapel an jeder Ecke zu lauern schienen. Fußgänger, die auf die Straße traten, um ihnen zu entgehen, wurden von Mopedfahrern beschimpft, die sich durch den Verkehr schlängelten, und die daraus resultierenden Streitereien verstärkten den Missklang aus Autohupen und kreischenden Vespas.

Obwohl es ein sonniger Tag war, konnte Kamarda die Empfindung nicht abschütteln, dass die Stadt etwas Düsteres an sich hatte, als hätte die Sonne nicht die Macht, Licht in ihre korrupte Seele zu bringen. Oder vielleicht hatte es damit zu tun, wie er selbst sich fühlte.

Er hatte der Galleria d'Arte Antica am Montag einen Besuch abgestattet, und jetzt war Donnerstagabend, und er wusste immer noch nicht, wie viel man ihm für die Ikone bieten würde. Nicht so viel, wie man ihn glauben gemacht hatte, das stand fest. Giuseppe Rinaldi hatte recht gehabt mit Kunsthändlern, die aufs Geratewohl ihre Netze auswarfen und in lokalen Zeitungen inserierten. Und was sie Enzo Bua geboten hatten, war nur ein Köder gewesen.

Er wusste auch, dass sie ihn ein wenig schwitzen ließen – da er keine Dokumente vorlegen konnte, die ihn als Eigentümer auswiesen oder die Herkunft der Ikone belegten, war er in einer schlechten Position. »Das bedeutet, wir müssen, wie soll ich sagen ...?«, Natalia Flamigni hatte ihn über den Rand ihrer Brille hinweg angesehen, »... *vorsichtiger* sein.« Sie war eine bleistiftdünne Frau Mitte fünfzig mit einem stets säuerlichen Gesichtsausdruck. Falls sie irgendwann im Lauf ihrer Unterhaltung gelächelt hatte, hatte er es übersehen. Er mochte selbst nicht gerade eine Frohnatur sein, aber er merkte ihr an, dass sie so bitter wie der trockenste *Amaro* war. Ein Mann, der aus einem Hinterzimmer irgendwann in die Galerie gekommen war, war der einzige andere Mensch, den er dort gesehen hatte. Und er war Flamignis männliches Gegenstück – ein finster dreinblickender, graubärtiger Typ, der etwas gebrummt hatte, während er durch die Tür in die Gasse hinausging.

Pfarrer Kamarda trank seinen Kaffee aus. Es gab nicht viel, was er dagegen tun konnte, dass sich die Galerie so viel Zeit ließ mit einer Schätzung. Sie rechneten wohl damit, dass er wahrscheinlich die Nerven verlieren und die Ikone wieder abholen werde, wenn sie zu »heiß« war. Falls sie tatsächlich gestohlen war, würden sie wahrscheinlich über irgendwelche Kanäle, die Kunsthändler vor kürzlich gestohlener Ware warnten, davon hören. So oder so würde er bei seiner Geschichte bleiben müssen. Aber in dieser gottverdammten Stadt ausharren zu müssen machte es erst recht zu einem Härtetest.

Als er Giuseppe Rinaldi an jenem Tag, an dem sie die Plastikflaschen voll Wasser vor der Kirchentür gesehen hatten, gefragt hatte, ob er den Unterschied zwischen dem Heiligen und Aberglauben kenne, dann deshalb, weil die Frage ihn häufig beschäftigte. Atheisten und Materialisten standen immer zum Angriff bereit, mit jeder Generation gab es ein neues Kontingent von ihnen. Sie machten jede

Anschauung über die Welt, die über diese eine hinausging, als Aberglaube lächerlich. Das lag daran, dass sie kein Verständnis für das Heilige hatten. Leider würden sie in Neapel jede Menge Beweise finden, um ihre Ansichten zu stützen. Was wie christliche Gläubigkeit aussah, war hier oft nicht mehr als unverfälschter Aberglaube – ein religiöser *Exzess*, der unvermeidlich zum Glauben an Zauberei und Okkultismus führte.

Die berühmteste religiöse Zeremonie der Stadt war ein entsprechender Fall – die Flüssigwerdung des Bluts ihres Schutzheiligen San Gennaro. Einige Male im Jahr – die jüngste Gelegenheit hatte Kamarda gerade knapp verpasst – präsentierte der Erzbischof der versammelten Gemeinde im Dom eine Ampulle mit einer Substanz, bei der es sich angeblich um Gennaros Blut handelte – der seit siebzehnhundert Jahren tot war! Wenn es sich verflüssigte, dann würde alles gut werden, aber wenn es geronnen blieb, stand Neapel ein Unglück bevor. Dem Kellner, der ihn gerade bedient hatte, zufolge, hatte es sich bei diesem letzten Mal nicht verflüssigt, und das bedeutete seiner Meinung nach einen Ausbruch des Vesuvs – was keine so schwierige Vorhersage war, da er bereits Zeichen von Aktivität erkennen ließ. Das hatte Kamarda auf eine perverse Weise gefreut, denn es bewies seine Ansicht über die abergläubische Natur der ganzen Geschichte – das Phänomen der Verflüssigung hatte seine Wurzeln in einem vorchristlichen Blutritual, das Lavaströme aus dem Vesuv abwehren sollte.

Es hatte seit Kamardas Ankunft einige kleinere Beben gegeben, alle nachts, wenn er wieder in seinem Hotel gewesen war. Vielleicht waren es auch gar keine Erdbeben gewesen – der Laden war so billig und schäbig gebaut, dass die Wände wahrscheinlich von jedem vorbeifahrenden Lkw erzitterten. Vielleicht stand das Hotel über einem der Hunderte von Höhlen und Tunnel, von denen Neapels Untergrund durchsiebt war wie ein Schweizer Käse. Das weiche, vulkanische Tuffgestein enthielt viele natürliche Hohlräume, aber es war außerdem seit Tausenden von Jahren für die Gebäude der Stadt abgebaut worden, und die teilweise kathedralengroßen Leerräume waren als Katakomben, Lagerhäuser, Zisternen, Kapellen und Klöster benutzt worden – und als Gruben, in die man die Leichen von Pest- und Choleraopfern warf. Und in einem dieser unterirdischen Friedhöfe war eine weitere für Neapel typische religiöse Praxis entstanden. Der Friedhof Fontanelle war ein riesiges Beinhaus, das Schädel und Knochen Tausender namenloser Neapolitaner bis zurück ins 17. Jahrhundert beherbergte. Und irgendwann im 19. Jahrhundert hatte man begonnen, die Schädel für Weissagungen, Heilungen und andere Zwecke zu benutzen.

Man betete zu den Schädeln oder brachte ihnen Opfer dar, wenn jemand krank war, bei Unfruchtbarkeit oder sogar in der Hoffnung auf einen Lotteriegewinn. Der Hüter eines Schädels mochte etwa behaupten, der frühere Besitzer desselben sei ihm im Traum erschienen und habe ihm diese oder jene Handlung – oder Lotterienummer – empfohlen, die daraufhin an den jeweiligen Bittsteller weitergegeben wurde. Obwohl sich die Kirche gegen diese Praxis stellte, wurde Fontanelle erst 1969 geschlossen und der Schädelkult begann auszusterben.

Es war jedoch wohlbekannt, dass diese und andere Grabstätten unter Neapel von Teufelsanbetern für Schwarze Messen benutzt worden waren, und es hieß, die enthusiastischsten Praktiker dieser antichristlichen, unterirdischen Riten seien die *Giordanisti* gewesen – die Anhänger Giordano Brunos, der im 16. Jahrhundert lebte. Und mit ebendiesen *Giordanisti* wurde der abergläubische Charakter von Religion in Neapel schließlich nicht mehr von Okkultismus unterscheidbar.

Bruno war nur wenige Kilometer entfernt in Nola, an den Hängen des Vesuvs, zur Welt gekommen. Und während seiner Ausbildung zum dominikanischen Priester hatte er im Kloster San Domenico Maggiore gelebt, nicht weit von dort, wo Kamarda jetzt saß.

Applaus brach aus und verkündete das Ende der Anarchistenrede, und Kamarda kam der Gedanke, dass Bruno wahrscheinlich einige seiner abweichenden Lehrmeinungen in ebendieser Ecke gepredigt hatte. Jetzt im 21. Jahrhundert war er ein Held für jene, die irrtümlich glaubten, er sei wegen seiner fortschrittlichen wissenschaftlichen Ansichten zum Scheiterhaufen verurteilt worden. Vielmehr war er darangegangen, beeinflusst von Texten über Astrologie und Zauberei aus der arabischen und byzantinischen Welt, die christliche Theologie zu untergraben, wie sie seinerzeit sowohl von Katholiken wie von Protestanten verstanden wurde.

Auch wer behauptete, seine Spekulationen über die Natur des Universums seien ihrer Zeit weit voraus gewesen – dass es unendlich sei und eine unendliche Zahl von intelligenten Wesen bewohnter Welten enthalte –, versäumte es, die religiösen Schlussfolgerungen zu bedenken, zu denen er im Ergebnis kam: »Ich kann mir eine unendliche Zahl von Welten wie die Erde vorstellen, mit einem Garten Eden in jeder. Die Hälfte der Adams und Evas in diesen Gärten

Eden wird nicht vom Baum der Erkenntnis essen, die andere Hälfte wird es tun. Doch die Hälfte von unendlich ist unendlich, deshalb wird eine unendliche Zahl von Welten in Ungnade fallen, und es wird eine unendliche Zahl von *Kreuzigungen* geben.«

Es muss zur damaligen Zeit schockierend geklungen haben, aber es war nicht gefährlich genug, um ihn auf den Scheiterhaufen zu bringen. Dazu waren subversivere Ideen nötig – darunter der Gedanke, Jesus sei nicht Gott gewesen, sondern nur ein brillanter Zauberer. Und ein weiterer, der Kamarda schaudern ließ, wenn er nur daran dachte …

Er stand von seinem Tisch auf und überquerte die Piazza. Er musste am nächsten Tag um elf in der Galerie sein. Aber für alle Fälle hatte er noch einen kleinen Trumpf im Ärmel.

47

Nachdem sie sich für ein schrittweises Vorgehen entschieden hatte, begann Jane das Gespräch mit Debbie, indem sie fragte, ob es sie interessieren würde, mit ihren Kindern kostenlos Disneyland bei Paris zu besuchen, falls sie je die Gelegenheit dazu hätte.

»Sicher«, sagte Debbie, ohne lange nachzudenken.

Sie saßen einander in der Küche gegenüber und tranken Kaffee. Die Kinder spielten draußen im Garten.

Jane gab ihr Herantasten nun auf und machte mehrere Schritte auf einmal. »Was, wenn ich sagen würde, morgen Nachmittag könnten wir alle zusammen in einem Flieger sitzen – einem Privatjet noch dazu – und auf dem Weg nach Paris sein?«

»Ach ja?« Die Worte waren überflüssig. Debbies skeptische Miene sagte alles.

»Ich meine es ernst.« Jane legte das Kuvert vor Debbie auf den Tisch.

Ihre Freundin blinzelte ein paar Mal und setzte die Kaffeetasse ab. »Was ist der Haken?«, fragte sie und hob das Kuvert auf.

»Es ist eigentlich kein Haken – wir würden von einer anderen Frau und ihrer achtjährigen Tochter begleitet werden.«

Debbie kniff die Augen zusammen und fragte: »*Wer?*«

»Sie heißt Sema. Sie arbeitet in der türkischen Botschaft.«

»Aha! Das Ganze hat also mit deinem Freund Demir zu tun, hm? Ihr beide wollt übers Wochenende weg und benutzt uns als Deckung?«

Jane war bestürzt. »Überhaupt nicht. Es hat mit ihm zu tun, sicher, aber es ist eine Geste des guten Willens nach dem, was neulich passiert ist.«

Debbie runzelte die Stirn und las das Anschreiben durch. »Hotel, Frühstück ... Abendessen ebenfalls ... unbeschränkt gültige Tickets ... klingt wunderbar. Aber morgen? Es ist schon sehr kurzfristig.«

Jane nickte. »Wir können nicht einmal darüber schlafen. Ich muss ihm heute Abend Bescheid sagen.«

»Was ist mit Karl? Ist er ...?«

»Ich glaube nicht, dass er inbegriffen ist.« Sie hob abwehrend die Hände. »Hat nichts mit mir zu tun.« Sie erklärte, dass Semas Mann nicht mitkommen konnte und sie wahrscheinlich nicht in Begleitung eines anderen Mannes reisen durfte. »Und wenn ihr Mann mitfliegen könnte, wären *wir* wohl nicht dabei«, spekulierte sie.

»Ich werde mit Karl darüber reden müssen«, sagte Debbie. »Kannst du warten?«

Jane sah auf die Küchenuhr. Karl würde frühestens in einer Stunde nach Hause kommen. »Könntest du ihn anrufen? Außer dass ich Orhun Bescheid sagen muss, müssten wir auch noch Kleidung und alles zusammensuchen. Und uns mit einer Bande aufgeregter Kinder herumschlagen.«

»Aber fliegst du nicht auf jeden Fall? Mit Scott und Bethann, meine ich?«

Jane schüttelte den Kopf. »Nicht, wenn deine nicht mitkommen. Sie haben immer alles so nett geteilt ... ich würde mich freuen, wenn die vier das zusammen genießen könnten. Und ich denke, Karen wird froh sein, wenn noch ein Mädchen in ihrem Alter dabei ist.«

Debbie grinste. »Es ist nicht so dein Ding, oder?«

»Du meinst Disneyland?« Jane schüttelte den Kopf und kicherte. »Ich werde jede Minute dort hassen. Aber natürlich werde ich mir nichts anmerken lassen.«

Während sie wartete, bis der Reis, den sie kochte, fertig war, lümmelte sich Jane in einen Sessel im Wohnzimmer und ging die SMS und E-Mails auf ihrem iPhone durch. Perselli hatte Wort gehalten und ihr einen Anhang geschickt. Da sie nichts Besseres zu tun hatte, öffnete sie ihn und las den Entwurf von Adelmo Celanis Artikel.

1997 wurde einem italienischen Offizier, der bei einer Militärmission der EU in Albanien arbeitete, eine Sammlung antiker Dokumente angeboten. Die Italiener leiteten eine multinationale Einsatztruppe zum Schutz humanitärer Operationen, nachdem eine Reihe von Finanzbetrügereien, auf die große Teile der Bevölkerung hereingefallen waren, das Land in Anarchie zu stürzen drohte. Die Handschriften waren im Besitz einer Familie, die durch ein Schneeballsystem ein Vermögen verloren hatte. Der Offizier, an den sie herantraten, besaß zwar nicht die Kompetenz, den historischen oder sonstigen Wert der Sammlung beurteilen zu können, war dessen ungeachtet jedoch überzeugt, sie müsse etwas wert sein, und sorgte für eine Entschädigung der Familie.

Das Geschäft wurde über Mittelsmänner abgewickelt, und es gab keinen Herkunftsnachweis für die Sammlung, außer dass sie aus Material bestand, das ursprünglich in der Hand religiöser Institutionen gewesen war und bei den kommunistischen Verfolgungen in den 1940er-Jahren beschlagnahmt wurde. Während der nächsten Jahre wurde sie im Hauptquartier des Generalstabs der Armee in Rom gelagert, während EU-Bürokraten zu entscheiden versuchten, wer sie besitzen oder als Kurator betreuen sollte.

Während dieser Zeit wurde Dr. Luca Battelli, ein Freund von mir, der in den Archiven des Vatikans arbeitet, hinzugerufen, um die Dokumente zu beurteilen, und er entdeckte, dass einige von ihnen byzantinischen Ursprungs waren und bis ins 8. Jahrhundert zurückreichten. Eines davon war der aus zwei Seiten bestehende Rest eines umfangreicheren griechischen Manuskripts, das die Reisen eines ungenannten Mönchs aufzeichnete.

Dr. Battelli war vertraut mit der Arbeit über die *Vision des Gorman* von Marco Perselli und mir und lud mich deshalb zu einer Begutachtung der Seiten ein.

Die erste Seite beschreibt den Mönch als einen alten Schreiber, der seinen Lebensabend mit anderen Mönchen in einer Ansammlung von Höhlenbehausungen verbringt, der als *Laura* bekannten Form der Einsiedelei. Der Erzähler, der ein jüngerer Mann zu sein scheint, schildert, dass die Höhlen am Rand eines Dorfs lagen und auf einen ausgetrockneten See blickten, was dem alternden Reisenden angemessen erschien, da es ihn an die vielen Wüsten erinnerte, die er im Laufe seines Lebens durchquert hatte.

Auf der zweiten Seite gab es noch zwingendere Beweise, wer der alte Schreiber gewesen sein könnte. Dort wird berichtet, wie er als junger Mann den Nil hinaufsegelte und anschließend durch einen Kanal, der den Fluss mit dem Roten Meer verband – dieser Süßwasserkanal wurde Ende des 8. Jahrhunderts verschüttet. Sein Ziel war das »heilige und herrschaftliche« Kloster auf dem Berg Sinai – das Katharinenkloster –, wo er als Schreiber arbeitete, ehe er seine Reisen nach Babylon, Persien und darüber hinaus fortsetzte, um schließlich in Konstantinopel zu landen. Dem Erzähler zufolge war der einzige Besitz des alten Mannes eine Ikone, von der er behauptete, sie würde das Ende der menschlichen Geschichte ankündigen.

Konnte das ein Bericht über die letzten Tage im Leben des irischen Propheten und Mönchs Gorman sein? Wenn man weiß, dass er auf der Höhe der Bildersturm-Kontroverse im 8. Jahrhundert aus Konstantinopel floh, ist dann nicht die Annahme begründet, dass er eine tragbare Ikone mitnahm?

Weiter war Celani mit seinem Artikel nicht gekommen, doch es genügte, um Jane davon zu überzeugen, dass es sich bei dem älteren Schreiber tatsächlich um Gorman handelte. Und zwar aus einem Grund, den Celani nicht gekannt haben konnte. Sie musste sofort mit Giuseppe Rinaldi Kontakt aufnehmen …

Lucia ging ans Telefon, und auf Janes Frage nach Giuseppe sagte sie, er sei nach Neapel gefahren, um Pfarrer Kamarda den Verkauf der Ikone von Collalba auszureden.

»Hat er Kamarda erreicht?«

»Nein, er hat mit der Galerie gesprochen – wir haben herausbekommen, dass es die Galleria d'Arte Antica ist, und sie im Telefonbuch gefunden. Giuseppe hat ihnen erzählt, er sei im Pfarrgemeinderat von Collalba und wolle wissen, wie Kamarda mit dem Verkauf der Ikone vorankomme. Sie sagten, er habe sie ihnen zur Schätzung dort gelassen. Und Giuseppe hatte den Eindruck, dass es einen ernsthaften Interessenten gab.«

»Wie hofft er, Pfarrer Kamarda zu finden?«

»Kamarda soll morgen wieder in die Galerie kommen. Giuseppe wird auf ihn warten.«

»Hat Giuseppe sein Handy dabei?«

»Ja, aber genau wie der Priester vergisst er es immer anzuschalten. Darf ich fragen, warum du ihn sprechen willst?«

»Ach ... er hat mir in einer E-Mail von der Ikone geschrieben, und ich wollte nur hören, ob sie wieder zurück ist.«

»Ich wünschte, er hätte seine Nase nicht in diese Angelegenheit gesteckt. Mit allem, was jetzt passiert dort ... Du hast gehört, dass der Vesuv erwacht?«

»Ich bin mir sicher, dass er nicht in Gefahr ist. Der Vulkan bricht bestimmt ... nicht so bald aus.« Sie versuchte, sich zu erinnern, was Tomlinson dazu gesagt hatte, aber anscheinend hatte sie es vollkommen vergessen. Damals war sie müde und verkatert gewesen.

Jane verabschiedete sich von Lucia und versuchte dann, Giuseppe anzurufen, doch ohne Erfolg. Sein Handy nahm nicht einmal eine Nachricht an. Sollte sie ihm eine SMS schicken? Sie musste überlegen, was sie schreiben sollte. Aber zuerst musste sie sich um das Abendessen kümmern.

Sie stand auf, um den Reis auszuschalten, als das Telefon läutete. Es war Debbie von nebenan, und sie war ganz aus dem Häuschen. »Ich habe gerade mit Karl telefoniert, und er ist einverstanden. Überraschenderweise brauchte es nicht viel Überredung. Ich rufe an für den Fall, dass du den Kindern gerade Essen gibst – ich wollte nicht dazwischenfunken. Meinen habe ich es auch noch nicht gesagt.«

»Großartig, Debbie. Und du hast wahrscheinlich recht – wir sollten erst alle essen. Was hältst du davon, wenn du in einer halben Stunde mit Karen und Joshua hier rüberkommst?« Sie wollte Karl einfach nicht sehen, nachdem er so mit ihr gesprochen hatte.

»Okay, bis dann.«

Ehe sie etwas anderes tat, beschloss Jane, auf der Stelle Ali anzurufen und sie zu bitten, einen Ersatz für Montag für sie zu suchen. Sie konnte es nicht glauben. Sie nahm sich tatsächlich frei, um etwas mit den Kindern zu unternehmen. Sie würden alle zusammen nach Paris fliegen.

48

Als den Kindern nach fast zwei Stunden Tohuwabohu in beiden Häusern allmählich die Puste ausging, setzte Jane den ältesten Trick der Welt ein, um die ihren ins Bett zu bringen: Dass sie sich jetzt, da sie eine so fantastische Überraschung erwartete, von ihrer besten Seite zeigen müssten. Sie und Debbie waren in der Zwischenzeit ihren Reisezeitplan und die Broschüre durchgegangen, die Orhun angefügt hatte, und es war klar geworden, dass die Kinder nur bis zur Mittagszeit in der Schule bleiben konnten. Orhun würde einen Minibus schicken, der Debbie und die Kinder vom Haus in Rathgar abholte und dann auf dem Weg zum Flughafen Jane beim Radiosender auflud.

Es war gegen acht, als sie Orhun anrief. Er freute sich, dass sie die Einladung annahmen, und lachte, als sie ihm die Reaktion der Kinder schilderte.

»Das ist großartig. Und ich weiß, ihr werdet euch gut mit Sema vertragen. Sie ist sehr umgänglich. Aber um kurz das Thema zu wechseln: Ich habe herausgefunden, was aus der Zeitbüchse geworden ist. Offenbar wurde sie aufgrund des Behälters, in dem sie war, irgendwann als Reliquienschrein klassifiziert und in der Kapelle eines Klosters aufbewahrt, bevor sie im Museum Katholischer Antiquitäten in Wien landete. Und genau wie ich dachte, kam sie ans Licht, weil die Behörden eine Beschreibung des Dings aus dem *Buch der raffinierten Geräte* herumgehen ließen. Zusammen mit dem Hinweis, sie könnte sich in einer Kiste aus emailliertem Silber oder Gold mit einem sehr eigentümlich gearbeiteten Medaillon obendrauf befinden.«

»Lassen Sie mich raten – wie eine keltische Brosche, mit Lapislazuli eingelegt.«

»Ja! Woher ...«

»Egal. Und wo ist sie jetzt?«

»Sie wurde letzten Sonntag von einem Mitarbeiter des Museums nach Italien gebracht. Das waren die Bedingungen der Belisarius Brigade. Das Ziel? Neapel.«

»Sagten Sie Neapel?« Jane war sich nicht sicher, ob sie richtig gehört hatte.

»Ja, Neapel. *Napoli.*«

Sie schluckte schwer. »Wohin ... Kann es sein, dass sie in die ... Galleria d'Arte Antica gebracht wurde?

»Das glaube ich nicht. Es war eine Kirche, soweit ich mich erinnere. Ich habe mir den Namen notiert, aber den Zettel im Büro gelassen ... Alles in Ordnung mit Ihnen? Sie klingen ein bisschen besorgt.«

»Es ist nur ... Ein Freund von mir ist nach Neapel gefahren. Es geht um eine Ikone. Was er nicht weiß, und was ich selbst eben erst entdeckt habe ... Ich glaube, die Ikone gehörte Gorman, dem Mönch, der die *Vision* schrieb – das Buch, das KOSS aus dem Katharinenkloster gestohlen hat.«

»Äh ... ich verstehe, aber was bedeutet das? Ich weiß, ich bin hier nicht auf dem Laufenden, Jane. Vielleicht sollten Sie mich aufklären. Sie sagen, Sie haben das alles eben erst entdeckt?«

So kurz und bündig wie möglich erzählte sie ihm von ihrer Begegnung mit Enzo Bua, wie dessen Familie eine Ikone seit der Zeit beschützt hatte, da sie Albanien verließen und wahrscheinlich bereits jahrhundertelang davor, wie sie durch Persellis und Celanis Recherchen wusste, dass Gorman gestorben war, nachdem er durch den Balkan nach Italien zu fliehen versucht hatte, und dass sein einziger Besitz eine Ikone gewesen war. »Der entscheidende Punkt ist, sie haben Hinweise aus zwei Quellen, wonach er sein Lebensende in Albanien verbrachte. Was aber *ich* entdeckt habe, ist, dass die Ikone selbst im südlichen Italien gelandet ist.«

»Woher wissen Sie das?«

»Es war Giuseppe, der es mir unwissentlich verraten hat, aber ich habe es damals nicht begriffen. Der Name des Dorfs, aus dem die Albaner gekommen waren, als sie vor den Türken flohen, bedeutet übersetzt ›trockener See‹. Und ich habe erst heute erfahren, dass Gorman seine letzte Zeit bei einem Dorf verbrachte, das auf einen ausgetrockneten See blickte. Wenn man das mit einem weiteren Beleg kombiniert, kann man unmöglich leugnen, dass es sich um seine Ikone handelt.«

»Welcher andere Beleg?«

»Gormans Biograf zitiert ihn mit den Worten, die Ikone ›verkünde das Ende der menschlichen Geschichte‹, was gelinde gesagt etwas vage ist. Aber wie es der Zufall will, ist der Gegenstand der Ikone von Collalba das Jüngste Gericht – und das ist ja wohl das Ende der menschlichen Geschichte, oder nicht?«

»Hm. Eine einleuchtende Schlussfolgerung, würde ich meinen. Aber sagen Sie, Jane, warum ist Ihr Freund eigentlich nach Neapel gefahren?«

»Der Gemeindepfarrer von Collalba beabsichtigt offenbar, die Ikone dort einem Kunsthändler zu verkaufen, der an ihn herangetreten ist. Giuseppe hat den Verdacht, er will sich persönlich bereichern, und hat vor, es ihm auszureden. Keiner der beiden kennt die wahre Bedeutung der Ikone.«

»Aber jetzt glauben Sie, dass KOSS sie in die Finger zu bekommen versucht?«

»Ich bin mir nicht sicher. Ich weiß nicht, wie sie von ihr erfahren haben. Aber als Sie vorhin sagten, die Zeitbüchse sei nach Neapel geschickt worden, bin ich ziemlich erschrocken.«

»Nun ja, wenn einschließlich KOSS niemand wusste, dass die Ikone etwas mit Gorman zu tun hat, dann müssen Sie es wohl dem Zufall zuschreiben.«

»Ja, wirklich? Irgendwie habe ich meine Zweifel, Demir.«

»Übrigens ist mir etwas aufgefallen, als ich Ihre Notiz gelesen habe, wonach man das Manuskript und die Zeitbüchse zusammenbringen müsse. Das ist nicht nötig. Wenn sie in der Lage sind, das Datum zu entziffern, dann kann man es demjenigen, der das Gerät hat, einfach per Fax oder E-Mail schicken.«

»Da haben Sie wohl recht. Ich habe es nicht gründlich durchgedacht. Gibt es übrigens etwas Neues, was den Aufenthaltsort von KOSS angeht?«

»Ja, das wollte ich Ihnen noch erzählen. Wir haben eine neue Information – über Irem Selçuk, ausgerechnet. Sie erinnern sich? Das war die Fremdenführerin, die von der Bande als Sprachrohr benutzt wurde. Anscheinend hat sie von einem der weiblichen Bandenmitglieder eine SMS bekommen. Darin steht, dass sie vor Sizilien ankern.«

»Warum sollte jemand von der Bande mit ihr Kontakt aufnehmen?«

»Anscheinend hat sie sich dafür entschuldigt, wie die Geiseln behandelt wurden, und schrieb, sie suche nach einem Weg, es wiedergutzumachen. Ich war natürlich misstrauisch, aber der US-Geheimdienst konnte das Handy orten, von dem die SMS abgeschickt wurde, und das Schiff identifizieren. Sie versuchen, es unter Beobachtung zu halten, bis es irgendwo in einen Hafen einläuft. An diesem Punkt wird es sein Identifikationssignal wieder einschalten müssen.«

»Ich hoffe, KOSS kommt dieser Frau nicht auf die Schliche. Verrätern gegenüber kennen sie kein Pardon.«

»Vielleicht kommt sie damit durch.« Orhun sagte, er würde am nächsten Tag anrufen, und sie verabschiedeten sich.

Jane hatte jetzt eine Menge Arbeit vor sich: Kleidung für sich und die Kinder auswählen und schließlich die Koffer für alle packen. Es war eine willkommene Gelegenheit, einmal an etwas anderes zu denken, und sie stürzte sich in die Aufgabe und lauschte dazu einer Auswahl von Opernarien, gesungen von Cecilia Bartoli.

Vielleicht war es der Zusammenhang mit Italien, aber schließlich gingen ihre Gedanken doch wieder zu den Geschehnissen in Neapel zurück. Sie machte sich Sorgen wegen Giuseppe, und der Umstand, dass er sich nicht gemeldet hatte, trug nicht zu ihrer Beruhigung bei. Dann fiel ihr ein, dass sie ihm noch keine SMS geschickt hatte. Sie brauchte einige Versuche, ehe sie es richtig hinbekam – sie wollte nichts schreiben, wozu sie nicht stehen konnte, aber es sollte dennoch eine deutliche Warnung sein. Am Ende schrieb sie:

Sei vorsichtig. Ikone von Collalba ist interessant für Sekte, die Ben getötet hat. Erkläre alles, wenn du anrufst.

Während sie die Nachricht formulierte, kam ihr der Gedanke, sie sollte Perselli eine E-Mail schicken und ihn wissen lassen, was sie mithilfe der von ihm geschickten Informationen herausgefunden hatte. Sie suchte seine E-Mail mit dem Anhang heraus und verfasste eine Antwort, in der sie ihm dankte und ihm mitteilte, nachdem sie die Aufzeichnungen gelesen habe, könne sie bestätigen, dass Gormans Ikone in Italien gelandet sei. Sie erklärte, wie sie von einer Familie der Arbëresh über die Jahrhunderte bewacht worden sei und dass sie jetzt gerade von einem Kunsthändler in Neapel geschätzt werde. Es hatte keinen Sinn, sich noch genauer zu verbreiten, und sie wollte es schon dabei belassen, aber dann fügte sie noch an, der Gegenstand der Ikone sei das Jüngste Gericht. Sie beendete die E-Mail mit der Bemerkung, dass sie für ein paar Tage verreise und sich nach ihrer Rückkehr mit weiteren Einzelheiten bei ihm melden werde.

49

Das Säbelrasseln zwischen Israel, Iran und Russland erreichte am folgenden Tag einen neuen Höhepunkt. Russland hatte erklärt, es werde am Wochenende Seemanöver zusammen mit den Iranern in internationalen Gewässern vor Israel durchführen. Israel seinerseits hatte Berichten zufolge seine Langstreckenraketen vom Typ Jericho 3 in Bereitschaft versetzt und ein mit Nuklearraketen bewaffnetes U-Boot in den Persischen Golf geschickt.

Die Vereinigten Staaten sagten, sie hätten Schritte unternommen, um ihre »Vermögenswerte und ihre Verbündeten« im Nahen Osten zu schützen, und stellten Eingreiftruppen aus der 5. Flotte im Golf und der 6. Flotte im Mittelmeer zusammen. Zusätzlich hieß es, seien die in Kuwait, nicht weit von der irakisch-iranischen Grenze stationierten US-Truppen in Alarmbereitschaft versetzt worden.

In diesem Zusammenhang erschien Jane die Vorstellung, ein langes Wochenende mit fünf Kindern in Disneyland zu verbringen, plötzlich sehr viel verlockender. Es würde sicherlich eine Wohltat werden im Vergleich zu dem unreifen Benehmen von Weltmächten und der Berichterstattung der Medien – einschließlich ihrem eigenen Sender –, die das kriegerische Gehabe täglich in die Welt posaunten.

Sie erzählte dem Team, die Gelegenheit zu der Reise habe sich kurzfristig ergeben – was stimmte – und hinge mit Karls Marketing-Unternehmen zusammen – was eine Lüge war, aber etwas Besseres fiel ihr nicht ein. Sie wollte nichts davon sagen, dass die türkische Botschaft dahintersteckte – es würde aussehen, als würde sie für geleistete Dienste belohnt.

Zu der Zeit, da sie abgeholt werden sollten, hatte Giuseppe noch immer nicht geantwortet. Sie entschied sich dagegen, Lucia noch einmal anzurufen – es wäre schwierig, sich nach ihm zu erkundigen, ohne sie zu beunruhigen. Aber sobald sie den Minibus bestiegen hatte, löschte das aufgeregte Geplapper der vier Kinder ohnehin alle Gedanken aus.

Ihr Fahrer stellte sich als Botschaftsangestellter heraus, der sie durch den Flughafen führte, und nach dem Sicherheitscheck brachte er sie in eine Diplomatenlounge. Dort saßen Sema und Beril bereits an einem niedrigen Tisch. Und ihnen gegenüber Orhun.

Er sprang sofort auf, als er sie sah, und er und Jane stellten alle Leute einander vor. Debbie setzte sich neben Sema und begann eine Unterhaltung mit ihr, was Jane die Gelegenheit bot, leise mit Orhun zu sprechen.

»Nett, dass Sie gekommen sind, um uns zu verabschieden«, sagte sie. Sie beschloss, keine Bemerkung darüber zu machen, dass sie beide ähnlich gekleidet waren – schwarze Lederjacken, Jeans und Turnschuhe.

»Äh … Ich begleite euch auf dem Flug …«

»Ach so?«

»Bis Paris, meine ich. Und von dort fliege ich weiter.«

»Weiter? Wohin?«

»Nach Neapel.«

Jane war perplex.

»Ich habe die Nachricht vor zwei Stunden erhalten. Das AIS-System an Bord des KOSS-Schiffs ist in den frühen Morgenstunden zum Leben erwacht, und sie haben Neapel als Zielhafen angegeben. Zu diesem Zeitpunkt waren sie irgendwo im Tyrrhenischen Meer, sie werden also in spätestens zwölf Stunden eintreffen, wahrscheinlich schon eher.«

»Dann müssen sie die *Vision* und die Zeitbüchse *doch* zusammenbringen.«

»Sieht so aus. Aber jetzt kommt das Rätsel. Man hat mich außerdem informiert, dass Dr. Kelsey in Sizilien aufgetaucht ist. Sie war im Begriff, in ein Flugzeug in die Vereinigten Staaten zu steigen, als sie aufgehalten und durchsucht wurde. Sie hatte die *Vision* nicht bei sich. Wenn es ihr also gelungen ist, ihre Arbeit an Bord des Schiffs zu verrichten, warum ist es dann jetzt nötig, die Handschrift bis nach Neapel zu bringen? Vielleicht stimmt das, was Sie gestern Abend gesagt haben – vielleicht sind sie außerdem hinter der Ikone her.«

»Aber warum fliegen *Sie* dorthin?«

Orhun zögerte. »Um Beamte des italienischen Außenministeriums zu informieren.«

»Worüber genau?«

»Darüber, wer diese Leute sind und warum man sie ergreifen sollte.«

Es klang nicht ehrlich. »Wie gut ist Ihr Italienisch?«, fragte Jane.

»Äh … nicht so gut wie mein Englisch oder mein Deutsch. Oder mein Mandarin oder Französisch.«

»Also nicht so toll?«

»Nein. Aber ich komme schon klar. Sie werden sowieso Englisch sprechen.«

»Nicht dort, wo Sie hingehen, nehme ich an.«

»Auswärtiges Amt? Das kann ich mir nicht …«

»Sie treffen keine Leute vom Außenministerium, hab ich recht?«, sagte Jane rasch, da sie sah, dass Debbie zu ihnen herüberkam.

»Ah, Janes beste Freundin«, sagte Orhun und lächelte Debbie strahlend an. »Wir haben gerade noch Zeit für einen Kaffee vor dem Abflug … Möchten Sie einen?«

»Gern«, sagte Debbie und blickte lächelnd zu Jane zurück, während Orhun sie zu einer Selbstbedienungstheke führte.

Jane sah einige Flaschen Rotwein auf der Theke aufgereiht, und aus einem Eiskübel ragten ein paar Fläschchen Weißwein. Vielleicht sollte sie einfach hinüberschlendern und etwas trinken, vergessen, was ihr durch den Kopf ging. Stattdessen gesellte sie sich zu Sema, die allein saß. Karen und Beril hatten einander gefunden, sie standen am Fenster und sahen zu, wie zwei Piloten in ein schlankes Flugzeug mit langer Nase auf der Rollbahn stiegen. Jane bemerkte, dass Berils rabenschwarzes Haar bis zur Hälfte des Rückens fiel – es hatte genau dieselbe Länge wie Karens blondes.

Sema wusste vermutlich, was Orhun vorhatte. Vielleicht würde sie es Jane verraten. Aber sie kam nicht dazu zu fragen, denn in diesem Augenblick läutete ihr Handy. Es war Giuseppe. Die Verbindung war schlecht, und seine Stimme schepperte metallisch.

»Giuseppe, wie geht es?«, fragte sie, legte eine Hand auf ein Ohr und presste das Handy fest an das andere. »Alles in Ordnung bei dir?«

Sie verstand nicht jedes Wort, das er sagte, aber es hörte

sich an wie: »… jemand getötet worden … vielleicht diese Leute … weiß nicht, wo Kamarda ist.«

»Was ist mit der Ikone? Hast du sie wieder?«

»Nein … die müssen sie haben … Kamarda vielleicht auch …«

Sie sah zur Lounge hinüber. Die drei jüngeren Kinder malten am Tisch. Die beiden Mädchen begutachteten jetzt Schmuck, der in einer Glasvitrine ausgestellt wurde. Sema und Debbie saßen wieder beisammen und unterhielten sich. Und Orhun telefonierte in einer Ecke, genau wie sie selbst.

»Hör genau zu, Giuseppe. Ich bin dabei, in ein Flugzeug nach Neapel zu steigen. Mit jemandem, der uns helfen wird, die Ikone zu finden. Versuch es nicht allein. Ich rufe dich an, wenn wir dort sind.« Sie sah, dass Orhun aufgehört hatte zu telefonieren. »Warte einen Moment …« Sie ging zu Orhun hinüber und deckte das Telefon mit der Hand ab. »Wie lange fliegt man von Paris nach Neapel?«, fragte sie.

»Etwa zwei Stunden, wieso?«, fragte er verwundert.

Jane rechnete es zusammen. »Wir sind in rund vier Stunden dort«, sagte sie zu Giuseppe. »Dann erkläre ich alles.«

50

In den wenigen Minuten, bevor sie an Bord gingen, versuchte Orhun, sie davon zu überzeugen, dass ihr Vorschlag nicht infrage kam. Er sagte, laut Passagierliste fliege sie nur bis Paris, weshalb es illegal wäre, wenn sie weiterflog; man würde sie in Italien ausweisen.

»Sie können die Liste ändern«, sagte sie. »Schließlich stellen Sie die Tickets aus«, erinnerte sie ihn an seine kleine Prahlerei. »Und jetzt stellen Sie sich nicht so an – Sie regen nur die Kinder auf.«

Orhun schüttelte resigniert den Kopf. »Na schön, wie Sie wollen. Der Anruf übrigens, den ich gerade erhalten habe: Es ging um das KOSS-Mitglied, das ihren Aufenthaltsort verraten hat. Sie hieß Eden. Man hat sie tot in einem Hotelzimmer in Palermo aufgefunden.«

»Dann hat die Bande sie doch erwischt, wie ich befürchtet habe.«

»Es sieht eher nach Selbstmord aus. Dr. Kelsey hat einen Zettel gefunden, den ihr die Frau in die Handtasche gesteckt hatte. Anscheinend hätte sie jemanden ermorden sollen, brachte es aber nicht über sich. Sie hat sich selbst die Kehle durchgeschnitten.«

Jane zuckte zusammen. Und fragte sich, was die Frau dazu getrieben hatte. Sie hatte sich dieselbe Frage gestellt, als Hazel sich tötete. Und sie wusste, dass die Antwort darin lag, wie eine Sekte den Verstand der Leute verwirren konnte. Aber völlig erklärte es das nicht, deshalb würde sie nie aufhören können, sich zu fragen: *Wieso?*

Sobald es nach dem Start möglich war, forderte Jane Debbie auf, sie zu einer Erfrischungstheke zu begleiten, die sich ein wenig abseits vom Hauptsitzbereich befand. »Ich fliege mit Demir nach Neapel weiter«, sagte sie, »und nein, es ist nicht, was du denkst. Es hat sich etwas ergeben, und bis kurz vor unserem Abflug hatte ich nicht die Absicht dazu, das versichere ich dir.«

Debbie sah betrübt aus. »Aber Scott und Bethann, Jane? Du kannst ihnen am Flughafen in Paris nicht einfach zum Abschied winken und für das restliche Wochenende verduften. Und ich finde, du gehst auch wie selbstverständlich davon aus, dass Sema und ich mitspielen.«

»Tut mir leid. Ich hätte mit der Frage anfangen sollen, ob du bereit bist, die Kinder zu hüten. Ich habe die Absicht, morgen so früh wie möglich wieder bei euch zu sein.«

»Was zum Teufel ist los? Erzählst du es mir?«

Debbie fluchte sonst nie. Das lief nicht gut hier – aber was hatte sie erwartet? Sie hatte gehofft, nicht auf Debbies Gefühle für sie setzen zu müssen, aber das ließ sich jetzt nicht mehr umgehen.

»Die Leute, mit denen sich Hazel damals eingelassen hat, dieselben, die Ben getötet und dich und die Kinder zu diesem Turm in den Bergen gelockt haben … Es gibt eine echte Chance, es ihnen heimzuzahlen. Auf eine Weise, die *ihnen* wirklich wehtun wird.« Sie war den Tränen nahe. Ihr Hass auf KOSS war mit jedem Wort angewachsen.

Debbie sah sie mit einer Mischung aus Besorgnis und

Trauer an. »Ach, Jane«, sagte sie und schüttelte langsam den Kopf. »Du weißt, ich würde alles für dich tun. Aber deine Gefühle gewinnen immer die Oberhand, wenn es um diese Sekte geht. Du hast eine Familie, um die du dich kümmern musst. Du bist es ihnen schuldig, dich nicht in Gefahr zu begeben.«

»Und das werde ich auch nicht tun, versprochen. Es gibt nur etwas, das diese Leute liebend gern in die Hand bekommen würden, und ich möchte dafür sorgen, dass sie es nicht kriegen.«

Sie sprachen noch eine Weile, und schließlich gab Debbie nach. Als sie zu den anderen zurückgingen, stellte sich Jane neben Orhuns Sitz und flüsterte ihm zu, sie habe mit Debbie alles geklärt. Dann schlug sie vor, es sei am besten, wenn er Sema informiere, dass sie mit ihm nach Neapel weiterfliegen werde. »Als Dolmetscherin?«, sagte sie und zog eine Augenbraue in die Höhe.

Orhun stand mit mürrischer Miene auf und bat Sema, mit ihm in den Bereich zu gehen, aus dem Jane und Debbie gerade gekommen waren.

Jane nutzte die Gelegenheit, den Kindern so beiläufig wie möglich mitzuteilen, sie habe noch Arbeit zu erledigen, bevor sie zu ihnen nach Disneyland nachkomme. Sie akzeptierten es so bereitwillig, dass Jane klar wurde, wie sehr sie an diese ewig gleiche Leier von ihr gewöhnt waren. Aber nach dieser Sache würde alles anders werden, sagte sie sich. Nach dieser Sache.

Als Jane und Demir nach ihrem Zwischenstopp in Paris weiterflogen, wiederholte Jane, was sie von Giuseppe aufgeschnappt hatte, und versuchte, dem Ganzen ein wenig mehr Substanz zu verleihen. »Er wollte Kamarda in der Galerie treffen. Aber der Priester muss vor ihm dort gewesen sein, und irgendetwas ist passiert. Jemand wurde getötet, sagte Giuseppe – jemand, der mit der Galerie zusammenhing, vielleicht?«

»Von Kamarda getötet?«

»Das bezweifle ich. Warum sollte er das tun?«

»Vielleicht wollten sie das Geld nicht herausrücken, das sie ihm geboten hatten, oder sie haben damit gedroht, die Polizei zu informieren.«

»Oder jemand war dabei, die Ikone zu stehlen, und wurde von einem Angestellten der Galerie überrascht. Es gab einen Kampf, und Kamarda kam zufällig dazu.«

»Woher konnte der Dieb gewusst haben, dass die Ikone dort war?«

»Giuseppes Frau Lucia sagte, die Galerie habe offenbar einen interessierten Kunden gehabt. Und wir wissen, dass KOSS in den letzten Jahren nach byzantinischen Artefakten geforscht hat.«

»Aber angenommen sie waren dieser Kunde oder wahrscheinlich eher jemand, der in ihrem Namen aufgetreten ist, warum sollten sie dann hergehen und sie *stehlen*? Und wohin ist Pfarrer Kamarda verschwunden?«

Jane zuckte mit den Achseln. »Er ist einfach weggelaufen, so schnell er konnte.«

Orhun nickte. »Die Theorie ist so gut wie meine, aber wir wissen es einfach nicht, richtig?«

»Und was wissen wir tatsächlich?«, fragte sie spitz.

»Nun ja, mal sehen. Wir wissen, dass das Schiff von KOSS auf dem Weg nach …«, er zog sein Handy aus der Innentasche seiner Jacke und sah nach, »… Marina Vigliena ist. Der ist für etwas größere Schiffe gedacht, neben dem Handelshafen. Wir können bisher nicht feststellen, ob die Bande, die die Hagia Sophia besetzt hat, noch an Bord ist, aber wir überwachen ihre Handys und andere Kommunikationsmittel, sobald sie sich der Küste nähern.«

»Wir?«

»Ich meine die verschiedenen beteiligten Behörden.«

»Wie zum Beispiel?«

»Wie Interpol und Europol. Und wir bekommen Unterstützung vom NATO-Luftstützpunkt Decimomannu auf Sardinien.«

»Ich bin beeindruckt. Was wissen wir also noch?«

»Der Museumsangestellte aus Wien musste die Zeitbüchse in eine Kirche bringen ...« Er sah wieder in seinem Smartphone nach. »Hier – *la chiesa del Calvario.*«

»Die Kalvarienkirche.«

»Äh, sagen Sie nichts ... ich weiß es ...« Er kniff die Augen zusammen. »Es hat mit der Kreuzigung von Jesus zu tun.«

»Richtig. Es ist der Name des Hügels bei Jerusalem, wo er gekreuzigt wurde.«

Orhun sah auf sein Handy. »Hier steht, sie wird nicht mehr als Kirche benutzt.«

»Und was heißt das für uns?«

»Das heißt, dass Sie nach Paris zurückfliegen«, sagte er mit Nachdruck.

Jane schüttelte heftig den Kopf. »Vergessen Sie es. Auf keinen Fall. Und ich will wissen, was Sie vorhaben.«

»Warum sind Sie so darauf versessen, diese Leute zu verfolgen?«

»Wegen allem, was sie meiner Familie angetan haben.

Das letzte Mal konnte ich sie nicht aufhalten – dieses Mal werde ich es tun.«

»Wobei genau aufhalten?«

»Wir wissen, dass es ihnen enorm wichtig ist, die *Vision* und die Zeitbüchse in die Hände zu bekommen. Und jetzt könnte es sein, dass sie die Ikone haben. Ich würde gern eins davon oder alle drei stehlen, und zwar vor ihren Augen.«

»Und sich bei dem Versuch umbringen lassen – toller Plan.«

»Sie werden da sein, um mich zu beschützen«, sagte sie spitzbübisch.

Orhun kaute auf der Unterlippe und schüttelte verärgert den Kopf.

»Dann sagen Sie mir doch mal, warum *Sie* so entschlossen sind, die Bande zu kriegen, Demir. Denn das ist doch der Grund, warum Sie nach Neapel fliegen, oder?«

Orhun seufzte. »Ist Ihnen je der Gedanke gekommen, dass ich es für Geld tun könnte?«

Sie sah ihn durchdringend an und versuchte, seinen Gesichtsausdruck zu lesen. »Das ist nicht Ihr Ernst ...« Sie schaute noch eindringlicher. »Wirklich?«

»Schön, dass wir das geklärt haben«, scherzte er. »Jetzt sehen Sie sich das hier mal an ...« Er hielt ihr sein Handy so hin, dass sie auf das Display blicken konnte. »Das wurde mir während unserer Zwischenlandung in Paris geschickt.« Das Display zeigte eine gelbbraune, trockene Weite. Ein Stück Meer am oberen Rand ließ erkennen, dass es sich um die Erde handelte, nicht um einen Planeten ohne Atmosphäre. »Was Sie hier sehen, ist die Wüste Kavir im Iran aus tausend Metern Höhe. Jetzt passen Sie auf, was passiert ...«

In der Mitte der Wüste flammte ein stecknadelgroßes Licht auf. Ringsum dehnte sich die Luft wellenförmig in konzentrischen Kreisen aus. Binnen Sekunden erblühte der Lichtpunkt zu einer Feuerblume und wurde dann zu einer brodelnden Wolke aus Sand und Rauch.

»Das ist eine explodierende israelische Atomrakete.«

»Großer Gott.«

»Sie wurde auf unbewohntes Gebiet abgefeuert. Als Warnung.«

»Was für ein Irrsinn.«

»Sie haben den Geist aus der Flasche gelassen, so viel steht fest«, sagte Orhun. »Letztendlich könnte KOSS unsere geringste Sorge sein.«

51

Am Flughafen wartete ein Fahrer auf Orhun – ein schlaksiger junger Mann mit einem Schopf schwarzer Locken. Er trug Jeans und ein T-Shirt mit einem Slogan, der übersetzt »Neapel sehen und vor Langeweile sterben« lautete, und hielt ein Stück Pappkarton in die Höhe, auf den ORHUN gekritzelt war. Er gab sich keine Mühe, seine Überraschung zu verbergen, als er sah, dass Orhun von einer Frau begleitet wurde. Die beiden Männer unterhielten sich kurz auf Türkisch, bevor sie alle nach draußen zum Wagen gingen – einem schwarzen Alfa Romeo mit verdunkelten Scheiben.

Orhun bat Jane, im Fond mit ihm einzusteigen, und nachdem der Fahrer ihm eine Karte gegeben hatte, fuhren sie in die Stadt. Es war sieben und noch hell. Jane und der junge Mann waren einander nicht vorgestellt worden, und sie hatte nicht die Absicht zu fragen, wieso.

Nachdem Orhun die Karte eine Weile studiert hatte, reichte er sie Jane und fragte den Fahrer etwas.

Sie sah ein Kreuz auf der Karte und nahm an, es markierte die Kalvarienkirche. Die Gegend war ein Gewirr aus schmalen Straßen.

Der Fahrer antwortete, und Jane sah, wie Orhun den Deckel eines Ablagefachs in seiner Tür öffnete. Er entnahm ihr ein Lederhalfter mit einer mattschwarzen Pistole darin.

Als er sie halb aus dem Halfter gleiten ließ, konnte Jane die Buchstaben *Elite 1A* auf dem Lauf lesen.

»Eine Beretta, gut«, sagte er beiläufig, öffnete seine Jacke und befestigte das Halfter an seinem Hosengürtel. Dann griff er wieder in die Ablage und fand ein Reservemagazin in einem kleineren Beutel, das er an die andere Seite seines Gürtels hängte. Schließlich richtete er seine Jacke, klopfte sie ab und sah Jane an. »Sie haben um Schutz gebeten?«, sagte er und lächelte.

Sie antwortete nicht, aber ihre Gedanken flogen in alle Richtungen.

Nach einer Weile sagte Orhun: »Sollten Sie nicht Ihren Freund Giuseppe anrufen?«

»Mhm.« Jane hörte auf zu spekulieren und wühlte in ihrer Tasche nach ihrem Handy. Sie hatten vereinbart, Giuseppe keiner weiteren Gefahr auszusetzen, aber sie brauchten so viele Informationen wie möglich von ihm. Jane war leicht überrascht, als er sich beim ersten Klingelton meldete.

»Wir sind auf dem Weg in die Stadt, Giuseppe. Wo bist du?«

»In meinem Hotel, ausruhen. Es war ein harter Tag. Der Mord … die Polizei … Es hat mich schwer mitgenommen.«

Jane stieß Orhun an, um ihm zu zeigen, dass sie die Mithörfunktion aktivieren wollte, sah aber erst fragend in Richtung Fahrer.

Orhun nickte nur.

Jane drückte den Lautsprecherknopf. »Mein Freund Demir Orhun ist hier bei mir. Erzähl uns genau, was passiert ist.«

Giuseppe seufzte. »Ich habe es schon so oft erzählt …

aber gut, ein Mal noch. Die Frau in der Galerie, Signora Flamigni, hatte mir erzählt, dass Kamarda heute Morgen um elf wiederkommen werde – eine Stunde, nachdem sie öffnen. Aber offenbar hat er beschlossen, schon früher hinzugehen, falls ihm jemand auf der Spur ist – ich zum Beispiel. Ich kam gegen 10.40 Uhr an und bin hineingegangen. Da ich kein Personal sah, habe ich eine Weile gewartet und dann Signora Flamignis Namen gerufen. Aus dem Hinterzimmer kam ein Stöhnen, und ich ging hinein und fand sie auf dem Boden neben der Leiche ihres Mannes. Er war erschossen worden …«

»Das muss ein furchtbarer Schock für dich gewesen sein«, sagte Jane, da Giuseppe die Stimme versagte.

»Allerdings, aber was mich gerade innehalten ließ, war der Schock jetzt eben. Hast du es nicht gespürt? Ein Erdbeben.«

Jane und Orhun wechselten einen Blick. »Nein«, sagten sie gleichzeitig und schauten aus ihrem jeweiligen Fenster, sahen aber nichts Ungewöhnliches.

»Ich habe es durch das Lenkrad gespürt«, sagte der Fahrer in einwandfreiem Englisch. »Da …« Er deutete zur linken Seite der Windschutzscheibe.

Eine Rauchwolke, aus der Funken stoben, stieg über dem rund zehn Kilometer entfernten Vulkan auf der anderen Seite der Stadt auf.

»Neapel sehen und sterben, hm?«, sagte Jane.

Der Fahrer warf ihr einen Blick über die Schulter zu und grinste.

»Im Fernsehen zeigen sie Bilder von Lava, die vom Vesuv herunterfließt«, sagte Giuseppe. »Treibt euch nicht zu lange hier herum.«

»Das werden wir nicht«, sagte Jane. »Erzähl uns noch mehr von dem, was heute Morgen passiert ist.«

»Okay. Während Signora Flamigni und ich auf Polizei und Sanitäter gewartet haben, berichtete sie, ihr Mann sei kurz vor zehn in die Galerie gegangen und sie sei um 10.25 Uhr eingetroffen. Sie hörte Stimmen im Büro, und als sie hineinging, sah sie Pfarrer Kamarda aufstehen und die Hände in die Luft strecken. Sie begriff, dass jemand hinter der Tür stehen musste, der eine Waffe auf ihn richtete, aber sie konnte nicht sehen, wer es war. Und dann sah sie ihren Mann zu Füßen Kamardas liegen, und sie wusste, dass er angeschossen worden war und der Pfarrer sich um ihn gekümmert hatte. Dann sah sie das Blut auf dem Boden und wurde ohnmächtig.«

»Und die Ikone war verschwunden«, sagte Orhun. »Wurde sonst etwas gestohlen?«

»Offenbar nicht. Und ich kann nur vermuten, dass Kamarda von dem Täter oder den Tätern mit vorgehaltener Waffe abgeführt wurde. Warum man ihn nicht auf der Stelle erschossen hat, weiß ich nicht. Aber vielleicht ist es ein gutes Zeichen.«

»Vielleicht«, sagte Jane ohne große Überzeugung.

»Was hatte die Polizei dazu zu sagen?«, fragte Orhun.

»Aus der Richtung ihrer Fragen ging klar hervor, dass sie glauben, Kamarda habe mit jemandem unter einer Decke gesteckt, der ihn hintergangen hat und die Ikone auf dem Schwarzmarkt verkaufen will.«

»Sehr viel wahrscheinlicher war es eine Sekte namens KOSS, die ihre Anschauungen auf den Prophezeiungen eines Mönchs gründen, dem die Ikone gehörte«, sagte Jane. »Ich erzähle dir ein andermal alles über sie, aber jetzt, glaube ich, solltest du ausschlafen so gut es geht und morgen in aller Früh zu deiner lieben Frau zurückfahren.«

»Genau das werde ich wohl tun. Ich habe schon wieder genug vom Stadtleben. Und dann muss ich auch noch an einem aktiven Vulkan vorbeifahren.«

»Eins noch, Giuseppe«, fragte Orhun. »Hat Kamarda ein Handy bei sich? Und wenn ja, könnten Sie mir die Nummer geben?«

»Er hat eins, aber es war nie an, wenn ich angerufen habe. Allerdings muss er meine SMS bekommen haben.«

»Es war unwahrscheinlich, dass er dir geantwortet hätte, Giuseppe«, sagte Jane.

»Aber nicht, weil er ein schlechtes Gewissen hatte. Sondern weil er nicht wollte, dass sich jemand in seine Pläne einmischt. Er hat Signora Flamigni erzählt, der Erlös der Ikone würde in die Entwicklung des Tourismus in Collalba fließen. Und ich glaube, er hat ihr die Wahrheit gesagt.«

Orhun und Jane wechselten einen Blick, enthielten sich jedoch eines Kommentars. Giuseppe gab Orhun die Nummer des Priesters, dann ließen sie ihn in Ruhe.

52

Eine knappe Stunde, nachdem sie am Flughafen abgeholt worden waren, kroch ihr Wagen durch die engen Straßen der Innenstadt. In den Läden waren die Lichter an, und die Gehsteige waren voll Einheimischer und Touristen. Von Mopeds und Rollern abgesehen kam der Verkehr auf der Straße jedoch kaum voran.

Orhun vertrieb sich die Zeit, indem er die Nachrichten auf seinem Handy durchsah. »Hm, scheint, als würde die Lage allmählich außer Kontrolle geraten«, sagte er und las eine vor. »Ein russisches U-Boot mit Atomwaffen an Bord ist vor Tel Aviv *in* territorialen Gewässern Israels aufgetaucht. Der Kreml sagt, jeder Versuch, es anzugreifen, wird zu einem Schlag gegen die Stadt führen.«

»Hm. Heißt es nicht, ab einem bestimmten Punkt sind diese Dinge aufgrund der Eigendynamik, die sie entwickeln, nicht mehr umkehrbar?«

»Weit kann dieser Punkt nicht mehr entfernt sein ... aber Moment, hier ist etwas, das Wirkung zeigen könnte ... Die Palästinenser melden sich endlich zu Wort und fordern alle beteiligten Kräfte auf, vom Abgrund zurückzutreten.«

»Wurde auch Zeit«, sagte Jane. »Wenn Nuklearraketen dort einschlagen würden, wären sie genauso übel dran wie die Israelis.«

Orhuns Handy klingelte, als eine neue Meldung hereinkam. »Oh-oh. Das KOSS-Schiff hat angelegt. Mit geschätzt fünfzig Leuten an Bord.«

»Hört sich an, als wäre es ihr Hauptquartier, oder?«

»Es ist ihr Hauptquartier«, sagte Orhun mit Nachdruck und steckte sein Telefon weg.

Jane sah aus ihrem Fenster. Sie waren kaum vorangekommen.

Orhun rutschte in seinem Sitz umher und seufzte ungeduldig, ehe er sie um die Karte bat. Er studierte sie wieder und reckte den Hals, um die Straßennamen an der Kreuzung zu lesen, auf die sie zukrochen. »Mit diesem Tempo kommen wir nie dort an«, sagte er.

»Dort vorn ist es ohnehin zu eng für einen Wagen«, sagte der Fahrer. »Ich habe versucht, euch so nahe wie möglich heranzubringen.«

»Okay, das war's dann, wir steigen aus und gehen zu Fuß.« Er sprach jetzt wieder Türkisch, und der junge Mann antwortete ebenso.

Sie stiegen auf Janes Seite aus und marschierten direkt in eine schmale Straße im rechten Winkel zu der, auf der sie gefahren waren. Es dämmerte inzwischen, und die hohen Gebäude entlang der Gasse ließen alles noch dunkler erscheinen. Sie kamen einigermaßen voran, indem sie innerhalb einer Reihe metallener Poller hintereinanderliefen, aber häufig mussten sie um ausgestellte Waren oder eine Traube von Kunden vor einem Laden herumgehen. Das Kunststück bestand darin, dabei nicht Autos oder Lkws in die Quere zu kommen oder von Rollern angefahren zu werden, die an ihnen vorbeisausten. In der Stadt herrschte emsiges Getriebe, und es gab keinen Hinweis darauf, dass nur ein kurzes Stück entfernt ein Vulkan zum Leben erwachte.

Schließlich hörten die Läden allmählich auf, die Leute wurden weniger, und Jane und Orhun konnten nebeneinandergehen, wobei es Jane vorkam, als würden sie die ganze Zeit bergansteigen.

Da sie sich nun wieder unterhalten konnten, fragte sie Orhun, wer der junge Mann gewesen war, der sie am Flughafen abgeholt hatte.

»Das weiß ich nicht. Wir haben eine Liste mit unseren Anforderungen geschickt. Einen Fahrer, der Türkisch spricht – das macht die Unterhaltung sicherer. Eine Handfeuerwaffe und Munition. Eine Karte. Wir stellen keine Fragen, und sie ebenfalls nicht.«

»Wer sind ›sie‹?«

»In diesem Fall wahrscheinlich die Camorra, die neapolitanische Mafia. Die managen hier vieles.«

Sie waren an einen unregelmäßig geformten kleinen Platz gekommen, der fast gänzlich von parkenden Autos vollgestellt war. Orhun studierte unter einer Straßenlampe die Karte. Er las das Schild über ihnen, brummte und steckte die Karte weg. »Das ist der letzte Platz, der darauf genannt wird. Und wir gehen in diese Richtung.« Er deutete zu einer Gasse auf der anderen Seite.

Als sie hineingingen, sahen sie, dass die Gasse von der Piazza steil zwischen Gebäuden anstieg, zwischen denen noch Wäsche hing, obwohl die Sonne untergegangen war. Die Wände waren so nahe, dass sie nicht nebeneinander gehen konnten, wenn ihnen jemand entgegenkam. Und Jane fiel auf, dass es meist Gruppen von Jungen im Teenageralter waren, die einander anrempelten und schoben oder lauthals über nichts Besonderes lachten. Zweimal tauchte ein Paar – dasselbe Paar, wie Jane bemerkte – laut brüllender Flegel auf einem Motorroller aus einer Seitenstraße auf und raste die Gasse hinunter, sodass sie sich an die Wand eines mehrstöckigen Wohnhauses drücken mussten.

Doch selbst diese Gefahren wurden seltener, als sie sich einer steinernen Treppe näherten, die von der Straße aufwärts führte. Das einzig verfügbare Licht war jetzt das aus den Fenstern der Wohnungen. Und diese waren spärlich, während die Gebäude zunehmend verfallener aussahen.

Orhun warf die Hände in die Luft. »Die Straße endet einfach.«

»Sie *endet* nicht«, sagte Jane und keuchte leicht. »Lassen Sie uns kurz stehen bleiben, damit wir uns orientieren können.« Jetzt erst fiel ihr auf, dass sie seit ihrer Ankunft in Neapel noch keinen Gebrauch von ihren Italienischkenntnissen gemacht hatte.

Orhun, dem der Aufstieg nichts anzuhaben schien, war im Begriff, etwas zu sagen, überlegte es sich jedoch anders. Offenbar war ihm etwas eingefallen. »Das hätte ich fast vergessen, aber es ist einen Versuch wert«, sagte er und holte sein Telefon hervor. »Ich habe Kamardas Nummer ...«

Jane sah, dass Gassen links und rechts der Treppe wegführten. »Vielleicht ist ...« Was hatte Orhun gerade gesagt? »Seine *Nummer*? Wollen Sie ihn anrufen?«

»Nein. Ich will ihn *finden.*« Er tippte auf seiner Tastatur. »Hm ... das sieht doch schon ganz gut aus.«

Er hielt ihr das Handy hin, und sie sah eine Karte in der Art eines Navigationssystems mit einem Pfeil, der von einem grünen Punkt zu einem roten Punkt in der Mitte eines Gitters aus Straßen zeigte. In der Ecke des Displays leuchteten Zahlen auf. »Der grüne Punkt ist mein Telefon. Der rote ist seines.«

Er stand vor der Treppe und hielt das Smartphone waagrecht in den Händen. »Es ist weniger als hundert Meter in diese Richtung.«

»Sie meinen … sein Telefon …?« Allmählich kapierte Jane.

»… ist in der Kirche. Und er hoffentlich auch – lebend.«

Als sie die Treppe hinaufstiegen, sagte Jane: »Ich verstehe, warum es Kalvarienkirche heißt. Wahrscheinlich hatten sie am Karfreitag Kreuzwegstationen hier herauf.«

»Ich *sehe* ein Kreuz«, flüsterte Orhun.

Dann sah es Jane ebenfalls, und als sie höher stiegen, wurde die Silhouette einer Kuppel unter dem Kreuz sichtbar. Wenn die Kirche säkularisiert worden war, überlegte sie, hätte man dann nicht das Kreuz entfernt? Schließlich kamen sie am oberen Ende der Treppe an und betraten einen kleinen Platz, von dem mehrere Straßen abgingen. Eine einzelne Straßenlampe warf ihr Licht auf eine Statue Christi, der das Kreuz trug, und ließ vier helle Marmorsäulen vor der Kirche hervortreten. Der Rest des Gebäudes lag im Dunkeln.

Dann begann die Kuppel, schwach rot zu leuchten, und sie hörten ein Grollen wie von Donner hinter sich. Als sie sich umdrehten, sahen sie die Lichter der Stadt, die sich um die Bucht herum erstreckte, und dahinter den Vesuv, der wie ein Buckelwal eine Fontäne aus feuriger Lava in den Nachthimmel spie.

Im Schatten des Sockels der Christusstatue blitzte etwas auf. Jane ging hin und rief Orhun zu sich. Jemand hatte ein leistungsstarkes Motorrad hier abgestellt.

»Gehen wir hinein«, sagte Orhun.

53

Die Eruption verlieh den Marmorsäulen eine rosa Tönung und warf genügend Licht, damit Jane und Orhun das Hauptportal zwischen ihnen finden und feststellen konnten, dass es verschlossen war. Hinter der vierten Säule jedoch entdeckten sie um die Ecke eine Seitentür, die offen war.

Orhun griff unter seine Jacke und ließ den Verschluss des Pistolenhalfters aufspringen.

In der Kirche warteten sie, bis sich ihre Augen an die Dunkelheit gewöhnt hatten. Der Innenraum war nicht allzu groß, eher eine Kapelle als eine Kirche, und in der Nähe des Altars drang Licht aus dem Boden. Es gab keine Sitzbänke oder Statuen, und hier und dort lagen Stücke des Putzes, die von Bogen und Kapitellen der Säulen im Mittelschiff gefallen waren. Der Altar schien das Einzige zu sein, was von der Kircheneinrichtung noch übrig war.

Sie liefen von einer Säule zur anderen auf das Licht zu, bis sie vor der Öffnung im Boden standen. Löcher in den Marmorfliesen ließen erkennen, wo früher Geländer und vielleicht ein Tor um den Eingang zur Krypta gewesen waren.

Jane lauschte mit schief gelegtem Kopf. »Ich glaube, ich höre Stimmen da unten«, flüsterte sie, plötzlich nervös.

Orhun zog seine Pistole aus dem Halfter und hielt sie

mit dem Lauf nach oben. »Bleiben Sie hier«, forderte er sie auf.

»Gehen Sie nie ins Kino?«, sagte sie und hob warnend den Zeigefinger. »Man darf sich niemals aufsplitten.« Sie sagte es halb im Spaß und meinte es völlig ernst – allein hierzubleiben, war die erschreckendere Aussicht.

Orhun schüttelte resigniert den Kopf. Er wusste, sie würde nicht zurückbleiben. »Dann kommen Sie«, sagte er und machte sich auf den Weg die Treppe hinunter.

Jane folgte ihm einen Treppenabsatz nach unten, dann einen zweiten und einen dritten. Da sie damit gerechnet hatte, in einen einigermaßen engen Raum mit niedriger Decke zu kommen, war sie überrascht, als sie um eine Ecke bogen und ein geräumiges Gewölbe vor ihnen lag, das aus dem cremefarbenen Gestein geschlagen worden war. Im Vordergrund stand ein weiterer Altar, der von einer Reihe von Scheinwerfern auf Stativen beleuchtet wurde; zwei davon waren auf das Altarbild gerichtet, das fast bis zur Decke der Höhle reichte. Jane brauchte einen Moment, bis sie begriff, dass es aus unzähligen Schichten menschlicher Schädel bestand.

Sie wichen instinktiv in das Halbdunkel am Fuß der Treppe zurück und nahmen sich noch einige Augenblicke Zeit, die Szenerie vor ihnen zu studieren. In der Mitte des Altarbilds befand sich eine Statue der Kreuzigung, darunter befand sich ein Altartisch aus Knochen – Arm- und Beinknochen, Hunderte davon, zu einer festen Masse zusammengebacken. Auf dem Altar lagen einige Gegenstände, aber Jane hatte keine Zeit, sie zu betrachten, denn ihre Aufmerksamkeit wurde von einem schwarz gekleideten Mann beansprucht, der mit dem Rücken zum Altar auf einem Stuhl saß, den Kopf gesenkt, die Hände gefesselt. Dünne schwarze Haarsträhnen hingen ihm ins Gesicht und verbargen es. Sie nahm an, dass es sich um Pfarrer Kamarda handelte.

In diesem Moment huschte ein Schatten über die Decke der Höhle, und ein Mann in Jeans und einem schwarzen Rollkragenhemd kam hinter dem Altarbild hervor, in der Hand einen billigen Plastikstuhl wie der, auf dem der Priester saß. Er stellte ihn neben dem Altar ab und ging zu dem Priester; er flüsterte ihm etwas ins Ohr, dann packte er ihn an den Haaren und riss seinen Kopf nach hinten.

Es erinnerte Jane sofort an die Szene in der Hagia Sophia und weckte tiefste Furcht in ihr.

»Lassen Sie ihn los!«, rief Orhun, der aus dem Schatten kam und sich geschmeidig mit beiden Händen an der Pistole auf den Altar zubewegte.

»Na, sieh mal an, wen haben wir denn hier?«, sagte der Mann offenbar unbeeindruckt.

Er hatte einen amerikanischen Akzent, und Jane erkannte die Stimme sofort. Allein von ihrem Klang wurde ihr übel.

»Los!«, sagte Orhun und ließ seinem Befehl einen Schuss über den Kopf des Manns folgen. Er krachte in einen der Schädel des Altarbilds, der in tausend Knochensplitter zerbarst.

Der Amerikaner ließ die Haare des Priesters los, dessen Kopf daraufhin wieder nach unten sackte.

Jane versuchte sich nicht anmerken zu lassen, wie sehr der Schuss sie erschreckt hatte.

Orhun blieb einige Meter vor den beiden Männern stehen.

»Na, sieh mal an«, sagte Jane und trat neben Orhun. »Wir wissen dafür, wer *Sie* sind. Sie sind das kranke Arschloch, das den alten Mann in der Hagia Sophia ermordet hat.«

»Anscheinend geht Ihnen bei so etwas wirklich einer ab«, sagte Orhun und bedeutete ihm mit einer Handbewegung, sich von dem Stuhl zu entfernen. »Aber das ist jetzt vorbei.«

»Was haben Sie vor? Mich verhaften?«

»Nein. Ich werde Sie töten.«

Der Amerikaner kniff die Augen zusammen. Er wusste nicht, ob Orhun dies ernst meinte.

Jane wusste es ebenfalls nicht.

Sie ging zu Kamarda, der es fertiggebracht hatte, den Kopf zu heben, und ihr etwas zuflüsterte. Sie beugte sich zu ihm hinunter.

»*Attenzione … c'è un altro …*«, sagte er heiser.

Sie fuhr rasch herum, um Orhun zu warnen, aber es war zu spät. Ein silberhaariger Mann war aus einer Vertiefung in der Höhle rechts von Orhun aufgetaucht und richtete eine Waffe auf ihn.

»*Getta la pistola*«, sagte er. »Legen Sie sie weg«, fügte er mit starkem Akzent an.

Jane kam es vor, als würde sie auch seine Stimme kennen, aber wie war das möglich? Sie glaubte nicht, dass sie den Mann schon einmal gesehen hatte. Er trug einen langen Mantel über einem gut geschnittenen dunklen Anzug und war sehr gepflegt, auf diese Weise, wie es italienische Männer häufig sind. Doch sein Aussehen wurde durch eine Hakennase getrübt und durch einen Mund, der in einem höhnischen Grinsen erstarrt zu sein schien.

Orhun hielt seine Waffe weiter auf den Amerikaner gerichtet, doch sein Blick huschte nach rechts, um die Bedrohung abzuschätzen.

»Er hat eine Waffe«, sagte Jane.

Orhun trat zurück und ließ seine sinken.

»Hakan!«, kommandierte der Italiener.

Mit einem blasierten Lächeln nahm der Amerikaner Orhun die Pistole ab. »Ich persönlich bevorzuge Messer, aber so wird der Gerechtigkeit auf poetische Weise Genüge getan«, sagte er und setzte die Waffe an Orhuns Schläfe.

54

»Noch nicht«, sagte der Ältere auf Italienisch. »Die beiden sind hier, weil sie etwas verhindern wollten. Sie sollen sehen, wie es geschieht. Hol Stühle für sie.«

Er hatte genug geredet, damit sich Jane sicher war.

»Signor Perselli?«, sagte sie, als er sich mit der Waffe näherte, die er nun auf sie gerichtet hielt. »Habe ich recht?«, fügte sie auf Italienisch an.

Er stand reglos da. »Signora Wade? Sie sind es doch, nicht wahr? Ein Jammer, dass Sie nicht auf mich gehört haben und zu Hause geblieben sind.«

»Sie sind selbst auf Reisen gegangen«, sagte sie. »Leben Sie nicht in Rom?«

Hakan, der hinter dem Altar verschwunden war, kam mit ein paar Stühlen wieder und stellte sie mit Blickrichtung zum Altar auf.

Perselli lächelte Jane höhnisch an und schüttelte den Kopf. »Nein, meine Liebe. Mein Verleger sitzt in Rom, das ja. Aber mein Zuhause war immer Neapel.«

Hakan machte Orhun ein Zeichen, sich zu setzen.

Jane hörte ein Stöhnen von Kamarda und unternahm einen erneuten Versuch, sich um ihn zu kümmern, aber Hakan schwenkte die Pistole in ihre Richtung und befahl ihr, sich neben Orhun zu setzen.

»Was haben Sie mit ihm gemacht?«, fragte sie und sah

seine beiden Entführer abwechselnd an. »Lassen Sie ihn bitte gehen.«

»Nein, meine Liebe, er ist jetzt ein wesentlicher Teil des Ganzen hier, genau wie Sie«, sagte Perselli und ging auf den Altar zu. Dort angekommen drehte er sich halb herum und sagte: »Ich dachte, wenn ich Ihnen möglichst viele Informationen gebe, würde Ihre Neugier zufriedengestellt sein. Aber ich bin froh, dass es Sie nicht aufgehalten hat, denn …«

Er legte die Pistole auf den Altar neben ein Lesepult, auf dem eine aufgeschlagene Handschrift lag; es musste die *Vision des Gorman* sein, die Quelle von so viel Schmerz und Trauer in Janes Leben und im Leben vieler anderer.

»… Sie haben mich auf die Existenz dieses Artefakts aufmerksam gemacht, und dafür bin ich dankbar …« Er fischte etwas unter der Buchhalterung hervor und hielt es in die Höhe, damit Orhun und sie es sehen konnten.

Die Ikone war kleiner, als Jane gedacht hatte. Aber sie war voller Einzelheiten. Christus saß auf einem Thron, mit seiner Mutter auf einer Seite und einem Mann, von dem sie glaubte, es könnte Johannes der Täufer sein, auf der anderen. Sie waren ihrerseits von den Engeln und Heiligen umringt, und unter ihnen wurden die Guten und die Bösen durch einen Fluss aus Feuer getrennt, der unter Christi Thron hervorfloss. Der Fluss verbreiterte sich zu einem Feuersee, der den unteren Bildrand einnahm, und in diesen See stürzten die Verdammten wie Herbstlaub.

Perselli zeigte mit einem Finger auf den See aus Feuer. »Sehr passend, nicht wahr? Wenn man bedenkt, dass wir in diesem Augenblick über einem Lava-See stehen. Und apropos Seen – es war intelligent von Ihnen, die Verbindung zwischen Gorman und der Arbëresh-Gemeinde zu erkennen. Wenn wir mehr Zeit hätten, könnten wir es genauer besprechen, aber jetzt …«

Das Geräusch einer mächtigen Explosion in der Ferne ließ ihn innehalten.

»Ist es nicht wunderbar, dass der Vesuv diese spektakuläre Schau abzieht?«, sagte er mit einem merkwürdigen Grinsen im Gesicht. »Alles ist, wie es sein sollte.«

Jane hatte etwas Manisches in seiner Miene aufleuchten sehen. Es fiel ihr schwer, den Mann vor ihr mit dem weltmännischen Herrn am Telefon zusammenzubringen. Es war, als würde sie seinem bösen Zwilling begegnen.

Er ging zurück zum Altar, legte die Ikone beiseite und nahm einen schweren Gegenstand etwa von der Größe und Form eines Milchkartons zur Hand. Jane sah, dass er aus einem glänzenden, grünlichen Metall war, und sie erkannte die Schlitze und Regler darin aus Persellis Beschreibung. Er drehte sich wieder zu ihnen um und hielt den Gegenstand in die Höhe wie ein Priester im Moment der Wandlung. Die Vorderseite der Zeitbüchse war jetzt sichtbar, und sie enthielt fünf Skalen in einer vertikalen Reihe. Die Skalen waren in das Metall eingeschnitten, und in ihrer Mitte befand sich jeweils ein beweglicher Zeiger. Unter anderen Umständen hätte Jane den Mechanismus und sein Aussehen wahrscheinlich bewundert, aber das war nicht der Moment dafür.

Perselli setzte die Zeitbüchse vorsichtig ab und streckte die Hand nach einem Stück schwarzem Tuch aus.

»Wie Sie sehen«, fuhr Perselli fort, »haben wir das Buch, die Zeitbüchse, die Ikone – und noch etwas …« Er schnippte das Tuch beiseite und hob auf, was es bedeckt hatte –

den oberen Teil eines menschlichen Schädels. Er sah aus, als wäre er durch ein Feuer verkohlt worden, sodass nur der obere Teil der Augenhöhlen übrig geblieben war. »Das ist alles, was …«

Ein anhaltendes Piepsen ertönte aus Orhuns Jacke.

»Das ist mein Handy«, sagte er, griff in die Tasche und zog es heraus. »Es macht Ihnen hoffentlich nichts aus, wenn ich den Anruf annehme.«

»Was zum Teufel …« Hakan sprang vor und schlug mit dem Knauf seiner Pistole auf Orhuns Hand. Das Telefon fiel zu Boden, und Hakan hob es auf. Er tippte wild darauf herum, aber das Geräusch hörte nicht auf.

»Lassen Sie mich das lieber machen«, sagte Orhun ruhig. »Es wird nicht aufhören.«

»Gib es ihm«, rief Perselli. »Verdammte Dinger«, murmelte er. »Hätte ich ein Schild aufstellen sollen, auf dem ich darum bitte, dass alle Handys ausgeschaltet werden?«

Jane überkam der Drang zu kichern.

Hakan gab Orhun das Telefon, und er drückte eine Folge von Tasten. Das Gerät verstummte. Hakan nahm es wieder an sich und legte es neben ein anderes auf einen Block aus Steinen.

Muss das von Kamarda sein, dachte Jane.

Orhun hüstelte und nickte in Richtung Hakan. »Ich sollte es vielleicht *Ihnen* mitteilen, da es Sie direkt betrifft.« Er warf einen Blick auf sein Handy. »Das war eine Nachricht, dass Ihr Schiff von einem israelischen Flugzeug bombardiert worden ist.«

»Was?« Hakan verzog das Gesicht.

Jane fragte sich, was hier vor sich ging. Handelte es sich um eine List?

»Das war kein Ausbruch des Vesuvs«, erklärte Orhun. »Wenn es nicht bereits auf den Grund des Hafens gesunken ist, müssten sie den Rauch vom Wrack aufsteigen sehen.«

»Was ist los da drüben?«, fragte Perselli gereizt.

Hakan antwortete ihm in gebrochenem Italienisch und zog sein eigenes Handy hervor. Als er nach mehreren Wählversuchen keine Antwort erhielt, sagte er zu Perselli, er werde nach draußen gehen. Er wartete, bis Perselli die Gefangenen mit seiner Pistole in Schach hielt, und stürmte dann aus der Krypta.

Perselli nahm auf dem Stuhl neben Kamarda Platz, betrachtete die beiden Eindringlinge und seufzte schwer. »Sie verursachen zu viele Verzögerungen.« Er sah Orhun direkt an. »Und ich weiß noch nicht einmal, wer Sie sind.«

»Machen Sie sich keine Sorgen um Ihre Kollegen auf dem Schiff?«, fragte Jane. »Oder sollte ich sagen, Ihre *Anhänger*?«

»KOSS, meinen Sie?« Perselli schnaubte verächtlich. »Die schuldeten mir einen Gefallen. Einen, der überfällig war. Das ist alles. Ich war es, der Michael Roberts auf die *Vision* aufmerksam gemacht hat. Johannes der Täufer für seinen Jesus. Dann bin ich zu meiner wahren Berufung zurückgekehrt.«

»Sie sind der *Teufel*«, sagte Kamarda hinter seinem Rücken.

Perselli wandte sich zu ihm um und sah dann wieder die anderen beiden an. »Er hat recht, wissen Sie.« Er stand auf und kam auf sie zu. »Wir Giordanisten widmen uns einer Sache: das Unrecht zu vergelten, das Giordano Bruno von der katholischen Kirche angetan wurde. Wir kennen keine Regeln, Rituale oder Logen. Wir arbeiten allein oder gemeinsam. Aber immer und mit allem, was uns zur Verfügung steht, versuchen wir die Kirche und ihre Lehren zu untergraben. Ihre Mitglieder zu verderben, besonders die Geistlichkeit. Ihre Doktrinen auf jede Weise in jedem Teil der Welt zu bekämpfen. Ist die Kirche gegen Abtreibung – wir sind dafür. Befürwortet die Kirche die Ehe – wir sind gegen sie. Sie verstehen?«

Pfarrer Kamarda sagte etwas, aber Jane konnte es nicht verstehen.

»Er beschwert sich darüber, was ich ihm angetan habe. Wissen Sie, Signora, mein Partner Adelmo war ein echter Homosexueller. Aber ich war keiner. Ich habe absichtlich gegen meine Natur gehandelt, um mich den Beschränkungen des Papsts und seiner Lakaien zu widersetzen. Und heute musste ich einen Akt äußerster Verderbtheit ausüben, um diesen hochmütigen Priester zu demütigen. Ich erspare Ihnen das Erröten und sage nur, dass eine von Pfarrer Kamarda selbst geweihte Hostie eine Rolle dabei spielte. Und ich habe das köstlichste Vergnügen aus der Tat bezogen.«

Jane hörte nicht länger zu. Sie konzentrierte sich darauf, einen Weg aus der geisteskranken Welt dieses Mannes zu finden. »Aber was hat das alles mit dem Jüngsten Gericht zu tun?«, fragte sie.

Ehe Perselli antworten konnte, kam Hakan wieder herein. Sein Gesicht war blass und vor Wut verzerrt.

»Das werden Sie erfahren, wenn alle diese Störungen vorbei sind«, sagte Perselli, während der jüngere Mann ihn zur Seite nahm.

Jane spürte, wie Orhun sie in die Rippen stieß. »Wovon zum Teufel schwafelt er?«, fragte er aus dem Mundwinkel.

»Er ist verrückt«, erwiderte sie leise.

Perselli blickte zu ihnen. »Hakan will euch beide auf der Stelle töten«, sagte er und zog seinen Mantel aus. »Aber er hat sich bereit erklärt, noch ein paar Minuten zu warten. Schließlich haben wir hier eine Verabredung.«

55

»Im Jahr 1600, nach acht Jahren Verhör durch die Inquisition, brachte man Giordano Bruno auf den Scheiterhaufen, mit einem Knebel aus Leder im Mund, damit er nichts gegen die Kirche äußern konnte …«

Perselli sprach vom Altar aus zu ihnen und hielt das Schädelfragment wieder in die Höhe.

Pfarrer Kamarda saß immer noch zusammengesunken im Stuhl.

Hakan stand neben ihm und richtete die Pistole auf Jane und Orhun.

»Der Priester, der Bruno beistand, bot ihm ein Kruzifix an, das er küssen sollte«, fuhr Perselli fort. »Er wandte den Kopf ab. Und aus dieser Geste beziehen wir unsere Entschlossenheit, die Welt von dem gekreuzigten Gott zu befreien.« Er zeigte auf die Kreuzigungsszene hinter ihm. »Ich habe entdeckt, dass diese Kirche nie säkularisiert wurde, sondern einfach nur geschlossen, weil sie bei den Leuten beliebt war. Sie heißt außerdem Kalvarienkirche, übersetzt Schädelstätte, oder genauer Schädeldach, wie ich hier eines in der Hand halte. Brunos Schädel ist nämlich zerborsten, als sein Gehirn in der Hitze des Feuers kochte. Das ist der einzige Teil seines Körpers, der die Flammen überstanden hat. Und er ist heute hier bei uns, um Zeuge eines Ereignisses zu werden, das das Christentum im Mark erschüttern wird …« Er drehte sich um und legte das Schädeldach wieder auf den Altar.

Jane sah, wie Kamarda eine ruckartige Bewegung mit den Schultern machte. Sie hatte dieselbe Bewegung schon ein-, zweimal bemerkt, wenn Perselli ihm den Rücken zukehrte, und gedacht, er wolle seine steifen Muskeln lockern. Jetzt begriff sie, dass er den Strick zu lösen versuchte, mit dem seine Hände gefesselt waren.

Perselli hielt ihnen weiter den Rücken zugewandt, während er die Zeitbüchse näher zu dem Lesepult schob. Dann schloss er die *Vision des Gorman.* Er drehte sich um und nahm seinen Monolog wieder auf. »Der Kalvarienberg war auch eine Hinrichtungsstätte … und ihr drei werdet heute hier sterben, als Zeichen für meine Ankunft als Antichrist …«

In diesem Moment wusste Jane, dass er wahrhaftig wahnsinnig war.

»Aber mir wird vergeben werden«, sagte Perselli mit Triumph in der Stimme. »Eines der schwersten Vergehen Brunos in den Augen der Kirche war, dass er sie zwang, sich der Logik der christlichen Vergebung zu stellen. Und worin besteht diese Logik? Dass alle Menschen – alle, die je gelebt, alle, die je gesündigt, je gemordet, je vergewaltigt oder gefoltert haben – am Ende Vergebung erlangen. Selbst der Antichrist. Ist es nicht so, Priester?«

Pfarrer Kamarda reagierte nicht.

Perselli nahm die Handschrift vom Lesepult. Dann hob er die Ikone auf und stellte sie aufrecht auf das Pult. »Und jetzt ist es an der Zeit, das Datum des Jüngsten Gerichts zu entschlüsseln, das mir verraten wird, wann meine Herrschaft beginnt …«

Er hielt einen Moment inne, dann trat er vor und sprach Jane an. »Das Rätsel lautet: ›Das Datum des Jüngsten Gerichts habe ich auf dieses Pergament geschrieben. Bis es gefunden und als wahr erkannt wird, kann niemand es aus diesem Buche lesen.‹ Und Gorman sagte, die Ikone würde das Ende der menschlichen Geschichte *verkünden*. Ich bin mir sicher, Sie haben es selbst schon herausgefunden, Signora.«

Das hatte sie. Und sie konnte das Muster auf dem Pergament sehen, das auf die Rückseite der Collalba-Ikone geklebt war. Die Buas hatten das Datum des Jüngsten Gerichts bewacht.

Perselli ging wieder zum Altar und betrachtete die Markierungen auf der Rückseite der Ikone. Dann bewegte er den ersten Regler.

Pfarrer Kamarda stand von seinem Stuhl auf.

Hakan versuchte, ihn festzuhalten, als er sich umdrehte und auf Perselli zutaumelte.

Kamarda fiel beinahe gegen den Altar, aber es gelang ihm, die Ikone von dem Lesepult zu reißen. Perselli stand wie erstarrt da, als Kamarda an dem Pergament kratzte und es zu zerfetzen begann. Im nächsten Moment war Hakan bei dem Priester und zerrte ihn vom Altar fort. Die Ikone fiel bei dem Kampf zu Boden, und Perselli kniete nieder, um sie aufzuheben.

Orhun sah seine Chance gekommen und lief auf den Altar zu, wo Perselli seine Pistole hatte liegen lassen.

Inzwischen hatte Hakan den Priester von sich gestoßen und zielte auf seinen Kopf.

Jane sprang auf. »Erschießen Sie ihn nicht«, rief sie, aber Hakan lachte sie aus.

Jane wandte das Gesicht ab, als der Schuss losging.

Als sie wieder hinsah, lag Kamarda auf dem Boden, und Hakan zielte mit der Beretta auf Orhun, der gerade Persellis Pistole aufheben wollte.

Perselli, der Pergamentschnipsel vom Boden aufgesammelt hatte, stand auf und blickte von Orhun zu Jane. Er wirkte etwas lächerlich, wie er die Ikone und die gefundenen Papierfetzen an die Brust drückte. »Erschieß die beiden«, sagte er und legte seine Sachen auf den Altar.

Hakan zielte auf Orhun. Ein Schuss ertönte.

Aber es war Hakan, der zu Boden stürzte.

Jane sah den jungen Mann, der sie vom Flughafen abgeholt hatte, an sich vorbeirennen und Perselli zurufen, er solle die Hände hochnehmen.

Perselli ignorierte ihn und streckte die Hand nach seiner Pistole aus.

Die Kugel des Fahrers traf Perselli im Gesicht und trat am Hinterkopf wieder aus. Blut spritzte über die Schädel des Altarbilds hinter ihm.

Der Fahrer vergewisserte sich, dass Orhun in Ordnung war, dann kam er zu Jane.

Jane zitterte unkontrollierbar und ließ sich von ihm halten. Über die Schulter des jungen Mannes sah sie, wie Orhun den Kopf schüttelte, als er auf Persellis auf dem Rücken liegende Gestalt hinunterblickte. Dann nahm sie aus dem Augenwinkel wahr, wie Hakan auf die Pistole zukroch, die ihm aus der Hand gefallen war.

»Demir!«

Orhun sah, was los war. Er hob Persellis Waffe auf und ging ruhig zu Hakan hinüber. »Das ist für Chaim Elon – gute Reise«, sagte er und drückte ab.

Der Vesuv spie Feuer. Eine Lavafontäne schoss in den Himmel, und zinnoberrote Flüsse ergossen sich über die Hänge des Bergs. Eine riesige Wolke aus Rauch und Asche stieg über ihm in gewaltige Höhen und breitete sich wie ein Mantel über die Bucht von Neapel. Bei jedem neuen Ausstoß von Lava erzitterte der Boden, und das Geräusch der Eruption drang über die Bucht.

Orhun und Jane saßen auf der obersten Treppenstufe am Zugang zur Piazza. Der Fahrer stand hinter ihnen und johlte und klatschte bei jedem neuen Feuerstoß des Vulkans.

Orhun legte den Arm um Jane. »Alles in Ordnung?«

Erst jetzt wurde ihr bewusst, dass sie immer noch zitterte. »Geht schon«, sagte sie und tätschelte ihm mechanisch die Hand. Sie wusste nicht einmal mehr, wer dieser Mann war.

Ein neuer Lavastrom begann, den Berg hinunterzufließen, wie ein Riss, der sich in seiner Flanke auftat.

»Wunderschön, in gewisser Weise, nicht?«, sagte Orhun und suchte mit der freien Hand nach seinem Smartphone.

»Schön … und erschreckend zugleich«, erwiderte sie und sah ihn von der Seite an.

Orhun bediente mit dem Daumen die Tastatur.

Jane sah zu der Aschewolke hinauf. Sie schien aufs Meer hinauszutreiben, weg vom Flughafen. Aber würde es in nächster Zeit Flüge geben?

»Aha«, sagte Orhun. »Ich habe die neuesten internationalen Nachrichten hier, falls Sie sie hören wollen.«

»Nicht unbedingt«, sagte Jane.

Orhun überhörte es und las von seinem Display ab. »Als Antwort auf die Aufforderung der Palästinenser an alle Seiten, keinen Atomkrieg zu riskieren, hat der iranische Revolutionsführer das palästinensische Volk dazu aufgerufen, sich zu opfern, damit der Islam triumphieren kann. Das sei ihr Schicksal, sagt er.«

»Er ist natürlich Schiit«, bemerkte der Fahrer, der mitgehört hatte. »Die meisten Palästinenser sind Sunniten. Die dürfen ruhig Märtyrer spielen.«

»Hey, Klugscheißer, wo bist du eigentlich geblieben, heute Abend?«, fragte Orhun. »Ich sagte doch, du sollst nach zwei Stunden nach uns sehen.«

»Tja, so machen wir es hier eben«, sagte der Fahrer. »Wir leben immer am Abgrund.«

»Hm.« Orhun war nur mäßig amüsiert.

»Wisst ihr, was ich gerade gedacht habe«, sagte Jane. »Dieses ganze Zeug mit dem Jüngsten Gericht? Für irgendwen ist immer Jüngstes Gericht. Für die drei toten Männer hat es bereits stattgefunden. Für viele der Menschen auf dem Schiff da draußen gilt dasselbe. Eines Tages wird für mich Jüngstes Gericht sein und für euch beide ebenfalls.«

Alle schwiegen eine Weile und sahen dem Vulkan zu. Zwischen den Stößen hörten sie ein anhaltendes Hupen von der Stadt aufsteigen. Die Bevölkerung Neapels hatte sich endlich in Bewegung gesetzt, und die für ihre Ungeduld berüchtigten Autofahrer steckten im größten Stau fest, den die Stadt je gesehen hatte.

Jane schlüpfte unter Orhuns Arm hervor, stand auf und klopfte sich ihre Jeans ab. »Ich muss los«, sagte sie und machte sich auf den Weg die Treppe hinunter. »Ich habe meinen Kindern etwas versprochen …«